Emanuela Leno

Le quattro sorelle Gonzales

I0639778

Youcanprint *Self - Publishing*

Titolo | Le quattro sorelle Gonzales
Autore | Emanuela Leno
Immagine di copertina | © saiheng - Fotolia
ISBN | 978-88-91147-25-7

Youcanprint Self-Publishing
Via Roma, 73 – 73039 Tricase (LE) – Italy
www.youcanprint.it
info@youcanprint.it
Facebook: facebook.com/youcanprint.it
Twitter: twitter.com/youcanprintit

Dedicato a Francesco Gigante un grande amico, un grande poeta, a lui un grazie per avermi convinto a terminare il libro

Capitolo 1

Una nave passeggeri era appena partita dalle coste spagnole. Era una nave diretta in Messico. La compagnia navale era di proprietà dei Fratelli De la Cruz.

Erano quattro fratelli, tre erano nativi del Messico, solo Andres era nato in Spagna. Non erano fratelli di sangue, ognuno dei tre fratelli adottivi aveva una sua storia, una storia dolorosa fatta di sofferenza, intrighi e violenza.

Ma l'amore che i De la Cruz avevano dato ai ragazzi li aveva riscattati ed ora si avviavano a tornare, coglievano l'occasione per portare un messaggio doloroso alla famiglia Gonzales, ma anche per vendicarsi e riprendersi quanto loro usurpato, da quei parenti che invece di amarli li avevano gettati in mano ad un destino avverso.

"Già, si tornava alle origini." Pensò Juan. Sembra una di quelle frasi fatte, ma era così. Sia Juan che i fratelli Julio e Matías tornavano in Messico dopo anni passati in Spagna e in giro per l'Europa.

'Quanti anni sono passati? Quanto tempo la vita mi ha tenuto distante' pensava Juan, ma ora tornava e una sensazione strana gli prendeva lo stomaco. Era sul ponte della nave e guardava avanti a se come a cercare la meta finale, l'attracco, il suo porto, la città di Veracruz, la sua città natale, ma anche quella che gli aveva serbato molto dolore, un dolore che era impresso nel suo cuore e che gli lacerava ancora la sua anima. L'aria gli scompigliava i capelli lunghi, fece un respiro profondo, si sentiva bene quando respirava a pieni polmoni quell'aria profumata, che gli portava alla mente sempre molti ricordi.

La nave "*EL FUTURO*" solcava il mare che era tranquillo. Juan De la Cruz decise di andare a parlare con il capitano della nave.

"Capitano vi ringrazio per averci riservato le cabine migliori."

"Dovere Capitano De La Cruz. Siete poi i proprietari della compagnia di navigazione, anche se come richiesto da Lei non verrà citato da nessuna parte. Richiesta un poco strana devo ammettere, ma come ha voluto, per tutti siete registrati come i signori Lopez."

"Capitano de la Cruz" continuò il comandante della nave "Se mi permette, so che tornate nel vostro paese natio, dopo qualche anno passato in Europa. I vostri genitori che Dio li abbia in gloria sarebbero orgogliosi di Voi."

"Sì si torna a casa. Purtroppo è avvenuto prima del previsto. Come sapete è morto il capitano Gonzales e suo figlio sulla loro nave "*la Inaffondabile*". E come il nome è pur vero che non è affondata, ma certo i miei uomini che la stanno riportando a Veracruz, stanno facendo fatica a farla navigare nelle sue condizioni. E come se non bastasse ora dovrò andare dalle figlie e dar loro la notizia della morte dei loro cari." Rispose Juan

"Sono momenti difficili Capitano De la Cruz, specie per le navi da carico, spesso prede dei pirati se così li vogliamo chiamare, canaglie pronte a tutto anche a uccidere. Nonostante si pensi debellata la pirateria qualcuno lo fa ancora. Sa capitano, ho avuto modo negli anni passati di conoscere il capitano Gonzales, uomo onesto e laborioso, non ho conosciuto il figlio ma da quello che ho sentito in giro era come il padre. Il capitano Gonzales era a capo di una piccola compagnia di navigazione ma gli piaceva viaggiare sulle navi invece di stare chiuso in un ufficio, specie dopo la morte della moglie."

"Sì, ciò che dite sulla pirateria è vero, ma purtroppo ci sono persone disoneste che ne approfittano e attaccano navi mercantili definendosi navi pirati. Comunque capitano vi ringrazio per tutta l'attenzione che ci avete dimostrato, anche a nome di mio fratello Andres che ha un braccio infortunato a causa di una caduta da cavallo" rispose Juan.

"Capitano De la Cruz vi ho comunque assegnato un cameriere personale, per qualsiasi cosa siamo ai vostri ordini."

"Vi ringrazio Capitano, un'ultima cosa, il fatto di non far conoscere i nostri veri nomi è che su questa nave viaggia una donna che presto sarà mia moglie e non sa che questa compagnia è anche mia. Sa che lavoro e viaggio sulle navi, e mi ama per quello che sono, e non per quello che posseggo, per questo non voglio che si sappia chi sono, voglio farle una sorpresa quando arriverò in Messico. E pure i miei fratelli sono d'accordo e si sono prestati a cambiare nome."

"Sono contento per Voi Capitano De la Cruz," rispose il comandante sorridendo "e mi felicito per le prossime nozze, e per la bellissima dama che ho visto oggi con Voi" gli disse porgendogli la mano.

"Ora capitano se mi volete scusare devo andare, proprio dalla dama in questione. È sempre bene controllare che abbiano tutto sotto controllo, con tutti i bagagli di cui si circondano."

Capitolo 2

Pilar Garcia stava sistemando alcune delle sue cose negli armadi della cabina. Pure sua sorella Elena, cercava di mettere qualche abito nei guardaroba un po' piccoli per tutte le loro cose. Molte avrebbero dovuto restare nei bauli. Poco dopo Elena decise di fare due passi sul ponte.

Pilar stava aspettando Juan nella sua cabina, aveva detto che sarebbe andato a trovarla appena sistemato le cose con i fratelli, ma in quel momento non stava pensando a lui.

Era contenta, aveva appena conosciuto Rosario Santo Torres, un uomo attraente e molto interessante, tornava a Veracruz con sua sorella Fernanda, erano figli di possidenti terrieri. Quello lo faceva molto ma molto più stimolante di Juan, uomo certamente bello e forte e amante fantastico, ma sicuramente con meno denaro di Rosario.

Certo il denaro non era tutto, ma quanti capricci le avrebbe levato? E poi se con il tempo la passione spariva, passava, cosa le sarebbe rimasto? No avrebbe dovuto pensarci bene. Nella vita certe occasioni non tornavano due volte, non voleva fare come sua madre infelice tutta una vita e con pochi soldi. Ora che sua madre era morta tornava con sua sorella in Messico da alcuni parenti materni, che le avrebbero ospitate il tempo necessario per accasarle. Stava ancora pensando a loro quando... Sentì bussare alla porta della cabina.

Aprì la porta…si trovò Juan.

"Oh amore, sei arrivato finalmente…e lo abbracciò e baciò"

"Mi aspettavi?" domandò lui.

"Certo, avevi detto che saresti passato a trovarmi. E poi sei il mio uomo no?"

"Davvero? Muhmm Ti amo Pilar, solo tu riesci a farmi stare bene, quando sono con te sono contento. Appena giungeremo a Veracruz voglio che ci sposiamo" disse serio Juan.

"Mio caro quanta fretta…vieni intanto godiamoci questi momenti…"

"Lo so che non riesci a starmi lontana, non so che farei senza di te…"

"Juan amore mio, vieni ti voglio non farti pregare…"

"Non è che arriva tua sorella? Elena l'ho vista in giro sul ponte, e visto che avete la stessa cabina, non vorrei trovarmela fra i piedi."

"Juan, non dire così. Purtroppo ho la cabina con mia sorella, ma so che riusciremo ad avere momenti solo per noi, momenti stupendi, sai che non posso stare senza di te per molto tempo" disse Pilar.

"Non si direbbe visto che da quando siamo saliti sulla nave non abbiamo avuto un attimo e quando parlo di matrimonio dici di aspettare" rispose Juan.

"Juan," disse baciandolo, "Juan amore ci conosciamo da poco, la passione e l'amore ci appartengono, ma non voglio che per ora si sappia che stiamo insieme, anche per mia sorella Elena, lo sai che ha litigato con il *tuo fratellino*. Le ha detto cose veramente cattive, Elena non è interessata ai soldi" ribatté Pilar.

"Beh non si può dire che amasse Andres, come ha saputo che non aveva un patrimonio lo ha lasciato subito" rispose sarcastico Juan.

"Juan non litighiamo per loro vuoi amore…" disse Pilar baciandolo.

In quel momento entrò nella cabina Elena, guardò Juan, poi guardò la sorella e poi ancora lui.

"Non dirmi che state insieme? Non mi farai questo affronto Pilar. Sai bene cosa mi ha fatto suo fratello!" urlò Elena.

"Andres non ha fatto nulla, diciamo semplicemente non eravate fatti l'uno per l'altro, quello che c'è fra me e tua sorella è solo affare nostro Elena" rispose brusco Juan.

"Su, su Juan, ... Elena, vediamo di non litigare, abbiamo delle giornate da passare su questa nave e sicuramente ti capiterà di vedere Andres, Elena. Juan forse è meglio che tu ora vada."

"Muhmm non vorrei, Pilar, ma farò come vuoi, per ora vado, ma credo che tu debba parlar con questa Signorina e spiegarle un paio di cosette altrimenti mi vedrò costretto a farlo io. Ora devo andare ci vedremo a cena."

Julio De la Cruz intanto si stava preparando nella sua cabina, lui e suoi fratelli avevano le camere adiacenti e delle porte si aprivano una sull'altra, così vide che anche i suoi fratelli Matías e Andres erano quasi pronti.

"Avete visto dove si è cacciato Juan?" disse.

"Dove vuoi che sia andato? Certamente da Pilar Garcia, non riesce a starle lontano. Poi si è messo in testa di sposarla" rispose Matías.

"Lo so che non ti piace, Matías, ma se lo sposa pur sapendo che non è ricco vuol dire che lo ama no?" disse Julio.

"Non ne sono convinto, lo sai. Ho paura che dopo sposati potrebbe lasciarlo se incontrasse qualcuno più ricco. Pilar è come sua sorella, egoista e avida, e Juan soffrirebbe, e non credo che dopo quello che ha passato debba tormentarsi per amore di una donna" incalzò Andres.

"Parli così perché ti sei scottato con Elena, Andres ma Juan ama Pilar e lei pure" gli rispose Julio.

"Per me non lo ama veramente, Juan è sempre nervoso, irascibile, incattivito, l'amore non dovrebbe farti stare così, dovrebbe farti stare in pace con il mondo farti sorridere anche alle piccole cose della vita, vi ricordate i nostri genitori come si amavano?" aggiunse Andres. Stava inutilmente cercando di finire di vestirsi con un braccio solo. "Chi mi aiuta con il cravattino? Mi sembra di strozzarmi. Poi con questo braccio al collo…"

"Vieni qui dai che ti aiuto io" disse Matías e aggiunse "hai ragione, Juan sembra sempre in guerra con il mondo, non lo si vede più sorridere, per me è solo passione la sua non amore, ma fino a quando non trova l'amore vero non capirà la differenza, e le nostre saranno solo parole al vento. Quando ci si mette è più testardo di un mulo."

"Già hai perfettamente ragione" gli rispose Julio ridendo e continuò "Dice di non essere un cavaliere e di non volerlo essere, certo fa di tutto per aumentare quella sua aurea di uomo rude, da duro".

"Ahahahah sì sì lo sappiamo, è sempre stato un po' selvatico, e chi di noi non lo è? Ma Juan alla fine ha sempre un cuore tenero, non riesce mai a dire di no" gli rispose Matías.

"Speriamo che Pilar non legga bene nel suo cuore altrimenti riuscirà a fargli fare quello che vuole, e noi diremo addio al nostro fratellone" disse Andres.

Juan tornò in cabina dai suoi fratelli, entrò senza bussare e si fermò vedendoli scherzare e già pronti per la serata.

Capitolo 3

"Juan, hai visto chi viaggia con noi sulla nave?" domandò Andres.

"Certo che ho visto, Pilar viaggia con sua sorella Elena" rispose serio.

"Sorridi qualche volta fratello!" disse Matías.

"Sii serio, ho letto i nomi dei passeggeri" ribatté Andres.

"Cosa hai fatto? Sei andato a leggere i nomi dei passeggeri? Non dovevi non avevi il diritto!" sbottò Juan.

"Come no, come comproprietario della compagnia di navigazione..." cercò di rispondere Andres.

"Sì sì ma non ci siamo fatti riconoscere no? Ero stato chiaro! E poi quando ci sono io, io sto a capo della compagnia non te lo dimenticare" precisò Juan.

"Juan, lo sa solo il capitano chi siamo, finiscila. Pilar non lo verrà a sapere né tantomeno i tuoi parenti..." disse Andres.

"I miei parenti?" Io non ho parenti!" urlò Juan.

"Certo che li hai si sono imbarcati anche loro in Spagna. Hanno le cabine poco dopo le nostre. Dai nomi mi sembrano loro, potrei sbagliarmi, forse...vedremo..." rispose Andres.

"Io non ho parenti! E non penso proprio che siano su questa nave e stai sicuro che appena arriverò in Messico farò in modo di sistemare le pendenze che ho con loro" gridò Juan.

"Juan per favore ora vedi di calmarti! Non penso sia il caso che tu gridi in questo modo. Insomma sembra che qui viaggi tuo cugino Rosario con tua cugina Fernanda. Stanno tornando a casa anche loro. Certo che la vita fa strani scherzi" rispose Matías.

"Tua Zia Nestora e tuo zio Rodrigo con Horacio l'altro tuo cugino saranno contenti di vederli, faranno certamente una festa in tutta Veracruz, magari se sanno che sei tornato invitano anche te," disse Andres.

"Vedremo se sono loro. Comunque per i parenti come li chiami te, io per loro sarò Juan de la Cruz. Juan Navarro Altamira per loro è morto. E tale resterà fino a che non ho sistemato le pendenze. Sarà la mia vendetta" disse Juan.

"Ricordate che giunti a Veracruz io sarò Juan De La Cruz, non voglio che si venga a sapere chi sono prima che abbia trovato gli assassini dei miei genitori."

"D'accordo Juan, sai che va bene anche per noi. Siamo tutti d'accordo di trovare prima i colpevoli delle morti dei nostri genitori e poi di svelare la nostra vera identità, ma non c'è bisogno di andare in collera come stai facendo tu adesso".

"È passato molto tempo Juan, dovresti dimenticare e poi come intendi fargliela pagare?" continuò Andres.

"Andres" disse Matías "Tu non puoi capire perché noi vogliamo la vendetta. Non c'è tempo che passa che possa far sparire questo nostro sentimento. L'odio, il rancore sono sentimenti che albergano dentro di noi. Troppo abbiamo sofferto e lo sai, siamo quello che siamo grazie ai nostri genitori adottivi, ma la vendetta non si placa solo con il passare del tempo, o per il generoso amore ricevuto."

"È vero! Matías ha ragione. Non lo so ancora cosa farò... Ma la vendetta si gusta fredda, e la mia non è ancora al punto giusto" rispose Juan.

Capitolo 4

Quella sera a cena sulla nave, i quattro fratelli erano al tavolo con il comandante, con le sorelle Garcia, quando Rosario Santo Torres si rivolse al capitano per aver l'onore di sedersi al loro tavolo con la sorella Fernanda e due suoi amici, Don Sergio Ramirez e Don Carlos Martinez. Il capitano si alzò e li fece accomodare al proprio tavolo. "Prego accomodatevi è un onore avervi alla mia tavola, lasciate per favore che vi presenti i fratelli Lopez, Juan, Julio, Matías e Andres, oltre alle loro ospiti Pilar ed Elena Garcia.

I quattro fratelli si alzarono e salutarono a turno gli ospiti che si stavano accomodando, quando Juan sentì la voce del capitano presentare gli ospiti.

'La signorina Fernanda Santos Torres con il fratello Rosario, e i signori Sergio Ramirez e Carlos Martinez.'

Juan guardò i Santo Torres, non poteva essere vero. Che scherzo era questo. I suoi cugini viaggiavano davvero anche loro sulla sua nave, anche loro di ritorno a Veracruz. Pensava che suo fratello Andres scherzava poco prima quando affermava che c'erano i suoi cugini. Un sentimento di odio gli stava salendo dal cuore. Li odiava Dio, *quanto li odiava* e non riusciva a mitigare tale sentimento dai suoi occhi. Non mi riconoscono neppure.

Fernanda si rivolse al Capitano,

"Scusate Capitano, ma avevo capito che viaggiavano su questa nave anche i proprietari della compagnia. Avrei voluto tanto conoscerli."

Juan alzò gli occhi verso Fernanda ma non disse una parola e i suoi fratelli restarono in silenzio.

"Ehm, sì in effetti dovevano essere anche loro su questa nave, ma un improvviso cambiamento di programma li ha portati ad annullare questo viaggio" rispose imbarazzato il Capitano.

"Che peccato! Mi sarebbe piaciuto conoscerli, chissà magari qualcuno di loro è anche un tipo interessante" disse Pilar.

Juan la osservò alzando un sopracciglio

"Cosa ci potete dire Capitano? Sono così belli come dicono? Di questi tempi è sempre più difficile conoscere cavalieri, molti purtroppo sono solo zoticoni travestiti da gentiluomini" rispose Fernanda.

"Non saprei cosa rispondere Signorina, per quel che ne so sono ottime persone, non potrei avere dei superiori migliori" rispose il capitano un po' disagio.

"In effetti non potreste dire nulla di male su di loro visto che sono i vostri superiori, ma ora non sono qui e qualche indiscrezione potreste farcela capitano" rispose Fernanda con voce affettata.

"Devo dire" intervenne Ramirez "che qualcosa su di loro si sa, nel nostro ambiente del resto le informazioni sui proprietari di navi girano".

"Beh certo interessanti lo sono," rispose Pilar, sorridendo "con il loro patrimonio lo sarebbero comunque".

Juan sentì gelarsi il sangue. Pilar aveva fatto un commento che lo fece irritare…

"Signorina Pilar pensa davvero che le persone siano interessanti solo per il loro patrimonio?" chiese Rosario.

"No, certo, scherzavo, volevo stemperare un poco l'aria" si affrettò a rispondere Pilar.

"Diteci allora Don Sergio cosa sapete di costoro?" domandò Fernanda.

"In verità dei quattro fratelli non molto, hanno sempre cercato di non far trasparire molto della loro vita privata. Si sa che non sono proprio fratelli di sangue e che sono stati adottati dai De La Cruz tranne l'ultimo. Che il maggiore Juan guida la compagnia con i fratelli, e hanno anche altri investimenti oltre alle compagnie marittime, ma non si sa da dove provengano" ribadì Ramirez.

"Certo che lasciare la compagnia a dei bastardi per quanto adottati credo sia discutibile, capisco perché poi ci troviamo con gente, come dire …" stava dicendo Fernanda.

Juan si irrigidì, le mani intorno alle posate erano bianche dallo sforzo nello stringerle.

"Non credo Signorina Fernanda, che nessuno possa giudicare le scelte di altre persone e nemmeno asserire che siano discutibili" la interruppe Matías.

"Ritengo che se i signori De la Cruz hanno fatto quella scelta sia comunque da rispettare e poi è…" aggiunse Julio.

"Ma sì signor Lopez" disse Fernanda "si diceva così anche per il fratello minore che è stato spodestato della sua eredità nei confronti di tre fratelli che si è trovato fra i piedi, quando poteva essere tutto suo."

"Voi pensate veramente che i soldi siano più importanti dell'amore che ci può essere tra fratelli?" rispose Andres con voce un po' alterata.

"No certo! Ma loro non sono fratelli, a quanto risulterebbe sono fratellastri, e che sentimento potrebbe esserci se non di puro opportunismo?" ribadì Fernanda con un sorriso e continuò "e lei Don Juan cosa ne pensa? Non ha detto nulla".

"Preferisco non parlare con gente così ottusa che non sa di cosa parla" rispose sprezzante Juan.

"Credo sia meglio cambiare discorso, del resto il Capitano non sembra volerci dire nulla e quindi non possiamo vedere se sono così belli come si dice". Disse Pilar "Questa è una serata bellissima dobbiamo brindare".

"Sì vero e lei è una donna stupenda, brindiamo alle donne presenti" disse Rosario alzando il bicchiere.

In quel momento l'orchestra iniziò a suonare delle musiche molto dolci, Rosario si alzò e domandò a Pilar se gli permetteva un ballo, e i due amici di Rosario invitarono Elena e Fernanda.

Ridendo Pilar rispose "Con molto piacere".

I quattro fratelli De La Cruz restarono al tavolo e ringraziarono il capitano per l'aiuto che gli stava dando. Più tardi Fernanda Pilar e Elena tornarono al tavolo accompagnate dai cavalieri.

"Lei Juan di cosa si occupa?" domandò Fernanda.

"Lavoro sulle navi solitamente".

"Lavora? Ma allora cosa ci fate al tavolo del capitano, credevo che questo tavolo fosse riservato esclusivamente solo per alcune persone che fanno parte di una certa classe sociale!"

"Signorina Fernanda, i signori sono amici dei Signori De La Cruz, per questo stanno al tavolo con me" disse il Capitano un po' con fare guardingo.

"Certo è che avete le cabine migliori!" disse Ramirez.

"Avete controllato? E come mai se è lecito" domandò Julio.

"Mi piace sempre sapere chi ho come vicini, che persone sono e a quale classe sociale appartengano" rispose con un sorriso Ramirez.

"Sono state riservate dai proprietari della compagnia e hanno diritto a lasciarle a chi vogliono" ribadì il capitano.

"Io credo che qui non si faccia la giusta distinzione fra i cavalieri e le dame di nobile famiglia dagli altri" ribadì Fernanda.

Capitolo 5

Un Juan fumante di ira rispose *"Lei crede*? Crede veramente di essere superiore agli altri presenti a questo tavolo?".

"Vede Signor Lopez, noi non abbiamo bisogno di lavorare, noi siamo ricchi di famiglia, da generazioni. È normale per noi non mischiarci con cacciatori di dote" rispose prontamente Fernanda.

"Può stare tranquilla né io né i miei fratelli abbiamo mire su una persona come Lei, mentre Lei ne avrebbe nei confronti dei proprietari di questa compagnia di navigazione".

Un silenzio glaciale calò per qualche secondo al tavolo.

"Lei grande maleducato, cafone ma chi si crede di essere?" urlò con voce stridula Fernanda.

"Solo quello che sono, Juan Lopez"

"Cioè nessuno, solo un grande maleducato. Non ci si rivolge così a delle signore" ribadì Ramirez.

"Fernanda! Ramirez... per favore" intervenì Rosario alzando di un tono la voce.

"Vogliate scusarci comandante" disse Fernanda "ma io e i miei amici vorremmo un altro tavolo."

"Mi spiace ma per stasera non ci sono tavoli liberi" disse il comandante trattenendo un sorriso.

"Va bene a malincuore rimarremo qui!" rispose contrariata Fernanda.

Pilar tornò a ballare accompagnata da Rosario.

Juan guardava Pilar e Rosario in mezzo alla pista da ballo. I due volteggiavano nella sala, il suo sguardo non prometteva nulla di buono e i suoi fratelli si aspettavano un altro scoppio di ira da un momento all'altro. La cena continuò, i fratelli De la Cruz fecero ballare le sorelle Garcia e la signorina Fernanda. Verso la fine della serata un Juan adombrato si alzò domandò permesso e si ritirò nella sua cabina. Non riusciva a stare calmo, andò sul ponte, l'aria fresca della sera lo stava calmando. Che profumo che si sentiva. Le stelle gli facevano compagnia insieme ad una luna grande e rotonda che illuminava il mare quasi a ricordare che stava lì per lui. 'Questi momenti mi ricordano la mia infanzia, quando guardavo il cielo con mia madre, e poi con Nanà'.

Juan pensò che era meglio tornare in cabina e riposare, i pensieri quando sono troppo liberi non fanno bene, vanno dove non devono e portano a galla tutto ciò che si vuole tenere assopito.

Dopo circa un'ora i suoi fratelli lo raggiunsero.

"Juan devi calmarti non puoi fare così" disse Julio "Avevi uno sguardo inferocito stasera anche verso i tuoi cugini. Poi Pilar lo sai è una sciocchina e le piace essere sempre al centro dell'attenzione" aggiunse Matías.

"Calmarmi? Ora vado da Lei non aspettatemi."

"Juan...per l'amor di Dio..."

Juan raggiunse la cabina di Pilar bussò ed entrò senza aspettare il permesso.

"Juan? Ma cosa fai?" Juan la prese per un braccio

"Cosa credevi di fare stasera? E poi cosa volevi dire con quella frase che i proprietari della nave sono interessanti?" chiese Juan.

"Juan mi fai male, lasciami".

"Mi avevi detto che i soldi non ti interessavano, che mi amavi per quello che sono."

"Juan amore...ma era tanto per dire...certo che ti amo per quello che sei, non potrei mai stare senza te... Io ti amo ... Come posso pensare ad altri quando ho te..."

"Sicura?" domandò Juan

"Ma certo amore mio, a cosa stai pensando?"

"Ti ho vista nelle braccia di quello stupido, non mi è piaciuto. Allora dimmi che mi sposerai! Appena arriveremo a Veracruz" ribadì Juan.

"Amore mio non pensiamoci adesso. Ci sposeremo certo, ma ora pensiamo a qualcosa di più interessante vuoi…? Non puoi pensare ad essere geloso. Oramai non puoi stare senza di me, Juan io lo so, lo sento" disse Pilar.

"Senza di me sei perso…tu sei mio……" gli sussurrò abbracciandolo.

"Non sono tuo, ma solo di me stesso ricordatelo. E non pensare che puoi fare di me quello che vuoi, non sarò mai un tuo giocattolo".

"Juan, mio amore non puoi pensare veramente a quello che dici, tu sei mio".

"Tu lo credi…"

"Io lo so Juan, io vedo dentro di te…Io ti amo Juan, sarò sempre tua".

Capitolo 6

I giorni passavano lenti, e sempre uguali. Juan incominciava ad essere insofferente. Quella mattina Juan trovò Pilar che passeggiava sul ponte della nave con Rosario Santos Torres. Si nascose per seguire meglio i loro movimenti. Certo quando era nelle sue braccia gli sembrava di essere in paradiso, ma poi era come stare all'inferno. Li seguì a breve distanza, non si accorgevano neppure di lui tanto erano presi a parlare fra di loro. Avevano già fatto il ponte cinque volte eppure Pilar continuava a parlare, e lui? Lui pendeva dalle sue labbra. Pilar la sua Pilar che la notte scorsa gli giurava di amarlo e che sarebbe stata per sempre sua, ora era a braccetto con un altro uomo.

E ora era con Rosario civettava con lui, uno strano dolore lo prendeva nel petto, così decise di tornare in cabina e sistemare parte delle carte che si era portato dietro, lavorare gli avrebbe permesso di non pensare a Pilar. Tornò in camera e vi trovò i fratelli avevano passato la giornata sistemando anche loro dei documenti di lavoro, dovevano portarsi avanti ognuno nel loro compito all'interno dell'azienda di famiglia.

"Anche Voi qui a lavorare?" domandò Juan, "Ora mi dedicherò pure io a sistemare un po' delle carte che mi sono portato dietro almeno tengo la testa occupata."

"Già abbiamo un fratello negriero, che ha assegnato ad ognuno di noi un compito nell'azienda forse lo conosci? Si chiama Juan" disse Julio ridendo "dai Juan che questa è la nostra ultima sera qui a bordo" aggiunse appoggiandogli una mano sulla spalla.

Poi si riunirono nella camera di Andres, per aiutarlo a vestirsi, pensando che finalmente quella sera sarebbe stata l'ultima sulla nave.

Quella sera, a cena Pilar civettò con Rosario, sembrava voler far ingelosire Juan, e sua sorella Elena cercava di portare l'attenzione degli altri ospiti su come erano vestite alcune dame presenti sulla nave.

Fernanda annuiva distrattamente a quello che diceva Elena, cercava invece di portare i fratelli De La Cruz nelle loro conversazioni, ma i fratelli risposero sempre in modo cortese ma telegrafico, anche perché le domande si facevano sempre più personali e loro non volevano far conoscere i particolari della loro vita.

Era una serata noiosa, come le ultime passate, e i quattro fratelli si ritirarono presto. L'indomani sarebbero arrivati a Veracruz.

Capitolo 7

"Liliana", Aurora e Soledad le sorelle gemelle più piccole delle quattro sorelle Gonzales entrarono nella stanza della sorella maggiore. Si fermarono contemporaneamente appena videro che era già arrivata l'altra sorella Rosanna.

"Liliana come sei elegante, come stai bene" osservò Aurora. La sorella indossava un raffinato abito di raso color acqua con una scollatura arrotondata e maniche lunghe che andavano assottigliandosi ai polsi. È la stoffa che portò papà dal suo ultimo viaggio in Europa?

"Ebbene sì" rispose Liliana, girandosi su se stessa e andando verso le sorelle, non si era mai interessata di vestiti, preferiva usare il suo tempo aiutando le suore all'orfanotrofio o il dottore della tenuta della madrina, ma dovendo andare a trovare i figli della madrina che erano appena tornati dall'Europa, decise di ascoltare il consiglio di Nanà la governante, e indossare un vestito più consono all'evento mondano.

"Papà non è ancora tornato, la sua nave non si è ancora vista e nessuna informazione c'è giunta" disse Liliana con voce triste.

Rosanna la sorella minore di due anni le prese le mani e tirandola verso la porta rispose sorridendo "Arriverà presto vedrai, se non domani forse dopodomani, non preoccuparti papà e nostro fratello Adrian saranno qui prontamente."

"Ma certo" risposero le gemelle insieme "e vedrai Liliana che festa prepareremo. Nanà farà preparare il piatto preferito di papà e di Adrian."

Rosanna al contrario di sua sorella era eccitata pensando alla festa della sera, sapeva che finalmente avrebbe rivisto Rosario, nonostante fosse stato lontano per gli studi non lo aveva dimenticato. Lo amava, lo amava da sempre, era stato il suo compagno di giochi e poi della fanciullezza, ma i suoi genitori decisero che doveva studiare in Europa, e così partì 15 anni prima con la sorella Fernanda minore di un anno. Ma in quei 15 anni non lo aveva dimenticato, lo aveva pensato ogni giorno. "Dai ragazze andiamo, la carrozza è già pronta ad aspettarci" sollecitò Soledad.

Le quattro sorelle erano diversissime, sia nell'aspetto che nel carattere. Liliana era alta, aveva gambe lunghe un fisico snello e decisamente femminile nonostante avesse un portamento vigoroso ed energico. Aveva capelli rossi e ondulati, e occhi castani era la maggiore delle sorelle per cui spesso era al comando della famiglia in assenza del padre.

Era fiera, e non temeva nulla, sempre pronta a buttarsi a capofitto nelle difesa dei più deboli, non amava perdere tempo, e le persone sciocche, spesso a detta della madrina era impertinente, ma era rimasta senza madre presto, e quindi era cresciuta come un maschiaccio.

Rosanna la seconda sorella aveva occhi verdi e capelli biondi, un fisico provocante, che nessun abito neanche il più castigato riusciva a nascondere. Aveva un carattere impetuoso che si mitigava grazie al suo aspetto sensuale e seducente.

Soledad e Aurora le gemelle erano minute, sembravano fragili, Soledad con i capelli biondi e gli occhi verdi quando sorrideva e grigi quando si arrabbiava, mentre Aurora con capelli più castani quasi color del miele, occhi azzurri, avevano un carattere dolce, sapevano farsi amare da tutti, ed erano ancora un po' timide. Con un po' di ritrosia Liliana si lasciò condurre alla carrozza. Era sempre riluttante a partecipare alle feste che dava la madrina. C'era il vecchio Ysidoro pronto ad aiutarle a salire in carrozza. Come vide Liliana esclamò "Come siete bella".

24

"Grazie Ysidoro" rispose regalandogli un sorriso, il vecchio marinaio aveva navigato con suo padre per anni, fino a quando non perse un braccio nelle fauci di uno squalo. Non navigava più ma guidava la carrozza e dava una mano in casa e nei giardini che circondavano la residenza "la follia pura" di famiglia dei Gonzales, che sorgeva su un terra protesa verso l'oceano. Le ragazze volevano bene al vecchio Ysidoro, erano cresciute amando il mare e ascoltando le sue numerose avventure, così spesso si immaginavano anche loro sul ponte di una nave a governarla

La governante sollecitò a partire perché non si arrivasse in ritardo alla festa della famiglia Santo Torres Altamira.

"Non so perché dobbiamo sprecare il nostro tempo partecipando a questa festa, che la madrina dà in onore dei suoi figli e di Asuncion, quella ragazza è solo una sciocca."

"Liliana!" scandalizzata Nanà richiamò la ragazza, non mi piace che parli così. Nanà era arrivata anni prima nella famiglia Gonzales, quando la moglie del capitano morì in circostanze misteriose. Fu trovata morta sulla spiaggia sembrava per un colpo alla testa, nessuno sapeva spiegarsi perché si trovasse su quella spiaggia sola e lontano dalla sua residenza. Nanà nonostante le ragazze fossero cresciute decise di restare, e di continuare a vegliare su di loro, signorine di buona famiglia. Nanà aveva la sua famiglia al villaggio, non aveva figli suoi, ma solo nipoti oramai grandi e potevano fare a meno di Lei.

"Liliana non è da te insultare Asuncion, vostro padre si scandalizzerebbe se sentisse sua figlia parlare in questo modo, e vostro fratello cosa direbbe di questo comportamento poco signorile? E poi sono tornati dall' Europa Fernanda e Rosario. Dovreste essere contenta di vederli dopo tutti questi anni, la festa è soprattutto per il loro ritorno."

"Nanà, Adrian sarebbe d'accordo con me" rispose sorridendo Liliana, "se ricordate l'anno scorso accompagnò Asuncion alla festa degli Ortiz, e disse che era troppo capricciosa e che non aveva assolutamente nulla in quella testa vuota. Asuncion passò tutta la serata a parlare di vestiti alla moda di Parigi. Adrian ha fatto bene a liberarsi di Lei."

Ysidoro guardò Nanà e sospirò sorridendo. Quando si trattava di prendere le difese del fratello le quattro sorelle erano terribili. Per le quattro sorelle nessuna ragazza sarebbe stata degna di stare al fianco del fratello.

Anche verso il padre avevano un atteggiamento molto protettivo soprattutto dopo che aveva perso la moglie, non permettevano a nessuno di parlarne male, lo adoravano e ogni volta che tornava da un viaggio era una festa. Il capitano Gonzales era spesso per mare, aveva una piccola compagnia di navigazione ma amava viaggiare e quando ritornava, la casa sembrava prendere vita.

Anche il Capitano e il figlio erano alti e muscolosi, continuamente abbronzati, e suscitavano l'interesse delle giovani e meno giovani che speravano di risvegliare interesse nei due uomini.

Le quattro sorelle erano molto unite fra loro, erano anche amiche e confidenti e il loro rapporto si rinsaldava con il tempo dato che spesso restavano a casa da sole.

Nanà riprese Liliana "Vi conviene imparare a tenere a freno la lingua, nessun uomo avrebbe interesse verso una ragazza che ha la lingua irrispettosa come la vostra". Rosanna sorrise verso la sorella e Nanà si rivolse a lei dicendo "Rosanna fareste bene a ascoltare pure voi, la vostra impudenza potrebbe impedirvi di fare un buon matrimonio".

Liliana corrugò la fronte "Se questo è vero, preferisco restare come sono, sola e libera di fare ciò che voglio, non rinuncerò mai alla mia indipendenza per un uomo. Se un uomo non può amarmi come sono può anche risparmiarsi il tempo di farmi la corte".

"La penso anche io così sorellina" rispose Rosanna pensando che Rosario l'avrebbe accettata così come era, la conosceva da quando erano bambini, per cui sapeva del suo carattere impetuoso.

Anche le gemelle annuirono, cosi Nanà scuotendo la testa sconsolata rispose "resterete le uniche zitelle di Veracruz, quale uomo preferirebbe una moglie che preferisce navigare che gestire una casa?"

Il vecchio Ysidoro dal sedile del conducente ridendo rispose "Un vero uomo ecco chi le sposerebbe, un vero uomo di mare!"

Capitolo 8

Arrivarono alla residenza degli Santo Torres Altamira, era una costruzione ad un piano ma si estendeva su due ali, era di colore rossastro e giallo, le ragazze Gonzales la trovavano troppo vistosa come pure la grande fontana che si trovava davanti al portone di ingresso. Prima di scendere dalla carrozza Nanà fece loro ancora le ultime raccomandazioni. Mentre entravano una dietro l'altra le sorelle si guardarono in giro per vedere dove fossero la loro madrina e il loro padrino. "Liliana, Rosanna, Soledad, Aurora" la voce stridula di Asuncion le fece voltare, "Venite presto guardate chi è tornato dall'Europa."

Le sorelle osservarono Rosario e Fernanda vicino ad un amico, un uomo biondo bello, con un viso aristocratico, ed a un altro con un portamento fiero ma dallo sguardo penetrante. Rosario si avvicinò alle ragazze abbracciandole e rimirandole chiamò l'amico.

"Caro Sergio Ramirez voglio presentarvi le sorelle Gonzales, Liliana la maggiore, poi Rosanna e infine le sorelle gemelle Aurora e Soledad. Come siete cresciute e vi siete fatte più belle, quale uomo non si innamorerebbe di Voi".

"Signorine" rispose Ramirez e prendendo a turno la mano di ognuna, fece un sorriso studiato apposta per far battere il cuore alle signorine inesperte e se le portò alle labbra. Poi fu la volta dell'altro amico arrivato dall'Europa a salutarle con fare superbo, il suo nome Carlos Martinez.

Rosanna guardò Rosario, si aspettava un gesto, un saluto più affettuoso. Fernanda abbozzò loro un sorriso e andandole incontro disse "Care è vero siete cresciute e come siete cambiate, non sembrate più quelle monelle che avevamo lasciato, certo però i vestiti lasciano a desiderare, sono un po' fuori moda. Possibile che nessuna di voi si interessi di moda? Liliana come sorella maggiore dovresti curare di più l'aspetto delle tue sorelle!"

Asuncion confermò "Liliana, non mi stupisco che non ti curi delle tue sorelle come dovresti. Nessuna di voi è vestita come l'ultima moda vuole, del resto vivete in un modo così strano, ma ora che parteciperete alle feste dei vostri cugini dovrete provvedere in merito."

"Fernanda! Ma cosa dici sono così belle…" ribadì Rosario.

"Caro lo so ma non vorrai che vengano sminuite nelle nostre feste che daremo e in cui parteciperà il meglio di Veracruz, rimangono sempre le figliocce di nostra madre."

Mentre le ragazze entrarono nel salone a prendere qualcosa di fresco da bere, sentirono la madrina che salutava un suo ospite, che oltre ad essere un suo caro amico era anche un suo vicino:

"Che bello avervi qui Don Maurilio questa sera, è una serata importate, i miei figli sono tornati dall'Europa".

"Vi ringrazio dell'invito Donna Nestora. Non sarei mancato ad una Vostra festa lo sapete bene. Le vostre serate sono sempre memorabili, e l'amicizia che ci lega da anni, non lo avrebbe permesso" rispose con un lieve sorriso Don Maurilio Munoz.

Si unì a loro Horacio nipote di donna Nestora e cugino di Rosario e Fernanda "È vero zia è una serata molto bella, come sempre. Buona sera Don Maurilio come vanno le cose…dobbiamo parlare di quei campi…ricorda?"

"Come no figliolo…so che continui ad amministrare le proprietà degli zii, lo farai anche ora che Rosario è tornato?"

"Non penso che ci siano problemi, del resto sono vaste e poi non si può lasciare tutto sulle spalle di Rosario".

Asuncion arrivò di corsa e prese il braccio di Ramirez dicendo "Dovete venire assolutamente con me e mia madre per metterci d'accordo per quando verrete a vedere la nostra nuova casa".

Liliana sollevò lo sguardo per vedere un Ramirez annoiato, che la osservava e rispondeva ad Asuncion "Mi scusi ma sto parlando con la Signorina Liliana" la quale prontamente rispose, "Vada pure Don Sergio, io devo andare da mia sorella".

E guardò verso sua sorella Rosanna che fissava Rosario.

In quel momento una bellissima donna molto elegante si fece avanti, "Caro non mi presenti ai tuoi amici?"

"Perdonatemi, avete ragione, ma rivedere le mie amiche mi ha fatto diventare maleducato" disse Rosario.

"Amiche carissime vi presento Pilar Garcia, ci siamo conosciuti sulla nave durante il viaggio di ritorno e abbiamo deciso di sposarci".

"Rosario caro ma cosa dici? Non abbiamo ancora deciso nulla di preciso..." puntualizzò Pilar.

"Scusatemi mia cara, ma non potevo aspettare oltre. Voi mi fate girare la testa e sapete che vi amo."

"Congratulazioni" rispose prontamente Liliana cercando con lo sguardo sua sorella Rosanna.

"Ed ecco qui la sorella della mia fidanzata, questa bella donna che vedete è Elena e farà battere molti cuori qui a Veracruz" rispose Rosario.

Tutte le speranze e le illusioni che Rosanna aveva coltivato per tutti quegli anni furono distrutte in quel preciso istante "Un po' di aria fresca mi aiuterà a riprendermi" disse sottovoce alle sorelle che aveva a fianco.

Liliana guardò Rosanna sbiancare e le si fece vicina, decise che era ora di tornare a casa, perciò si voltò verso la madrina e disse:

"Vogliate scusarci, ma la nave di nostro padre potrebbe tornare da un momento all'altro e vorremmo essere a casa ad accoglierlo".

"Ho sentito parlare di Vostro padre e di vostro fratello" intervenne Ramirez.

"Li conoscete Don Sergio?" domandò Liliana.

"Non li ho mai conosciuti, ma anche i miei antenati avevano fondato una società commerciale in Spagna che io ho ereditato e ho preso informazioni su molte navi e sui loro capitani."

"Navigate?" domandò Soledad.

"Non molto, mi interesso più di affari che di navigazione, ma possiedo una bella nave la *sirena del mar* rispose Ramirez.

Asuncion cercò di monopolizzare ancora la conversazione lamentandosi che aveva molte cose da raccontare.

Rosanna disse "Ce le racconterete un'altra volta, sono sicura che non mancheranno occasioni." Si guardò in giro in cerca delle sorelle e specialmente di Aurora, era un po'che non la vedeva…

Capitolo 9

Aurora si trovava nel giardino della casa della Madrina trovò una panchina in pietra, era irritata quella sera, Asuncion era stata maleducata come sempre ma anche Fernanda con i suoi commenti. Persone del genere la facevano sentire a disagio. Non le importava nulla della serata, sarebbe rimasta in giardino ancora un po' fino a quando Ysidoro sarebbe venuto a chiamarla per tornare a casa; poi c'era un profumo di gelsomino che inebriava l'aria quella sera, né ispirò più volte godendosi quel profumo. Appena possibile sarebbe tornata a casa e sarebbe andata a fare una passeggiata a cavallo sulla spiaggia. Era talmente assorta nei suoi pensieri che non riuscì a udire un rumore alle sue spalle, finché una mano non la toccò. Si alzò di scatto e si trovò a faccia a faccia con un uomo. Non lo poteva vedere bene, aveva il viso nascosto da un fazzoletto scuro e da un capello nero a tesa larga.

"Perdonatemi Aurora, Vi ho forse spaventata?"

"Come? Come sapete il mio nome e cosa fate qui? Perché sul viso quel fazzoletto? Siete forse venuto a derubare le persone di questa casa?"

Gli occhi dello sconosciuto sorrisero, "Quante domande...Fatemi rispondere prima di aggiungerne altre."

"Dunque volete derubare le persone di questa casa?"

"Ebbene sì! Mi rendono le cose molto facili, soprattutto perché sono smaniosi di mostrare le loro ricchezze. E per quanto riguarda il vostro nome, mi sono informato. Vi ho visto oggi sulla spiaggia e volevo sapere a chi appartenessero quegli occhi splendidi. Ma ditemi cosa ci fate qui fuori in giardino? Non state alla festa? Non vi divertite?"

Aurora, lo guardò attentamente cercando di vedere il viso e rispose "Non particolarmente".

"Come mai? Ho notato che c'è molta gente e soprattutto dei bei cavalieri" domandò lui.

Aurora si voltò dall'altra parte e rispose "Non credo che vi riguardi".

Lo sconosciuto l'afferrò per un braccio e facendola girare verso di se la immobilizzò.

"E invece sì che mi riguarda".

Aurora sapeva che poteva urlare e sarebbero arrivati a salvarla, ma rimase immobile con la faccia voltata dall' altra parte.

Rispose "Non mi trovo, mi sento un pesce fuor d'acqua, mi trattano con sufficienza perché non vesto alla moda e mi sento inferiore a loro".

Lo sconosciuto rise "Tutto qui? Doveste invece essere contenta di non assomigliare a quegli sbruffoni a quei millantatori. Pieni di sé e delle loro stupide convinzioni, persone boriose che pensano esistano solo pizzi e merletti".

"Come mai li odiate così tanto?"

"Io non li odio Aurora, desidero solo impartirgli una lezione."

"Una lezione?"

"Devono imparare che il loro denaro i loro ori, non hanno alcuna importanza. Senza di essi sono come gli altri, i loro lavoranti, persone normali, *solo delle persone*. Alcune buone, altre cattive, ma che senza la ricchezza la vita continua, molta gente vive con molto poco. Ma purtroppo raramente lo comprendono, e continuano ad ammassare ricchezze, anche se ne hanno in abbondanza. Usando, sfruttando la povera gente, e pagandola con pochi denari".

Aurora si voltò a guardarlo. Lo fissò negli occhi e dopo qualche minuto domandò "E Voi pensate di meritare più di loro di quelle ricchezze?"

"È questo quello che pensate veramente?"

"Io in verità non…" Aurora non finì la frase, deglutì e si stupì delle nuove sensazioni che provava. Avrebbe dovuto aver paura, chiedere aiuto, provare repulsione per quello sconosciuto che era lì per derubare i suoi amici. Invece provava sensazioni contrastanti, emozioni diverse, gli voltò le spalle e disse "Non so cosa pensare…".

"E allora non pensate a nulla." rispose lui.

L'uomo posò le mani sulle sue spalle e l'attirò a sé, doveva essersi tolto il fazzoletto perché Aurora sentiva l'alito di lui vicino al suo orecchio e la baciò. Un bacio breve, ma dolce.

Lui la guardò negli occhi "Aurora" disse "Come siete diversa dalle altre donne, avete coraggio, il vostro spirito e la vostra forza di volontà vi contraddistinguono."

"Smettetela non dovete dire queste cose e non dovevate baciarmi!" Aurora cercò di svincolarsi.

"Aurora sapete non ho mai incontrato una donna che si offendesse per un complimento."

"Un complimento? Direi piuttosto una vuota lusinga venendo da voi".

"Anche un ladro è capace di scorgere una pietra preziosa in mezzo ad una manciata di sassolini e voi Aurora siete un gioiello senza prezzo."

"Vedo che usate le parole facilmente come facilmente saprete usare il pugnale che portate con voi."

"Rifiutate di credere che siete speciale? Come posso dimostrarvelo?"

"Lo sapete bene. Potreste intanto lasciarmi andare" rispose Aurora seria.

L'uomo prontamente la lasciò e fece un passo indietro, Aurora si accorse di essere sola e si voltò verso di lui.

Lo sconosciuto si trovava in ombra Aurora non riusciva a scorgere il viso, ma sentì la voce dire "Come potete vedere ho ubbidito".

"Ora vi prego di andarvene e lasciate stare gli ospiti di questa casa."

Lui si chinò e la baciò. Aurora ebbe un tuffo al cuore e per non cadere posò le mani sul petto di lui.

Lo sconosciuto cominciò a baciarla prima lentamente, con molta gentilezza e poi con crescente passione risvegliando in lei sensazioni e desideri mai provati prima. Aurora sentì brividi caldi e poi freddi e poi ancora caldi, aveva gli occhi chiusi ed era così confusa che non riusciva pensare a nulla di coerente. Lo sconosciuto si accorse di essere andato oltre e sollevò la testa.

"Non avevate il diritto di farlo", lo rimproverò Aurora con un filo di voce.

"Scusatemi avete perfettamente ragione non avevo alcun diritto di farlo".

Con il cuore che le batteva forte Aurora si divincolò dal suo abbraccio. I suoi occhi azzurri lampeggiavano di rabbia, ma anche di passione a stento trattenuta.

"Andatevene vi prego, qui nessuno vi ha fatto del male."

"Non parlate, non dite niente. Voi non sapete nulla, voi non sapete ..." La guardò con tenerezza "Va bene me ne vado ma prima voglio da voi un altro bacio".

"Non scendo a patti con voi, non avevate motivo neanche prima di baciarmi" rispose Aurora.

In quel momento si avvicinò Ysidoro, la stava cercando per poter portare a casa tutte le ragazze. Quando Ysidoro vide lo sconosciuto brandì il candeliere che si trovava nelle vicinanze, Aurora lo vide e girandosi urlò:

"Attento! ... Lasciate perdere non è successo nulla Ysidoro".

Lo sconosciuto si voltò verso di lei e per un miracolo evitò di venire colpito dal candeliere che brandiva Ysidoro.

L'estraneo guardando Ysidoro disse "Mi complimento con voi signore per il vostro coraggio chi siete?"

"Mi chiamo Ysidoro e accompagno le ragazze Gonzales".

"Quindi questa focosa fanciulla è una vostra protetta?"

Ysidoro suo malgrado sorrise e rispose fiero "Sì!"

"I miei complimenti, siete fatti tutti e due della stessa pasta signore."

Poi si chinò e si volse verso l'uscita del giardino dicendo

"*L'ombra della notte* Vi ringrazia," prese la mano di Aurora e la portò alle labbra prima di sparire nel buio.

Capitolo 10

Ysidoro e Aurora tornarono in casa e cercarono le altre sorelle, si accomiatarono dagli ospiti e mentre si allontanavano per andare a salutare la madrina sentirono Asuncion commentare:

"Tutti qui a Veracruz pensiamo che le sorelle Gonzales siano un po' strane, si dice che sappiano navigare come veri uomini e sappiano usare pure le armi".

"Navigare? Usare le armi? Scherzate vero!" ribatté Don Sergio ridendo

"Quelle signorine tenere delle armi? O addirittura navigare? Non siate sciocca! Che cosa buffa dite" aggiunse ridendo Carlos Martines.

"Noo, no è vero, dovete credermi. Si dice che Liliana usa la spada come un uomo, sua sorella Rosanna riesce a centrare con la pistola una moneta posta su un ramo e le due gemelle usano il pugnale come le posate per cenare. Qui a Veracruz siamo tutte sicure che resteranno zitelle. Nessun uomo può desiderare una moglie che si comporta come un volgare maschiaccio invece di accudire una casa" rispose prontamente Asuncion.

"Asuncion viaggiate molto di fantasia e non dovreste dar retta ai pettegolezzi" rispose prontamente Carlos Martines che si stava avvicinando.

"*Le donne sono donne,* esseri fragili. Come possono tenere in mano delle armi? Suvvia e poi quelle fanciulle non c'è che dire sono tutte e quattro molto belle, ma troppo fragili e poi le loro mani come potrebbero brandire una spada o un arma?" rispose con sufficienza Martines.

"Erano mani sottili delicate... le ho guardate bene. Come ho osservato le signorine Gonzales, e come dice il mio amico Carlos sono troppo fragili per usare delle armi." finì Ramirez.

Nestora Altamira tornò ad avvicinarsi a uno degli ospiti della serata, al quale domandò "Carissimo Don Maurilio, Vostro figlio quando torna? Oramai dovrebbe essere qui a Veracruz?"

"Sì sì lo aspetto da un giorno all'altro, oramai è tempo che prenda possesso dei beni, io comincio ad invecchiare cara la mia amica..." rispose.

"Non dite cosi siete sempre un bell'uomo, e poi gli anni come sapete li si sentono solo se si vuole".

"Sì, amica mia, ma come sapete mio figlio viaggia per mare, e fa affari, ma non ha mai voluto interessarsi in prima persona degli affari di famiglia, terre e immobili che abbiamo ereditato anni fa alla scomparsa di mio fratello e di suo figlio Matías."

"Già che disgrazia. Ricordo bene quello che si diceva, che non era loro figlio, ma oramai anche lui sarà morto dopo tutti questi anni, non credete?"

"Sì Donna Nestora, sono anni che non si hanno sue notizie. Credo comunque che qualcosa mi dirà Don Armando, mi ha dato un appuntamento nel suo ufficio per la settimana prossima. Non mi ha voluto dire nulla al riguardo, ma non essendo lui a curare tutti i miei interessi penso debba informarmi di qualche altra novità."

"Già, Don Armando Vidal tiene gli interessi di molti qui a Veracruz, anche i nostri sapete, è una persona di fiducia e giusta, anche se credo che spesso sappia più cose di quelle che vuol far credere" rispose Nestora.

"Comunque il tempo cara Nestora è passato, e anche lo scandalo si è oramai dimenticato, certo che adottare un bastardo e lasciargli i propri beni in eredità. Ma la vita pareggia sempre i conti. Una famiglia nobile come la nostra non poteva certo avere una macchia così grossa" disse Munoz.

"Avete ragione Don Maurilio, dobbiamo certamente curare di non mischiarci con certe persone. Vi capisco più di altri perché come ricorderete, mia sorella si sposò con un Navarro ed ebbe un figlio da lui e tutto contro la decisione della nostra famiglia. I Navarro sono stati nostri nemici da secoli. Tutti avremmo voluto che nostra sorella sposasse Voi. A distanza di anni di quel ragazzo non si è saputo nulla, sarà morto oramai, del resto un bastardo non può ereditare i beni di famiglia che si sono tralasciati negli anni".

"Già! Ho amato molto vostra sorella, l'avrei sposata se non fosse stata incinta di quel bastardo! Invece lei preferì un Navarro".

"Eccovi Donna Nestora, Don Maurilio, non ho potuto fare a meno di sentirvi," disse Don Eleazar. "C'è stato un momento che le nostre tre famiglie hanno avuto veramente questi seri problemi, ma certamente le cose siamo riusciti a metterle al loro posto…. Devo dire che Don Armando ha chiamato pure a me per un colloquio. Forse si tratta di qualche affare, del resto anche mio figlio è sempre per mare e devo continuare a seguire io gli affari di famiglia."

"Carissimo Alvarez "disse Don Maurilio, "è sempre meglio che i cordoni della borsa vengano tenuti ancora da noi" rispose ridendo.

"Direi di fare un brindisi, dov'è Don Rodrigo? Donna Nestora, voglio brindare assieme ai miei amici, dopo anni siamo ancora qui tutti uniti più che mai" disse Alvarez.

Donna Nestora li guardò attentamente negli occhi. "Non ne avrei mai dubitato" rispose.

Capitolo 11

"Liliana sei qui?" domandò Soledad, andando sulla terrazza che girava intorno a tutta la casa.

"Sì" rispose Liliana, "sono dietro le piante di cycas sto guardando se vedo attraccare la nave di papà, doveva essere già qui da giorni. Questo ritardo mi preoccupa. Papà non ha mai ritardato così tanto."

Rosanna sopraggiunse e disse "Sai che ci sono merci da scambiare, magari hanno avuto qualche ritardo, vedrai che entro domani arriveranno."

Qualche minuto dopo arrivò Ysidoro a chiamare le ragazze per andare a cena. Voleva bene a quelle quattro ragazze, aveva insegnato loro ad ammainare le vele, a stabilire una rotta orientandosi con le stelle, ad usare un sestante, erano come figlie per lui.

Stavano terminando la cena, quando Maria, una cameriera arrivò avvisando che qualcuno si era presentato alla porta chiedendo delle sorelle.

"Ha detto come si chiama?" domandò Liliana.

Nanà rispose un po' seccata "Non è certo l'ora delle visite" si alzò ed uscì dalla stanza.

La cameriera rispose che era un certo Capitano De la Cruz, "Deve darvi notizie di vostro padre e di vostro fratello".

Liliana si alzò di scatto, si unì alle sorelle e si recò verso il salotto dove era stato fatto attendere il Capitano.

L' uomo stava guardando fuori dalla finestra con aria meditabonda. Quando le sorelle entrarono, lui si girò lentamente verso di loro, e si presentò "Buona sera sono il Capitano de la Cruz".

Era un uomo alto, molto alto, con i capelli scuri piuttosto lunghi che gli ricadevano oltre le spalle e la fronte. Il suo viso sarebbe stato bello anche se non abbronzato, e se non fosse stato con quella espressione così dura, aveva mani grandi e robuste chiuse in due pugni. Aveva un fisico molto robusto, possente. Per un attimo nessuno parlò, ma si guardarono negli occhi, Liliana si fece avanti e gli porse la mano, "Capitano de la Cruz sono Liliana Gonzales."

"Signorina Gonzales" lui strinse a sua volta la mano di Liliana e la guardò negli occhi con una franchezza sconcertante. Liliana percepì una enorme forza, una tensione, un'agitazione trattenuta a stento, percepiva queste vibrazioni e lo guardò in quegli occhi scuri come l'oceano durante una tempesta, occhi pieni di sofferenza e di mistero.

"Capitano lasciate che vi presenti le mie sorelle Rosanna Soledad e Aurora, oltre a Nanà che è più che la governante per noi e il nostro amico Ysidoro".

Nanà lo guardò a lungo ed una forte emozione trasparì dai suoi occhi. Lo aveva già visto? Lo conosceva la mente diceva di no ma il suo cuore le diceva che quello sconosciuto non era estraneo per lei, ma non sapeva, non conosceva nessun De la Cruz, eppure sentiva aprirsi il suo cuore solo sentendo la sua voce.

Il capitano fece un gesto di saluto agli altri, guardò Nanà a lungo negli occhi, e poi rivolgendosi verso Liliana disse "Vi porto notizie di Vostro padre e di vostro fratello."

Liliana vacillò e lui allungò la mano per sorreggerla. Le mise una mano sulla spalla come per darle la forza per affrontare ciò che avrebbe detto poco dopo.

"Sono?" Non terminò la frase, non disse altro ma aveva capito, lo aveva compreso guardando il capitano negli occhi, dalla sua voce e dalle emozioni che traspiravano.

"C'è stata una terribile tempesta, una delle peggiori mai viste, ci sono state molte perdite fra cui vostro padre e vostro fratello" disse il capitano.

Rosanna si lasciò cadere su un sedia ripetendo come una preghiera "No. Oh non può essere vero", le due gemelle si lasciarono cadere ai piedi di Rosanna e incominciarono a piangere sommessamente. Tutti guardavano il Capitano con occhi colmi di lacrime e spenti.

"Eravate con loro capitano?" domandò Liliana.

"Sì la mia nave ha recuperato parte dell'equipaggio della nave di vostro padre, che non è affondata. Siamo stati fortunati nel riuscire a portarla qui al porto, la prua è danneggiata e la stiva allagata. Domani alla luce del giorno potrete vederla se vorrete, certo ha subito parecchi danni ma si potrà sistemare per farla tornare di nuovo a navigare" rispose con voce sommessa Juan.

Liliana sentiva le sorelle piangere, ma non guardò verso di loro, prima doveva sapere…

"Capitano i loro corpi dei nostri cari?" domandò.

Lui abbassò gli occhi verso il pavimento aspettò qualche secondo prima di rispondere "Mi spiace signorina Gonzales, ora riposano in mare".

"Già il mare, lo amavano così tanto, era tutto per loro" disse Liliana mordendosi le labbra ma girandosi verso le sorelle per non mostrare il suo dolore allo sconosciuto. Fece un sospiro profondo, poi si girò lentamente verso il capitano.

"Avete fatto un lungo viaggio per venire qui da noi Capitano avrete sicuramente fame".

"Non disturbatevi signorina Gonzales, io mi fermerò alla taverna prima di ritornare."

"Non posso permetterlo." Liliana chiamò la cameriera e ordinò che fosse preparato qualcosa per il Capitano, poi rivolgendosi verso le sorelle disse "Vi prego di cominciare a salire in camera vostra Vi prometto che presto vi raggiungo." Le sorelle esitavano guardandola, ma Liliana fu irremovibile, le accompagnò verso la scala, "Andate io vi raggiungo più tardi ve lo prometto, insieme penseremo ad organizzare il funerale."

Liliana ritornò lentamente in salotto e vide l'uomo che guardava ancora fuori dai vetri della finestra, sembrava che cercasse qualcosa, in quel momento Maria la cameriera portò il vassoio con delle pietanze calde ed invitanti oltre ad una bottiglia di vino.

"Fatemi compagnia vi farà bene" disse il Capitano fissandola intensamente negli occhi.

"Mi duole veramente essere stato portatore di questa funesta notizia, di avervi causato molto dolore."

"Capitano ora che siamo soli, ditemi quello che è accaduto, voglio conoscere i dettagli"

Lui annuì. "È accaduto proprio davanti a me, la nave era spazzata dalle onde, sono stati scaraventati in mare insieme a parte dell'equipaggio. Non si è potuti salvarli, stavamo tutti lottando per la sopravvivenza. È successo mentre stavamo andando in Spagna, per questo ho impiegato più tempo per venir qui a darvi questa notizia... Sono dovuto tornare in Spagna ed armare nuovamente una nave per venire qui a Veracruz, mentre parte del mio equipaggio ha portato qui la vostra nave."

"Mangiate Capitano si raffredda altrimenti" disse Liliana. "Poi data l'ora tarda se vorrete potrete dormire qui, c'è la stanza di nostro fratello."

"Vi ringrazio" rispose Juan, le prese la mano e disse "Voglio che sappiate che vostro padre era consapevole del pericolo che stava affrontando. Spesso mi ha parlato delle sue quattro figlie, di quanto ne fosse orgoglioso, delle sue speranze per il Vostro futuro. E mi ha chiesto un favore, un favore che non avrei voluto fargli mai, perché gli volevo bene come a un padre."

La sua voce era roca per il dolore e l'emozione. "Vostro padre mi ha chiesto riferirvi quanto fosse fiero di voi, che vi voleva bene, e che contava su di voi per continuare nell'impresa."

Liliana trattene il fiato e lo guardò negli occhi. "Continuare nell'impresa? Siete sicuro? Questo ha detto nostro padre?"

"Sì, assolutamente lo ha detto molto chiaramente".

Liliana trattenne le lacrime, voleva andarsene prima di crollare davanti allo sconosciuto. "Grazie di tutto".

E corse via su per le scale, lasciando il capitano da solo a finire la cena.

Capitolo 12

Il Capitano dopo la cena prese il caffè che la cameriera gli aveva appena portato. Non ricordava cosa avesse mangiato poco prima. Tutti i suoi pensieri erano rivolti alla sorella maggiore dell'amico Adrian, a Liliana. Si era aspettato un comportamento diverso come crisi di nervi, pianti, svenimenti, invece qualcosa di insolito era successo. Il dolore di quelle quattro fanciulle era evidente, ma avevano una forza straordinaria soprattutto Liliana.

Liliana, come era diversa da Pilar. Pilar già Pilar. Amava quella donna almeno cosi credeva, sapeva che quella sera era alla festa dei Santos Torres Altamira. Era scesa dalla sua nave quella mattina, le aveva detto che quella sera non si sarebbero visti, lui aveva un compito da fare. Lei disse che Fernanda le aveva esteso l'invito della festa che i suoi genitori davano in onore del loro ritorno e di una loro amica che compiva gli anni. E che l'avevano invitata a restare loro ospite.

Non gli piaceva saperla ospite dai suoi parenti. Lui ovviamente non sarebbe andato alla festa, non ancora, odiava quelle persone, avrebbe dovuto pensare a come regolare i conti.

Per compiere la vendetta aveva deciso di fermarsi con i suoi fratelli a Veracruz. Aveva sistemato gli affari della loro compagnia in Spagna e stabilito di tornare da dove era partito. Partito. Sì, era partito con un dolore nel cuore e nell'anima, un dolore marchiato che non lasciava mai un respiro. Un dolore che spesso riaffiorava nella mente e nell'anima e gli impediva di vivere sereno. Quel dolore che lo aveva portato a giurare che un giorno avrebbero pagato e lui si sarebbe vendicato. Ora era qui per sistemare i conti. E poi sposare Pilar. Pilar l'aveva conosciuta pochi giorni prima di partire dall'Europa, avevano viaggiato insieme sulla stessa nave, e sempre sulla sua nave c'erano altre persone del luogo che tornavano alla loro casa, anche il cugino Rosario e la cugina Fernanda. I suoi cugini; i cugini che non lo avevano riconosciuto, pensavano fosse un passeggero come altri che tornava in Messico, lui non era un vero De la Cruz, ma era Juan Navarro. Non era il momento di pensare a questo, era stanco e voleva riposare.

Ma l'immagine di Liliana gli tornava in mente, lei era forte aveva percepito subito la ragione della sua presenza ma aveva assimilato il colpo senza crollare. Lui avrebbe voluto abbracciarla e offrirle conforto, e dirle che avrebbe superato questa situazione, anche se nulla sarebbe stato più lo stesso.

Posò la tazza con un forte rumore secco, aveva bisogno di qualcosa di forte. In quel momento entrò Maria la cameriera e domandò se avesse bisogno di altro. Lui la guardò e chiese un bicchiere di rum.

"Ve lo faccio portare subito" rispose Nanà sopraggiungendo, "se intanto volete seguirmi vi mostro la camera."

Il capitano si alzò vide che Nanà lo osservava, lo scrutava quasi a voler capire chi fosse. Juan abbassò lo sguardo come per nascondere quello che stava pensando. Quanto avrebbe voluto abbracciarla, ma non poteva, non era ancora il tempo della verità. Si ricordava della donna, lo aveva spesso aiutato e cresciuto, nella sua triste infanzia, dopo la morte dei suoi genitori, ma abbassò gli occhi e disse:

"Vi seguo".

Salirono la scala e passando davanti a delle porte chiuse poté udire delle voci femminili parlare a bassa voce. Nanà poco dopo aprì una porta e lo fece passare.

"Spero troverete tutto ciò che vi serve, ora Maria vi porterà quello che avete chiesto, se avete bisogno di altro potrete chiedere direttamente a lei."

"Grazie Nanà. La posso chiamare anche io così?"

"Certamente Capitano...? " rispose Nanà restando colpita dal suono della sua voce nel nominarla.

"Juan... Juan De la Cruz". Rispose con voce dolce ed un sorriso leggero sulle labbra.

"Juan... Juan.... Questo nome..., mi ricordate un giovane ragazzo, che abitava qui a Veracruz anni fa...un ragazzo che ho curato quando era bambino, che ho amato e allevato, ma ora chissà dove sarà, si imbarcò molto, molto tempo fa...anni fa andò in Europa, non passa giorno che non pensi a lui e prego la Vergine del Carmine di proteggerlo. Scusatemi Capitano, anzi Juan non volevo rattristarvi ulteriormente."

Juan la guardò e pensò Nanà, madre mia come vorrei stringerti fra le mie braccia, sentire quel profumo di casa, di sicurezza che solo tu riuscivi a dare a quel bambino, a quello spaurito fanciullo. Sì sono io quel bambino, e ora sono tornato Nanà. Ma non disse nulla la guardò le sorrise le fece una carezza e pensò che non era il momento ancora, doveva compiere la sua vendetta, doveva aspettare, tutto a suo tempo.

Capitolo 13

Quando Nanà se ne andò, Juan si guardò intorno vide il letto fatto pronto di fresco. C'era un catino pieno d'acqua da cui usciva un lieve vapore. Nonostante la situazione e la grave perdita in quella casa tutti avevano saputo far fronte alla presenza di un ospite inatteso. Nella stanza c'era un libreria piena di tomi molti dei quali parlavano di imbarcazioni, una scrivania con sopra delle carte nautiche e dietro un quadro, raffigurava una giovane coppia con 5 bambini, Juan si avvicinò lo guardò con attenzione e si poteva notare una bambina con gli occhi scuri e i capelli rossi, era Liliana, non ci si poteva sbagliare. Bussarono alla porta.

"Avanti" entrò Maria con un vassoio ed un bicchiere colmo di rum, aveva gli occhi arrossati per il pianto, ma chiese al Capitano se voleva altro.

"No grazie Maria".

La ragazza annuì chiese permesso e uscì dalla stanza.

Juan sospirò si tolse la giacca e incominciò a sorseggiare il liquore quindi andò alla finestra e si accinse a guardare fuori. Era stanco, aveva affrontato un viaggio lungo ma quella giornata era stata particolarmente difficile. Aveva lasciato l'equipaggio che aveva riportato a Veracruz "L'inaffondabile" alla taverna, e i suoi fratelli nella casa che era stata sua, sorrise, era il primo sorriso da giorni. Vuotò il bicchiere e lo posò sul vassoio. Si sedette sul letto si sfilò gli stivali, poi terminò di spogliarsi, si distese sul letto sistemò il cuscino sotto la testa e cercò di abituarsi al silenzio della casa.

I primi giorni a terra erano sempre la stessa cosa, dopo il beccheggio della nave e lo sciacquio costante delle onde, che lambivano la nave. Juan cercò di sforzarsi di pensare al futuro. Aveva soldi, aveva navi, ma non aveva la pace dentro di sè. Pilar era come un fuoco, un fuoco che lo consumava ma ne sentiva sempre la mancanza. Aveva detto che lo avrebbe sposato, che anche se era senza soldi avrebbe passato la vita con lui perché lo amava. "Sì mi ama, sono sicuro che mi ama" ripeté sospirando Juan.

Chissà come sarà felice quando saprà che potrò colmarla di ogni suo capriccio. Già ora sono sicuro che mi ama veramente per quello che sono e non per i soldi. Pilar... E pensando a lei si addormentò.

Si svegliò dopo qualche ora, un silenzio quasi inquietante lo stava circondando, si sedette sul letto preoccupato. Pensò per un momento ai membri del suo equipaggio, che stavano alla locanda, erano uomini fedeli e volenterosi sempre pronti ai suoi comandi. Ma per qualche tempo si sarebbero fermati lì sulla terraferma, lì a Veracruz dove doveva compiersi la sua vendetta. Ripensò ad Adrian quando durante un incontro parlò delle sorelle, ne parlava sempre con orgoglio, gli aveva anche confidato che la maggiore sapeva usare la spada come un uomo. Lui non ci aveva creduto. Ora che l'aveva vista e conosciuta era sicuro che Adrian aveva esagerato, quella donna non poteva usare la spada, aveva sì un carattere forte ma usare la spada...era tutta un'altra cosa, era stato senz'altro il forte amore di fratello a farlo parlare così.

Liliana aveva un grande autocontrollo doveva ammetterlo ed era sicuramente molto bella. Qualsiasi uomo sarebbe stato felice di aver al fianco una donna come lei, aveva una combinazione di bellezza e forza di volontà, e i suoi occhi castani brillavano di intelligenza, non erano solo castani avevano come delle pagliuzze che brillavano. Non sarebbe stato facile trovare un'altra donna come lei. Juan lo sapeva bene, aveva viaggiato molto in quegli anni, aveva aiutato il suo patrigno negli affari e visto molte donne ma non si era mai innamorato. Innamorato…? No mai, anche con Pilar? Forse non era amore, era solo passione, una passione che ti consuma che ti porta alla pazzia. Forse con Liliana avrebbe potuto innamorarsi.

Quel pensiero lo colpì, non erano passate otto ore da quando l'aveva conosciuta e già stava dicendo fesserie. Sei solo uno sciocco Juan si disse. Juan stropicciò il cuscino e tornò a dormire.

Liliana si svegliò di colpo, cercò di riaddormentarsi ma non riusciva a dormire. Decise di alzarsi e di andare nello studio del padre ne sentiva la mancanza. Si guardò intorno, sfiorò con mani tremanti gli oggetti che usava suo padre a lei cari che erano posati sulla scrivania. Un vecchio giornale di bordo, un sestante che prese fra le mani cercando di sentire quel calore delle mani del padre. Ma il metallo era freddo e duro. Srotolò una cartina del mondo fermandola agli angoli in modo che non si richiudesse. Sollevò un candelabro per leggere meglio le rotte che suo padre aveva segnato. Lesse le annotazioni di suo padre, aveva una grafia elegante, sapeva quanto amasse il suo lavoro e quanto ne era fiero. Alzò lo sguardo e in fondo alla stanza scorse la giacca di suo padre che indossava nei brevi periodi che era a casa. La prese e vi nascose il viso cercando di respirarne il suo profumo.

"Padre, oh padre mio, non riesco a reggere il pensiero di non vedervi più, né voi né Adrian. Padre come farò da sola? Ho bisogno di Voi, tutte noi abbiamo bisogno di voi. Oh padre oramai siamo rimaste sole, tu hai raggiunto nostra madre, ma noi ora cosa faremo?" sussurrò

Liliana deglutì più volte per trattenere le lacrime, mentre staccava il volto dalla giacca, suo padre non avrebbe voluto vederla piangere, fece dei respiri profondi per riprendere il controllo. Quando si voltò vide una figura sulla soglia dello studio.

"Perdonatemi Signorina Liliana" Juan entrò nella stanza, prima avevo dimenticato di darvi questo oggetto."

Tirò fuori il giornale di bordo della nave di suo padre. "Vostro padre voleva che lo aveste, non volevo disturbarvi, discolpatemi" disse Juan.

"Vi prego capitano rimanete, devo assolutamente parlare con qualcuno di mio padre e di mio fratello".

Juan annuì "Capisco le vostre ragioni."

"Capitano volete qualcosa da bere?"

"No per il momento o…. Forse sì del rum"

Liliana si alzò e andò nel salotto a prenderlo e quando tornò con il vassoio trattenne il fiato quando vide Juan alzarsi. Aveva un fisico asciutto e muscoloso, certo era imponente, anche nella luce fioca della stanza spiccava il volto abbronzato dal sole. I capelli erano lunghi, ma ora erano trattenuti in una coda che andava oltre le spalle e quelli che ricadevano sulla fronte lo rendevano attraente. Juan scostò i capelli con la mano e sollevò lo sguardo su di lei. Prese il vassoio e domandò dove dovesse posarlo.

"Laggiù" Liliana indico un tavolino con due sedie. Si accomodarono e Liliana guardò negli occhi Juan.

"Mio fratello mi ha parlato spesso di Voi, vi stimava molto, in realtà vi riteneva un eroe."

"Ho sempre considerato vostro fratello un amico e volevo bene a vostro padre come se fosse il mio. Le nostre strade si sono intrecciate spesso. Vostro padre e vostro fratello parlavano sempre di Voi e delle vostre sorelle, della casa e ora che vi ho conosciuto ne comprendo i motivi" disse con un sorriso Juan.

"Già, anche mio fratello vi stimava molto, parlava sempre bene di Voi e diceva che avete sofferto molto nella vostra infanzia. È vero? Avete perso i genitori presto è per quello?"

"Scusatemi Liliana, non credo sia il momento delle confessioni, non ne voglio parlare, forse un giorno".

"Scusatemi Capitano, non volevo essere invadente, ma ditemi dell'ultimo giorno di mio padre".

"L'ho già fatto!"

"No Capitano voglio sapere tutto, cosa hanno detto, ho un disperato bisogno di sapere tutto di apprendere ogni minimo pensiero, riuscite a intendermi?"

Juan la fissò per alcuni minuti in silenzio e vide nei suoi occhi una grande sofferenza. Aveva subito una perdita terribile, eppure voleva conoscere, si stava comportando con un coraggio ammirevole.

Juan annuì e cominciò a raccontare ogni minimo dettaglio di quella tragica giornata.

Capitolo 14

Liliana rimase in silenzio, ascoltava e solo gli occhi lasciavano capire l' emozione che stava provando.

"Sapete Juan, Adrian sin da quando era bambino voleva navigare con nostro padre. E quando tornò dal suo primo viaggio con tanto entusiasmo narrando tutto quello che aveva visto ne fui gelosa".

"Trovo difficile crederlo signorina Liliana" rispose Juan guardandola negli occhi.

"È la verità, invece. Le mie sorelle ed io siamo marinai esperti, a bordo siamo in grado di fare qualsiasi cosa".

Juan si voltò a guardarla "Il lavoro di vostro padre era anche pericoloso e spesso violento. Questo a volte rende violente le persone che stanno a bordo e capisco perché non voleva coinvolgere le sue figliole. La navi da carico sono ben diverse da quelle passeggeri. Di certo inadatte a delle ragazze timide e fragili".

"Vi assicuro che non siamo proprio fragili e delicate le mie sorelle ed io" rispose alzandosi Liliana.

Lui sorrise si alzò a sua volta, torreggiando su di Lei. Liliana si rese conto che era bellissimo, bellissimo e tenebroso, ma anche molto misterioso.

"Perdonatemi signorina Liliana, non volevo offendervi e neppure le vostre sorelle."

Senza rendersene conto Juan prese per un braccio Liliana e subito si rese conto che era stato un grande sbaglio. Gli era bastata toccarla per sentire un rimescolio dentro. Con cautela la lasciò andare e fece un passo indietro.

"Comprendo come mai vostro padre fosse cosi orgoglioso delle sue figlie".

"Ve lo ha detto lui?" domandò Liliana con un filo di voce.

Dagli occhi di Liliana si capiva che aveva il desiderio di sapere di più.

"Sì spesso parlava di voi nello stesso modo in cui parlava del suo lavoro".

"Cosa intendete?" domandò Liliana.

"Con una specie di accanimento che solo un vero marinaio può capire" la voce di Juan si addolcì.

"Una volta che un uomo sperimenta la vita di mare è assalito da una specie di inquietudine, che non si mitiga fino a che non inizia un'altra avventura" continuò.

Liliana ricordava suo padre parlare del mare nello stesso modo.

"Siete anche voi un marinaio?" domandò a Juan.

"Sì forse. Anche se non vado spesso per mare, perché il mio lavoro si svolge all'interno della compagnia. Sì in fondo sono anche io un marinaio... Signorina Liliana, vorrei parlarvi della nave di vostro padre, "l'Inaffondabile".

"Cosa mi volete dire della nave di mio padre Capitano?"

"Vorrei occuparmi delle riparazioni e farla tornare a navigare" rispose Juan.

"Lo volete davvero?" domandò Liliana guardandolo negli occhi.

"Sì io lo vorrei, e sono pronto anche a comprarvela".

"Ovviamente ora la nave non vale molto, ma non è in vendita Capitano".

"Signorina Liliana..."

"A nessun prezzo Capitano".

"Non capisco, volete tenerla ancorata al porto come una specie di sacrario? domandò Juan piuttosto irritato.

"È questo che pensate capitano? Credete veramente che né io né le mie sorelle non navigheremo con la nave di nostro padre?"

"Signorina Liliana, la nave di vostro padre è una bella nave fatta per raggiungere porti lontani, sarebbe un errore tenerla per delle festicciole con le amiche".

"Ma sentitelo! È così che ci vedete Capitano?" il tono di Liliana era leggermente salito.

"Quello che vedo…" Juan non si accorse di aver stretto ancora il braccio di Liliana e di averla trascinata vicino a sè, troppo vicino. Liliana alzò gli occhi e incrociò il suo sguardo.

"Ora siete una persona troppo addolorata per capire cosa vuole fare. Per pensare razionalmente."

"Capitano vi assicuro che ho le idee perfettamente chiare" rispose con voce dura

Juan la strinse a sè e la baciò. Non voleva farlo ma gli era bastato guardarla negli occhi per provare una sfida, così non aveva potuto fare a meno di baciarla. Le sue labbra erano dolci e morbide. Juan soffocò con le proprie labbra il suo piccolo gemito e approfondì il bacio.

Liliana si scosse e con uno strattone si liberò.

"Come avete potuto! Con quale diritto mi avete baciato. Zoticone."

"Perdonatemi, ora vi lascio, parleremo della nave di vostro padre un'altra volta."

"Vi ho già detto come la penso Capitano non c'è più nulla di cui parlare."

"Juan…" lui sorrise, "dopo quanto c'è stato fra di noi Liliana, mi sembra troppo formale chiamarmi Capitano."

Si voltò per andarsene. Doveva allontanarsi da lei, quegli occhi quelle labbra erano una forte tentazione.

Liliana prese la statuetta sulla scrivania e la tirò verso Juan, che chiuse prontamente la porta e la statuetta andò ad infrangersi su di essa.

Capitolo 15

Liliana si ritirò in camera, andò sulla piccola terrazza e incominciò a camminare avanti e indietro, aveva bisogno di rilassarsi dopo la tempesta di emozioni che l'avevano assalita. In tutta la sua vita non era mai stata baciata in quel modo, era confusa. Juan era sicuramente un uomo diverso da tutti quelli che aveva conosciuto finora. Sembrava che da esso scaturisse una forza indomabile, un uragano, e poi quegli occhi sempre scuri e tempestosi, però molto belli ed espressivi. Lo rivedeva, forte alto. Mio Dio cosa stava pensando…era forse impazzita? Forse non era stato il bacio ad agitarla ma piuttosto la sua reazione ad esso. Certo non mi aspettavo che mi baciasse, mi ha preso alla sprovvista e tutto questo mi ha turbato, sì sì senz'altro è così. Del resto si capiva che era un uomo con molta esperienza. Chissà le donne che avrà avuto. Non voleva avere nulla a che fare con lui, aveva un'aurea di pericolo, e c'era un mistero che circondava il capitano Juan De la Cruz. Adrian aveva spesso detto che il Capitano de La Cruz e i suoi fratelli avevano sofferto molto, prima di andare in Europa, ma non aveva mai detto nulla di più.

Lei non aveva mai domandato altro al fratello visto che non conosceva direttamente il Capitano, ma ora che lo aveva visto e conosciuto avrebbe voluto sicuramente saperne di più.

Le pareva impossibile che quell'uomo potesse aver sofferto. Il suo aspetto, il suo modo di presentarsi non davano adito a pensieri del genere. Sembrava al contrario una forza della natura, e l'aveva baciata.

Liliana sorrise, chissà cosa avrebbe pensato il suo padre spirituale se avesse saputo che solo poche ore dopo aver conosciuto un uomo gli aveva permesso di baciarla in modo così intimo.

Andò a dormire il giorno dopo avrebbero dovuto organizzare il funerale dei suoi familiari.

Anche Juan si ritirò nella camera assegnatogli. Non riusciva a dormire, ogni volta che provava a chiudere gli occhi rivedeva le labbra di Liliana, dolci, morbide. Dio mio cosa vado a pensare. È un incubo. Quella donna non faceva per lui eppure aveva qualcosa che lo attraeva, qualcosa di magico, non sapeva cosa. Non si era mai sentito così prima. Dio mio, Dio mio fai qualcosa per favore, pensava mentre cercava di prendere sonno.

Chissà com'era a letto con lei a far l'amore. Se la immaginava vicino a lui, sorridente e dolce.

Quel pensiero lo fece balzare sul letto. 'Oddio ma cosa mi sta succedendo? No! Non posso pensare certe cose. Non è certo il tipo di donna che mi piace. Caro Juan vedi di calmarti e dormire che domani sarà un'altra giornata pesante'.

Capitolo 16

Il giorno dopo era una giornata calda sin dal mattino presto si sentivano le cicale frinire, il Capitano uscì presto da casa Gonzales, voleva andare a visitare la tomba dei suoi genitori. In poco tempo arrivò al Pantheon e pose un mazzo di roselline profumate che aveva preso al mercato da una fioraia, sulla tomba di sua madre. Stava ancora pregando quando sentì una mano sulla sua spalla ed una voce dolce dire:

"Sapevo, sentivo che eri tu Juan...figlio mio" disse una voce rotta dal pianto.

Juan si girò lentamente e vide Nanà. Si alzò e l'abbracciò stretta a sè.

"Juan figlio mio perché non mi hai detto nulla ieri?" lo rimproverò Nanà.

"Madre volevo ve lo giuro, sono stato tentato, ma sono tornato per mantenere il giuramento di vendetta per la morte dei miei genitori".

"Juan tua madre non lo avrebbe permesso e neppure tuo padre. Si amavano di un amore forte che pochi possono avere. Sono stati felici quando sei nato e anche mentre crescevi eri la luce della loro vita. Ora sei un uomo perdona".

"Non posso! Nanà, non posso. L'ho giurato quando sono morti. Nanà non piangere ti prego".

"Lo sanno i tuoi zii che sei tornato?" domandò Nanà asciugandosi le lacrime.

"No, nessuno lo sa, sulla nave di ritorno, c'erano pure i miei cugini, ma non mi hanno riconosciuto e comunque ho usato un cognome diverso, Lopez" Nanà sorrise.

"Ma è il secondo cognome di tua madre!"

"Sì certo ma pochi lo sanno."

"Madre, come sono felice di vedervi e quante cose ho da darvi, da raccontavi. Sapete sono anche molto contento perché ho una donna che mi ama si chiama Pilar presto ci sposeremo. L'ho conosciuta pochi giorni prima di tornare a Veracruz e abbiamo viaggiato sulla stessa nave e ora che è qui, voglio portarvela a far conoscere."

"Sono felice per te figliolo, te lo meriti tanto" rispose commossa Nanà accarezzandolo sul viso,

"Ma hai detto che sei contento? Non sei felice e questo non va bene Juan, l'amore dà felicità."

"In verità non credo di essere felice, ma contento. Sì contento di avere una donna che mi ama."

"Nanà... ti chiamavo così perché non riuscivo a dire il tuo nome." Nel mentre le accarezzava il viso. "Marcela, non riuscivo mai a dirlo bene, che bei ricordi che serbo. Vi prego per ora non dite a nessuno che sono tornato. C'è pure Julio e Matías con me li ricordate? Ora il cerchio per tutti si chiuderà. È vero, quello che dicevate che la vita è una ruota che gira, e gira per tutti. Prima o poi tocca a tutti pagare. Ora siamo alla resa dei conti."

"Come potrei non ricordarmi dei miei figli, anche Julio e Matías, li ho tanto amati per il tempo che ho potuto tenerli con me."

Nanà sollevò lo sguardo e si staccò dall'abbraccio "Juan non dirmi che anche loro vogliono vendicarsi?"

"Sì madre" rispose Juan.

"Non potete perdonare?" domandò Nanà.

"Io non posso perdonare chi ha ucciso i miei genitori e mi ha spogliato dei miei beni. Ora sono tornato per vendicarmi e lo farò" rispose Juan con voce dura.

"I tuoi parenti sono molto amici della milizia lo sai bene, se gli farai qualcosa ti manderanno in prigione per sempre e io non voglio Juan, ti ho appena ritrovato non voglio perderti. Ora poi hai un amore pensa a Lei."

"Sì Nanà. Penso anche a lei. Pilar è dolce, generosa e mi farà felice. Non sa che sono ricco, però mi ama. E poi è bellissima, ma la vendetta madre è un'altra cosa e si compirà".

"Juan lascia che ti dica che devi lasciar posto all'amore, l'odio non porta mai nulla di buono. Tua madre ti ha insegnato ad amare non a odiare, non avrebbe voluto sentirti parlare così" gli disse Nanà stringendolo a sé.

"Nanà" Juan si commosse a sentire parlare di sua madre "Non avrei voluto che le cose andassero così ma l'odio che provo per i Santo Torres Altamira è enorme. Mi hanno privato dei miei genitori."

"Juan anche tu sei un Altamira non scordarlo mai! Sei un Navarro, per parte di tuo padre, ma tua madre era un Altamira."

"Nanà ho giurato di non usare mai quel nome, e poi sono stato adottato da un gentiluomo che mi ha portato con sè in Europa. Lui e sua moglie mi hanno amato e sono stati due buoni genitori. Un uomo che mi ha dato il suo nome De la Cruz, e questo grazie all'avvocato Vidal che gli ha parlato di me, che mi portò da lui per salvarmi. E poi Nanà come pensi che anche Julio possa perdonare dopo che suo cugino lo aveva venduto? Se non ci fosse stato Don Armando Vidal a interessarsi e parlare con Andres De la Cruz che lo ha riscattato dal capitano della nave cosa pensi che sarebbe successo al ragazzo?"

"Cosa stai dicendo Juan? Come venduto.... Il mio Julio venduto? "

"Sì Nanà. Venduto come uno schiavo ad un capitano di una nave che stava salpando per l'oriente. Ma era stato pagato perché ubbidisse all'ordine di ucciderlo non appena fosse uscito dal porto di Veracruz. Se non fosse stato per De la Cruz ora non saremmo qui. Capisci Nanà che io non ho nulla da ringraziare agli Altamira, né Julio agli Alvarez."

"Juan figlio mio per ora faremo come dici tu e non diremo nulla a nessuno altrimenti potrebbero farvi ancora del male" disse Nanà.

"Juan ora dove andrai a stare? E i tuoi fratelli?"

"Sono tornato nella casa dei miei, anche se i Santos Torres Altamira si informeranno sapranno che i De la Cruz hanno comperato quella proprietà. Gli Altamira non l'hanno presa perché è un posto piuttosto spoglio e abbandonato. Ci abitano con me, i miei fratelli Julio, Matías e Andres, certo non siamo veri fratelli di sangue, ma sono tutta la mia famiglia" disse sorridendo.

"D'accordo Juan, ma non fare pazzie. Venite oggi al funerale del capitano Gonzales? Vieni con i tuoi fratelli? E dopo magari parleremo ancora. Oh Juan! Non sai come sono contenta anzi felice di averti qui, mi sei mancato… Quante volte ho pregato la vergine del Carmine affinché vi proteggesse." Disse abbracciandolo

"Vi ricordate madre quando vi chiesi dove stava il cuore?"

"Sì certo, volevi sapere dove fosse il cuore della gente, avevano appena ucciso i tuoi genitori, ricordo ancora come se fosse ieri quello   che   ti   dissi: un giorno, crescerai ed allora capirai che il cuore vive in mille posti diversi, senza abitare, davvero, nessun luogo. Ti sale in gola, quando sei emozionato. O precipita nello stomaco, quando hai paura, o sei ferito. Ci sono volte in cui accelera i suoi battiti, e sembra volerti uscire dal petto. Altre volte, invece, fa cambio col cervello. Crescendo, imparerai a prendere il tuo cuore per posarlo in altre mani. E, il più delle volte, ti tornerà indietro un po' ammaccato. Ma tu non preoccupartene. Sarà come prima. O, forse, sarà più bello. Questo, però, lo comprenderai solo dopo molto, moltissimo tempo. Ci saranno

giorni in cui crederai di non averlo più, un cuore. Di averlo perduto. E
ti preoccuperai di cercarlo in un ricordo, in un profumo, nello sguardo
di qualcuno. Poi, ci sarà un altro giorno. Un giorno un po' diverso. Un
po' speciale. Un po' importante. Quel giorno, comprenderai che non
tutti hanno un cuore. Ma tu sì lo avrai"

Così commossa abbracciò Juan lo benedisse e poi tornò verso casa.

Capitolo 17

Juan salì a cavallo e si diresse verso casa. Era appena entrato sulla strada che portava fuori dal paese, quando un calesse con a bordo due persone stava procedendo in modo pericoloso e le due persone si sarebbero certo ammazzate perché il calesse stava ribaltandosi. Juan spronò il suo cavallo doveva raggiungere i cavalli cercando di fermarli. Doveva farcela. Dopo una folle corsa con il suo cavallo con fatica riuscì a fermare il calesse. Scese e andò incontro alle due persone che tremavano spaventate.

Nestora Altamira e Rodrigo Santos Torres scesero dal calesse piuttosto tesi e tremanti. Rodrigo andò verso Juan con fare d'alterigia e porgendogli la mano lo ringraziò e invitò ad andare a casa loro.

"Vi devo la vita Signor?"

"Capitano De la Cruz"

Rodrigo lo fissò negli occhi, quei lineamenti gli ricordavano qualcuno. No cosa andava a pensare "... Io e mia moglie vi dobbiamo la vita. Vi saremo sempre grati per averci aiutato."

"Non mi dovete nulla, è stato mio dovere."

"Capitano Vi siamo veramente grati" intervenne Nestora, "e per poterci sdebitare vorremmo avervi ospite a casa nostra".

"Vi ringrazio Signora, ma ho comperato la proprietà del Pizzo del diavolo la mia dimora per ora è lì."

"Avete comperato quella proprietà e perché mai?" domandò Nestora.

"La conoscete?" domandò Juan.

"Tutti la conoscono è una zona piuttosto impervia e isolata, ed è rimasta abbandonata per anni" Rispose Nestora.

"C'è solo quella villa con del terreno intorno e quei grossi alberi di Tule, ma credo sia tutto incolto" ribadì Don Rodrigo.

"Cosa vi ha portato ad acquistare quell'immobile? Se volete cambiare potremo darvi una mano, abbiamo conoscenze qui a Veracruz e sicuramente qualche villa più consona alle vostre esigenze la troveremo."

"Vi ringrazio per la gentilezza, ma quella casa per me va benissimo. Non ho intenzione per ora di dare feste o ricevimenti quindi anche se un po' abbandonato, quell'immobile per ora mi va benissimo. La stiamo già sistemando, ed è già abitabile e molto confortevole."

"Beh certo contento voi," ribadì Don Rodrigo.

"Ora se ci scusate sì è fatto tardi, dobbiamo andare; purtroppo dobbiamo presenziare ad un funerale e siamo in ritardo" disse Donna Nestora.

Juan si spostò e li fece passare. Ripresero il calesse e andarono verso la proprietà dei Gonzales e verso la Chiesa. Juan restò a guardare il calesse fino a che girò dietro ad una curva, riprese il suo cavallo e puntò verso il Pizzo del diavolo.

Liliana era seduta in carrozza con le sorelle. Di fronte a lei Nanà e Ysidoro. Quel giorno avrebbero detto addio al loro padre e al loro fratello con una piccola cerimonia religiosa. Appena entrarono in chiesa videro Juan De la Cruz con tre uomini ad attenderle. Non li aveva mai visti, erano più giovani di Juan anche se non di molto. Tutti e tre erano alti e robusti ma con una corporatura più contenuta di Juan, Rosanna fu catturata dallo sguardo dell'uomo seduto vicino a Juan. Poteva averlo già visto ma non ricordava dove. Era un bell'uomo con capelli lunghi, un accenno di barba, mentre gli altri due erano forse un poco più giovani ma anche loro erano belli. Certo non si assomigliavano fra di loro, Rosanna si guardò in giro per vedere se scorgeva Rosario.

Aurora guardava i tre fratelli de La Cruz, ma il suo sguardo fu catturato da un paio di occhi, Aurora fissò gli occhi di uno dei tre fratelli. Li aveva già visti ma dove? Due occhi così…

Juan andò incontro alle ragazze. Dopo quello che era accaduto nello studio la era prima non aveva più rivolto la parola a Liliana. Sentì delle voci dietro di lui si girò e vide entrare in chiesa le due persone che aveva salvato qualche ora prima. Vide che Liliana si avvicinò loro e chiamò la signora Madrina e si stupì.

Rodrigo riconoscendo il loro salvatore intervenne subito dicendo "Signori devo ancora ringraziare il Capitano de la Cruz per averci salvato la vita questa mattina. Io e mia moglie abbiamo in debito di riconoscenza con lui."

Nanà si portò la mano alla bocca quasi a soffocare un bisbiglio. Guardò Juan e poi Rodrigo e poi ancora Juan con aria preoccupata.

"Ci scuserete Capitano se prima presi dal trambusto e dallo spavento non ci siamo neppure presentati" iniziò Rodrigo. "Sappiate che la famiglia Santos Torres Altamira ha un debito con Voi."

Juan rimase impietrito.

In quel momento entrarono in chiesa Rosario con Fernanda e Sergio Ramirez con Carlos Martines e Asuncion con sua madre Maria Garcia e dietro Pilar con Elena. Pilar guardò Juan e gli fece un cenno con il capo.

Juan capì che si sarebbero trovati più tardi al solito posto.

Rosario e Fernanda sentendo i genitori ringraziare Juan si affrettarono ad avvicinarsi e pure loro ringraziarono, riconoscendolo per il Signor Lopez che viaggiava con loro sulla nave.

Fernanda prontamente disse "Capitano ci dovrete spiegare come mai usavate un altro nome, quindi eravate voi i De la Cruz, i proprietari della nave e della compagnia..."

"Fernanda non credo sia questo il momento" disse Rosario, "se il capitano ci scusa ne parleremo alla fine della cerimonia funebre. Con permesso" e andarono a sedersi.

Juan era pietrificato. Non aveva fiatato. Non riusciva ad articolare nulla. La sua mente stava ripensando a quello che aveva fatto quella mattina. Non era possibile aveva salvato la vita proprio a colui che voleva toglierla? E i suoi cugini con Pilar erano lì, e anche loro ora sapevano che era uno dei De La Cruz. No non poteva essere vero. Non poteva aver salvato la vita a coloro che avevano ucciso i suoi genitori.

No la vita non poteva fargli quello scherzo! Non poteva essere vero! Trattenne un urlo di dolore.

La vita gli stava giocando un brutto scherzo. Si stava prendendo nuovamente gioco di lui.

Capitolo 18

Liliana lo stava osservando, vedeva mutare i lineamenti dell'uomo e si stava chiedendo quale dolore poteva arrivare a tanto. Capiva che si stava trattenendo a stento, che soffriva ma non si spiegava il motivo, tutto era successo dopo che aveva parlato con la sua madrina e Don Rodrigo.

Juan si scusò e raggiunse i suoi fratelli che erano avanti nella chiesa, e mentre Liliana e le sorelle avanzavano verso la navata centrale si udivano delle voci sommesse dalla folla.

"Che peccato" stava dicendo una giovane donna "che Adrian sia scomparso così giovane, avrebbe potuto sposarsi ma ha sempre amato più il mare."

"E suo padre allora, restare senza una moglie per tutti questi anni. Non ha mai pensato a risposarsi. Sono sicura che è per colpa delle figlie, era praticamente impossibile sedurre il capitano Gonzales con quelle quattro tra i piedi."

"Sì ma era molto innamorato della moglie e l'averla persa in modo così tragico..."

Asuncion prese posto in quel momento a fianco di Fernanda e di Rosario e vedendo le quattro sorelle esclamò:

"Hanno sempre pensato di essere migliori degli altri quelle smorfiose, anche da bambine giocavano sempre e solo con il fratello".

Juan chiuse gli occhi scuotendo leggermente il capo e sperò che le sorelle Gonzales non avessero udito. Si volse guardò lentamente intorno e vide che la chiesa era piena di persone. "Sì il capitano e suo figlio erano amati da molti."

Fece girare lo sguardo. C'erano molti marinai, persone che evidentemente avevano lavorato con lui, c'erano persone del posto, c'erano persone anziane e giovani, la chiesa era gremita e alcuni dovevano restare in piedi in fondo ad essa.

La funzione iniziò.

Liliana ascoltava le parole del prete che stava ricordando i momenti in cui il Capitano era in vita e aveva passato del tempo nella comunità.

Le sorelle si strinsero fra di loro tenendosi per mano. Il curato rese omaggio alla memoria proseguendo nell'omelia. Liliana sapeva di essere al centro dell'attenzione di tutti i presenti, perciò contrasse la mascella e si raddrizzò la schiena. Il suo dolore doveva restare in privato.

Capitolo 19

Terminato il servizio funebre le quattro sorelle ripercorsero la navata verso l'esterno della chiesa, fuori sul sagrato gli abitanti di Veracruz e dei paesi vicini si assieparono per porgere alla famiglia le proprie condoglianze.

Donna Nestora invitò le ragazze ad andare a casa loro, ci si doveva preoccupare del loro futuro ora e già pensava di accasarle con Martines e Ramirez.

Juan e i suoi fratelli si misero in un angolo del sagrato per meglio vedere le persone che si avvicinavano alle sorelle Gonzales e ascoltarono in silenzio le parole di Donna Nestora sul volerle accasare.

Poco dopo Juan fu raggiunto da Don Rodrigo il quale lo invitò ad andare nella loro tenuta nei giorni seguenti, aveva qualcosa da offrirgli. Juan rimase stupito ma non fece una piega. Il dolore che provava gli rendeva il viso ancora più duro. Guardò Don Rodrigo avrebbe voluto ucciderlo lì davanti a tutti.

Ma il suo sguardo fu catturato quando vide un uomo avvicinarsi a Liliana, un uomo biondo, con aspetto fiero ricordò di averlo visto sulla nave durante il viaggio di ritorno. Già era Ramirez l'amico di suo cugino Rosario. Quell'uomo stava prendendo la mano di Liliana per salutarla ma la stava trattenendo più tempo del solito, e Liliana non sembrava gradire molto le attenzioni, da come rispondeva. Non erano affari suoi si disse, doveva vedersi con Pilar, gli aveva lanciato un messaggio che lo avrebbe raggiunto sulla spiaggia e si stava facendo tardi.

Non aveva notato né Pilar né sua sorella all'uscita della chiesa. Forse erano già andate verso casa.

Juan dopo aver avvisato i fratelli che si sarebbe allontanato, prese il cavallo e andò verso la spiaggia, quel lembo di litorale che correva sotto il pizzo del diavolo. Aspettò per tre ore che Pilar arrivasse.

Non era venuta, e non aveva mandato ad avvertirlo. All'uscita della chiesa non l'aveva vista e non si era fatta vedere, chissà dove era andata. Cominciò a camminare avanti e indietro sulla sabbia, e mano a mano che il tempo passava cominciava ad imprecare. Se Pilar non veniva allora non lo amava! Ma no cosa pensava, magari era stata bloccata da un imprevisto. Erano passate tre ore e mezza e di Pilar non si era vista nessuna traccia; doveva presentargli la sua famiglia. Pilar lo aveva promesso che gli avrebbe fatto conoscere i suoi parenti in modo che lui potesse chiedere la sua mano. Arrivò di corsa una cameriera da parte di Pilar portandogli un messaggio della padrona. Juan aprì il foglio di carta e incominciò a leggere il messaggio "Amore mio, non possiamo vederci stasera, perché sono arrivati dei parenti. Sempre tua Pilar." Juan si acciglò, aveva dei parenti e non voleva presentarlo!

Capitolo 20

L'indomani le quattro ragazze Gonzales con Nanà decisero di andare dalla Madrina. Il giorno prima Donna Nestora era stata chiara, ora che suo padre non c'era più si doveva pensare al loro futuro.

Anche Juan, piuttosto deluso da Pilar che la sera prima non aveva voluto presentarlo ai suoi familiari adducendo il pretesto che avevano parenti in visita, decise di andare dai Santos Torres. Voleva capire cosa volevano offrirgli a lui, che doveva essere il proprietario di tutte quelle terre e dei beni. Non aveva dormito pensando che aveva salvato la vita al suo peggior nemico. Neppure i suoi fratelli riuscirono a calmarlo. Giunsero quasi contemporaneamente alla tenuta le quattro sorelle e Juan. Liliana si fermò appena lo vide, Juan portava i capelli raccolti in una treccia e fermati da un fiocco di velluto nero. Era sempre attraente, gli si avvicinò e gli domandò dove fosse finito il giorno prima, dato che non lo aveva più visto dopo la funzione. Juan era appena sceso da cavallo e nel girarsi vide Pilar al braccio di Rosario che passeggiava nel giardino della tenuta dei Santos Torres Altamira. Poi guardò Liliana, si scusò spiegò che aveva un altro impegno improrogabile e che doveva per forza assentarsi, risalì a cavallo e se ne andò.

Juan raggiunse i fratelli alla casa del "*Pizzo del Diavolo*". Appena entrato in casa Clelia lo avvisò che era arrivata della posta e che l'aveva messa sul suo scrittoio. Juan si affrettò ad entrare nello studio, si mise alla scrivania e trovò la lettera. Era arrivata una missiva dalla dogana volevano dei chiarimenti per dei trasporti che avevano fatto con la loro compagnia di navigazione e doveva partire subito per Campeche. Lì lo attendevano con urgenza per visionare dei contratti di trasporto di alcune merci che avevano portato con una delle loro navi nei mesi precedenti. Sarebbe tornato da lì a qualche giorno, certo quel contrattempo non ci voleva.

Si alzò andò alla porta dello studio e chiamò Matías

"Dimmi Juan che succede?"

"È arrivata una lettera che ci chiede chiarimenti per dei viaggi che abbiamo effettuato. Prendo i documenti della compagnia degli ultimi viaggi Matías, e avvisa Julio nel caso non lo vedessi che sono dovuto andare a Campeche."

"Matías a proposito, so che tu e Julio avete scritto a Don Armando Vidal, per tornare in possesso dei vostri possedimenti, e ora che torni a capo delle tue proprietà, forse potresti vendermi parte della legna che hai nei boschi, vorrei sistemare la nave del capitano Gonzales."

"Sei sicuro? Non mi sembra che la signorina Liliana voglia vendertela."

"Por Dios! Quella ragazza non sa quello che vuole! Certamente è ancora scossa. Sono certo che quando tornerò da Campeche cambierà idea. Passeranno alcuni giorni e avrà tempo di assimilare il dolore così quando tornerò a parlarci, avrà le idee più chiare."

"D'accordo Juan, sai che non ci sono problemi, quando vuoi potrai andare a prendere tutta la legna che ti serve"

"Intanto se Andres si informa su Ramirez Sergio e la sua compagnia di navigazione e sull'amico Carlos Martines, mi farebbe piacere saperne di più su di loro e sul perché la madrina vuole far sposare le sue due figliocce a quei due, ben sapendo che le ragazze hanno risposto negativamente e la signorina Liliana non era molto contenta dell'idea di accasarsi e neanche delle effusioni di Sergio Ramirez."

"Ho visto sul sagrato della chiesa che osservavi la Signorina Liliana e non eri molto contento delle attenzioni di Ramirez verso di lei. Dimmi Juan, come mai ti preoccupi tanto della Signorina Liliana?" domandò Matías.

"Ti sei stancato di Pilar?" disse Andres che era sopraggiunto in quel momento.

"Chiudi quella bocca Andres non sai quello che dici e poi sai che conoscevo il capitano Gonzales lo faccio per lui" rispose Juan "e inoltre Adrian era nostro amico, non lo ricordate?"

"Va bene, va bene... Juan tranquillo al tuo ritorno avrai le risposte" disse Andres.

"Speravo di avere tempo per passare da Pilar, ma si sta facendo tardi e non riesco ad andare a parlarle. Volevo spiegarle che mi devo allontanare per lavoro. Se per caso dovesse chiedervi mie notizie posso sperare che l'avvisiate della mia improvvisa partenza per questioni di lavoro?"

I due fratelli si guardarono con un cenno di assenso, poi si girarono verso Juan

"Certo Juan, vai tranquillo, se Pilar ci chiede qualcosa sarà nostra premura informarla" disse Julio.

"D'accordo allora, vado a presto."

Capitolo 21

Liliana entrò con le sorelle in casa dalla madrina. Si accomodarono in salotto, quel giorno quel locale le sembrava più scuro del solito, i pesanti tendaggi non lasciavano entrare i caldi raggi del sole e Liliana avvertiva uno strana sensazione di freddo.

"Sono davvero dispiaciuta per quanto successo a vostro padre e a vostro fratello, ora che farete?"

"Madrina ce la caveremo anche da sole" rispose Liliana.

"Che terribile perdita, davvero terribile" disse ancora la Madrina, "Ora venderete la vostra casa, è sicuramente troppo grande per Voi."

"No di certo" Liliana si voltò e vide Rosanna in piedi era furibonda.

"Chi penserà al vostro futuro? Io in quanto madrina ho delle responsabilità su di Voi"

"Madrina non dovrete preoccuparvi per noi penseremo noi stesse al nostro futuro. In assenza di papà ho già preso decisioni per la famiglia e lo farò ancora" disse Liliana.

"Ma certo Liliana, intendevo dire se ci fosse un uomo in grado di badare a voi".

"Non abbiamo bisogno di uomini Madrina, *noi* baderemo a noi stesse" ribatté Liliana.

In quel momento arrivò Fernanda con Asuncion, Liliana strinse i denti, come sempre Asuncion voleva essere al centro dell'attenzione. Asuncion incominciò "Carissime vi devo porgere le condoglianze anche da parte di Sergio Ramirez. Sapete ieri ha dovuto assentarsi subito alla fine della funzione religiosa. Si sai Liliana, Don Sergio è un uomo importante ha una compagnia di navigazione e ha detto che la perdita di vostro padre è una gran perdita anche per lui. Mi ha detto pure che sa parecchie cose sull'uomo che ha riportato in porto la nave di vostro padre."

Liliana si alzò "Scusatemi Madrina ma dimenticavo che avevo un appuntamento con il dottor Lopez per dei medicinali e le mie sorelle devono recarsi all'orfanotrofio."

"Aspetta Liliana" disse Donna Nestora con voce irata mentre si alzava.

"Voglio che tu ti fidanzi con Ramirez e questo è quanto! Avverrà entro la fine del mese. E anche tua sorella Rosanna, con Martines, così si potrebbe fare una festa sola di fidanzamento cosa ne pensate?"

"Madrina" disse Rosanna "non ho intenzione di mettermi con quel cicisbeo di Martines."

"Rosanna, ma la nostra madrina non ha specificato quale fine del mese… potrebbe essere quello di dicembre dell'anno prossimo" rispose ridendo Liliana.

"Liliana sei la solita impertinente, insolente, sei una ribelle nata, sempre pronta a rispondere, a controbattere e contestare ciò che ti si dice, non ti si può parlare. Dovesti essere di esempio per le tue sorelle ed essere obbediente e rispettosa. Invece sei l'esatto contrario. Come possono le tue sorelle diventare delle ragazze gentili ed educate con il cattivo esempio che dai? Come potranno le tue sorelle trovare marito? Per colpa della tua insolenza tutti vi eviteranno."

"Madrina non capisce che non vogliamo sposarci con persone che non amiamo? Il matrimonio dei nostri genitori era un matrimonio d'amore e sono stati felici. E così vogliamo fare noi" disse Rosanna.

"Rosanna e Liliana a breve non solo non sarete in età da marito ma dovremo pensare anche alle vostre due sorelle minori" ribatté la madrina.

Asuncion si alzò "Donna Nestora, credo che il Signor Ramirez non sia la persona più adatta per Liliana non crede?"

"No Asuncion non credo e non vedo questa tua affermazione da cosa scaturisca."

Liliana e Rosanna si guardarono negli occhi non si aspettavano certo che Asuncion prendesse le loro parti, doveva avere qualche interesse personale.

"Donna Nestora, non credo che Ramirez pensi a Liliana come una sua possibile sposa. Sino ad ora non ha mostrato alcun interesse verso di lei, come Martines non ne ha dimostrato verso Rosanna. E poi tutti noi sappiamo che le sue figliocce sono un po' troppo… particolari" disse Asuncion.

"Forse non lo pensa ora, ma sicuramente lo penserà dopo che gli avrò parlato" ribadì Donna Nestora.

Le sorelle Gonzales, si guardarono in faccia e, per evitare dal mettersi a ridere, si alzarono chiesero permesso e uscirono.

Capitolo 22

Rosanna era preoccupata, erano uscite da casa della madrina piuttosto inquiete tutte e quattro le sorelle, anche se gli veniva da ridere pensando alle parole della Madrina.

Sicuramente la Madrina faceva sul serio; Liliana chiese alla sorella "Soledad, per favore vai a cercare Don Armando abbiamo bisogno di parlare con lui immediatamente. Noi intanto andiamo a casa e incominciamo a mettere insieme tutti i documenti della compagnia di papà e della casa, e incominciamo a vedere il da farsi. Dobbiamo arrivare prima noi a delle decisioni, che la nostra madrina."

Soledad prese 'Paseo de Alvarado' la strada che andava verso il centro di Veracruz, dove si trovava lo studio di Don Armando. Quando arrivò, Consuelo, la cameriera, le disse che era fuori ufficio, era andato al Pizzo del Diavolo, dai fratelli De La Cruz e che si sarebbe fermato tutto il giorno.

Soledad decise di andare al *Pizzo del Diavolo*, poiché era distante prese una carrozza; del resto non poteva aspettare tutto il giorno per potergli parlare.

Andres camminava nell'immenso giardino della tenuta del Pizzo del diavolo, era perso nei pensieri, ripensava al suo amico Salvador rimasto in Spagna, che seppur sposato da poco aveva avuto già un figlio. Già, ma lui era come i suoi fratelli, non aveva avuto la fortuna di incontrare una donna come Alejandra, e di innamorarsene. Per lui ci voleva una donna speciale, una donna che fosse sua, ma trovare la persona giusta non è una cosa facile. L'idea di avere una moglie che lo aspettava a casa, lo attirava già da tempo, una donna con cui poter parlare la sera, invece di rifugiarsi sui libri o sul lavoro da terminare, una donna pronta a scaldargli il letto e il cuore. Una donna dolce gentile che lo rasserenasse nei momenti bui e non mettesse sottosopra la sua vita: una donna come Alejandra. Andres fece una smorfia irritata, ora si metteva anche a fantasticare sulla moglie del suo migliore amico. Certo se non avesse sposato Salvador, lui l'avrebbe corteggiata, del resto raffigurava ciò che a lui piaceva in una donna, era incantevole, amabile, delicata, ed elegante, era anche leale e compiacente ma era soprattutto alta. Le donne piccole sembravano spaventate dalla sua altezza. Stava tornando verso casa, quando una fitta alla spalla lo distolse dai pensieri, sarebbe entrato dalla biblioteca così nessuno si sarebbe accorto della sua uscita. Tutto preso da quei pensieri Andres voltò l'angolo e andò a sbattere contro una persona che sopraggiungeva dall'altra parte. Una esclamazione gli sfuggì dalle labbra "Por Dios" mentre la sua mente percepiva un dolore lancinante e i suoi occhi vedevano una figura femminile nel suo assalitore.

"Accidenti ragazzina" proruppe infuriato "guardate dove mettete i piedi!" si toccò la spalla gli faceva un male terribile in tutti i punti. Esaminava la ragazza davanti a lui con il viso arrossato.

"Come potevo vedere attraverso il muro?" replicò Soledad.

Andres abbassò lo sguardo sulla sua figura minuta, doveva averla già vista, c'era qualcosa di familiare in lei.

Due occhi grigi lo scrutavano avrebbe giurato che fossero verdi. Due occhi freddi e decisi, certo il mondo andava sottosopra se veniva travolto in casa sua. Chi era questa ragazzina e cosa ci faceva lì? Chiunque fosse non aveva alcun diritto di penetrare lì e minacciare la sua vita, anche se lo faceva sentire un ventenne eccitato, anzi soprattutto quello.

"Tutti i fratelli De la Cruz sono villani come voi, o voi siete l'eccezione?" domandò Soledad.

Andres si trattenne a fatica, "Come osate accusarmi in questo modo? Del resto è lei che mi è piombata addosso nel mio giardino, e poi come sapete il mio nome?"

"Visto quanto è successo vi posso perdonare lo sfogo iniziale, ma almeno potreste scusarvi per aver usato un linguaggio poco consono da usarsi davanti ad una signorina".

Andres era furente "In genere mi scuso sempre con le signorine, vogliate però discolparmi se non riesco a scorgere questo attributo a chi invade la mia proprietà senza un invito".

Gli occhi di Soledad scintillarono indignati e le guance divennero rosse "Brutto zoticone arrogante, sono qui per parlare con il mio padrino Don Armando. Consuelo la sua cameriera mi ha detto che era qui e poiché ho urgenza di parlargli sono venuta fino al Pizzo del Diavolo."

"Allora voi siete una delle sorelle Gonzales" domandò.

"Sì sono Soledad Gonzales"

"Ecco perché mi sembrava di aver già visto il vostro volto, ricordavo però degli occhi dolci e verdi" disse Andres.

"È inutile che cerchiate di rabbonirmi" rispose Soledad, "mi spiace avervi disturbato nella vostra proprietà, ma devo parlare con il mio padrino urgentemente."

"Ma certo seguitemi" e le fece strada verso la biblioteca.

"Ecco sedetevi. Lo vado a chiamare, sarà nello studio con i miei fratelli."

Soledad si raggomitolò su una poltrona della biblioteca, ripensò a quanto avvenuto prima e si diede della tonta per aver risposto in quel modo poco cortese. Comunque lui era stato molto villano, era pur vero che lo aveva urtato, ma non gli aveva fatto certo male, del resto lui era imponente come i fratelli, aveva due spalle larghe, nemmeno José Garcia, seppur alto ed elegante aveva spalle tanto grandi. Scacciò il pensiero di José, era un episodio spiacevole da dimenticare. Soledad si guardò intorno, i locali erano luminosi e le pareti dipinte con colori caldi, a sentire il padrino, i De La Cruz erano ricchi.

Si alzò per guardarsi in giro "Per prima cosa forse dovrei chiedere scusa" rifletté ad alta voce.

"Ottima idea Signorina Soledad" disse una voce alle sue spalle.

Soledad si voltò di scatto perse l'equilibrio e cadde sul pavimento con un tonfo. Sollevò lo sguardo arrabbiato sul padrone di casa sapendo del suo aspetto poco nobile.

Andres si fece avanti e Soledad non si era resa conto che fosse così alto, pensò guardandolo. Si muoveva con una sorta di potenza trattenuta, sottolineata dagli abiti aderenti. I pantaloni aderivano mettendo in risalto le gambe lunghe e muscolose e gli stivali erano di ottima fattura, così come la giacca sulle ampie spalle.

Soledad alzò lo sguardo e incontrò un sorriso beffardo e due occhi grigio scuro che la scrutavano.

Una mano forte la prese subito per il gomito

"Ce la faccio da sola."

La mano la mollò di colpo e mancandole quel sostegno lei finì per terra un'altra volta.

"Maledizione siete proprio un cafone maleducato" l'espressione le era sfuggita.

"Ma davvero signorina Soledad?" esclamò Andres con un tono divertito e accondiscendente che la fece infuriare di più.

Lui le tese nuovamente la mano, appariva così forte e rassicurante, che nella mente di Soledad un idea perfida balzò all'improvviso.

Prese la mano di lui e la tirò con tutta la forza che aveva, era pronta a ribadirgli il fatto suo quando incontrò lo sguardo di Andres, il viso teso e impallidito.

"Signore che succede, come state? Vi sentite bene?"

"Benissimo! Grazie a Voi Signorina Soledad. Ho una spalla slogata."

Soledad si sentì subito in colpa, "Ma come ho potuto slogarvi la spalla non siete così debole?"

"Andres, perché non fai come ti ha suggerito il dottore e porti il braccio al collo?" disse suo fratello Julio sopraggiunto in quel momento "eviteresti di usarlo".

Soledad si rasserenò non era colpa sua.

"Buona sera Don Julio mi scuso per essermi presentata da voi all'improvviso, ma avrei urgenza di parlare con il mio padrino Don Armando" disse Soledad.

"Certo Signorina Gonzales, le assicuro che non vi è alcun disturbo. Al contrario è un onore averla qui. Andres ci ha avvisato, Don Armando sarà qui a momenti da Voi perché lo stiamo attendendo anche noi, ma intanto sedetevi, Vi posso far portare qualcosa da bere?"

"Figliola come mai fino a qui?" arrivò trafelato il padrino.

"Padrino, Consuelo mi ha detto che non sareste tornato presto e dovevo parlarvi con urgenza. La nostra Madrina vuole accasare Rosanna e Liliana contro la loro volontà, bisogna che veniate da noi appena possibile."

"Sei sicura di quello che mi stai dicendo Soledad?" domandò don Armando.

"Sì padrino siamo state oggi alla tenuta e ne siamo andate via un po' preoccupate dopo le parole della nostra madrina."

"Quella sciocca, non mi ha nemmeno accennato a cosa pensava e sa benissimo che sono io il vostro padrino, e le decisioni vanno prese con me. D'accordo Soledad, ci parlerò e vi farò sapere, ora però andiamo a casa e state tranquille."

Così facendo l'abbracciò per tranquillizzarla, si volse verso Julio, "Julio mi scuserai ma devo correre alla tenuta, possiamo vederci domani se volete."

"Non c'è problema Don Armando quando è comodo" rispose Julio.

Capitolo 23

Juan tornò da Campeche. Era stato via più giorni del previsto. Era irritato per il tempo che aveva dovuto perdere per sistemare dei documenti di un carico. Passò da casa a cambiarsi ed ad avvisare i fratelli che sarebbe andato da Don Rodrigo, e poi sarebbe passato dal loro legale l'avvocato Don Armando Vidal.

Quando entrò nel salotto della tenuta dei Santos Torres si trovò Liliana con le sorelle, le salutò e si informò se tutto andava bene.

"Juan, sì, ci stiamo riprendendo" disse Soledad "è dura sono passati solo pochi giorni".

Asuncion entrò in quel momento al braccio di Rosario,

"Capitano ma che bella sorpresa averla qui con noi, spero ci racconterete qualcosa di Voi, un'aurea misteriosa vi precede, e sono curiosa di sapere tutto."

"Sì davvero Juan, bentornato ho saputo che siete stato a Campeche" disse Rosario.

"Grazie Rosario" rispose freddamente.

"Signorina Asuncion, mi dispiace deludervi ma non c'è nulla da raccontare"

"Siete sempre così di poche parole?" intervenne Fernanda "dovete ancora spiegarci perché vi facevate chiamare Lopez invece che De la Cruz sulla nave di ritorno dalla Spagna? Volevate prendervi gioco di noi?"

"Certamente no!" rispose Juan.

"Non siate di poche parole come sempre, Don Sergio, mi diceva proprio qualche giorno fa che è difficile avere notizie su di Voi e sul vostro passato" incalzò Asuncion.

Juan intanto si appoggiò allo stipite della portafinestra guardando Asuncion con curiosità.

"Non trovate anche Voi Liliana che il nostro Juan ha un che di misterioso?" domandò Asuncion.

Liliana si alzò e domandò "Parlate del capitano de la Cruz?"

Dicendo così lanciò un'occhiata a Juan e poi rivolse l'attenzione ancora ad Asuncion.

"Proprio così!" rispose petulante Asuncion.

"Don Sergio mi ha detto che dovete guardarvi dal Capitano de la Cruz Liliana, si dice che sia il figlio maggiore dei De la Cruz e che abbia una compagnia di navigazione, ma non si sa nulla del suo passato, vero Capitano?

Soledad spalancò gli occhi nel sentire quella notizia, che sfrontata a parlare così. Asuncion si pavoneggiava di avere tutte quelle informazioni sul capitano De la Cruz.

"Si dice pure che abbia un passato misterioso" continuò civettando Asuncion.

"Asuncion" disse Donna Nestora, "ora basta, forse non vi siete accorta che il capitano è qui presente come nostro ospite, e che non sta bene fare pettegolezzi?"

Asuncion divenne rossa, farfugliò qualcosa sul fatto che si era fatto tardi e cercò di allontanarsi quando Juan disse "Non credo di aver avuto una vita eccitante e misteriosa che voi immaginate."

"Scusate Juan, ma Ramirez dice che è stata molto pittoresca e che nel viaggio di ritorno dall'Europa eravate con una donna bellissima, ma non l'abbiamo ancora vista. Quando ce la presenterete?"

"Spero che presto ce la farete conoscere, sono curiosa di apprendere chi è la donna che ha stregato un uomo misterioso come Voi. È stato comunque un piacere aver conosciuto un uomo dal passato recondito come il vostro" disse Fernanda disse con un sorriso beffardo.

"Il piacere è stato mio Signorina Asuncion, Signorina Fernanda."

Appena Asuncion uscì con Fernanda, la madrina si rivolse a Liliana.

"Credo cara che sia arrivato il momento di definire il tuo stato civile. Devi accasarti. E credo e reputo che Don Sergio Ramirez sia la persona giusta. Ha un buon patrimonio, ha un nome, ed è un bell'uomo, penso che tutto sommato sia la persona perfetta per te. Non credete anche Voi capitano?"

"Scusatemi donna Nestora, ma vorrei parlare con Vostro marito, avrei degli impegni improrogabili a cui far fronte."

"Certamente Capitano, lo troverete nello studio in fondo al corridoio."

Juan salutò chiese permesso e si allontanò.

Arrivò allo studio bussò ed entrò appena una voce disse "Avanti".

"Caro capitano venga sono felice che sia venuto."

Rodrigo si alzò e andò incontro a Juan stringendogli la mano. "Ho saputo che vi fermerete a Veracruz e volevo offrirvi un posto qui nella mia tenuta. Come sapete abbiamo molte coltivazioni e molte persone vi lavorano, essendo molto vasta."

"Avrei bisogno di una persona capace di gestire queste persone e il lavoro. Sono sicuro che Voi avete queste qualità. Accettate?"

Juan lo guardò per qualche secondo e inaspettatamente rispose "Ma i vostri figli?"

"Beh Horacio mio nipote, segue le coltivazioni a nord del paese e non c'è quasi mai, comunque continuerà a controllare parte delle coltivazioni, per quanto riguarda Rosario, se ne occuperà, ma ora deve pensare a sposarsi e poi devo cambiare l'amministratore e voi siete la persona giusta."

'Rosario si sposa? Quell'affermazione lo colpì.'

"Va bene accetto" rispose Juan.

"Benissimo quando potete iniziare"?

"Anche domani."

"Perfetto vi farò preparare un appartamento qui alla tenuta."

"Vi ringrazio ma preferisco tornare nella mia casa" rispose Juan.

"Come volete, sono felice che abbiate accettato Capitano. Ora avviserò la mia famiglia di questa bella notizia" disse Don Rodrigo.

Si alzarono e andarono verso il salotto dove Donna Nestora stava parlando con l'avvocato di famiglia. L'avvocato Vidal andò incontro a Don Rodrigo e poi si volse per salutare il Capitano Juan De la Cruz. Lo sguardo gli cadde su quei capelli tenuti a treccia e legati da un nastro di velluto nero. I capelli tirati così lasciavano scoperto parte del viso, quando il suo sguardo fu catturato da una parte di un orecchio del capitano. Aveva un'attaccatura strana, e solo una persona che lui aveva conosciuto anni prima aveva la stessa attaccatura; era Juan Navarro. Rimase fermo un momento guardandolo attentamente. Se non avesse avuto i capelli raccolti in una treccia non lo avrebbe notato. Mio Dio, era il figlio di Juan Navarro.

Juan si sentiva osservato e mentre si girava vedeva che Don Vidal lo osservava, lo guardava dove i suoi capelli lasciavano spazio al viso.

Don Vidal si ripeteva: 'sì, sì è il figlio di Juan Navarro e di Amalia Altamira Lopez. Non ci sono possibilità di errore. I suoi lineamenti, non era molto cambiato in effetti. Non era in Europa, era qui. Ed era tornato. Ora i Santos Torres lo avevano in casa non sapendo che era il loro nipote, il nipote che loro credevamo morto. Oh Dio cosa sarebbe successo ora? '

L'avvocato Vidal lo salutò con calore "Capitano De la Cruz che piacere vederla," ma accettò con poco entusiasmo la notizia che Juan De La Cruz avesse accettato di lavorare per l'azienda.

"Mi domando come mai avete accettato l'offerta di lavoro qui presso la tenuta."

Non aspettò la risposta di Juan già intuiva dove voleva arrivare con questa decisione.

Guardò negli occhi Juan e capì. Comprese il perché del nome De la Cruz, comprese che lo aveva fatto apposta, aveva accettato perché voleva qualcosa.

Juan capì dallo sguardo di don Armando che lo aveva riconosciuto come Juan Navarro.

Juan stava per accomiatarsi, quando giunse Rosario con al braccio Pilar. In quel momento l'aria sembrò mancare ed il tempo fermarsi.

Juan guardò prima Pilar poi Rosario e si accigliò. Rosario messo al corrente della decisione di Juan di restare a lavorare per loro, andò direttamente verso di lui congratulandosi per aver accettato il posto di amministratore nella tenuta e gli presentò la fidanzata.

Juan si irrigidì e contrasse la mascella. Guardò prima Rosario e poi Pilar e poi tornò a fissare Rosario, non poteva essere vero. 'Non devo aver compreso bene si diceva. Pilar era la fidanzata di suo cugino? Non era possibile. Era bastato assentarsi qualche giorno per trovarsi con la vita sottosopra. Non era possibile, la vita gli si rivoltava contro ancora una volta.

Prima salvava la vita al suo peggior nemico e poi suo cugino lo privava della donna che amava? Di quella donna che gli aveva fatto perdere la testa, di colei che diceva di amarlo e che lo avrebbe seguito ovunque. Non era possibile, non avrebbe accettato passivamente. Pilar sarebbe andata con lui a costo di uccidere il cugino'. Juan si allontanò, andò sul terrazzo doveva sbollire un po' di rabbia altrimenti lo avrebbe colpito il cugino, lo avrebbe ucciso subito.

Si sentì toccare un braccio si voltò e trovò Pilar che voleva abbracciarlo.

Juan si irrigidì

"Juan amore, volevo parlartene, ma eri sparito, non mi hai detto che te ne andavi da Veracruz."

"Tu ora verrai via con me" rispose con voce dura.

"Juan amore lascia che ti spieghi."

"Taci non devi spiegare nulla, ora rientriamo e salutiamo tutti e tu verrai con me."

"Non puoi chiedermi questo Juan, io ti amo e lo sai."

"Mi ami? E come mi ami? O ami Rosario visto che sei la sua fidanzata?"

"Juan amore non fare così, sei geloso? Ma io sono tua lo sai."

"Dimostralo e andiamocene."

"Non posso. Juan ho accettato di sposare Rosario, non lo amo, ma mi offre una vita senza problemi, e noi potremo vederci lo stesso quando vogliamo."

"Tu sei pazza come pensi che io possa accettare tutto questo?

Liliana si avvicinò al terrazzo e vide il viso di Juan indurirsi.

Allora era vero pensò, Pilar era la fidanzata di Rosario e l'amante di Juan. E sua sorella Rosanna da anni amava Rosario. Come la vita o il destino si divertiva a giocare con la vita delle persone senza pensare al dolore che lasciava.

Liliana aveva notato lo sforzo di Juan di trattenersi quando gli presentarono Pilar come la fidanzata di Rosario. Lo ammirò per questo ma sperò in cuor suo che nessuna scenata fosse fatta altrimenti ci sarebbe stato un duello.

Capitolo 24

Juan tornò a casa al Pizzo del diavolo, dai fratelli e raccontò quanto successo dai Santos Torres Altamira, e di don Vidal che lo aveva riconosciuto come Juan Navarro Altamira.
Il fratello Julio rimase ad ascoltarlo in assoluto silenzio insieme a Andres il fratello minore.
Matías invece sospirò scuotendo la testa. I quattro fratelli avevano diviso vari momenti della loro vita e avevano deciso di stare insieme sempre. Andres era l'unico figlio dei genitori adottivi di Juan e Julio e Matías. Jacinta e Andres lo avevano avuto tardi ma avevano dato comunque amore e affetto a tutti e tre i figli che avevano adottato. Non c'era mai stata alcuna differenza fra di loro. Alla loro morte Juan venne nominato tutore di Andres, doveva insegnargli un mestiere, doveva insegnargli a lavorare nell'impresa di famiglia. La compagnia di navigazione comprendeva navi per passeggeri e navi mercantili, oltre ad altri affari di import ed export. Imprese che erano passate nella mani di Juan, di Julio e di Matías che erano anche loro a tutti gli effetti gli eredi dei De la Cruz. Matías era arrivato poco dopo Juan e Julio, era stato defraudato pure lui dei beni di famiglia e costretto ad andarsene per non morire affogato dai suoi stessi parenti dopo l'assassinio dei genitori. Andres decise che anche lui avrebbe fatto parte della famiglia e lo prese con sé, ma non venne adottato in quanto era già grande come età, Matías mantenne il suo nome Munoz. Tutti a parte Andres avevano un passato duro e doloroso alle spalle, un passato che

si doveva chiudere e compiere la vendetta. Il cerchio stava per chiudersi, e ognuno avrebbe pagato ne erano sicuri.

Juan spiegò quanto avvenuto nel pomeriggio a casa degli Altamira e che la madrina delle ragazze voleva accasarle con due personaggi a lui poco consoni, non sapeva perché ma non gli ispiravano fiducia. Perciò Juan chiese al fratello Andres che l'indomani sollecitasse le informazioni su Carlos Martinez e su Sergio Ramirez.

Spiegò che il giorno seguente lui sarebbe andato a lavorare per i Santos Torres. Julio lo guardò con stupore. Il fratello doveva essere ammattito.

"Juan starai scherzando? Lavorare per i Santos Torres?" disse Julio.

"Non hai bisogno di lavorare" intervenne Andres.

"Ma non capite? Devo ragazzi per forza, devo capire... Devo comprendere come colpirli. Gli ho salvato la vita lo capite? Ho fatto quello *che mai e poi mai* avrei pensato di fare. Ho salvato la vita al mio peggior nemico, a colui che mi ha abbandonato ad una morte sicura, a colui che si è preso tutti i miei beni. Come posso stare qui ad aspettare di sistemare le cose. Da dentro la tenuta potrò vedere meglio, tutti i loro interessi, i *miei* interessi... Inoltre Don Armando mi ha riconosciuto".

"Intendi come Navarro?" domandò Julio.

"Sì, deve essersi accorto di questo segno che ho all'attaccatura delle orecchio, lo aveva anche mio padre e portando i capelli raccolti lo ha notato" rispose Juan.

"Juan non credo che sia opportuno che tu vada dai Santos Torres, allora potrebbero riconoscerti anche loro" aggiunse Matías "piuttosto dovresti stare attento alle signorine Gonzales dopo quanto mi hai detto potrebbero farle sposare subito".

"Sì Matías ha ragione. Non vorrei che Rosanna sposasse Martinez, dovrò parlarne anche al padrino Don Vidal" disse Julio.

"E comunque per quanto riguarda gli Altamira se non mi hanno riconosciuto fino ad oggi non lo faranno certo domani, terrò i capelli sciolti e Don Armando non lo dirà di certo" replicò Juan.

"E dimmi Julio, sei per caso interessato alla signorina Rosanna?" domandò Juan.

"Ti dispiacerebbe?" rispose.

"Al contrario sarei felice per te" ridendo Juan gli mise una mano sulla spalla.

"Juan a proposito io vorrei poter conoscere meglio la signorina Soledad" disse Andres.

"So che spesso va in chiesa alla domenica prova ad invitarla. E così il nostro fratellino ha incontrato una ragazza che gli piace?" rise "Bene bene... Dovevamo tornare a Veracruz, per vedervi interessati a delle ragazze" disse Juan.

"E tu Juan con Pilar?" domandò Julio "Ora che è fidanzata con Rosario?"

"Io? Non lo so... Mi sento svuotato... Ma non mi arrendo facilmente. Non credo che Pilar sposerà mio cugino."

Matías decise di andare a fare un giro con il cavallo. Si sentiva irrequieto. Avvisò Juan della sua decisione.

Juan lo guardò a lungo negli occhi e alla fine gli disse di stare attento, la volta prima nella casa dei suoi zii aveva rischiato per nulla. Doveva prestare più attenzione. Non era così che si sarebbe vendicato e riconquistato la sua serenità. Matías lo guardò, sapeva che aveva ragione, ma sapeva anche che probabilmente avrebbe continuato a derubare i ricchi, ma avrebbe però prestato più attenzione, "d'accordo andrò a dormire" disse.

Capitolo 25

Aurora accarezzò la sua cavalla, erano sulla spiaggia e si lanciò al galoppo. Era bellissimo correre a perdifiato in quel modo, bello come solcare le acque del mare dei caraibi. Mentre si allontanavano dalla spiaggia si chinò sul collo della cavalla e le sussurrò qualcosa nell'orecchio, parole di esortazione. Pochi minuti dopo giunsero sulla cima della collina e si fermò un attimo a riprendere fiato. Guarda "Stella". Aurora guardava la neve di suo padre ancorata nella baia sottostante. "Guarda Stella è la nave del papà." La giumenta rimase immobile come se capisse perfettamente quanto Aurora le stava dicendo.

"Ti manca il mare vero bella? Dai torniamo di corsa in acqua." La cavalla incominciò a correre giù dalla collina, attraversò la spiaggia e si mise al galoppo in mezzo alle onde. Aurora avrebbe continuato per molto ancora, era l'unico modo per sentirsi libera, per liberare la mente da tutti i pensieri e le preoccupazioni. Ad un tratto Stella si fermò all'improvviso che per poco Aurora non cadde in acqua.

Un cavaliere vestito interamente di nero era a pochi passi da loro; Aurora trattenne il respiro.

"Perdonatemi" la sua voce quasi un sussurro le fece venire la pelle d'oca. "Non ho potuto avvertirvi della mia presenza".

"Avreste potuto sempre urlare".

"Certo avrei potuto ma non mi avreste comunque udito." Aurora osservò il cavallo ed il cavaliere. Lo stallone stava respirando affannosamente come se avesse corso parecchio, nonostante il cappello abbassato sugli occhi e il fazzoletto scuro che gli copriva parte del viso, si vedeva che anche il cavaliere aveva il fiato corto. Evidentemente cavalcano da un po'.

"Che ci fate da queste parti? Non c'è gente ricca e nobile".

"Questa sera non sono interessato ai nobili e ricchi sono venuto per vedere voi Aurora."

Aurora si preoccupò. "Me? Perché?"

"Vi ho vista correre lungo la spiaggia e poi salire su sulla collina." Sorrise "Mi piace la vostra libertà Aurora."

Sentendosi esaminata da quegli occhi scuri Aurora si sentì a disagio.

"Non siete libero anche Voi?"

Lui la guardò intensamente e annui "Già proprio così..." disse sorridendo. Se solo lei avesse immaginato la fatica che aveva fatto per raggiungerla, gli era sempre piaciuto allontanarsi di nascosto con l'aiuto delle tenebre.

"Se siete qui significa che siete venuto per cavalcare visto che io non ho nulla che possiate rubare."

Aurora diede un colpetto con il ginocchio al fianco della giumenta. Stella balzò in avanti "Non credo che riuscirete a raggiungermi" urlò mentre si allontanava.

Il cavaliere restò a guardarla per qualche secondo, poi sollecitò lo stallone e partì all'inseguimento. Raggiunse Aurora senza troppa difficoltà e l'affiancò. Mentre cavalcavano vicini si voltò a guardarla. L'abito che aveva indosso era umido e le stava come una seconda pelle. Improvvisamente Aurora si abbassò verso la cavalla e le mormorò qualcosa all'orecchio. Stella saettò via come il vento. Quando il cavaliere la raggiunse Aurora stava sorridendo divertita.

"Ve l'avevo detto che non mi avreste raggiunto."

"Già avete un cavallo che ha lo stesso vostro carattere. Come si chiama?"

"Stella, me l'ha regalata mio padre"

"Sembra sia apposta per voi, c'è un qualcosa di impetuoso, di selvaggio in lei."

"Già" Aurora si mise a ridere e aggiunse "E come me non ama perdere."

"Lo immaginavo, non ho mai conosciuto una donna così competitiva." Lui si avvicinò

"Lo sapete che mi lasciate senza fiato?"

"Non..."

Prima che Aurora potesse terminare la frase lui l'attirò a sè e abbassando il fazzoletto che aveva sul viso incominciò a baciarla. Fu un bacio impetuoso quasi selvaggio, del tutto diverso dagli altri. Un bacio che esprimeva a stento un desiderio violento faticosamente trattenuto.

"Smettetela" Aurora si ritrasse ansimando.

Il cavaliere scese dal cavallo sollevò le braccia e afferratala per la vita la tirò giù e la strinse a sè. L'acqua arrivava fino alle loro anche.

"No cosa state facendo.......

Lui la baciò di nuovo impedendole di protestare. I due cavalli uscirono dall'acqua. L'alta marea stava avanzava minacciando di sommergere Aurora, ma lui la teneva stretta. Quella fanciulla riusciva a fargli provare sensazioni che nessuna donna era mai riuscita a dargli e in quel momento si sentiva invincibile, si sentiva più forte di quel mare.

"Siete la donna più incredibile che abbia mai conosciuto" mormorò contro le sue labbra, poi riprese a baciarla. "Voi mi toccate nel profondo del cuore. Risvegliate in me sentimenti che credevo morti per sempre. Vi desidero come non ho mai desiderato nulla e nessuno in vita mia."

Aurora sapeva che avrebbe dovuto resistergli, ma ogni bacio ogni carezza le suscitavano emozioni nuove e le confondeva la mente. Quando ricominciò a baciarla Aurora si aggrappò a lui con tutta la forza che aveva e cominciò a baciarlo a sua volta. Poi gli mise le braccia al collo e gli offrì le labbra. Lui provò una violenta eccitazione nel sentire il suo corpo contro di sè.

"Aurora" mormorò sollevando la testa e allontanandola un poco da sè.

Lei sospirò di piacere "Non è giusto voi conoscete il mio nome, ma io non conosco il vostro."

"Certo che lo conoscete il mio nome."

"Sì certamente. Ma io voglio sapere di più. Voglio conoscervi davvero, sapere tutto di Voi."

"Devo porgervi le mie scuse" lui la prese per le braccia "temo di aver oltrepassato il limite. Venite vi riaccompagno a casa."

"Non è necessario" Tutto ad un tratto turbata Aurora montò sulla groppa di Stella. "Insisto" Lui montò sullo stallone, ma la giumenta stava già correndo verso la casa buia che si stagliava in lontananza. Matías si fermò dov'era e attese di calmarsi un poco. Gli tremavano le mani, alla fine spronò lo stallone mentre si allontanava nelle tenebre imprecò contro se stesso.

Aurora Gonzales non meritava di essere trattata così. Era una giovane pura dolce e innocente. Pur sapendolo la desiderava con una violenza che sfiorava la pazzia. Ma lui non poteva esporsi nel modo più assoluto di essere travolto dalla passione.

Capitolo 26

Era una mattina fresca, Juan si trovò a cavalcare nelle proprietà degli Altamira, nelle sue proprietà. Salutava i vari lavoranti e rispondeva a loro. Juan si fermò appena vide arrivare Julio e gli andò incontro.

"Allora Juan tutto bene? Come va?"

"Sì tutto bene, preoccupato Julio?" rispose sorridendo.

"Beh sì un po'. Conosco il tuo carattere. Comunque se va tutto bene torno a casa…"

"Sai Julio, pensavo a com'è il destino. Ti cambia le carte, le mischia e ti trovi senza nulla da un momento all'altro, ma il destino torna sui suoi passi e rimette a posto le cose. Devo solo capire come."

"D'accordo però ti raccomando, controllati. So che sei buono, ma non hai pazienza e non ci vuole molto a farti arrabbiare. Se scoprono la tua vera identità, non so come va a finire…… ci siamo capiti vero Juan?"

"Sì…sì…tranquillo, Julio…tranquillo"

La mattina passò velocemente, fece fermare come sempre i lavoranti per la pausa pranzo. E si fermò a parlare con loro all'ombra di alcune palme. Vide arrivare Liliana, con un calessino e fermarsi davanti all'ambulatorio. Voleva andarle incontro, ma Don Sergio lo precedette, e la cosa non gli piacque.

"Signorina Liliana buon giorno, come siamo belle. Ogni giorno la sua bellezza mi abbaglia. L'ho cercata stamani, ma non era qui. Possiamo fermarci a parlare?"

"Non credo nelle adulazioni Don Sergio. Non credo di potermi fermare a parlare. In verità devo andare ad aiutare il medico della tenuta con i malati" rispose.

"Posso sperare in un altro giorno, magari domani? Sa mi devo assentare per affari, ma vorrei prima potervi parlare."

"Non sono sicura, in questi giorni abbiamo molti malati alla tenuta e non mi avanza molto tempo."

"Comprendo ripasserò e lascerò un messaggio, ma sappiate che non accetto un no come risposta" disse Ramirez. Prese la mano di Liliana, domandò permesso e se ne andò.

Juan aveva un sorriso sulle labbra, lo raggiunse Rosario che vedendolo gli disse

"Noto con piacere che gioisci per come Liliana ha risposto a Ramirez."

"Non gioisco affatto."

"Uhm non sai mentire Juan, ti ho osservato prima e ho visto che non avevi gradito le attenzioni che Ramirez aveva su Liliana, ma poi ti sei rallegrato."

"Mi spiace ma ti sbagli e ora scusami devo andare" fece per girarsi.

"Su Juan ammettilo! Anche ieri eri scuro in volto quando il medico della tenuta scherzava con Liliana. Non c'è nulla di male se ti piace del resto è una bella donna. Sei sempre così di poche parole e misterioso mi devi ancora spiegare la storia del cambiamento del cognome, perché usavi il nome Lopez?" chiese Rosario.

"Non devo dirti nulla credimi" e se ne andò lasciando Rosario da solo.

Juan andò incontro a Liliana. "Buongiorno Liliana, dove state andando di bello?"

"Buongiorno Juan, sto portando al dottore delle erbe che aveva chiesto alle suore, sapete le raccolgono per poi farne medicinali per tutti coloro che lavorano alla tenuta."

"Uhm interessante cosa altro fanno queste suore?"

"Non prendetemi in giro, quello che fanno è molto utile e poi accudiscono degli orfani."

"Orfani?"

"Sì ci sono dei bambini che hanno perso i genitori, oppure sono stati abbandonati."

Juan divenne improvvisamente serio. "Venite il dottore vi sta aspettando."

"Juan perché avete accettato questo lavoro? Voi non siete un coltivatore, non amate la terra, amate il mare, avete detto che in fondo siete un marinaio" disse Liliana fermandosi.

"Ho dei programmi" rispose Juan.

"Davvero? Pilar è il vostro programma?"

"Pilar è un mio problema non un programma signorina Liliana e non vedo perché vi interessi molto."

"Perché è fidanzata con il figlio della mia madrina e voi lavorate per lui. Cosa vi ha fatto Rosario per meritarsi questo vostro comportamento? Vi tratta bene, lavorate pure per lui, per la sua famiglia dovreste essergli grato."

"Grato? Voi non sapete quello che dite. È un Santos Torres Altamira! Possiede questa tenuta" rispose con astio.

"E con questo? Cosa vi importa del suo cognome o di cosa possiede. Voi avete una nave anzi forse più di una e non avete bisogno di lavorare qui, forse volete dire a Rosario che la sua fidanzata è la vostra amante?"

Juan la guardò serio.

"Vi ho visto l'altro giorno sulla terrazza. Non ci voleva molto a capirlo. E forse questo che volete fare, informare Rosario? Ma non capite che sono fidanzati. Andatevene... ci sono molte donne a questo mondo che avranno ciò che cercate in una donna. Cosa credete di fare restando qui alla tenuta?"

"Signorina Liliana, mi domando anche io cosa voglio fare ..." La guardò socchiudendo gli occhi "ma *non so ancora cosa voglio fare,* e certo quando lo saprò non lo dirò a Voi. Può essere che Pilar pensi di amare Rosario, ma ama me capite? Ama me e non per quello che sono. Quando ci siamo conosciuti non sapeva che ero De la Cruz e mi ha accettato capite."

"Voi credete? Io capisco solo, che ora sa chi siete e forse metterà sul piatto della bilancia il vostro patrimonio e quello di Rosario."

"Non la conoscete eppure la giudicate?"

"Non la giudico Juan. Sapete pure che spesso è ospite dalla mia madrina, e ho avuto modo di osservarla in questi giorni, precisamente da quando è arrivata. Ho visto il suo comportamento e ascoltato i suoi discorsi. È una civetta... lo ha fatto con voi e ora con Rosario."

"Potete dire quello che volete, ma a me non interessa, Pilar appena deciderò di andare mi seguirà, non si sposerà con Rosario."

"Juan, io credo che non dovreste stare qui, Pilar è la fidanzata e presto sarà la moglie di Rosario, non potrà mai venire con Voi. Questo lo dovete capire. Questa situazione è assurda. Cosa volete fare ucciderlo?"

"Perché no?"

"Perché no? Ma siete impazzito! Rosario è un ottimo spadaccino volete per caso morire? O volete usare la pistola? Andatevene, andatevene da qui. Guardatevi in giro quante donne ci sono, una che possa andarvi bene, che abbia le qualità che cercate in una moglie, la troverete."

"Me lo avete già detto questo, siete alquanto noiosa quando ripetete le solite cose e poi per caso Vi state proponendo?"

"Non cambiate le mie parole. Non intendevo dire questo, siete un presuntuoso, maleducato. Non starei con Voi neanche se foste l'ultimo uomo sulla terra."

"Lo credete davvero? Io dico di no. Comunque Pilar mi ama e verrà con me. Quando **io** lo deciderò"

"Voi non sapete cosa state dicendo."

"No! Voi non sapete di cosa sto parlando. Non avete un uomo. Non sapete di cosa sto parlando…"

Juan si bloccò "Scusatemi non volevo offendervi dicendo che non avete un uomo, perdonatemi, è che mi fate arrabbiare. Voi riuscite a tirare fuori la parte peggiore che c'è in me."

"Voi Juan volete che vi perdoni? E per cosa? Per aver detto la verità. Che non ho un uomo? Sappiate che sono io che non voglio un uomo. Non intendo sottomettermi a nessuno né accettarne ordini."

La guardò negli occhi "D'accordo come volete. Piuttosto spero avrete pensato a quanto vi ho chiesto qualche giorno fa riguardo la nave di vostro padre."

"La nave di mio padre?"

"Sì. Avete pensato di vendermi la nave di Vostro padre? Posso metterla a posto e farla tornare a viaggiare."

"Come vi ho detto non la vendiamo, la sistemeremo noi, e la faremo viaggiare."

"Avete già pensato dove prendere la legna? Sapete che occorre molto materiale e molto lavoro per rimetterla in sesto."

"No a dire il vero non ci abbiamo pensato. È successo tutto così in modo veloce…ma non la vendiamo."

"Posso aiutarvi so dove trovare delle buona legna per sistemarla, ma poi dovrete venderla a me."

Liliana consegnò le erbe ad un inserviente del dottore che stava passando, poi alzò la testa e guardò Juan per un attimo e sorridendo rispose "Vi farò sapere, ora vi debbo lasciare, devo andare anche a parlare con la mia madrina."

"Pensate di sposarvi con Sergio Ramirez?" domandò sottovoce Juan.

"Cosa fate vi preoccupate per me?" lo canzonò Liliana.

"No certo che no. Ma sarebbe un peccato unirsi ad una persona che non si ama."

"E chi vi dice che non lo amo?"

"I vostri occhi" rispose sorridendo.

Juan salì sul cavallo e tornò al lavoro.

Liliana riprese ad andare verso la tenuta della madrina imprecando contro Juan "zoticone, codardo antipatico, presuntuoso..."

Arrivata dalla madrina e dopo averla salutata, trovò Fernanda che sollecitata dalla madre tentò di convincere Liliana a sposarsi con Ramirez.

"Liliana cara, credo che la proposta di mia madre sia l'unica cosa che tu possa accettare."

"L'unica? Tu pensi che non abbia possibilità di trovare un marito e che quindi devo accettare l'unica possibilità che secondo voi mi si presenta? Non intendo sposarmi con Ramirez. Non lo amo, non abbiamo nulla in comune, come potete pensare che possa sposarlo?"

"Dovrai farlo mia cara, mi sono impegnata con lui. Credo che fra due o tre giorni quando tornerà da un viaggio di affari passerà di qui e vorrebbe poterti parlare. E poi l'amore? Viene dato troppo peso a questa parola. Spesso l'amore viene dopo. Una volta sposata non avrai più bisogno di pensare alle tue sorelle. Ci penserà tuo marito" disse Donna Nestora.

"Madrina vi prego per ora non ne voglio parlare, vi prego di scusarmi vorrei tornare a casa."

Capitolo 27

Liliana tornò a casa piuttosto nervosa, andò in salotto e si sedette sul divano parlò con Aurora di quanto la madrina aveva nuovamente proposto sollecitata dalla figlia Fernanda e dell'incontro con Juan.

"Uhm qualcosa non mi quadra, vogliono per forza far sposare te e Rosanna per poi passare a noi" disse Aurora.

"Fai attenzione Liliana che la nostra madrina potrebbe obbligarti a sposare Ramirez" disse Soledad.

Nanà ascoltò con attenzione, ed esclamò "parlatene anche con Don Vidal, lui è il vostro padrino" poi disse "Liliana ho sentito che hai parlato anche con Juan?"

"Sì l'ho incontrato alla tenuta, ora lavora per Don Rodrigo! Oh Nanà si è fermato perché è innamorato di Pilar la fidanzata di Rosario. Vuole fuggire con Lei. Quando Rosario lo verrà a sapere si sfideranno a duello. Ho detto a Juan di lasciare perdere ma non ascolta, credo che presto avremo una tragedia, se Juan non se ne andrà. E arrivato da poco e porta già scompiglio, dovrebbe tornarsene in Europa è lì il suo posto."

"Liliana, non credo che tu conosca bene Juan per giudicarlo. Tu ora vedi un uomo rude, duro, che pensa di non essere un gentiluomo, ma credimi non è così. È la sua facciata che si è creato, ma ha un cuore grande. È un uomo che ha sofferto molto, e nessuno sa quanto perché pochi lo conoscono veramente bene. Era un bambino dolce giocoso, e un ragazzino educato prima che la vita gli si rivoltasse contro. Forse prima di dire queste cose dovresti parlargli" aggiunse Nanà.

"Sì Nanà forse lo farò, ma se tu sai qualcosa perché non me lo dici? Lui non parla molto di sè, già una volta gli domandai dei suoi genitori ma non mi ha risposto, e sai che Adrian diceva che aveva sofferto molto, senza però spiegarci nulla di più."

"Non tocca a me, posso solo dirti che conosco molto bene Juan, e non è quella persona cattiva, malvagia che molti pensano, ha un cuore d'oro anche se lo vuole nascondere e passare per un duro. Non è quello che sembra. È un uomo che si commuove, che sa piangere quando soffre, ma da uomo non lo vuole dare a vedere. Ricorda a volte le apparenze ingannano. Occorre vedere oltre e tu prima di parlargli male ascoltalo; ascolta le sue parole e come le dice, e guarda il suo viso."

"Va bene Nanà, *non ti arrabbiare*! Non ti avevo mai sentito difendere così qualcuno. Lo farò promesso, quando vedrò Juan proverò ad ascoltarlo."

Sopraggiunse in quel momento Rosanna, che da quando aveva saputo del fidanzamento e quindi del matrimonio di Rosario con Pilar aveva visto tutti i suoi sogni di fanciulla finire in frantumi. "Certo a parte i nostri genitori non si può dire che la nostra famiglia brilli di felicità, nessuna di noi ha un uomo con cui essere felice. Amo Rosario senza alcuna speranza, oramai si è fidanzato. Io aspettavo il suo ritorno nella speranza che si accorgesse di me e lui torna con una donna."

"Rosanna cara non c'è solo Rosario a questo mondo" disse Soledad "così ci dice sempre nostra sorella, perciò guardati in giro."

"No il mio cuore è di Rosario non potrò amare mai nessuno altro come lui, lo so che non mi ha mai promesso nulla ma io sentivo che c'era qualcosa fra di noi, forse la sola amicizia, la nostra complicità nei giochi, non lo so ma lo amo."

"Rosanna mi accompagneresti in chiesa? Ho promesso che avrei lasciato le nuove tovaglie per l'altare?" disse Aurora che sopraggiunse in quell'istante.

"Non ho voglia di uscire preferisco mettermi in giardino e leggere un libro oppure andrò ad aiutare le suore, devo consegnare quelle torte che Maria ha preparato."

"Credo invece che uscire con me potrà distrarti."

"Sì vai Rosanna cosi potresti passare anche dall'avvocato Vidal che dovrà darti le informazioni per sistemare la successione di nostro padre, e speriamo sia riuscito anche a parlare con la madrina in modo da evitare questo assurdo fidanzamento" ribatté Liliana. "Io devo tornare alla tenuta della madrina perché ci sono troppi malati e il dottore mi ha chiesto se potevo ritornare ad aiutare."

"D'accordo quando è così salgo a cambiarmi."

"Verrò anche io" disse Aurora.

Capitolo 28

"Certo Rosanna che oggi è una magnifica giornata sono contenta che mi hai accompagnato alla Chiesa, così passiamo anche dal padrino. È sempre stato buono con noi non è vero? Sono sicura che ci aiuterà ancora e anche parlerà alla madrina" intervenne Soledad.

"Sì credo di sì, ha sempre cercato di aiutarci e proteggerci, ora dovrà aiutarci a sistemare i documenti di nostro padre, ci sono da riordinare quelli della casa e la compagnia di navigazione".

Intanto dall'avvocato Vidal erano arrivati Julio e Matías.

"Buongiorno avvocato," dissero i due fratelli entrando.

"Figlioli, che bello rivedervi. È una gioia immensa. Non immaginate la mia felicità di avervi qui a Veracruz. Non ve l'ho chiesto ma immagino siate arrivati sulla stessa nave con Juan, ma sedetevi, cosa vi posso offrire?"

"Sì è un vero piacere Don Armando, voi non sapete quanto vi dobbiamo" disse Julio.

"Vedervi sani e salvi mi ricambia di tutto. Sapete bene quanto vi sono affezionato. L'altro giorno quando sono venuto da voi e non ho potuto fermarmi per correre a casa Gonzales, avevo molte domande farvi. Ma quanto tempo è passato? Non speravo più di vedervi, e anche ora siete insieme. Ho sempre avuto vostre notizie da Andres, mi raccontava tutto, era fiero dei suoi ragazzi."

"Sì sappiamo che vi scriveva spesso"

"Ho appreso poi della morte sua e di Jacinta, dell'incidente avvenuto in mare, ma so che voi avete continuato nell'impresa di famiglia e che Juan sta con voi e la dirige con voi. Ma venite

sedetevi, dobbiamo parlare di molte cose. Come sono contento."
Don Armando era emozionato.

"Consuelo per favore portaci quel liquore che tengo per le grandi occasioni" disse don Vidal.

"Innanzitutto caro Matías dopo la morte di tuo padre non si è fatto mai chiarezza su chi sia stato ad ucciderlo, tuo zio peraltro fu scarcerato quasi subito dopo la tua partenza, perché vi furono varie testimonianze a suo favore e a favore di tuo cugino Felix. Per molto tempo tuo cugino ha cercato tue notizie. Le chiese pure a me, ma non gli dissi mai che eri andato in Europa e con chi. Quando mi hai scritto che saresti tornato, ho stilato i nuovi documenti e ho curato personalmente i tuoi beni e qui ho i documenti che attestano che sei il proprietario della tenuta *il vento* tutto oramai è tuo figliolo. Basterà che firmi questi documenti e tornerai il padrone di tutti i tuoi beni."

"Già *il vento*". Quanto tempo è passato! Ma ora sono socio con i miei fratelli delle imprese di navigazione e non solo, quindi voglio che parte dei miei beni passino anche a loro. Abbiamo diviso tutto in questi anni e voglio che sia ancora così. Pertanto vi chiedo Don Armando di preparare i documenti affinché Juan, Andres e Julio diventino miei soci nei miei possedimenti e comunque i miei eredi in caso morissi senza averne di miei."

"Ma sei sicuro? Di quello che vuoi fare" domandò Julio.

"Certo fratello, in tutti questi anni se sono sopravvissuto lo devo anche voi. Siamo sempre stati una famiglia. I nostri genitori adottivi ci hanno amati nello stesso modo e nella stessa maniera di Andres loro figlio naturale. Ci hanno insegnato che un figlio è di chi se ne prende cura, di chi lo ama, non ha importanza se non abbiamo lo stesso sangue. Ci si ama per quello che si fa e si riceve non per il sangue che scorre nelle vene. Siamo l'esempio di come i legami di sangue abbiano solo fatto del male ai nostri cari. Abbiamo solo avuto sofferenza e dolore dai parenti."

"D'accordo figliolo come vuoi," rispose Vidal "Nei prossimi giorni preparerò il tutto e poi vi dirò quando passare per poter firmare i documenti."

"Invece tu Julio? Sei tornato per riprendere i tuoi possedimenti? White hall è ancora come sempre, bella! Tuo padre la costruì per tua madre, l'adorava! Anche il nome che le diede alla tenuta era per farla sentire a casa propria."

"Sì Don Armando, sono tornato ed è ora che mio zio sappia che dovrà rendere conto di quanto fatto, ovviamente i miei beni andranno divisi con i miei fratelli e in caso di morte prematura voglio che siano gli unici eredi!"

"Ragazzi, ma state parlando sul serio? Siete giovani non potete pensare ora alla morte."

"Ci dobbiamo pensare invece, visto che potrebbero tentare ancora. Noi siamo qui anche per vendicarci" ribatté Julio.

"No Julio ti prego non pensare anche te a vendette. Ora sarà tutto tuo. Tuo zio lascerà tutto non appena lo avviserò che sei vivo e che sei tornato. Ovviamente ci penserà lui ad avvisare tuo cugino Celso."

"Lei crede? Io penso di no. Mi hanno venduto quando ero un ragazzo e se sono vivo lo devo a Voi e ai De la Cruz che mi hanno riscattato e adottato. Non posso fare finta di nulla."

"Ragazzi figlioli miei, vedo che serpeggia la vendetta in voi. Ora che siete qui vi prego di mettere da parte le idee di rivalsa. Chi ha fatto del male ha pagato o pagherà; Dio penserà a castigarli."

"Non tutti, non tutti Don Armando hanno pagato. A qualcuno il conto va ancora presentato. La morte dei nostri genitori rimane un mistero che noi vogliamo scoprire. Ora che siamo uomini non potranno venderci o farci del male facilmente."

"Certo che no ragazzi, ma potrebbero farVi uccidere magari di notte. Lo sapete bene, che alcune persone sono vendicative e non si limitano ad accettare di perdere i loro beni, specie se sono stati presi in modo non legittimo! Ragazzi io vi voglio bene a tutti quanti, in fondo siete un po' i miei figli che non ho mai avuto e non voglio che vi succeda nulla."

In quel momento bussarono alla porta Rosanna con Soledad e Aurora salutarono il loro padrino.

"Buonasera padrino, scusateci ma vedo che siete occupato, non volevamo disturbarvi."

"No care figliole venite, venite che vi presento a questi due gentiluomini che considero come miei figli."

"Come vostri figli? Ma cosa dite padrino?" domandò Soledad.

"Certamente cara Soledad, qui e Matías Munoz e Julio De la Cruz."

I due uomini salutarono, Aurora guardava Matías pensando di conoscerlo, quegli occhi, ma cosa andava a pensare, non era la prima volta che lo osservava e che le sembrava di conoscerlo, ma quando lo avrebbe conosciuto?

"Ci siamo visti al funerale di vostro padre ricordate?" come a leggerle nel pensiero disse prontamente Matías.

"Sì è vero ma è stata una giornata talmente pesante e c'era tanta gente" rispose lei.

Anche voi Soledad vi ho incontrato al *"Pizzo del diavolo"* ma il nostro caro Don Armando è evidente che non si ricorda, avete pure conosciuto nostro fratello" disse Julio.

"Già e come sta?" domandò Soledad "gli è passato un po' il dolore?"

"Non molto e ci vorrà più del solito per guarire, proprio perché è cocciuto più di un mulo, ma se avete un po' di pietà e andate a trovarlo avrete la nostra gratitudine" rispose Matías con un sorriso.

Soledad sorrise, si girò e disse "Padrino, scusate noi andiamo non volevamo disturbarvi, possiamo tornare un altro giorno. Era per i documenti di nostro padre".

"Sì certo appena sono pronti vi chiamo, dite a Liliana di stare tranquilla. Passerò da voi nei prossimi giorni cosi vediamo insieme quello che volete fare sia per la casa che per la compagnia di navigazione."

"Sì padrino se potete passare è meglio ci sono problemi con la Madrina e vorremmo poterne parlare urgentemente anche con Voi."

"Già la vostra madrina. Mi sta causando un mare di problemi. Con quell'idea assurda di far fidanzare per poi far sposare Liliana e Rosanna con quei due europei. Va bene allora ne approfitto per accompagnarvi a casa, venite anche voi vero ragazzi? Passiamo prima a prendere Andres. Julio, Matías chissà Nanà quando vi vedrà" disse Don Armando.

Le ragazze si guardarono con curiosità.

Capitolo 29

Una volta arrivati a casa Gonzales Nanà vide Matías e Julio e ci fu uno scoppio improvviso di pianto. Le ragazze la guardarono con curiosità.

"Nanà cosa ti succede perché piangi?" domandarono.

"Nanà buonasera ci hai riconosciuto?" chiese Matías abbracciandola.

"Come non potrei figlioli. Julio, Matías Oddio venite qui. Oh la Vergine del Carmine ha ascoltato le mie preghiere e tu invece devi essere Andres?" continuò Nanà.

"Sì signora" rispose un poco emozionato.

"Chiamami Nanà, come tutti. Non posso credere di vedervi qui tutti insieme. Oh che bello dovete fermarvi a cena assolutamente. Don Armando che magnifica sorpresa mi ha fatto."

"Non vorremmo disturbare" dissero i ragazzi.

"Ma quale disturbo? È un giorno di festa. Oh i miei figlioli…. Madonna del Carmine …Non ci posso credere, sono tornati e guarda che begli uomini che sono diventati."

"Maria abbiamo ospiti a cena" disse Nanà.

"Bene Marcella, anche noi oggi abbiamo da festeggiare, come a casa Santos Torres Altamira" rispose Maria.

"Perché cosa festeggiano?" domandò Soledad.

"Festeggiano perché domani Rosario sposa Pilar" disse Nanà "Non hai visto l'invito?"

I ragazzi si guardarono in viso, pensarono a Juan preoccupati, ma poi si accomodarono in salotto dove con Nanà incominciarono a parlare di quanto accaduto in questi anni vissuti in Europa, e Don Armando Vidal annuiva contento, mentre Aurora e Soledad si erano sedute vicino a Nanà e continuavano a osservare i ragazzi e Nanà parlare domandandosi come facesse Nanà a considerarli suoi figliuoli.

Liliana si allontanò per controllare che gli ordini in cucina per la cena fossero eseguiti, in modo che ci fosse una desinare prelibato per gli ospiti. Era felice di vedere Nanà così sorridente, si era quasi trasformata, sembrava più giovane. Aurora e Matías continuavano a guardarsi, Aurora chiedendosi chi fosse Matías e quest'ultimo sperava che non lo avesse riconosciuto, intanto rispondeva alle domande di Nanà prendendole le mani fra le proprie, mentre Don Armando spiegava a Nanà quanto sapeva di loro tramite le lettere dei loro genitori adottivi. Le ragazze rimasero interdette a sentire parlare di genitori adottivi.

"Genitori adottivi avete detto?" domandò Aurora.

"Sì," rispose Matías, "Juan, e Julio sono stati adottati da Andres de La Cruz, che poi ha preso con sè anche me."

Le ragazze rimasero senza parole, "ma eravate piccoli?" chiesero.

"Sì abbastanza, ma in età diverse e in tempi diversi. Ognuno di noi ha una sua storia, diversa se vogliamo, ma comunque comune."

Intanto Andres si avvicinò a Soledad e incominciò a parlarle.

"Io invece sono il figlio di Andres de La Cruz, ma sono molto fiero di avere questi tre fratelloni e devo dire che siete molto bella Soledad."

"Voi credete? Mi avete appena conosciuta."

"No, vi ho visto il giorno del funerale e da allora non vi ho mai dimenticato. Il giorno che ci siamo scontrati, mi avete colto di sorpresa. Avete due occhi molto espressivi, e sono sicuro che se in questo momento dicessi qualcosa di sbagliato potrebbero fulminarmi."

"Siete quindi preoccupato?" disse sorridendo.

"Quando Voi sorridete così, non so cosa potrei dire...Io ..."
Ragazzi la cena è quasi pronta intervenne Nanà. Non vedo vostra sorella Rosanna...

Capitolo 30

Rosanna era in giardino all'aria aperta e si abbandonò alla propria infelicità nonostante l'allegro frinire delle cicale e dei grilli.

All'improvviso una sagoma scura apparve sulla soglia per qualche istante guardandosi intorno Rosanna sentì il cuore mancarle un battito quando si rese conto che non si trattava di sua sorella ma di un uomo, un uomo alto e robusto. Don Julio De la Cruz

Mentre lui camminava nella sua direzione Rosanna trattenne il fiato sperando invano che non l'avesse vista, ma a Don Julio bastarono pochi passi per attraversare il cortile e fermarsi davanti a lei.

"Ebbene siete voi" fu il benvenuto di Rosanna, gli offrì in un tono che non lasciava dubbi riguardo al proprio disappunto.

"Come potete vedere lieto di incontrarvi" convenne Julio.

"Se non vi dispiace Don Julio sono uscita per trovare un po' di solitudine, un po' di pace e se voi foste un vero gentiluomo rispettereste il mio desiderio. Vi prego pertanto di lasciarmi sola" concluse ergendo il mento.

"La vostra compagnia non mi è gradita."

"Nessuno dovrebbe stare solo in una serata come questa" mormorò lui senza staccare gli occhi dalla fanciulla.

"Avevo soltanto bisogno di prendere un po' di aria fresca. Immaginavo che voi foste impegnato con i festeggiamenti" disse lei in tono acido, tentando di ignorare il fascino magnetico che emanava.

"Bene ora potete lasciarmi in pace."

Julio si appoggiò ad un tronco di una palma e Rosanna non poté fare a meno di notare il suo impeccabile aspetto. Tutto in quel uomo era curato nei minimi particolari, aveva dei capelli corvini che gli sfioravano il colletto dell'elegante camicia di seta bianca.

"Siete sempre cosi? Ho notato che la notizia del prossimo matrimonio di Rosario non vi è stata del tutto indifferente?"

"Siete sempre così indelicato, così fastidioso?"

"Al contrario, ma mi ha stupito molto il vostro comportamento."

"Mentite!" disse Rosanna.

"Ricordatevi che io non mento mai! Comunque spero che potremo diventare amici, poiché l'avvocato Don Armando vostro padrino è un mio caro amico."

"Non sognatevi, il fatto che siate amico del nostro padrino non vi dà alcun diritto su di me. Inoltre se ci trovano qui arrecherete danno alla mia reputazione e questo sarà un altro grosso ostacolo fra noi."

"Dubito che il vostro padrino voglia chiedermi di sposarvi per rimediare al danno."

"State sicuro che controllerò personalmente che non lo faccia."

"La vostra natura ribelle mi stupisce mi coglie di sorpresa" ridacchiò Julio "Però non importa. Immagino che dovrò impegnarmi più del previsto per costringervi a mutare idea su di me."

"E' tempo sprecato, non sciupate le vostre energie non ho nessuna opinione su di Voi Don Julio."

In quel momento Julio l'attirò a sè e la baciò.

"Al contrario sono sicuro che l'avete, ma ditemi vi è piaciuto baciarmi Signorina Rosanna?" le domandò abbassando lo sguardo verso il viso della ragazza.

"Io non vi ho mai baciato," ribatté lei.

"Avete risposto, ma ditemi era il vostro primo bacio? Non avete mai baciato nessuno prima d'ora?"

Rosanna si sentì il viso in fiamme

"Non sono affari Vostri, siete solo un presuntuoso, un maleducato, io non ho risposto al vostro bacio."

"Al contrario invece lo avete fatto."

"Mi avete preso alla sprovvista."

Un rumore di passi, di Don Armando, fu così leggero che per qualche istante Julio credette di averlo immaginato, tuttavia quando si voltò l'amico era alle sue spalle

"Disturbo?"

"Non avreste potuto scegliere un momento migliore per giungere qui" sbottò Rosanna, "Don Julio ed io non abbiamo nulla da dirci e stavo tornando in casa."

L'avvocato le rivolse un sorriso ed un cenno di assenso, Julio seguì la fanciulla con lo sguardo carico di incanto, appena la ragazza scomparve oltre la portafinestra Julio sorrise all'amico.

"Santo cielo Don Armando, Rosanna è una ribelle nata, e non sembrerebbe solo a vederla."

"Julio non dimenticare che Rosanna mi è cara, sono il suo padrino e delle sue sorelle, ed è infatuata di Rosario. Capisci? È normale che io mi preoccupo di lei e per la sua reputazione, non voglio che sia solo una conquista da parte tua."

"Non c'è pericolo che ciò avvenga, a quanto pare la sua protetta detesta pure l'aria che respiro."

"No figliolo, è solo perché non ti conosce. Chi ti conosce sa che non approfitteresti mai di una persona. In ogni caso puoi sempre sperare di riuscire a farle cambiare idea su di te, conosci meglio di chiunque altro i metodi di dissuasione."

"Don Armando, la stimo e la rispetto molto, le devo molto lo sa, le devo la vita e non ho intenzione di tradire la sua fiducia, la sua amicizia seducendo Rosanna."

"*No*? E allora cosa facevi qui di fuori con lei al buio?"

"Cercavo di scusarmi…"

"Ti stavi scusando? E lei ha accolto le tue scuse?"

"No però forse le avrebbe accettate se non fosse arrivato e non fossimo stati interrotti. Perché è uscito a cercarla?

"Per due motivi, è pronta la cena e ho visto prima Rosanna che usciva verso il giardino, ultimamente si isola, e quando Nanà ha parlato del prossimo matrimonio di Rosario è impallidita. Ho parlato con Liliana, e mi ha confermato il sospetto che lei fosse innamorata di Rosario, e che aspettava il suo ritorno pensando che forse il loro legame si sarebbe rinsaldato, che Rosario avrebbe chiesto la sua mano."

"Ma come poteva essere? Rosario è fidanzato con Pilar che è l'amante di mio fratello Juan."

"Purtroppo Rosanna non lo sapeva, non era al corrente e la notizia l'ha ferita. Quindi figliolo ti prego di essere cauto con lei."

"Ha la mia parola d'onore."

"Te ne sono grato figliolo. So che non verresti meno alla tua parola data. E spero anche che questo varrà per il giorno in cui vorrai finalmente accasarti e prendere moglie. Sempre che tu voglia anche cambiare lo stile di vita."

"Quando mi sposerò il mio amore sarà solo per una donna, per la donna che condividerà la mia vita e sarà per sempre. Ad ogni modo…, sto pensando da qualche tempo, …sto prendendo in considerazione la possibilità di sposarmi. Grazie a Dio non ho fretta, anche se morissi senza eredi i miei beni non torneranno nelle mani di mio zio e di mio cugino."

"Già su questo hai ragione, ma non credo tu ora debba pensare ad una tua eventuale morte, e credo che solo una donna eccezionale riuscirà nell'impresa di rubarti il cuore. Ora andiamo, una cena prelibata ci aspetta, la cuoca della famiglia Gonzales è conosciuta in tutta Veracruz per le sue prelibatezze."

Capitolo 31

Alla cena non partecipò Juan, aveva terminato tardi alla tenuta dei Santos Torres Altamira. Da circa un mese finiva sempre più tardi. Cercava di stancarsi per arrivare a casa e dormire senza pensare a Pilar. Ma quella sera si sarebbero visti in spiaggia al solito posto appena lei finiva la cena a casa dei genitori di Rosario. Andò a casa di corsa si cambiò e andò ad attendere Pilar in spiaggia. Lei sopraggiunse poco dopo. Appena la vide il cuore gli balzò in petto...

"Pilar quanto ho aspettato questo momento, mi hanno detto che ti sposi domani, è vero?"

"Sì Juan, ma ora baciami non pensare al domani."

"Io non intendo essere usato da te. Dimmi che non ti sposerai domani."

"Juan, non parliamo ora di questo, vuoi?"

"Pilar ho un compito, devo terminare di riparare una nave e presto partiremo verrai vero? Basta che non ti sposi, andiamo stasera e lo diciamo a tutti?" disse Juan.

"Riparare una nave? Partire? Per dove? Dirlo a tutti? Juan ma non avevi una compagnia di navigazione? Ora cosa vuoi fare riparare una nave? Ma allora non sei ricco?"

"Pilar ti interesso io? O la mia situazione finanziaria?"

"Amore lo sai che mi interessi tu, ma devo anche pensare a mia sorella Elena."

"Cosa vuoi dire, parla chiaro mi ami o non mi ami? Ami me o ami i soldi di Rosario?"

"Ti amo lo sai. Tu sei la mia passione, ma non puoi pensare che possa far finta di nulla davanti alla proposta di Rosario. Asuncion mi ha detto che sei ricco, ma poi però lavori alla tenuta di Don Rodrigo, quindi vuol dire che non sei ricco, ma io lo potrò essere a breve, e potremo comunque continuare a vederci."

"Certo passerai da un letto all'altro non appena ti stancherai di uno di noi."

"Juan non dire cosi, io amo te lo sai...e baciami non parlare...ti prego Juan".

"Non intendo essere usato da te. Non sono uno stallone da usarsi a piacimento. Sei una sgualdrina, mi hai usato, non mi hai mai amato veramente."

Juan non dire così, io ti amo, ma oramai non posso tornare indietro."

"Certo che puoi, andiamo via ora io e te, ci sposiamo e poi torniamo così non potranno dire più nulla. Dimmi che lo farai Pilar?"

"Juan... Juan ascoltami, ascoltami non è possibile lo capisci? Io intendo sposarmi con Rosario, ma non intendo rinunciare a te!"

Juan fece un passo indietro, la guardava con odio e disprezzo.

"Tu, tu sei una sgualdrina solo quello sei. Non sarò un burattino nelle tue mani. Non mi cercare mai più. Per te non esisterò. Ringrazio Dio che mi ha fatto capire in tempo che donna sei."

Si girò e andò via di corsa.

Pilar gli corse dietro gridando "Juan, Juan fermati ti prego parliamone Juannnnnn"

Capitolo 32

Il giorno seguente le ragazze si prepararono per andare al matrimonio di Rosario e Pilar.

Non erano molto entusiaste, sapevano che si sarebbero annoiate, ed erano preoccupate per Rosanna, la quale cercò un pretesto per non presenziare. Nanà, la rimproverò dicendo che non doveva dimostrare ad altri il suo stato d'animo, pertanto a malincuore dovette prepararsi.

Giunsero alla Chiesa, era adornata in modo fastoso, si guardarono in giro ed entrarono, presero posto tutte insieme, e poco dopo furono raggiunte da tre dei fratelli De La Cruz.

Rosario aveva invitato Juan e i suoi fratelli alla sua festa, ma lui non si vedeva.

Tutti i presenti notarono che i fratelli De La Cruz andarono direttamente a sedersi vicino alle sorelle Gonzales, anche José Garcia vide un De la Cruz vicino a Soledad e lo guardò con astio.

Dopo i saluti Julio prese posto vicino a Rosanna, mentre Matías si sedette vicino ad Aurora e Andres a Soledad.

Liliana si guardò in giro temeva che Juan potesse fare qualche sciocchezza, visto che Pilar stava per sposare Rosario, e non era con i suoi fratelli.

Poco dopo Juan entrò in chiesa subito dietro a Rosario, il quale si soffermava a salutare le persone già presenti e si fermò a scambiare i saluti con le sorelle Gonzales. Aveva lo sguardo serio e tirato. Juan anche lui serio prese posto vicino a Liliana.

Lei si spostò un poco di lato per fargli spazio. Appena Rosario andò vicino all'altare, Liliana guardò Juan preoccupata.

"Avete per caso detto qualcosa a Rosario?" domandò.

"Perché cosa temete? Ne avrei comunque il diritto dopo quanto successo; ma mi riservo di intervenire in un altro momento, prima voglio vedere come va avanti questa farsa."

"Smettetela Juan, non avete diritto ad intromettervi nella loro vita."

"Smettetela voi o finiremo con il litigare anche in chiesa."

Si voltarono e videro Nanà dietro di loro che li osservava scuotendo la testa, e poi osservarono che molte persone erano già entrate in chiesa come i parenti dello sposo e anche gli zii della sposa con i cugini Asuncion e José.

In quel momento incominciò a suonare l'organo e la sposa entrò in chiesa, al braccio di Don Rodrigo.

Fu una cerimonia abbastanza lunga, o così parve a Liliana che non riusciva stare attenta dall'agitazione, spesso si era trovata ad osservare Juan e lo vedeva teso, poi usciti tutti dalla chiesa dopo i saluti di rito, andarono verso la tenuta dei Santos Torres dove si sarebbe tenuto il banchetto.

Liliana era sempre sulle spine temeva che da un momento all'altro Juan suscitasse una lite con Rosario.

Anche al tavolo si sedettero vicini, Julio non perdeva d'occhio Rosanna preoccupato per il suo stato d'animo, Matías cercò di entrare in confidenza con Aurora, mentre Andres cercava di avere l'amicizia di Soledad.

Dopo il pranzo, gli sposi aprirono le danze, era stata costruita una pista in legno sul prato a fianco dei tavoli, Julio invitò Rosanna a ballare in modo da non farle pensare a Rosario. E con loro molte altre persone si unirono e pure Andres e Matías con le rispettive sorelle Gonzales.

Verso la fine della giornata ci fu il momento del brindisi finale. Dopo il brindisi dei genitori dello sposo, Juan si alzò prese il bicchiere e si avvicinò agli sposi attraversando il giardino.

Ecco ci siamo, si disse Liliana ora succederà il dramma! Si voltò in cerca dei fratelli di Juan

"Permettetemi di fare un brindisi, agli sposi e a Rosario, che ha avuto la fortuna di sposarsi con una donna bellissima pura e innocente."

Pilar lo guardava con gli occhi spalancati ed era nervosa. Un Rosario sorridente abbracciò Juan.

Liliana tirò un respiro di sollievo, e pure fratelli di Juan che fino a quel momento erano rimasti in silenzio e tesi pronti a scattare in aiuto del fratello. Julio si avvicinò a Liliana

"Liliana, per favore vada a prendere Juan e lo riporti qua al tavolo prima che dica altro, lo conosco troppo bene per non sapere che a breve uscirà con una frase infelice tanto da aizzare un vespaio."

Liliana lo guardò e annuendo si alzò, e poi si avvicinò a Juan, gli mise un braccio sotto il suo mentre Rosario lo ringraziava.

"Grazie Juan, sono felice di averti qui, e di averti come amico. Non immagini come mi facciano felici le tue parole, perché so di essere un uomo molto fortunato ad aver sposato Pilar. Una donna unica, bellissima e fedele. Auguro anche a te di essere fortunato quanto lo sono stato io e di trovare un giorno una donna come Lei."

"Vedi Rosario, in verità io non ..." in quel momento fu fermato da Liliana che intervenne

"Juan, Rosario.... Scusatemi ...ma Julio vi sta cercando Juan..."

Juan la guardò, guardò gli sposi, e dopo averli salutati tornò al posto con Liliana

"Ditemi eravate così preoccupata per quello che stavo per dire?"

"Sì, e lo erano anche i vostri fratelli se è per questo, Julio mi ha chiesto espressamente di venirvi a chiamare. Juan credetemi, dimenticate è meglio per tutti, so che non sarà facile, ma poi starete meglio."

Lui la guardò negli occhi e si lasciò condurre dai fratelli.

Giunti al tavolo, Juan e Liliana presero posto su due sedie vicine. Si sedettero a guardare gli altri fratelli che nel frattempo si erano alzati ed erano andati a ballare.

"Io...mi dovete scusare Liliana, ma non so ballare...altrimenti vi avrei invitato."

"Juan, non c'è problema, non sono molto capace neppure io" rispose sorridendo.

"Siete gentile a dire così, le dame di solito sanno danzare sempre in modo impeccabile. Purtroppo non sono portato come i miei fratelli per il ballo e me ne duole."

Alla fine della serata quando gli sposi si ritirarono, i fratelli De la Cruz decisero di accompagnare a casa le ragazze Gonzales, con Nanà.

Nanà si avvicinò a Juan lo abbracciò e gli sussurrò "Figliolo, io credo che tu sia stato più fortunato di Rosario, lo so che ora non la pensi così, ma vedrai che a suo tempo mi darai ragione."

"Nanà, faccio fatica ora a pensare di essere così fortunato, certo dopo l'altra sera, in cui ho finalmente capito di essere stato preso in giro, ho ringraziato Dio di avermi aperto gli occhi in tempo."

Capitolo 33

Qualche giorno dopo Don Armando ricevette Rosanna nel suo studio.

"Buongiorno padrino, vi ho portato questa busta contenente dei documenti di nostro padre"

"Benissimo Rosanna, e immagino a casa sia tutto a posto..."

"Dov'è finito il suo amico?" domandò Rosanna guardandosi in giro

"Desideri vederlo figlia mia?"

"No! Al contrario, lo considero l'uomo più impertinente e presuntuoso che abbia mai incontrato, una belva, un selvaggio."

"Rosanna le tue idee su Don Julio...," disse scuotendo la testa e sorridendo "No cara non è così malvagio, ma certe tue parole mi confortano."

Rosanna lo guardò strano, non si aspettava una simile risposta

"Davvero? Pensavo che Don Julio fosse un suo amico."

"Certamente che lo è. È come un figlio per me, ma è anche un uomo con tanta esperienza, un uomo che ha sofferto e anche molto quando era bambino, e non so se il tempo è riuscito del tutto a lenire il dolore e le ferite, ma ora è un uomo con grande maturità molta più di te e non vorrei che tu soffrissi."

"Non succederà mai, se Don Julio è così spietato e crudele ha fatto bene ad avvisarmi padrino."

"Non fraintendermi Rosanna, Julio non è un uomo spietato tantomeno crudele!"

"Non lo è?"

Don Armando si incupì per nulla contento di sentire descrivere Julio cosi ingiustamente e duramente da una ragazza che non aveva avuto la possibilità ancora di conoscerlo.

"Figliola mi duole sentirti dire certe cose. Ti proibisco di parlare male di lui. Julio te l'ho detto prima è come un figlio per me e ti chiedo di comportarti in modo civile ed educato con lui la prossima volta che lo incontrerai."

Rosanna si morse un labbro e guardò il padrino. Era evidente che tra il suo padrino e Don Julio esisteva un forte legame di amicizia, di stima.

"Ci proverò anche se non apprezzo il suo carattere, è troppo pieno di sé."

"Rosanna mi raccomando non sei una bambina a cui devo ripetere le cose…"

"Certo padrino, non volevo farla irritare, solo che a volte quell'uomo riesce a tirare fuori il peggio di me."

Don Armando la guardò e scuotendo la testa rise.

"E poi padrino non ci avete ancora spiegato cosa ha portato Julio in Europa e perché è stato adottato dai De la Cruz."

"Non posso dirti molto. Devi chiedere a lui. Sappi però che uccisero i suoi genitori e lui dovette scappare per non morire ed è solo grazie ad Andres De La Cruz e a sua moglie Jacinta che oggi è vivo, ma soprattutto è per merito loro se non è diventato crudele o cattivo. Al contrario è un buono, solo che non lo vuole dimostrare agli altri, è una forma di difesa."

"Una forma di difesa? Non capisco…"

"È molto semplice invece, non vuole mostrare ad altri una parte che ritiene debole. Ma lo farà quando troverà la donna della sua vita"

"D'accordo padrino, ho capito, visto quello che mi ha detto cercherò di essere più comprensiva, anche se a volte con Julio è veramente difficile" rispose sorridendo Rosanna, lo abbracciò e uscì dallo studio dell'avvocato.

Capitolo 34

Rodrigo era infuriato Rosanna non era venuta all'appuntamento organizzato alla tenuta con Carlo Martinez, parlò con Vidal del comportamento riprovevole della ragazza e decise che sarebbe andato a prenderla dalle suore.

Julio e Juan che erano fuori dalla fazenda sentendo Don Rodrigo urlare si offrirono di andare a cercarla.

Rodrigo disse: "Resta dove sei Juan. Tocca a me quella mocciosa ha superato i limiti della mia sopportazione, è tempo che qualcuno le insegni come ci si comporta. Sapeva che dovevamo preparare la festa di fidanzamento con Martinez".

"Mio padre ha ragione Juan" disse Rosario "Rosanna non può fare ciò che vuole, le voglio bene come ad una sorella ed è per questo che ci si preoccupa."

"Rosario, cosa ti aspetti? Rosanna come le sue sorelle diventa ogni giorno più selvatica" ribadì Fernanda e continuò "bisogna accasarle al più presto, così poi anche nostra madre potrà starsene tranquilla, ha un bel peso sulle spalle essendo la madrina di tutte e quattro le sorelle Gonzales."

"Al tempo cara Fernanda," intervenì Don Armando, "tua madre non è la sola che ha la responsabilità delle ragazze, non dimenticare che io sono il loro padrino. Pertanto Rodrigo prima di decidere qualsiasi cosa dovrete parlarne con me."

Julio intervenne dicendo: "Se mi consente potrei andare io ho già il cavallo sellato e mi basterà una manciata di minuti per arrivare, inoltre in quello stato d'animo non ci sarebbe la possibilità di spiegarsi a ..."

"Grazie Julio, vada pure se lo desidera" lo interruppe Rodrigo. "Ha il mio permesso per trascinarla qui con la forza se lo ritenesse necessario" ribadì Don Rodrigo.

Rosanna stava tornando dalle suore quando si trovò bloccata al mercato da uno sconosciuto ubriaco che la fermò e incominciò ad insultarla.

"Vi ho visto ieri baciarvi con quello sconosciuto, ma quando io vi parlo non mi rivolgete neppure la parola."

"E Voi come osate parlarmi in questo modo lasciatemi passare non vi conosco mi state confondendo con qualcun'altra."

"Ah sì fate l'altezzosa con me?"

"Non ho nulla da dirvi. Vi ripeto lasciatemi passare."

Lui la prese per un braccio l'avvicino e la baciò, Rosanna gli diede un pugno sul volto e si strattonò

"Voi odioso villano se fossi un uomo vi prenderei a frustate e vi insegnerei ad andare in giro a importunare donne rispettabili con i vostri baci rivoltanti."

"Potreste gentilmente spiegarmi cosa sta succedendo?" La voce dura di Julio li fermò entrambi.

Julio scese da cavallo e si avvicinò.

"Voi siete?" chiese Julio rivolgendosi all'uomo.

"E voi chi siete? Cosa volete, chi vi ha dato il permesso di intromettervi."

"Si dà il caso che io sia un amico di Don Rodrigo... E potrei essere l'uomo che ordinerà alle guardie di arrestarvi, oppure di frustarvi qui davanti a tutti." Disse con voce dura

L'uomo si dileguò velocemente. Julio si rivolse a Rosanna "State bene?"

"Sì, sì grazie non mi ha fatto male se è questo che volevate sapere" rispose Rosanna.

"Come mai eravate qui? domandò curiosa.

"Sono stato mandato a cercarvi da Don Rodrigo."

"Don Rodrigo... sicuro?"

"Beh sì mi sembra che sia l'unico Don Rodrigo della vostra famiglia."

"Sono perfettamente in grado di cavarmela da sola."

"Dopo la ridicola scena a cui ho assistito ho seri dubbi in proposito."

Rosanna lo guardò negli occhi, ma decise di non rispondere. Camminarono in silenzio tornando verso la tenuta della madrina.

Al loro arrivo Don Rodríguez ringraziò Julio De la Cruz, e disse a Rosanna che Martinez se ne era andato infuriato per non essere stato ricevuto come si aspettava.

"Rosanna ci aspettavamo un comportamento diverso da te, ma tendi ad assomigliare sempre più alla tua sorella maggiore e questo non va bene" intervenne la madrina.

"Madrina, mi spiace ma vi ho detto che non intendo assolutamente sposarmi con Martinez."

"E io dico che tu non puoi decidere" aggiunse Don Rodrigo.

"Ora ti faccio portare a casa tua, ma anche questa storia deve finire. Non possono quattro ragazze vivere da sole in una casa grande come la vostra. E ne parlerò a Don Armando che è pure vostro padrino. Non è accettabile che ogni qualvolta vado per la tenuta vedo Liliana parlare con Juan che è solo un amministratore, invece che parlare e trovarsi con Ramirez. Mi domando cosa volete fare? Rovinarvi la reputazione?" disse la Donna Nestora.

"Chiamate Lucia e che accompagni a casa Rosanna" disse Don Rodrigo.

Capitolo 35

Qualche giorno dopo Julio andò da Don Armando doveva trovarsi anche con suo zio. Don Vidal gli fece firmare i documenti con i quali avrebbe ripreso possesso dei suoi possedimenti, possedimenti che erano stati presi anni prima dallo zio.

Suo zio che era presente nello studio del avvocato Vidal disse "Buongiorno nipote, i casi della vita, sei tornato e ti sei ripreso i beni dei tuoi genitori, quale fortuna insperata vero?"

"*Caro zio,* non dimentico quello che mi hai fatto passare, non dimentico le botte prese, il lavoro nei campi e il poco mangiare che mi si dava, *non dimentico nemmeno la morte dei miei genitori.*"

"Vorresti incolpare me della loro morte? Nessuna prova è stata trovata a mio carico."

"Non dimentico neppure che vostro figlio mi ha venduto come uno schiavo. Pensavate fossi morto su quella nave, dove avevate pagato il capitano per farmi sparire non appena la nave fosse stata lontano da Veracruz vero?"

"Ma, vedo che sei come i gatti hai sette vite."

"*Vi ucciderei qui.* Se non fossimo in casa del mio padrino, *non vi voglio più vedere,* perché potrei non riuscire a fermare il mio istinto ed uccidervi."

"Aspetto che arrivi in porto mio figlio con la sua nave e me ne andrò."

"Avete preso una decisione saggia" disse Julio ponendo fine al colloquio con il perfido zio.

La voglia di uccidere il fratello di suo padre era enorme e con un grande sforzo resistette alla tentazione.

Appena lo zio uscì dallo studio dell'avvocato, Julio andò nell'altra stanza a parlare con Vidal. Voleva chiedere la mano di Rosanna, non riusciva a dare una ragione all'enorme fascino che quella ragazza esercitava su di lui, ma temeva che fosse troppo presto per proporsi a Rosanna si sarebbe ostinata a non accettarla, visto poi come rispondeva alla madrina quando parlavano di accasarla.

Don Armando "Figliolo, mi fa piacere sentire queste tue parole, ma Rosanna credo ami un altro non so se è solo un'infatuazione, non credo almeno."

"Certo l'ho saputo, ma io credo di riuscire a farglielo dimenticare; non sottovalutatela Don Armando, sono sicuro che abbia il coraggio di tenere testa a qualunque uomo me compreso, anzi per quel poco che la conosco ho visto che possiede un'indole ribelle e testarda, per questo ha bisogno di un uomo di polso, non certo uno come Rosario tutto sdolcinatezze, è un essere melenso e mellifluo io *non sono così di certo...*"

"No certo tu non sei proprio sdolcinato," disse ridendo "Figliolo vuoi dire che tenterai di domare il suo carattere?"

"Ahhhaha... No! No... Don Armando, adoro il suo carattere e non lo vorrei mai cambiare, per nulla al mondo, piuttosto le insegnerei ad abituarsi a me."

"Julio ma tu sei sicuro? Desideri veramente sposarla?" disse Vidal guardandolo negli occhi.

"*Sì, l'amo* è un sentimento che non credevo di provare, dopo quello che ho passato, pensavo di conoscere solo l'odio e il risentimento."

"Ma hai anche conosciuto l'amore. Quello dei tuoi genitori e poi di quello dei tuoi genitori adottivi, non dimenticarlo mai. Comunque non sarà facile Julio convincerla a fare qualcosa contro la sua volontà. Don Rodrigo e la sua madrina ci stanno provando, vorrebbero farle sposare quel cicisbeo amico di Rosario, altro sdolcinato… affettato come lo definisci tu…"

"Sì ho saputo è per quello che ho voluto parlare prima con voi che siete il suo padrino. Voglio avere la possibilità di corteggiarla, deve prima o poi dimenticare il suo innamoramento per Rosario e non vorrei che nel frattempo qualcun altro prendesse posto nel suo cuore."

"D'accordo Julio, hai il mio permesso, ma ricordati che mi ha dato la tua parola che non ne approfitterai."

"Rosanna ha un carattere particolare" disse Julio sorridendo, certo corteggiare Rosanna sarebbe stato come corteggiare un barilotto di povere da sparo.

Capitolo 36

Quella domenica i fratelli De la Cruz decisero di andare al Pantheon a portare dei fiori sulle tombe dei loro genitori. Andreas li accompagnò, aveva sentito molto parlare i fratelli dei loro veri genitori e di come fossero avvenute le loro morti improvvise, e di tutti i dolori che avevano dovuto passare, prima di venire adottati dai suoi genitori. Amava i suoi fratelli e li ammirava erano dei sopravvissuti, ma nonostante tutto non si erano induriti troppo, anche se lo volevano nascondere. Quando giunsero ognuno andò sulla tomba dei propri genitori, e mentre stavano in ginocchio a pregare arrivarono i Santos Torres Altamira al completo, e con il signor Munoz e il Signor Alvarez, incontrati per strada.

Si sentiva solo un rumore di passi, e lo scricchiolio del cuoio degli stivali dei fratelli De la Cruz, quando la voce strozzata di donna Nestora disse "Voi qui? Ma cosa state facendo sulla tomba di mia sorella?" rivolgendosi a Juan.

"*Vostra sorella sì, ma mia Madre!*" rispose prontamente con voce rude Juan alzandosi e girandosi.

"Non è possibile, tu sei il suo bastardo?"

"Madre ma cosa dite?" intervenne Rosario "Nostro cugino è morto da anni, cadde in mare nella stessa notte che uccisero i suoi genitori."

"Mi spiace Rosario, ma non sono morto! È vero, credettero tutti che fossi caduto in mare, ma riuscii a fermarmi, poco più sotto il dirupo, mi nascosi seguendo il consiglio dei miei genitori, e quando risalii li trovai morti. Ho vagato per giorni solo, braccato dai vostri servitori, senza nessuno fino a quando i nipoti di Nanà non mi trovarono e mi presero con loro. Ma non ero al sicuro per cui Don Armando pensò di mandarmi lontano. E ora sono tornato! Che beffa vero?"

"Cosa state dicendo, non è possibile siete un impostore! Il bastardo è morto tanto tempo fa, Voi siete un millantatore" disse Don Rodrigo.

"Io sono Juan Navarro Altamira De La Cruz."

"Voi siete Juan De La Cruz," disse Don Rodrigo, mentre Alvarez e Munoz guardavano incuriositi.

"Vi sbagliate *Io sono Juan Navarro Altamira*, ma porto il nome del genitore che mi adottò e mi permise di sopravvivere alla morte che mi avevate preparato."

"Voi? Voi siete il figlio di Amalia? Nooo! Non può essere, quel bambino fu un errore! E poi è morto. È morto!" Urlava Munoz mentre si teneva una mano sul cuore ed il respiro diventava affannoso.

"*Un bambino non è un errore, è un dono di Dio, di un atto d'amore*" rispose Juan mentre Andres lo tratteneva per le spalle.

"Oh mio Dio, mio Dio non è possibile. Come può essere tornato?" diceva donna Nestora.

"Come puoi dire questo dei miei che ti volevano morto" domandò Rosario.

"I miei hanno molto sofferto per la morte dei tuoi genitori!" disse Fernanda.

"Certamente tanto sofferto che hanno pensato bene di farmi morire e se non era per il mio padrino a quest'ora io sarei sotto due metri di terra. Voi non immaginate nemmeno quello che ho dovuto passare per colpa vostra" disse Juan.

"Non ti permetto di dire questo. Non puoi parlare così ai miei genitori" ribadì Rosario.

"Ah sì? E chi sei tu per impedirmelo eh?" rispose Juan.

"Juan va bene tu sei arrabbiato e i miei sorpresi. Calmiamoci tutti quanti" disse Fernanda.

"Oh no... no... Rosario quello, quello non può essere tuo cugino" disse donna Nestora.

"Non credere a quello che dice, non credere, sta mentendo. E poi il bastardo di mia sorella non poteva certo ereditare i beni della nostra famiglia, mia sorella non accettò di sposare Don Maurilio ma sposò un Navarro un bastardo, i Navarro sono sempre stati ostili alla nostra famiglia da anni."

"Ma mia madre amava mio padre, non le importava il nome, le vostre ostilità, era felice con lui" gridò Juan.

Dei passi risuonarono si girarono per vedere Julio fermarsi e dire

"Juan che succede sentivo delle grida."

"*Tu!*" disse Alvarez "Tu cosa ci fai qui?" ripeté.

"È la rimpatriata dei bastardi a quanto pare" disse Alvarez guardando suo nipote Julio affiancarsi a Juan.

"Cosa vuoi dire '" domandò Don Rodrigo.

"Questo che vedete è il figlio di mio fratello anche se porta il nome De la Cruz" disse Alvarez.

"È Julio Alvarez, e pochi giorni fa mi ha portato via tutto. *Il bastardo* è tornato dopo anni e si è ripreso tutto senza lasciarmi nulla. Mio fratello Pedro lo ebbe tardi. Sembrava non potesse avere figli da quella donna che aveva sposato. Ora mi sono dovuto trasferire nell'albergo del porto, mentre aspetto il ritorno di mio figlio per andarmene da qui" disse con astio.

"Sì il bastardo! Colui che avete torturato e venduto come uno schiavo è tornato e se direte ancora una sola parola sui miei genitori vi giuro che Vi ammazzo qui davanti a tutti" disse gridando Julio.

Donna Nestora rimase impietrita "Ma cosa sta succedendo? Ma cosa sta succedendo...non posso credere..." ripeteva come una litania "È un incubo, non può essere vero quello che sta succedendo."

Poco dopo apparve anche Matías,

"Bene bene eccoci al completo" disse Matías incrociando le braccia al petto.

"Non ci posso credere. Sono tornati tutti a quanto pare, e per gioco del destino, un destino a noi avverso sono stati tutti adottati da De la Cruz" disse Don Maurilio.

"Anche mio nipote è tornato e si è ripreso tutto, sono stato buttato fuori di casa senza un soldo e ora vengo a sapere che è fratello *di questi bastardi?*" disse Munoz.

"*E che Juan Navarro il figlio di Amalia è ancora vivo? Ed è fratello di questi altri?* continuò con astio Munoz.

"Non nominate i miei genitori, non ne siete degno!" disse Juan.

"Amavo vostra madre!" disse Munoz.

"Non osate nominarla! Lei amava mio padre!" ripeté Juan.

"Vi prego signori manteniamo la calma "disse Rosario.

"Come puoi figliolo dirmi di mantenere la calma," disse donna Nestora "Qui ora avremo questo bastardo come comproprietario delle nostre terre e delle nostre case."

"Ancora una parola e dimentico che siete una donna" disse Juan.

In quel momento arrivò l'avvocato Vidal

"Che succede? Cosa state urlando qui al Pantheon!"

"Voi osate chiedere che succede?" domandò donna Nestora.

"Voi che sapevate che erano tornati e che li avete aiutati questi bastardi di Alvarez e Munoz, e mi domandate cosa succede?" disse Alvarez.

"Avete aiutato costoro a lasciarci in miseria, dopo anni che eravate al nostro servizio" disse Munoz.

"Voi eravate al corrente di tutto! E non ci avete avvertito" accusò donna Nestora.

"Donna Nestora sapete bene che io non posso dare certe informazioni. Voi potevate capirlo comunque, Juan porta un segno inequivocabile che lo riconosce come figlio di Juan Navarro e di Amalia Altamira" disse Don Armando.

"Un segno? Quale segno? Di cosa state parlando?" domandò Don Rodrigo.

Juan spostò un poco i capelli raccolti a treccia e mostrò l'attaccatura dell'orecchio.

"Questo! È lo stesso che aveva mio padre."

Don Rodrigo spalancò gli occhi e lo guardò con odio e indicandolo con un dito disse "Da questo momento non farete più parte della mia tenuta. Vi siete infiltrato come Amministratore e sapevate tutto. Avete carpito la nostra fiducia. Cosa speravate di ottenere? Volevate derubarci. Quindi da ora in poi evitate di venire se non volete che vi faccia sbattere fuori dalla mia proprietà" urlò Don Rodrigo con astio.

"Da questo momento io sono il padrone del 100% di tutte le terre e di tutti gli immobili e controllerò che non abbiate alienato qualcosa a mia insaputa. Pertanto entrerò ed uscirò dalla mia tenuta a mio piacimento" urlò anche Juan, "Vi *sfido a farmi buttar fuori*" si volse verso l'avvocato "e poi domani Don Armando voglio che mandiate una lettera nella quale li informate che dovranno lasciare la tenuta." Si girò ed uscì con i suoi fratelli dal Pantheon.

Capitolo 37

La notizia di quanto era successo al Pantheon fece il giro di Veracruz. Le sorelle Gonzales erano state informate subito da Asuncion, ma non credettero a molto di quello che raccontò. Non capivano come si potesse essere così crudeli. Decisero di andare a trovare i fratelli De la Cruz alla loro tenuta al Pizzo del diavolo accompagnate da Nanà. Vi giunsero e trovarono Don Armando in salotto a parlare con Juan.

"Nanà che gioia averti qui" disse Juan alzandosi e andandole incontro.

"Ciao figliolo," Nanà gli diede un bacio "sono qui con le ragazze, abbiamo saputo quanto avvenuto. Oh figlio mio quanto ero preoccupata."

"Prego accomodatevi" disse Juan alle ragazze.

"Buongiorno, siamo venute a trovarvi, abbiamo purtroppo saputo quanto è avvenuto questa mattina e ne siamo profondamente dispiaciute" disse Liliana.

"Buongiorno padrino dissero le ragazze" avvicinandosi a Don Armando.

"È stupendo avervi qui vero Nanà? I quattro ragazzi e le mie figliocce, non l'avrei mai sperato."

"Sapeste Don Armando quanto ho pregato in questi anni la Vergine del Carmine perché proteggesse i miei figlioli."

"Lo immagino, e ora vederli qui, mi si riempie il cuore" ribadì Don Armando.

"Ecco, noi abbiamo saputo di quanto avvenuto e forse vorrete darci la vostra versione Juan" disse Aurora.

In quel mentre entrarono gli altri tre fratelli che si fermarono sulla soglia del salotto; erano sorpresi di vedere le sorelle Gonzales a casa loro.

Nanà spiegò anche a loro che erano venute a scusarsi per il comportamento della madrina, ma che erano solidali con i ragazzi. "Potreste poi spiegare alle ragazze quello che vi è successo" disse Nanà.

"Magari più tardi o un altro giorno, ripensare a quei momenti non può che angustiarci e non vorremmo guastare una giornata così bella, con voi come nostre ospiti" rispose Julio.

Appena Rosario tornò alla tenuta trovò Pilar in salotto. "Ebbene mio caro disse Lei, pensavo di fare dei cambiamenti qui."

"Tu non farai un bel niente qui." rispose con astio Rosario.

"Perché? Mi avevi detto che potevo apportare delle modifiche se lo volevo."

"Ora non più, a breve dovremo andarcene da qui" rispose.

"Andarcene? E perché mai? Questa è anche casa tua oltre che dei tuoi e di tua sorella. E poi andare dove?"

"Questa casa non è mia né dei miei," disse gettando a terra il bicchiere appena svuotato di cognac.

"E di chi sarebbe? Sono anni che è vostra? Caro calmati…"

"Non intendo calmarmi, è di Juan, è tutto di Juan, la casa le terre. È tutto suo. Dopo tutti questi anni e tutto il lavoro che ho fatto… Qui di nostro non c'è nulla".

"Ma non può essere, come fa Juan De la Cruz ad essere proprietario di tutte le tue proprietà?" Rosario dimmi.

"Perché lui non è Juan De la Cruz, ma è Juan Navarro Altamira sua madre era la sorella maggiore della mia."

"Rosario, Rosario ma cosa stai dicendo, e lui lo sapeva?"

"Sto dicendo che è tutto suo che De La Cruz è il nome del genitore adottivo. Che lui sarà padrone di tutto questo, e io dopo tutti questi anni non avrò nulla."

"*Vi siete fatti portare via tutto ma come avete potuto?*" disse con voce sgraziata Pilar.

"Pilar stai zitta! Zitta ti ho detto! Non ho tempo per i tuoi commenti."

"Come vuoi tu. Va bene Rosario mi ritiro in camera".

Andò in camera chiamò la sua cameriera personale Anna, e le disse che doveva portare un messaggio a Juan De La Cruz.

"Mi raccomando aspetta la risposta digli che lo devo vedere subito, è un emergenza. E ricordati non tradirmi non dire una parola con nessuno in questa casa o te ne farò pentire."

Pilar era preoccupata, era da poco sposata con un uomo che doveva esser ricco e invece si trovava con un uomo più povero di Juan. O forse Juan non era mai stato povero e lei aveva sbagliato a scegliere. Ma anche Juan non le aveva mai detto che era un Altamira, perché? Ora doveva correre ai ripari, stava pensando a come fare quando sentì un rumore sul balcone, si affacciò e trovò Juan. Lui le prese le braccia e l'avvicinò a sè.

"E così volevi vedermi? Qual è questa fretta, qual è l'emergenza? Eh dimmi…avanti!"

"Juan mi fai male, non riesco a parlare se fai cosi!"

Lui la lasciò di scatto

"Allora? Cosa volevi dirmi? Che ora sono tornato io ad essere al primo posto, che ora sono un buon partito?"

"Juan por Dios non dire cosi, ho sbagliato ma perché lo dovevo fare, ma sai che sono tua, lo sono sempre stata. Ti amo Juan, non ti ho mai dimenticato."

"Tu ami solo te stessa, sei solo una sgualdrina, io non ti amo più! Ne sono uscito!"

"Non puoi dire così, non puoi avermi dimenticato in così poco tempo, ti prego Juan ascoltami, baciami amore, non puoi lasciarmi qui."

"Ah no? Non posso? Allora vedrai se non lo faccio."

"Se mi lasci qui mi butto dal balcone! Lo faccio non sto scherzando, senza di te la vita per me non ha un senso Juannn."

"Allora buttati, perché io non ti amo più e non ti voglio con me."

"Allora è vero che c'è un'altra, è quella figlioccia di mia suocera, vi si vede sempre in giro insieme per la tenuta."

"Non sai cosa stai dicendo Pilar, ma io non ti amo e questo è tutto. Da me non otterrai nulla!" disse Juan.

"Allora è vero sei innamorato di quella smorfiosa, di Liliana, ma ti giuro che se vengo a sapere che stai insieme a lei te la faccio pagare."

"Ti ho detto che non amo nessuno. Nemmeno lei, anche se devo dire che mi piace, perché lei almeno è sincera, buona e generosa, qualità che tu non hai mai avuto, ma ti avrei accettata anche così."

"Juan, ti prego, ti prego" disse sommessamente piangendo Pilar "non abbandonarmi, non lasciarmi ti prego, ti supplico non puoi avermi dimenticato."

"Non solo ti ho dimenticato, ma mi sono accorto che solo la passione ci legava, l'amore vero quello non c'era, non c'è mai stato" disse Juan.

"E ora se vuoi scusarmi me ne vado" ribatté.

"Juan, ti giuro se ti vedo con Liliana in giro per la tenuta o per Veracruz me la pagherai molto cara."

Capitolo 38

Qualche giorno dopo Julio andò a trovare Rosanna a casa sua e decise di affrontare l'argomento Rosario. Appena la vide in giardino a leggere un libro decise di sedersi a fianco.

"Sono al corrente della vostra cotta per Rosario, so pure che avete mantenuto la speranza che al suo ritorno dall'Europa vi avrebbe sposata. Ora credo siete delusa e vi sentite rifiutata, respinta. Vi sentite ferita e non tollerate l'idea che lui abbia riposto il suo amore per un'altra donna."

"Come potete parlarmi così? Chi vi ha detto queste cose? Siete un essere odioso e antipatico" mentre le lacrime le bruciavano gli occhi.

"Pensate pure quello che volete, a me non interessa voi non conoscete nulla di me."

"Non è vero. So che siete terribilmente testarda, oserei dire cocciuta e che la vostra condotta non è sempre integerrima, ma siete anche deliziosa, dolce, buona e anche molto attraente e mi piacerebbe potervi conoscere meglio."

"Un serpente sarebbe un amico migliore di voi" sbottò Rosanna.

"Ho l'impressione che siate adirata con me" rispose Julio.

Lei annuì

"Voi siete come tutti gli uomini, forse siete come vostro fratello Juan, cosa credete che non sappia di Pilar? Che si vedono ancora? Nonostante lei sia sposata ad un altro?"

"Avete finito?" rispose Julio e riprese "Voi allora che amate un altro? Che però ha scelto un'altra donna? Come si fa continuare ad amare un uomo che vi ha preferito ad un'altra? Cosa ha di tanto da riuscire a occupare il vostro cuore? Nutrite forse ancora delle speranze? Ma cosa pensate di fare di chiudervi in quattro mura ed aspettare la fine dei vostri giorni senza più amare? Senza più vivere? Ma non vedete come è bella la vita, il giorno, il sole, le stelle, l'amore?"

"Avete finito Voi piuttosto?

"Siete giovane Rosanna."

"Cosa volete che faccia? Sì io ho finito. Anche se credo e ne sono sicura ci sarebbe ancora molto da dire su di voi..."

"Allora non trattenetevi ora, su parlate sono profondamente colpito. Non mi ero reso conto delle maldicenze che ci sono e che non dovreste ascoltare. E poi permettetemi almeno la possibilità di difendermi. Voi non sapete nulla della prima parte della mia vita. Quando ho dovuto andarmene da Veracruz ho passato momenti non molto piacevoli, e forse se non fosse stato per qualcuno ora non sarei qui."

Rosanna piegò la testa lei lo fissò con aria interrogativa.

"Sembra che ci sia un grande mistero nella vostra infanzia e in tutto ciò che vi circonda e che siete stato all'estero per molto tempo."

"Esattamente!" rispose lui.

"Quando vi ho incontrato la prima volta non mi siete piaciuto e neppure ora."

"Mi rincresce molto che sentiate questi sentimenti, perché al contrario, io la prima volta che vi ho vista ho pensato che foste sicuramente l'essere più incantevole, dolce e soave che avessi avuto la fortuna di incontrare e quando vi ho baciato ho avuto la sensazione che non foste molto dispiaciuta."

"Il vostro bacio mi ha colto alla sprovvista."

"Però vi è piaciuto."

"Io mi sono sentita sconvolta."

"Pure io, siete disposta a riprovarci?"

"Mi dispiace deludervi ma la risposta è no."

"Non ci credo e..."

La prese tra le braccia e l'attirò a sè saldamente.

"Lasciatemi andare..."

"Siete troppo orgogliosa mia cara," disse chinandosi su di lei, ben sapendo che con quel gesto avrebbe rischiato di accrescere ancora il suo disprezzo, ma auspicava che il suo cuore e le sue labbra avrebbero avuto la meglio e dominato sulla ferma volontà.

Rosanna non osò rispondere e si abbandonò al bacio

"Ora dopo questo bacio trovate che ci sia qualche cosa fra noi?" domandò Julio.

"Assolutamente no e non crediate che quanto successo vi dia diritto a ritentarci."

"Sono sicuro che Rosario non saprebbe baciarvi così, con una simile passione" ribatté Julio.

"Peccate di immodestia. Mio caro, non potete saperlo" rispose sorridendo Rosanna.

"Conosco Rosario da quando eravamo bambini, conosco i suoi gusti e so che predilige la dolcezza alla passione, se lo aveste sposato sareste stata delusa da lui e dalla sua personalità" disse Julio.

"Comunque Rosario è un gentiluomo mentre voi non lo siete."

In quel momento uno schiaffo lo raggiunse in pieno viso.

Troppo tardi Rosanna si accorse di quello che aveva fatto.

Julio si girò, la guardò negli occhi, prese una mano la strinse e salutò.

Julio stava tornando a casa pensando alla soave Rosanna Gonzales. Stava camminando quando senti una spiacevole sensazione di gelo all'altezza dello stomaco e con un strana intuizione si voltò a guardarsi alle spalle, la sua mano si posò sull'impugnatura del suo pugnale mentre l'istinto lo avvertiva che qualcuno lo stava seguendo. Gli bastò poco per comprendere la situazione e con distacco giungere alla conclusione che sicuramente suo cugino gli stava preparando qualche brutto scherzo. Convinto che si trattasse di un attacco omicida, la sua reazione fu rapidissima, fulminea e lui si avventò sull'assalitore. L'uomo portava una barba grigia sporca e lunga, gli occhi brillavano di una luce brutale e malvagia, e indietreggiò per evitare il pugnale di Julio, lasciando a sua volta cascare un coltello. Oramai inerme si rialzò di corsa e corse via. Respirando affannosamente Julio ricollocò il pugnale nel fodero e si guardò intorno con diffidenza e cautela.

Non aveva nemici, solo suo cugino... E ritornò a casa con passo veloce.

Capitolo 39

Juan decise che si sarebbe dedicato alla riparazione della nave *"l'inaffondabile"*. Si trovò con Matías e si accordò per andare a prendere la legna nella sua tenuta.

"Juan oramai quella tenuta appartiene anche a te, non c'è bisogno che mi domandi permessi."

"Sì hai ragione, ma non riesco ancora a pensarla come una mia proprietà. Ora con il lavoro della compagnia di navigazione e della tenuta non penso proprio di occuparmi anche di questo. Lo farai tu anche da parte mia, hai carta bianca."

"Juan ascolta, vorrei chiederti una cosa, un favore. So che oramai si sa che siamo fratelli, ma se possibile vorrei che Aurora Gonzales passasse del tempo con me e per farlo vorrei che venisse alla tenuta quando prenderanno la legna. Avrà così modo di conoscermi e dimenticare l'ombra della notte."

"L'ombra della notte? Non dirmi che ti ha conosciuto travestito da ombra della notte? Ma sei ammattito? Per Dio Matías ma cosa ti frulla nella testa" ribadì Juan.

"È stato un caso Juan l'ho incontrata sulla spiaggia di notte a cavallo, ti assicuro che non sa che sono io. Per questo vorrei frequentarla e fare in modo che si accorga di me."

"Ma cosa ci faceva di notte fuori una ragazza per bene? E sulla spiaggia poi?" si domandò Juan.

"Va bene... va bene", continuò, dirò a sua sorella che dovrà mandare Aurora a parlare per la legna e se solleverà il problema che siamo fratelli le dirò che per questi affari deve parlare con te poiché è una tua proprietà."

"Grazie Juan sei proprio il mio fratellone sapevo di poter contare su di te" e lo abbracciò.

Juan prese il cavallo e si recò a casa delle sorelle Gonzales. Liliana appena vide avvicinarsi il cavallo immaginò fosse Juan, ma non capiva per quale motivo andasse quel pomeriggio da loro.

Era appena arrivata la madrina che voleva parlare con loro, visto gli ultimi eventi.

Scese le scale in fretta e andò all'ingresso giusto in tempo per vedere Juan scendere da cavallo e andare verso la porta d'entrata.

"Buongiorno Capitano qual buon vento vi porta dalle mie parti?"

"Liliana volevo parlarvi della barca di Vostro padre. Credo sia giunto il momento di capire cosa si voglia fare."

"Capitano…"

"Juan, chiamatemi Juan."

"Cos'è questa confidenza?" disse donna Nestora uscita anche lei, "e cosa ci fa quel bastardo qui?"

"Questa è casa per bene se ne vada!" urlò donna Nestora.

"Madrina non dica così, Juan è venuto per aiutarci."

"Aiutarvi? Farvi aiutare da uno come lui? E a fare cosa? *Mandalo via Liliana!*"

"Madrina, qui sono io responsabile della casa e decido io chi va e chi resta!"

"Liliana tu non sai cosa stai dicendo! E voi ditemi quanto volete per andarvene da qui? Lasciare tutto, la tenuta i campi su ditemi non ne faccio una questione di prezzo" disse con disprezzo Nestora.

"Non mi può comprare" rispose Juan.

"Questo lo dice Lei, tutti hanno un prezzo, e lei sicuramente uno alto ma ce l'ha, ma pur di non vederla più sono disposta a pagare qualsiasi prezzo lei vorrà, mi dica la cifra".

"Mi dica il suo Donna Nestora, perché per quanto possa avere denaro non ne avrà mai a sufficienza per pagarmi, mentre io posso pagare quello che voglio!"

"Questo è troppo, Liliana, me ne vado non resto a farmi insultare da questo bastardo. Domani verrai alla tenuta e finiremo di parlare e ti consiglio di mandarlo via di qui. Non sta bene che ricevi in casa persone di basso rango. Non comprometti la tua reputazione con uno come lui."

Si girò e andò alla carrozza e se ne andò.

Liliana si voltò verso Juan.

"Non ci faccia caso, non voleva offenderla, è sempre stata così ferma ed autoritaria."

"Lo pensa davvero? Che non voleva offendermi?" domandò Juan.

"Per tornare a noi mi diceva della barca" disse ancora Liliana "Juan si è deciso di ripararla ovviamente."

"Già ovviamente! Allora volevo proporvi di prendere la legna presso la tenuta dei Munoz. Lì ci sono alberi che andrebbero bene per le riparazioni. Ma dovete mandare vostra sorella Aurora a parlarne con Matías Munoz, e resterà lì tutto il giorno mentre mio fratello lavora."

"E perché' dovrei mandarci mia sorella?"

"Perché Matías vorrebbe conoscerla. Vi dò la mia parola che mio fratello è un ragazzo serio, non approfitterà mai di vostra sorella."

Liliana sorrise, "Ho capito va bene, parlerò ad Aurora, e quando si potrà incominciare a tagliare?"

"Anche domani se volete, mando i miei uomini, oramai sono giorni che stanno a riposo."

"D' accordo capitano... cioè Juan."

Sorridendo Juan tornò al cavallo e si diresse verso casa ad avvisare il fratello che il giorno dopo sarebbe dovuto andare alla sua tenuta.

Capitolo 40

Il mattino dopo a colazione, Liliana stava informando sua sorella che avrebbe dovuto recarsi alla tenuta dei Munoz, quando arrivò trafelata Asuncion. "Questa la dovete sapere" diceva entrando.

"Sapere cosa? Prendi fiato" rispose Soledad.

"Non riuscirete a crederci ma l'ombra della notte ha riportato *tutto* quello che aveva razziato, e lo ha portato presso l'orfanotrofio, le suore stesse, hanno provveduto a rendere ai legittimi proprietari, grazie ad una lista che aveva lasciato insieme agli oggetti." disse Asuncion.

"Possibile che si sia ravveduto?" domandò Soledad.

"Non credo proprio" rispose Asuncion avviandosi verso la porta, Ramirez dice che è probabile che lasci Veracruz perché teme che la milizia possa incarcerarlo. Ora scusatemi ma devo andare da Fernanda a dare la notizia.

Aurora rimase impietrita. 'Non può essere' pensava, 'non può andarsene... Non adesso...'

"Nanà, pensate che sia vero quello che ha detto Asuncion?" domandò Aurora preoccupata.

"Non saprei figliola, certo il gesto che ha fatto di rendere tutto, vuol dire che è una persona onesta e non un miserabile farabutto" rispose Nanà.

Poco dopo arrivò la carrozza dei Munoz a prendere Aurora, per portarla alla tenuta. "Ci vedremo stasera Liliana sempre che non si finisca prima di tagliare la legna."

Aurora era seduta da sola mentre la carrozza prendeva la strada che attraversava le lagune. Dopo poco che era partita Aurora fece fermare la carrozza, saltò sulla cassetta e prese le redini.

"Signorina cosa fate" disse Pedro "Non potete, non potete farlo non lo posso consentire."

"Suvvia Pedro mi annoio seduta da sola. Non ne parlerò con nessuno."

Pedro fece una smorfia sapendo che Munoz li avrebbe visti senz'altro arrivare.

"Benvenuta signorina Gonzales" disse Celia andandole incontro, avviso subito che siete arrivata.

"Don Matías la signorina Gonzales è qui."

Munoz spinse indietro la sedia e le andò incontro, vide che aveva le gote rosse e alcune ciocche di capelli erano sfuggite dal capellino che portava.

"Deve essersi sollevato un po' di vento" disse.

"Già" rispose Aurora sorridendo.

"Perdonatemi ma devo parlare con degli avvocati che sono giunti apposta stamani per sistemare degli affari" disse Matías.

"Certo capisco."

Matías si accorse della delusione, lo era pure lui, ma era meglio così, il solo guardarla lo faceva morire dalla voglia di sfiorarla e fiorarla avrebbe generato una serie di ...complicazioni.

"Sentitevi libera di guardare tutto quello che vi interessa, potete perlustrare tutte le stanze. Spero di terminare presto in modo di poter pranzare con Voi" disse Matías guardandola negli occhi.

"Ma sicuro, non cruciatevi per me" senza dare a vedere quanto fosse contrariata, Aurora uscì dallo studio, mentre chiudeva la porta vide Matías seduto alla scrittoio e stava aprendo il primo tomo di una pila di libri contabili, sembrava si fosse già scordato di lei.

Aurora incominciò a ispezionare in giro. Entrò in alcune stanze che si aprivano su quel corridoio. Entrò nella biblioteca era un locale ampio e luminoso era colma di libri di ogni tipo anche se non sembravano molto usati. Poi scese le scale e sentendo dei rumori verso la cucina decise di andare a vedere.

Più tardi Matías si alzò dalla scrivania contrariato e salutò le persone che erano venute, quando costoro se ne furono andate si massaggiò il collo per alleviare la tensione. Non si era certo aspettato di impiegare così tante ore con loro, ma non aveva potuto evitarlo. Uscì sul corridoio ma non sentiva alcun rumore, provò a chiamare Aurora, ma nessuna risposta giungeva.

Scese le scale e udì delle risate arrivare dalla cucina. Quantunque non andasse mai nelle cucine, decise di andare a veder cosa stava succedendo. Sogguardò dentro alcune stanze e vide che erano vuote.

'Ma come era possibile? Le risate e le voci giungevano proprio dalla cucina'. Si spinse verso la cucina principale e si fermò sulla porta a guardare appoggiandosi allo stupite.

Aurora stava in piedi al centro della stanza circondata dalla servitù che seduta intorno la stava ascoltando.

"...ed eravamo tutte lì io e le mie sorelle inzuppate e grondanti dopo essere scivolate in mare, con addosso degli abiti smessi del babbo e di nostro fratello. Liliana indossava una larga camicia e un paio di calzoni. A me pareva che stesse decentemente bene vestita in quel modo. Io indossavo un paio di calzoni tanto grandi che mi cascavano di dosso, e Soledad spariva dentro una delle camicie di nostro fratello, mentre Rosanna per tenere su i pantaloni li aveva legati con della corda. Quando siamo riuscite ad arrivare sulla spiaggia di fronte a casa c'era il governatore che quel giorno era nostro ospite. Nostro padre fu costretto a chiarire come mai le sue figlie sembravano pezzenti..."

I servitori scoppiarono a ridere battendo le mani

Matías rise e Aurora notò che i servitori si erano fermati a guardare qualcosa dietro le sue spalle, si voltò e vide Matías dietro di lei.

"Perdonatemi Don Matías" disse Celia e fece per muoversi, e gli altri servitori si alzarono e scomparvero tutti da ogni parte.

"Che racconto divertente Aurora, è veramente accaduto?" domandò Matías.

"Certamente, nella nostra famiglia accadevano spesso cose del genere" rispose ridendo Aurora.

Matías cominciava a comprendere come mai Aurora era una persona così speciale.

"Peccato che non vi ho conosciuto prima allora."

Matías le si avvicinò e sorridendo disse "Vi chiedo perdono, mi spiace di non aver potuto pranzare con Voi, ma le questioni da discutere con i miei avvocati non potevano essere rimandate oltre"

"Non preoccupatevi ho potuto mangiare qui insieme con la servitù."

"Comprendo e ora mi sento ancora più in colpa, mi spiace ancor di più non esserci stato."

"Voi avete mai mangiato con la servitù?" domando Aurora.

"No, ma a quanto pare mi sono perso dei momenti …interessanti" rispose ridendo Matías.

"Sono persone deliziose e molto simpatiche."

Sfiorandole una guancia Matías rispose "lo penserebbero anche loro di voi."

Aurora sentì una vampata di calore al tocco della mano di Matías.

Fece un passo indietro girandosi e domandò "Avete sentito le ultime novità?"

"Quali?"

"L'orfanotrofio che sta fuori dal Paese, ha ricevuto dall'ombra della notte tutto il malloppo, e lo stesso è stato reso ai suoi proprietari dalle suore."

"Che episodio singolare" rispose Matías.

"Si vocifera che lo abbia fatto perché teme di esser catturato dalla milizia e che stia pensando di andarsene via da Veracruz, voi che ne dite?"

"Non ascolto mai le maldicenze, ma conosco l'orfanotrofio."

"Davvero lo conoscete?" domandò Aurora spalancando gli occhi.

"Certamente, e voi ci siete già stata?"

"Sì con le mie sorelle, andiamo spesso ad aiutare le suore con le piante medicinali."

"Possiamo andarci insieme se credete anche ora, potrei portare Acer il cane che ho trovato se non vi dispiace" disse Matías.

"Certamente molto volentieri."

"Venite c'è la carrozza pronta."

Capitolo 41

Era una splendida giornata, sulla carrozza si trovavano Matías, Aurora e il cane di Matías un bastardino che aveva trovato pochi giorni prima abbandonato e ferito e che rispondeva al nome di Acer.

"Matías come conoscete l'orfanotrofio?"

"So che mio padre ci andava spesso, ma non mi fu permesso accompagnarlo sempre."

"Perchè?" domandò Aurora.

"Non lo so in verità, non me lo ha mai detto, forse perché la mia famiglia è sempre stata ricca e certamente strideva con la povertà dell'orfanotrofio, ma poi quando sono cresciuto ci andai da solo ogni volta che potevo."

Aurora lo guardò, come era affascinante quando era sereno e sorrideva, pareva un'altra persona. Forse come diceva Nanà le sofferenze avute nell'infanzia lo avevano indurito, per questo aveva sempre uno sguardo cupo.

Poco dopo arrivarono all'orfanotrofio. Si sentivano delle voci eccitate di bambini, la porta si spalancò e apparve una bellissima bambina e dietro lei una decina di bambini di tutte le età. Poco dopo dietro ai bambini sopraggiunsero due suore.

"Ben arrivati" dissero e poi rivolte ai bambini

"Su, su vogliamo salutare come si deve i nostri ospiti?"

"Benvenuti signorina Gonzales e Don Matías" dissero in coro i bambini.

Andarono tutti in cucina dove c'era del pane dolce che li aspettava, Aurora prese in braccio il bambino più piccolo e gli diede una fetta, altri bambini invece giocavano lanciavano pezzi di pane al cane.

Matías guardava Aurora con in braccio il bambino piccolo, pensando a quanto era stupenda, sembrava una madonna, e che se fosse riuscito a farsi amare avrebbe avuto in braccio il loro figlio.

"Vi vedo pensieroso, c'è qualche problema?" fece Aurora.

"Vi stavo osservando con quel bambino in braccio, ma ora credo dobbiamo andare," disse Matías in modo un poco brusco alzandosi dalla sedia, prese delle monete e le distribuì ai bambini e diede alle suore un sacchetto con delle altre monete.

"Siete sempre generoso con noi don Matías" dissero le suore.

"No, non quanto voi. Con tutto quello che fate per questi bambini."

Poi rivolgendosi a un bambino disse "Eduardo stai rispettando il nostro accordo?

"Sì!"

"Bene sono fiero di te,"

"Purtroppo ora dobbiamo andare si è fatto molto tardi," disse Matías.

"Mi raccomando tornate a trovarci...Vi aspettiamo" dissero le suore.

"Certamente... torneremo presto."

Mentre tornavano verso casa parlarono ancora dell'orfanotrofio e della situazione dei bambini che erano tutti senza genitori.

Aurora pensava a Matías, all'orfanotrofio e a tutto quello che aveva fatto. Era un aspetto del suo carattere che non conosceva e che la toccava nel profondo.

Rientrarono alla tenuta e Ysidoro era già pronto per tornare a casa con Aurora. Salutarono e si avviarono con la carrozza che Matías aveva messo a loro disposizione.

"Com'è passata la giornata?" domandò Ysidoro alla ragazza, "bene, mi sono divertita, però Matías è sempre troppo serio, è sempre sui libri contabili, non lo vedo mai allegro o spensierato. Però quello che dicono a Veracruz sulla sua tenuta è vero, è molto grande, in effetti è anche arredata molto lussuosamente. Chissà chi è stato ad arredarla?"

Ysidoro ascoltava lasciandosi cullare dal movimento della carrozza.

"Hai visitato la proprietà?" domandò alla ragazza.

"Sì un po', ma comunque lui non mi attrae, per me è troppo altero quasi arrogante. A volte sembra triste, altre arrabbiato, Celia la governante ha quasi timore."

"Magari aveva dei problemi da risolvere, vedrai che magari domani sarà più sereno" rispose Ysidoro.

"E voi avete terminato di tagliare gli alberi?" domandò Aurora.

"Sì forse fra un giorno o massimo due avremo terminato".

Capitolo 42

Il giorno dopo di buon' ora tornarono nella proprietà dei Munoz, mentre Ysidoro con gli aiutanti andarono nel bosco, Aurora entrò nella casa di Matías. La fanciulla si chiedeva cosa voleva da lei, la faceva venire lì e poi se ne stava nel suo studio lasciandola quasi sempre tutto il giorno da sola.

Vide Celia si avvicinò e le domandò "Celia, ma Matías ha problemi di salute?"

"Intende dire malato? No signorina."

"Non è malato? Siete sicura?"

"Sì signorina Aurora, è solo da poco tempo che è tornato, è stato all'estero per molti anni ed ora so che sta controllando i libri contabili di tutte le sue proprietà che non sono certo poche, e che per molti anni sono state in mano a suo zio Maurilio, fratello di suo padre. Venga ora Matías l'aspetta in biblioteca."

Aurora entrò e trovò Matías alla scrivania, si salutarono.

"Buon giorno Aurora già fatto colazione?"

"Sì grazie" rispose.

"Allora se permettete termino un lavoro che ho iniziato. Intanto se volete accomodarvi"

Aurora si sentiva trascurata, era abbandonata a se stessa, lo guardò e vide che era già assorto a leggere delle carte.

Allora prese a girare per la stanza guardando i quadri fino ad una parete dove c'era appesa una spada, con l'elsa sontuosamente decorata di gemme preziose.

Matías sollevò lo sguardo "Quella spada è stata impugnata da ben sei generazioni di uomini."

"E voi siete la sesta generazione?" Aurora si spostò verso una parete piena di libri e domandò

"Sapete cosa c'è scritto in ognuno di esso."

"Certamente, fa parte della tradizione."

Aurora si girò e lo osservò attentamente e disse "Io so bene cosa significa."

"Vi riferite al retaggio marinaro vero?"

Aurora annuì e si voltò ancora verso di lui "I Gonzales sono sempre stati uomini di mare."

"Già" rispose Matías "Ma ora non è rimasto più nessuno, morto vostro padre e vostro fratello."

Aurora sollevò il mento e disse "Come mai sono tutti convinti che solo i figli maschi possano portare avanti le tradizioni?"

Matías sorrise appena e guardandola disse "Perché è sempre stato così."

"Già è sempre stato così perché sono sempre stati gli uomini a fare le regole per proteggere i loro interessi e mantenere la supremazia, l'autorità...Se fossi io a governare le cose..." troppo tardi si accorse di ciò che aveva detto.

"Vi rincresce se esco in giardino a prendere un po' d'aria?" aveva le guance in fiamme.

"Andate pure" le rispose lui sorridendo.

Poco dopo Celia venne a domandare a Matías se la Signorina Aurora si sarebbe fermata a pranzo e alla sua risposta affermativa stava uscendo dalla biblioteca, quando Matías le domandò:

"Vi ha domandato qualcosa la signorina Aurora stamani?"

"No padrone, ha solo domandato se avete buona salute."

"Se tengo la salute?"

"Sì la signorina vi ritiene di salute ehm... delicata, direi cagionevole dal momento che siete sempre alla scrivania."

"Di salute delicata..." ripeté assorto.

"Vi serve altro Don Matías?"

"No Celia grazie."

Matías si alzò e andò alla finestra, poco dopo vide Aurora che parlava e camminava accanto a Pedro il giardiniere, che le stava donando una mazzo di rose. Sorrise, pensando che riusciva a incantare chiunque. Si girò tornò ai libri, dopo mezz'ora essendo oramai ora di pranzo, chiese a Celia dove fosse Aurora.

"E' andata con Pedro alle scuderie"

Preoccupato pensò di raggiungerla, doveva assicurarsi che non vedesse il suo stallone, non prima che lui le avesse spiegato ogni cosa.

"Amate i cavalli Aurora?"

"Si certamente, sono animali magnifici."

"Allora vi piace cavalcare Aurora?"

"Certamente sì, mio padre mi regalò una cavalla anni fa."

"Dovevo aspettarmelo, voi sapete fare molte cose, cavalcare, navigare…"

"Sapete, la notte quando tutti dormono spesso vado a cavalcare lungo la spiaggia. È una sensazione impagabile."

"Non temete di fare brutti incontri?"

"No la nostra casa è lontana dal villaggio per questo motivo a quell'ora non incontro mai nessuno."

"E quel bandito? Mi pare si chiami l'Ombra della notte."

"Non ho nulla che possa interessargli, non siamo ricchi."

"Sbagliate Aurora, ci sono altre cose di grande valore oltre agli ori e ai gioielli o il denaro."

Aurora arrossì e abbassò gli occhi.

"E' vero quello che si dice, che sia riuscito a baciarvi?" domandò Matías.

Aurora lo guardò negli occhi, poi abbassò lo sguardo dicendo "Per me non ha significato nulla."

"Ne siete proprio sicura Aurora?"

"Sì"

Capitolo 43

Tornarono verso casa e stavano parlando quando arrivò Celia di corsa ad avvisare che era arrivato il cugino di Matías.

"L'ho fatto accomodare in salotto"

"Bene grazie Celia, Aurora se mi volete scusare" e si allontanò furioso con passo deciso.

Aurora guardò Celia, "Cosa accade? Mi sembrate anche voi nervosa, non sembrate contenta della visita del cugino di Don Matías."

"Già Signorina Aurora. In effetti è cosi, il Signor Felix non è una persona piacevole. Venga intanto entriamo anche noi."

Matías stava già discutendo a voce alta con suo cugino "Cosa vuol dire che ti serve altro denaro? Che ne è stato quello che ti è stato versato da Don Armando la settimana scorsa?"

"Non volevo restare qui lo sai bene, per colpa tua io e mio padre siamo su una strada. Mi serve altro denaro e tu cugino me lo darai."

"Non ne avrai..."

"Mettiti nei miei panni se mio padre fosse nato prima del tuo, io sarei seduto dietro a quella scrivania ad accumulare denaro e tu invece a elemosinare, verresti da me a mendicare." Disse con astio

"Tuo padre ha già avuto anni fa le proprietà che gli spettavano, ma avete dilapidato una fortuna per i vostri vizi, che non bastandovi volevate anche queste. E volevi ancora di più?"

"*Bastardo*, tu sei un lurido bastardo che non doveva avere nulla, *non eri parte della famiglia*, ma hai preso tutto. Sono venuto qui per avere dei soldi non per sentire le tue idiozie. Non prendo certo lezioni da te. Ora me ne vado ma ti conviene non farmi perdere la pazienza"

"*Cugino...*" rispose Matías.

Matías era ancora infuriato per la visita del cugino, quando fece entrare Aurora, andò alla finestra e guardò fuori, Aurora si avvicinò e disse:

"Cosa provate a sapere che fin dove arriva il vostro sguardo è tutto vostro?"

Lui si avvicinò, "Purtroppo non tutto quello che vedo è mio", disse a bassa voce, "Non ancora almeno, ma forse se dovessi essere fortunato..." disse guardandola negli occhi

Aurora restò senza fiato a quelle parole, e abbassò lo sguardo. Prese ad accarezzare la testa del cane che si era avvicinato a Matías, ma questi ringhiò.

Aurora allarmata tolse la mano e domandò "Perché fa così?"

"Sinora sono l'unico che si può avvicinare e del quale si fida, credo perché sia stato maltrattato da piccolo, non ama la gente, la paventa."

"E allora perché si fida di Voi?"

"Forse solo perché ha bisogno, quindi non si tratta di fiducia."

"Come lo avete trovato?"

"Durante un temporale, era finito sotto un grosso ramo e mugolava, cosi sono andato e l'ho liberato."

"Beh vi è rimasto accanto, per ringraziarvi di quanto avete fatto per lui."

"No certo che no. In verità mi ha addentato la mano" disse Matías ridendo.

"Vi ha morsicato?"

"Sì ogni animale quando ha paura morde, ma l'ho portato a casa e curato, e quando era guarito non ha più voluto andarsene."

"Così è diventato il vostro pupillo" rispose sorridendo Aurora.

"Acer non è il mio pupillo, è il mio compagno, il mio amico ma non il mio pupillo."

"La vostra vita in Europa era molto diversa da questa?" domandò Aurora.

"Completamente, e poi avevo anche i miei fratelli con cui condividere tutto, anche se lo facciamo ora. Ma, c'erano impegni sociali da osservare..."

"E...ne sentite la mancanza?"

"No assolutamente."

"Ma pensate di ritornare laggiù?"

Aurora vide balenare nei suoi occhi un'espressione assente e un po' triste e si accorse che si era allontanato con la mente, 'dov'era con il pensiero? Quali crucci gli pesavano nel cuore? Soffriva ancora per la perdita dei genitori...quante domande a cui non sapeva dare una risposta. '

Quando tornarono in casa trovarono Ysidoro che stava in cucina con la governante e stava parlando prendendo un tè.

"Scusate Don Matías stavamo prendendo un tè mentre vi aspettavamo" disse Celia.

"Lo vedo Celia, e avete fatto benissimo" e rivolgendosi al vecchio marinaio disse:

"Voi dovete essere Ysidoro?"

"Sì Signor Munoz."

"La signorina Gonzales parla spesso di Voi."

"Lei e le sue sorelle sono come delle figlie per me. Buone notizie figliola abbiano finito di tagliare gli alberi, domani si potrà cominciare a riparare la barca."

"Sono proprio buone notizie" disse Aurora rivolgendosi a Celia, "Così non vi starò più fra i piedi."

"Sciocchezze signorina Gonzales, non è mai stata un peso per noi ma è stato un piacere avervi qui" rispose prontamente con un sorriso Celia.

Celia guardò Matías che serio non aveva detto una sola parola.

"Don Matías, se voi permettete credo che tutta la servitù sarebbe contenta di salutare la signorina" disse ancora Celia.

"Sì certo. Perché non li fate radunare in cortile dove c'è la carrozza?" disse Matías.

"Sì subito."

Poco dopo si trovarono tutti in cortile per i saluti.

Aurora salutò tutti e salì sulla carrozza e partì verso casa, la carrozza scomparve e i servitori tornarono al lavoro. Solo Matías rimase immobile in cortile con accanto il cane, infine si voltò tornò verso casa e salì le scale per andare nel suo studio.

La sua espressione era pensierosa. Sarebbe tornato al Pizzo del Diavolo dai fratelli.

Capitolo 44

Quella sera Aurora andò a letto presto. Voleva andare a cavallo ma il tempo minacciava un temporale.

Così andò alla finestra e le sembrò di vedere un uomo a cavallo. Una nuvola passò sopra la luna e tutto tornò scuro. Mio Dio mi era sembrato di vederlo... appena la nuvola scura passò e la luna tornò a fare luce lo vide di nuovo. Un uomo alto vestito di nero in groppa al suo stallone. Tornò nella stanza, e in fretta scese le scale, di corsa uscì e si mise a correre sulla sabbia a piedi nudi.

Lui era immobile, la osservava avvicinarsi. Sembrava un angelo con quei capelli al vento.

"Quando siete arrivato?" domandò lei.

"Da ore" rispose, "speravo potessimo cavalcare un'ultima volta insieme."

"Perché un'ultima?"

"Perché... Sì sono venuto a dirvi che parto, che devo allontanarmi da questo posto."

"Perché rischiate di essere arrestato?"

"Sì è una delle ragioni?"

"Ci sono forse altre ragioni?" domandò con un sussurro Aurora.

"Forse ho scoperto di tenere troppo a voi."

"Ed è una ragione valida per andarsene?"

"Sì la più importante di tutte. Perché non potrà mai esserci futuro per noi due."

"Potreste riscattarvi. Potreste...possiamo parlarne..."

Lui sollevò il viso

"No voi siete troppo nobile per essere legata ad un bandito. Sono qui unicamente per salutarvi e per dirvi che non mi rivedrete mai più."

"Mai più?"

Lui scosse la testa e abbassò gli occhi

"Non è giusto io non conosco neanche il vostro nome."

"E mai lo saprete."

"Non vi dimenticherò mai lo sapete vero."

"Neanche io vi dimenticherò" rispose lui.

Girò il cavallo e fece per andarsene

Lei continuò a tenere le redini dello stallone mentre pensava cosa dire per convincerlo a restare

"Volete almeno baciarmi un'ultima volta prima di andarvene?"

"Aurora…Non sarebbe saggio dopo il nostro ultimo incontro."

"Perché?"

"Voi avete un effetto devastante su di me."

"Se non potrò più vedervi almeno datemi un ultimo bacio" disse Aurora prendendogli la mano.

Lui la prese e la strinse, la sollevò contro il proprio petto e la baciò disperatamente.

La rimise giù, la fissò a lungo, e si allontanò al galoppo lungo la spiaggia.

Aurora restò a fissare quella figura scomparire e tornò a casa con le guance bagnate.

Capitolo 45

Il mattino dopo era domenica e Aurora si svegliò tardi. Non aveva voglia di uscire e scese le scale lentamente.

Maria arrivò trafelata: "C'è una visita per Voi Signorina Aurora"

"Per me? E chi è?"

"Il signor De La Cruz o Munoz ancora non ho capito come devo chiamarlo" rispose Maria.

"Va bene fatelo accomodare in salotto" rispose Aurora.

Aurora poco dopo entrò "Buongiorno Matías, stavamo per metterci a tavola volete unirvi con noi? C'è anche il nostro padrino."

"Veramente vorrei parlare proprio con il vostro padrino" rispose serio.

"Figliolo sono qui dimmi, ho sentito che vuoi parlarmi" disse Don Vidal che sopraggiunse in quel momento.

"Sì, in privato se fosse possibile. Sono stato al vostro studio e mi hanno detto che eravate qui, ma non potevo aspettare."

"Usate pure lo studio di papà, padrino, sarete più comodi."

Poco dopo il padrino uscì dallo studio e andò da Aurora

"Figliola Matías è venuto da me in quanto tuo padrino visto che tuo padre non c'è più e nemmeno tuo fratello. Come dicevo è venuto da me a chiedere il permesso di corteggiarti, per poterti sposare e io gli ho detto che non ho obiezioni, ma che prima dovevo sentire te, cosa ne pensavi."

"Padrino posso conferire anche io con lui?"

"Certamente è nello studio."

Aurora entrò nello studio chiuse la porta con una lentezza esasperante.

"Don Matías il mio padrino mi ha riferito quanto gli avete detto."

Lui si alzò continuando a guardarla

"Perché volete corteggiarmi? Non sono una persona ricca come voi e non tengo titoli nobiliari."

"Non mi interessano queste cose."

"Ma dovrebbero invece, voi discendete comunque da una famiglia nobile e ricca."

"Voi sapete Aurora della mia famiglia, e dei miei fratelli Juan, Julio e Andres…"

"Sì certo ma dovete pensare a quello che dice la gente."

"Io come i miei fratelli penso con la mia testa e faccio tutto sempre a modo mio. Anche a voi Aurora non importa molto di quello che dicono gli altri o sbaglio?"

"In effetti…"

"Immaginavo, quindi ho il permesso di corteggiarvi?"

"Io, io credo dobbiate venire a conoscenza di alcune cose prima di chiedermi il permesso. Non ho obiezioni, ma prima dovreste sapere le ragioni per le quali non vi conviene corteggiarmi."

"Non ritengo che lo dobbiate fare ora Aurora, avremo tempo, per elencare i nostri difetti, e non mancherò di farvi conoscere i miei. Quindi prendo il vostro sì e vi invito stasera a casa mia a festeggiare, con i vostri familiari e i miei fratelli."

Capitolo 46

Quella mattina mentre Aurora riposava Liliana andò sulla terrazza e guardò il mare e la nave di suo padre ormeggiata. Oramai avevano la legna per le riparazioni, a breve *"l'inaffondabile"* avrebbe solcato nuovamente il mare. Ad un tratto le sembrò di vedere muoversi qualcosa sulla nave di suo padre.

Socchiuse gli occhi, e vide…sì c'era qualcuno.

Andò alla porta e scese le scale di corsa, e di corsa si recò alla barca. Salì sul ponte vide degli stivali e una camicia, possibile che Juan fosse lì? La camicia pareva sua…

Si guardò in giro e pure di sotto non vedeva nessuno.

"C'è nessuno?" Gridava "Ehi laggiù?"

Nessuno rispondeva, Liliana fu presa dal panico che gli fosse successo qualcosa, che fosse caduto in mare? O nella stiva? Oddio! La stiva era piena di acqua.

Liliana sollevò la gonna intorno e prese a scendere le scale, era buio, c'erano oggetti che galleggiavano e un'acqua scura e sporca. Stava ancora per scendere quando qualcosa emerse dall'acqua mandando spruzzi tutto attorno.

Per un attimo rimane immobile, poi fece un respiro di sollievo "Juan!"

"Liliana cosa ci fate qua?"

"E voi? Non mi avevate avvisato che sareste venuto, e poi ero preoccupata per voi. Vi ho chiamato e siccome non mi avete risposto sono venuta a cercarvi."

"Sto bene, volevo controllare la nave. Tornate su. Potevate esservi disfatta di me"

"Perché dite questo?"

"Beh è quello che speravate che facessi, sparissi da Veracruz. Per lasciare in pace il vostro Rosario con Pilar."

"Sì è vero ma intendevo andarvene da qui, non morire."

"Non mentite..."

"Non mento, è vero che non vi voglio qui, ma non auguro la morte a nessuno. Vorrei solo che dimenticaste Pilar ora che è sposata con vostro cugino"

"Sì certo, beh oramai Pilar non mi interessa più, ho capito che era solo un'arrivista e forse lo devo a voi."

Tornarono sul ponte, e Liliana poté notare che Juan era nudo fino alla cintola dei pantaloni, i pantaloni neri che gli aderivano come una seconda pelle a quelle gambe lunghe. L'acqua correva a rivoletti giù dal torace. Per un attimo Liliana rimase senza fiato. Era un bell'uomo, il più bello che avesse mai visto.

"Avete controllato se ci sono grossi danni? Pensate che si possa riparare in fretta?" domandò Liliana.

"Direi di sì, non sembrano esserci squarci o falle, l'acqua entrata nella stiva è per la tempesta."

Liliana si guardò in giro sul ponte, "Allora ditemi Juan cosa è successo veramente sulla nave, perché credo che ci sia stato un incendio a bordo...?"

"Probabilmente qualche braciere si sarà rovesciato durante la tempesta".

"Voi dite? E quel foro?"

"Saranno stati sicuramente degli scogli, né affioravano molti..."

"Siete veramente certo di quello che mi state raccontando? Bracieri che cascano, scogli che affiorano. Credo Capitano sia ora che mi diciate la verità su quanto è successo! Questa nave è stata assaltata!"

"Ma cosa andate a pensare Liliana, che fantasia. È assurdo quello che dite..."

"Non direi tanto Juan. Dovete sapere che ho avuto modo di leggere il giornale di bordo di mio padre, all'interno c'era una lettera con il quale il governatore lo ringraziava per il lavoro svolto nell'accompagnare le navi da carico".

Juan la guardò negli occhi ma non rispose.

"Capitano ora voglio conoscere come sono morti i miei familiari! Voglio sapere tutta la verità su quanto è successo."

"Cosa cambierebbe per voi e le vostre sorelle conoscere il modo in cui sono morti?" rispose con voce dura Juan.

"Devo saperlo, voglio saperlo. Ora so per certo che mio padre era impegnato in un'azione di guerra contro qualche nave pirata."

Juan guardava Liliana. Era una donna sorprendente, nonostante la perdita dei suoi cari rimaneva attenta.

"Sì è vero lo ammetto. C'è stata una battaglia con una nave pirata."

"Va bene Capitano continuate sono tutt'orecchi"

"I pirata sono sbucati dal nulla c'era un banco di nebbia, battevano bandiera messicana. Ma era un agguato ci stavano aspettando."

"Quindi voi navigavate con mio padre e mio fratello?"

"Sì, la mia nave il "CATTIVO DEMONIO" è stata assalita dai pirati, quindi vostro padre è intervenuto attaccandola…, la nave pirata aveva preso fuoco in più punti e incominciava a sbandare. Quindi l'abbiamo abbordata ma da sottocoperta uscirono molti uomini armati che ci hanno sopraffatto. I vostri cari, sono morti combattendo. Poi si è messa anche la tempesta, abbiamo cercato di portare in salvo la nave di vostro padre ma la tempesta era troppo violenta e i cadaveri sono caduti in mare."

Liliana lo guardava sembrava cercasse di leggere dai suoi occhi le riposte alle mille domande che l'assalivano

"Io mi sento colpevole. Se non fossero venuti ad aiutarci ora non sarebbero morti. Non potrò mai perdonarmelo."

"Come si chiamava la nave pirata?" domandò Liliana con voce dura

"*LO SQUALO*. Perché lo volete sapere?"

"Perché giuro che appena "*L'inaffondabile*" sarà riparata non si fermerà fino a che non avrà trovato "*Lo squalo*" e lo avrà affondato con il suo capitano."

Juan la guardò negli occhi con espressione sospettosa, poi un sorriso.

"Allora avete cambiato idea? Volete vendermi *L'inaffondabile*?"

"No Juan. Voi non avete capito, con voi come Capitano io e le mie sorelle ci vendicheremo della morte dei nostri cari. Abbiamo deciso di continuare la missione di nostro padre."

"Come marinai?" domandò.

"Certamente come marinai dell'"*Inaffondabile*", e ovviamente al servizio del governatore."

"Ma cosa state dicendo? Che cos'è questa sciocchezza? E' una pazzia"

"Chiamatela come volete Juan, io e le mie sorelle ci siamo già messe d'accordo. Oggi stesso invierò una missiva al governatore, e se voi rifiutate troveremo qualcun altro."

Juan rise, incominciò a ridere sempre più forte, non riusciva a smettere.

"Vi state burlando di me?" domandò Liliana

"Nessun uomo si farebbe comandare da delle donne, nessuno sarebbe così sciocco, così stupido da affidare la propria vita ad una donna o peggio ancora a 4 femmine con la testa vuota." disse con voce dura

"Quindi, state per caso insinuando che essendo donne siamo inferiori a voi..., siamo stupide o senza cervello?" ribatté Liliana.

"Certo che no però…"

"Oppure forse pensate che per il fatto di essere donne non siamo in grado di difenderci con una spada o una pistola con la stessa abilità di un uomo?"

Juan rideva "Può darsi che abbiate l'abilità ma in quanto al fisico…" E fece scorrere lo sguardo sul corpo di Liliana con fare di apprezzamento.

"Juan sono alta quanto la maggior parte degli uomini, e vi assicuro che quando uso la spada la mia forza è bilanciata…vogliamo fare una prova?"

"Mettervi alla prova? È una pazzia, Voi non sapete quello che state dicendo" Juan dovette sedersi per il ridere.

"Mi state prendendo in giro? Vi state divertendo?" domandò con voce soffocata Liliana.

"No no, non volevo, scusatemi…, scusatemi Liliana ma non potevo farne a meno…" disse Juan alzando le mani, "Vi rendete conto di cosa avete appena detto. Sappiate che non ci sono molti uomini capaci di battermi in duello con la spada e dubito fortemente che sia nata una donna capace di questo…" continuò ridendo.

"Molto bene allora non vi sarà problema a mettermi alla prova?"

"Liliana non potete essere seria!"

"Sono paurosamente seria Juan". Rispose con voce dura Liliana

"Staremo a vedere" disse Juan e finì di vestirsi.

Appena giunsero a terra Juan prese per un braccio Liliana e guardandola negli occhi disse:

"Vi prego Liliana lasciate perdere questa idiozia."

"Chiamatela come volete Juan ma abbiamo già preso la nostra decisione le mie sorelle ed io. Fatemi sapere dove volete e quando volete che ci incontriamo" e fece per andarsene.

"Piccola stupida cosa devo fare o dire per convincervi che questo non è un gioco?"

"Levatemi le mani di dosso…"

Juan la baciò, Liliana cerco di liberarsi, ma lui riuscì a soggiogarla.

A Liliana uscì un grido mentre si dibatteva e Juan capì troppo tardi cosa aveva fatto. Si staccò e si allontanò di un passo da Lei trattenendola per un braccio. Liliana lo afferrò per la blusa lo attirò a sè e gli cercò le labbra. Juan a quel punto fu perduto. Senza pensarci la strinse a sè e la baciò.

Liliana si staccò di colpo lo guardò e disse "Quando sarò di ritorno dalle suore venite nello studio di mio padre e portate la vostra spada."

"Liliana por Dios lasciate perderé."

"Mai" Liliana si voltò e tornò verso casa, Juan rimase fermo a guardarla era adirato. Le avrebbe dato una bella lezione, non le avrebbe fatto del male, ma Le avrebbe fatto cambiare idea.

Capitolo 47

Dopo circa quattro ore Juan andò verso casa Gonzales, si accomodò in salotto ad aspettare Liliana. Vedendo che tardava pensò che avesse cambiato idea, e andò nello studio del capitano Gonzales.

Liliana stava davanti appoggiata alla scrivania con un'espressione assorta. Chiuse la porta a chiave e attraversò la stanza. In mano impugnava una spada.

"Che succede Liliana? Avete paura di cambiare idea e di andarvene di corsa?" domando ridendo.

"Al contrario. L'ho fatto perché sicuramente sentendo il rumore di un duello qualcuno non venga a vedere cosa sta succedendo" rispose lei.

Juan sollevò un sopracciglio e la spada tentando di spaventarla "Questo non è un gioco Liliana ve l'ho già detto. Quando si combatte lo si fa per uccidere l'avversario lo capite?"

"Certo non sono mica stupida cosa credete" ribatté Liliana.

"Io non capisco siete una bella donna, elegante ben vestita perché volete battervi in un duello?"

"Capitano se non lo comprendete allora cominciamo è meglio" disse Liliana.

Juan pensò di compiacerla e di farle prendere un bello spavento.

"Bene Liliana voi avete desiderato questa sfida a voi la prima mossa."

"Fate il galante Juan?"

"No, cerco di essere giusto." Ripose sorridendo

"Giusto?"

E mentre diceva così lo attaccò, assalì con violenza la spada di Juan, facendogliela quasi volar via di mano.

Juan fu colto di sorpresa e ci mise un attimo a riacquistare la posizione. Si era ripromesso di non farle del male, ma Lei era determinata a batterlo e pure a mortificarlo se ci riusciva. Liliana subito sfruttò quel momento di confusione per far indietreggiare Juan verso il muro e gli premette la punta della spada sulla spalla

"Juan se questo fosse stato un vero duello sareste già ferito," disse sorridendo.

"Già come siete buona, siete così gentile". Juan socchiuse gli occhi e colpì la spada con violenza, "Se questo fosse un duello vero e non un giochetto vi avrei già disarmata."

Liliana riuscì ad accusare il colpo ma continuò a stringere la spada, si mosse agilmente per nascondere la propria agitazione e Juan ripartì attaccandola e lei rischiò di cadere, di perdere l'equilibrio reclinandosi di lato, ma fu svelta, si girò di scatto pronta ad affrontare l'avversario.

Continuarono così per un po', si sentiva solo un rumore metallico. Ad ogni colpo di Juan Liliana sentiva mancarle le forze, del resto lui era più grosso di lei oltre che allenato.

"Stanca Liliana? Smettiamo?"

Lei menò un fendente che gli lacerò la manica della camicia

"Al contrario, mi sento fresca e riposata." rispose con grinta

"E siete anche molto pericolosa."

Juan la costrinse ad indietreggiare fino a che arrivò con le spalle alla parete

"E ora Liliana ditemi cosa intendete fare?"

Liliana mosse la spada con una rapidità tale mancando per un pelo le sue dita

Lui la guardò con ammirazione

"Allora volete proprio del sangue?"

Juan fece un rapido movimento ma pure lei con grande agilità si piegò di lato e poi si sollevò questa volta lo ferì all'avambraccio

Liliana era sbalordita "Perdonatemi Juan non volevo, non intendevo farvi del male."

"*E invece sì,*" urlò Juan, percepiva un dolore acuto mentre il sangue cominciava ad uscire dalla ferita.

"Sappiamo entrambi che questo non è un gioco Liliana." urlò

'Non devo distrarmi', così si concentrò solo sulla spada determinato a disarmarla.

Lei rispondeva agli assalti sempre con un sorriso sulle labbra. Rammentava che Juan era rimasto sorpreso della sua abilità, ma continuando a duellare più i colpi si succedevano più cominciava a sentire la fatica. Ora la situazione era cambiata, era Juan all'attacco e lei difendeva.

La portò nuovamente contro il muro, ed era circondata dalle sedie da ambo le parti non poteva andare da nessuna parte

"Allora vi arrendete Liliana"?

"*No mai*" gridò a denti stretti e menò un fendente, ma stavolta Juan anticipò la sua mossa e con la punta della spada le tagliò la manica della camicia senza ferirla.

Liliana attaccò di nuovo ma ancora una volta lui la precedette sfiorandole le dita con la lama.

Con un urlo di dolore per poco non mollò la spada.

"Arrendetevi Liliana por Dios prima che vi faccia del male"

"*Mai Juan*" rispose Liliana, oramai la stanchezza si faceva sentire, voleva alzare la spada con tutte e due le mani, ma prima che potesse farlo, lui la prese per un braccio e la spada cadde a terra.

Juan le torse un braccio costringendola a voltargli la schiena la trasse a sè e le premette la lama sotto la gola

"Se io fossi un nemico Liliana vi taglierei la gola." Disse con voce affannata

Liliana non si mosse, attese di percepire il respiro profondo di Juan, e sentì che la presa veniva leggermente diminuita si voltò di scatto, in mano aveva un piccolo pugnale

Juan fissò il pugnale e poi la guardò negli occhi

"E quello dove lo avete preso?" domandò fissandola

"Lo tengo sempre nascosto nella cintura. Mi è stato insegnato a non andare mai in battaglia con una arma sola. E la regola numero uno. E se fossi stato un vero nemico ve lo avrei già conficcato nel cuore.

Juan mollò la presa e rise.

"Devo ammettere che siete davvero brava."

"Un complimento? Non devo aver sentito bene? Un apprezzamento dall'arrogante Capitano Juan De La Cruz? Dall'onnipotente Juan! Cosa sentono le mie orecchie!"

"Sì Liliana ve lo meritate. Ma quel pugnale è troppo piccolo, lo avete tirato fuori troppo tardi. In un vero combattimento sareste già morta."

"Questo è quello che pensate voi Capitano. Ho tirato fuori questo pugnale all'ultimo momento perché sapevo che non ve lo aspettavate. Ammettetelo siete stato colto di sorpresa."

"Già e adesso che fate vi arrendete?"

"Mai!"

"Comunque mi sono sbagliato sul vostro conto. Sapete usare la spada meglio di quanto mi aspettassi. Aveva ragione Adrian..."

"*Attento* capitano oggi mi state facendo troppi complimenti rischio di perdere la testa."

"Non lasciatevi ingannare dalle mie parole anche se sono stato sorpreso dalla vostra abilità continuo a pensare che il vostro piano è scriteriato e molto pericoloso."

"Non vi obbligo certo a collaborare. Ora se mi scusate mi devo preparare, stasera siamo a cena da voi non ve lo hanno detto?"

Liliana aprì la porta, stava uscendo quando lui la bloccò per un braccio

"Vi prego di ripensarci."

"Non siete obbligato a collaborare con noi e se ritenete che sia una sciocca potete andarvene anche subito."

"No!... Non siete una sciocca, siete solo una strega, oramai è troppo tardi per andarmene e voi lo sapete bene."

Prima che lei potesse reagire la prese fra le braccia e la baciò

"No" disse Liliana divincolandosi, ma Juan era troppo forte per lei

"Sì, voi sapete bene quello che state facendo è vero?"

"Non so di cosa parlate! Lasciatemi."

"Oh io credo che voi sappiate bene di cosa sto parlando e incominciò a baciarla."

"Ora vi arrendete Liliana?"

"No Juan De la Cruz Mai!"

"Allora non avrò pietà per voi" e incominciò a baciarla fino a che capì di essersi spinto troppo oltre.

"Che vi serva di lezione Liliana, c'è il momento per ogni cosa, quello in cui si combatte ma c'è anche quello di arrendersi."

"Io non mi arrenderò mai, a nessun uomo Juan e soprattutto a voi."

"Già da come avete risposto al mio bacio ho capito che non ne volevate sapere" disse ridendo Juan.

Liliana arrossì gli strappò le armi dalle mani e si diresse verso la porta

"Ci vedremo stasera a cena da voi Capitano."

Capitolo 48

Quella sera le ragazze con Nanà si preparano velocemente. Erano a cena dai fratelli De la Cruz.

Quando arrivò la carrozza dei Munoz erano tutte pronte per andare. Dopo un percorso che sembrò breve entrarono nella proprietà c'erano dei bei giardini con delle fontane, alberi dagli alti fusti e aiuole piene di fiori variopinti e Liliana guardando fuori disse:

"Certo è una bella proprietà, quella dei Munoz, Aurora oserei dire quasi suntuosa."

"È una splendida tenuta ribatte Nanà è ancora suntuosa anche se per troppo tempo è stata lasciata a se stessa. Lo zio di Matías non ne se ne è curato, molto. Però ora che è tornato tutto il patrimonio in mano a Matías credo tutto tornerà come prima, ai tempi dei suoi genitori."

"Benvenute" le salutò Matías, "Purtroppo stasera non potrò mostrarvi tutto ma spero nelle prossime settimane abbiate l'opportunità di visitarla. I miei fratelli ed io vi stavamo aspettando."

"Questa è Celia ed è la governante, e che Aurora conosce benissimo" disse con un sorriso Matías.

"Già senza la nostra Celia saremmo persi" disse Julio avvicinandosi.

"Se vi fa piacere possiamo andare a vedere il roseto e parte dei giardini e poi sederci a prendere qualcosa prima di cena" disse Andreas.

Camminarono verso il roseto e i fratelli di Matías si aggiunsero.

Andres si affiancò a Soledad,

"Posso accompagnarvi?"

"Volentieri. Immagino che trascorriate qui molte ore felici"

"Non tanto, di solito abitiamo alla casa sul dirupo *Il pizzo del diavolo*. E poi il lavoro ci prende molto tempo" rispose Matías "ma forse ora le cose cambieranno."

Aurora arrivò ad un roseto che emanava un profumo inebriante.

"Che magnifica rosa?"

"Trovate? Era la preferita di mia madre" disse Matías.

"Immagino il perché"

Juan e Julio camminavano dietro Rosanna e Liliana.

"Come vanno le riparazione della vostra nave?" domandò Matías.

"Ora avanzeranno veloci e spediti grazie alla vostra generosità" rispose Aurora.

Tornarono verso casa, era oramai ora di cena. Fecero festa alle pietanze, ma Aurora era stranamente silenziosa,

"C'è qualcosa che non va?" domandò Matías preoccupato.

"No no forse troppe emozioni immagino."

"Avete timore? Siete nervosa, pensavo non conosceste la paura."

"Lo pensavo anche io in verità, ma evidentemente ci sono cose che riescono a spaventarmi."

"Cose tipo?"

"Beh guardatevi intorno come possiamo non restare intimorite dalla vostra ricchezza."

"Vorreste che fossi povero?"

"Certo che no, ma noi siamo …così normali al vostro confronto."

"Aurora sfido chiunque a definire normale la vostra famiglia" disse sorridendo Julio.

"D'accordo non siamo normali ma semplici" rispose Aurora.

"Non sono vissuto qui per molto tempo Aurora, ho vissuto comunque nella ricchezza grazie a due persone che mi hanno allevato e amato altrimenti se fossi sopravvissuto e rimasto qui sarei vissuto nella miseria" disse Matías con voce spenta.

"Per questo aiutate l'orfanotrofio?"

"Anche"

"Dovete sapere Aurora" disse Juan "Che spesso le nostre attenzioni sono proprio rivolte a coloro che nella vita non hanno quello che abbiamo avuto noi. Noi nonostante tutto siamo stati fortunati, è vero oggi non ci manca nulla e abbiamo più di quello che ci serve per questo aiutiamo dove possiamo."

"I miei genitori come saprete hanno adottato e allevato i miei fratelli, quello che siamo e quello che abbiamo lo dobbiamo a loro" disse Andres.

"Tutto quello che voi vedete qui era dei Munoz, ma nostro fratello ha voluto che anche noi ne fossimo comproprietari. Tutto ciò che abbiamo, tutto ciò che facciamo lo facciamo insieme" disse Julio.

"Anche voi avete un rapporto bellissimo. Da quello che ho visto siete 4 sorelle molto unite fra di voi. Lo stesso è per noi" disse Julio.

"Sì è vero ma voi lo siete pur non essendo veri fratelli, e questo vi rende ancor più merito" disse Liliana.

"Io sono orgoglioso di voi ragazzi, perché sapendo quello che avete passato, so che siete rimasti puri dentro" disse Don Armando.

Finita la serata, mentre facevano per prendere la carrozza Nanà scivolò e si distorse una caviglia. Subito i fratelli De la Cruz la portarono dentro casa, mandarono Pedro a chiamare il dottore, e la fecero distendere sul divano. Nanà insisteva per andare a casa con le ragazze, ma Juan non ne voleva sapere fino a che il dottore non l'avesse visitata. Dopo un'oretta arrivo il medico che visto le condizioni della caviglia decise che non era trasportabile. Juan fece preparare subito una camera per Nanà e una per una delle ragazze che sicuramente si sarebbe fermata ad assisterla.

"Visto quello che avete da fare domani, mi fermerei io" disse Soledad.

"D'accordo" rispose Liliana.

"No no bambine mie, non datevi pensiero" ripeteva Nanà.

"No Nanà domani portiamo il cambio per Soledad e meglio che qualcuno di noi stia con te."

"Hanno ragione Nanà, ti porto su io per le scale. E sei sempre leggera" disse Julio e prendendola in braccio la portò nella camera che era stata preparata, le stampò un bacio in fronte ed uscì. Tutti vennero a salutare Nanà e poi le tre ragazze accompagnate da Pedro tornarono a casa loro.

Capitolo 49

La domenica mattina Andres andò da Soledad che stava facendo colazione nella sala da pranzo chiedendole se andava in Chiesa.

"Non c'è bisogno che vi scomodiate, stamattina rimarrò con Nanà, e se proprio volessi andare in chiesa potrei sempre andarci a piedi, la Chiesa non è lontana."

Andres si controllò a fatica.

"Vi assicuro che non sono un pagano. Ho intenzione anche io di partecipare alla funzione e prenderemo il calesse" rispose in modo duro.

"Oh va bene."

Seduto accanto a Soledad in chiesa Andres rifletté sulla loro relazione difficile, dire relazione era forse troppo, Soledad non faceva capire cosa accettasse da lui. In genere lui non aveva problemi ad instaurare buoni rapporti con tutti. Un sonoro scalpiccio lo ricosse, le persone si erano alzate in piedi. Por Dios era il momento di cantare e lui non aveva neanche il libro aperto. Stava ancora cercando la pagina quando l'inno cominciò, rinunciò a cercarla e rimase ad ascoltare Soledad che cantava con una voce soave. Stava in piedi accanto a lui e cantava tutta concentrata, senza neanche guardare il libro.

Andres lasciò cadere il suo libro che cascò a terra con un rumore sordo. Soledad lo guardò e gli allungò il suo, Andres imbarazzato per quel gesto goffo la ringraziò e si unì al coro. Non avrebbe mai immaginato che una voce femminile potesse ammaliarlo così. Era una sirena, di quelle sirene che ammaliavano i marinai.

Finita la funzione si trovarono sul sagrato dove la Signora Garcia fermò Andres.

"Buon giorno" disse ad Andres, "vedo che siete soli sapete che non è molto corretto, per una ragazza non avere un accompagnatore, sapete come la gente parla in questa città?"

"C'era con noi Nanà, che si è già portata verso casa. Sono sicuro che l'ha vista. Come sono sicuro che il vostro sostegno avrà un grande valore" con permesso rispose Andres.

Andres guardò Soledad ed un lieve sorriso perfido apparve sul viso. La prese sottobraccio e si portarono verso il calesse.

"Come pensate di arrestare gli eventuali pettegolezzi della signora Garcia?"

La risatina di superiorità con cui rispose avrebbe fatto perdere le staffe ad un santo, Soledad dovette torcersi le mani per non mollargli uno schiaffo.

"L'ho già fatto" disse soddisfatto, "la Signora Garcia terrà la bocca chiusa altrimenti uno dei migliori partiti di Veracruz potrebbe trovarsi costretto ad offrire la protezione del suo nome ad una Signorina, invece che a sua nipote Elena".

"Come potete pensare che accetterei la vostra offerta?" chiese con finta dolcezza.

"Oh sono sicuro che rifiutereste all'inizio" rispose tranquillo.

"Rifiuterei comunque" rispose secca Soledad.

"Beh meno male che la Signora Garcia non sa della vostra ritrosia, non ha idea della vostra confusione mentale, altrimenti vi trovereste con la reputazione rovinata in un batter d'occhio. Non conoscete quella donna"

"E invece sì la conosco bene. E non comprendo perché mai rifiutarsi di sposarvi dovrebbe essere segno di pazzia?"

Andres si strinse nelle spalle sorridendo "Tutti mi considerano un buon partito."

"Invece siete un damerino arrogante e presuntuoso, non tutte le donne si sposano per denaro. Per alcune il rispetto per il marito è la cosa più importante dell'ammirazione del suo denaro."

"Volete dire che non mi rispettate?" domandò sorridendo.

"Vi state burlando di me? Diciamo che ho qualche difficoltà a stimare un uomo come voi, comunque vi auguro ogni felicità con la signorina Elena Garcia siete chiaramente fatti uno per l'altro."

Andres la guardò incredulo, poi scuotendo la testa scoppiò in una risata fragorosa.

Nel pomeriggio dopo aver controllato che Nanà riposasse Soledad non avendo molto da fare andò in biblioteca, voleva leggere un libro e finire di sistemare una camicia di Nanà a cui si erano scucite un po' le maniche.

"Cosa diavolo state facendo?" ruggì Andres sbattendo la porta alle spalle.

Soledad sobbalzò colta di sorpresa, si punse un dito e imprecò tra i denti.

La camicia cadde con il libro e Andres si chinò a prenderla ma lei gliela strappò di mano. "Come osate?" Lo aggredì furibonda.

"Questa è casa mia" rispose Andres, "Ho abbastanza personale che può aggiustare..."

Lei gliela gettò in malo modo e disse "Può darsi che la troviate un po' stretta sulle spalle e un po' corta di maniche sempre che possiate abbottonarla" aggiunse con gli occhi verdi che scintillavano.

Un tremendo sospetto si insinuò nella mente di Andres, guardò meglio la camicia e si rese conto che era troppo piccola per lui.

"Perdonatemi. Vi chiedo scusa", le sfiorò una guancia con una carezza leggera, fece per chinarsi ma Soledad impaurita balzò in piedi.

Colto di sorpresa Andres perse l'equilibrio e cadde a terra. Un dolore lancinante gli trafisse la spalla

"Por Dios" proruppe.

Chiuse gli occhi e strinse i denti per trattenere tutte le imprecazioni che gli erano salite alle labbra, poi respirò profondamente fino a quando il dolore si attenuò.

"Andres...?"

Aprì gli occhi e vide Soledad china su di lui che lo fissava preoccupata

"State bene? Vi fa male spalla"

"No!" mentì Andres.

"Lasciate che vi aiuti".

Prima che potesse protestare Soledad si inginocchiò vicino a lui, il braccio destro sotto la sua spalla sinistra cercò di farlo sedere, un dolore diverso lo attraverso alla pressione del suo seno e un calore ardente lo invase.

"Perché accidenti lo avete fatto!" esplose Andres.

"Non volevo farvi cadere, ma mi avete impaurita"

Lui rispose con un borbottio

"Mi dispiace scusate mi sono sbagliata."

"A che proposito?"

Troppo tardi Soledad capì di essere caduta nella trappola.

"Io ehm...nulla"

Anche se seduto per terra intento a sfregarsi la spalla dolorante Andres sembrava aver recuperato il controllo.

"Nulla? Come nulla?"

"Lasciate stare la spalla. Vi farete male" raccomandò Soledad cercando di prendergli la mano, ma lui più veloce gliela bloccò in una stretta ferrea.

"Lasciatemi andare cosa vi prende."

"Lo farò solo dopo che mi avete spiegato di che errore si trattava."

"Se ve lo dico promettete di non burlarvi di me?"

Andres si sentiva un idiota, devo finirla al più presto pensò, potrebbero entrare i miei fratelli e trovarci così.

"Avete la mia parola di gentiluomo."

"Io …ecco…pensavo. *Che mi volevate baciare*" disse d'un fiato e sottovoce Soledad "So che è assurdo visto che non vi piaccio, ma ho avuto paura…ma non era mia intenzione farvi perdere l'equilibrio."

"Pensavate veramente che stessi per baciarvi?"

"Sì…"

"E posso sapere da cosa lo avete desunto?"

"Io, io non lo so esattamente, sembravate…insomma…sì sul punto…"

"Di baciarvi?"

Andres fece per alzarsi e Soledad allungò una mano per aiutarlo.

"No" disse Andres.

Lei lo aiutò lo stesso ma non appena in piedi Andres si tirò indietro

"Non fatelo mai più, e avevate ragione voi stavo per baciarvi."

Soledad uscì in giardino. Poco dopo si trovò a camminare verso i giardini e le stalle. Era adirata, non riusciva mai a capire Andres. Appena Nanà si sentirà meglio torneremo a casa pensò. Soledad entrò nelle stalle e diede delle carote ai cavalli mentre li accarezzava. Poco dopo anche Andres andò a vedere il suo cavallo, aveva ancora una zampa fasciata a causa della caduta e cercava di togliersela.

"Stai buono" disse Andres mentre lo accarezzava sul muso "devi tenerla su per il tuo bene."

"Mi ricorda il suo padrone che non porta mai il braccio al collo" rispose sorridendo Soledad.

"Io non vedo nessuna somiglianza" ripose Andres continuando ad accarezzarlo sul muso.

"Oh io al contrario ne vedo molte, ostinato curioso, ficcanaso e caparbio ma soprattutto incapace di ascoltare i consigli...devo continuare?"

Lui rise "Vorrei evidenziare una importante differenza."

"Ah giusto l'intelligenza?" lo provocò lei.

"Non solo, ma il mio cavallo è un castrato."

"Ah...oh ed è una differenza così rilevante?" chiese Soledad arrossendo.

"Direi di sì" rispose furente

Andres uscì dalle scuderie a passi lunghi. Se non tornava subito in sé avrebbe strozzato Soledad.

Capitolo 50

Qualche giorno dopo andando al mercato Rosanna fu fermata da un uomo che si presentò come il cugino di Julio. "Capitano Celso Alvarez per servirvi, ho saputo che conoscete mio cugino Julio De la Cruz."

"Siete il cugino di Julio De la Cruz?" domandò Rosanna.

"Certamente! Non vi ha parlato di me? E come sta?"

"Bene credo."

"Ed è tornato a vivere qui?"

"Sì credo di sì"

"Avete intenzione di dirgli che mi avete parlato?"

"Volete che lo faccia?" rispose Rosanna.

"Non mi importa nulla. Non rientra nei miei piani andarlo a trovare. Parlategli pure, anzi portategli i miei saluti se lo vedete, e ditegli che mi rallegro con lui per il suo pieno recupero."

"Perché è stato malato?" domandò Rosanna.

"Non è della sua salute che mi stavo riferendo, con vostro permesso signorina Gonzales."

Il modo in cui parlò fece rabbrividire Rosanna.

Quel giorno era la festa di compleanno di Rosanna. Si trovò quindi a passare dall'ufficio di Don Armando per invitarlo per la cena che si sarebbe tenuta quella sera. "Padrino volevo ringraziarvi per lo splendido regalo che mi avete fatto, ma non dovevate," si voltò e vide che vicino alla portafinestra c'era Julio.

Don Armando si alzò e andando vicino a Rosanna le diede un bacio e le fece ancora gli auguri.

"Cara potresti mostrare a Julio la tua cavalla prima che lui ritorni a casa?"

"Padrino sono sicura che avrà cose di meglio da fare che guardare un cavallo."

"Niente mi farebbe più piacere che ammirare la vostra giumenta. Perché non dimentichiamo quella serata? Possiamo essere amici...?" domandò Julio.

"Va bene..." rispose restia.

"Come la chiamerete?" domandò lui.

"Non lo so ancora, ci penserò" rispose Rosanna.

Si incamminarono verso casa.

"Julio, è vero che avete ereditato da vostro zio delle proprietà qui a Veracruz?"

"Chi ve ne ha parlato?"

"Sapete le voci girano, e il mistero su di voi aumenta."

"Sì lo zio ha deciso di partire con suo figlio, ma in verità non le ho ereditate, erano già mie."

"Non andate molto d'accordo con vostro zio?"

"Esatto!"

"E con Celso Alvarez vostro cugino? I vostri rapporti con lui sono migliori?"

"No!"

"Come mai?"

"Hanno a che fare con la mia infanzia e con quanto ho dovuto sopportare" rispose lui.

"Capisco quindi voi e vostro cugino non eravate amici da bambini?"

"Purtroppo no mio cugino ha dodici anni più di me e mi ha sempre considerato una seccatura, un fastidio, non siamo mai andati d'accordo, e alla fine i nostri rapporti non sono migliorati."

"Vi state divertendo Rosanna?" le domandò sorridendo.

"Sì, è da molto che non cavalcavo. Il padrino mi ha fatto uno stupendo regalo"

"Non si direbbe, sembrate una cavallerizza nata, il modo in cui state in sella è perfetto!"

"Non ho mai ricevuto lamentele." Rispose sorridendo

"Impudente" ridacchiò lui.

"Julio veramente non comprendo perché vogliate passare del tempo con me."

"Mi piace stare con voi quando non siete testarda e capricciosa."

"Io capricciosa? Sicuramente voi mi confondete con qualcun'altra"

"Siete in cerca di lusinghe?"

"Non è vero."

"Certo che è vero."

"Venite scendete…Su non abbiate timore. Voglio mostrarvi un luogo, quando ero bambino ci venivo spesso era uno dei miei angoli preferiti."

"E che cosa facevate quando venivate qui?"

"Tutte le cose che fanno i ragazzi, cavalcavo, facevo il bagno nel fiume, pescavo, sognavo ad occhi aperti."

"Sapete stamattina ho incontrato vostro cugino."

"Dove? Dove lo avete visto?" domandò con voce dura

"Al mercato, ero andata a fare la spesa dopo essere stata in chiesa."

"Come avete saputo che era mio cugino?"

"Me lo ha detto lui…, non sapevo chi fosse. È stato gentile con me ed anche molto educato."

"Educato? Gentile?"

"Mio cugino è la canaglia, il farabutto più crudele, rozzo e rude che conosca e non muove un dito per gentilezza. Perché non me lo avete detto subito?" domandò furioso

"Perché non pensavo fosse così importante. Perché sapere che io ho visto vostro cugino vi rende così furioso? Che cosa ha fatto di così terribile?"

"Cosa ha fatto? Voi non immaginate neppure cosa… No…Non importa"

"Lui mi ha chiesto di salutarvi e si rallegra con voi per esservi ripreso prontamente."

"Ah davvero! Gentile non c'è che dire! Non lasciatevi raggirare da mio cugino, non avete idea di cosa sia capace quella belva, cosa vi ha detto ancora? Vi ha detto dov'è la sua nave? Quali erano i suoi piani?"

"No. Vi ho già detto tutto e in quell'occasione è stato molto gentile."

"Vedo che mio cugino vi ha affascinato, che ha tutta la vostra simpatia!" urlò

"Non parlatemi con quel tono" disse Rosanna.

"Molto bene, allora consideratelo un consiglio se preferite. Dovete avere fiducia in me Rosanna, non si tratta di un gioco." Disse con voce più dolce

"Va bene Julio." Rispose guardandolo negli occhi

"Mi date la vostra parola?"

"Si, avete la mia parola."

Don Armando ricevette due giorni dopo Rosanna nel suo ufficio.

"Figliola che bello vederti, sei come il sole in una giornata uggiosa."

"Anche per me, padrino, volevo ancora ringraziarvi per il bellissimo regalo che mi avete fatto. Era da molto tempo che desideravo avere un cavallo tutto mio. Volevo anche chiedervi una cosa, come mai Julio non vuole parlare con suo cugino?".

"Non posso parlatene io se prima non lo fa lui."

"Ma è sempre così imperscrutabile così misterioso…"

"Cara la mia ragazza, cerca di essere gentile con lui, di parlargli, del resto lui ti vuole sposare!"

"Sposare? Ma io non lo sposerò mai!"

"Rosanna, non essere così dagli una possibilità. Tu non lo conosci bene, ma Julio ha un cuore d'oro. Sai ha sofferto anche lui molto, ma non si è indurito ne è diventato crudele. Solo un po' selvaggio forse, ma lui e Juan hanno avuto un'infanzia molto dura e sicuramente hanno sofferto molto. Ora però sono uomini, uomini duri a vedersi dall'esterno, ma dentro hanno un cuore grande, un cuore che sa amare. So che Julio tiene molto a te, me lo ha detto e io gli credo"

"Capisco e per caso vi siete limitato a dare l'assenso perché mi corteggiasse?"

Rosanna si voltò verso il padrino che la guardava ma non rispondeva.

"Padrino… avete dato l'assenso?"

"Vedi Rosanna…"

"Padrino…fino a che punto Julio desidera sposarmi? Quanto ha insistito? Cosa ha offerto in cambio?"

Un terribile sospetto si insinuò

"La cavalla, vero? La cavalla è un suo regalo?"

"Sì Rosanna, ma non devi essere così con lui!"

"Lo sapevo! Me lo sentivo. Come ha potuto farmi credere che fosse un suo regalo padrino?"

"Non lo avresti accettato un regalo del genere da lui! Rosanna avanti lo sai bene!"

"Infatti padrino, ma sono ancora in tempo per rimediare!"

"Ma cosa vuoi dire?"

"Gliela porterò indietro, non voglio nulla da lui!"

Capitolo 51

Aurora aspettava la carrozza che venisse a prenderla per portarla da Munoz.

"Spero non piova sarebbe un peccato non poter godere del roseto." Liliana sorrise e disse "Tranquilla per qualche ora dovrebbe tenere, io più tardi andrò alla nave di papà."

"Va bene a dopo e non tardare."

La carrozza partì e poco dopo giunse da Matías, ma venne a riceverla Celia.

"Mi spiace Signorina, ma è arrivata una visita improvvisa da parte del cugino Felix, venite intanto in salotto."

Aurora si sedette su una poltrona intenta ad aspettare quando la porta si aprì e uscì un signore non molto alto dicendo "Siete anche voi qui a chiedere la questua?"

"Chiedere la questua? Scusate ma temo di non capire," Aurora si voltò e vide Matías.

Lo sconosciuto si girò anche lui e guardando il cugino disse "Già a mio cugino piace tenere i cordoni della borsa tirati e ben stretti. Lo diverte vedermi chiedere l'elemosina. Del resto da un bastardo non ci si può aspettare altro."

Aurora era sbalordita. Guardò i due uomini con curiosità.

"Perdonatemi signorina Aurora per lo increscioso incidente, ma credo che mio cugino non abbia capito che da me non otterrà più nulla. Per troppo tempo lui e suo padre hanno dissipato i beni di questa casata pensando che non tornassi più. Ora si trovano in una situazione che non hanno mai provato prima, ma che hanno provato altri grazie a loro."

"Io vi devo parlare Matías con urgenza."

"Aurora, non possiamo farlo un'altra volta?" domandò Matías turbato

"No! Credo sia meglio che lo si faccia ora. C'è qualcosa che devo assolutamente dirvi, ... che dovete sapere."

Per un attimo Matías si sentì perso. La guardò negli occhi con preoccupazione.

"Ditemi che vi succede? Ci avete ripensato? Non volete più avere a che fare con me?"

"No… Forse sarete voi a non volere me."

"Questo non credo possa succedere" disse Matías guardandola negli occhi mentre il suo cuore tornò a battere furiosamente.

"E invece sì, appena vi dirò…Vedete l'altro giorno vi ho… non sono stata sincera quando vi dissi che il bacio di quel bandito non ha significato nulla per me."

Matías si avvicinò le sollevò il mento e la guardò

"Ha significato qualcosa per voi?"

"Sì. Mi ha profondamente turbata."

"C'è stato altro fra di voi? Voglio dire oltre il bacio?"

"Ma cosa dite? Non c'è stato nulla più di un bacio, anzi di alcuni baci, però credo lo dobbiate sapere visto che volete uscire con me Matías."

"Aurora apprezzo la vostra onestà, almeno ora so chi è il mio rivale."

"Non avete rivali Matías, oramai se ne è andato per sempre."

"Allora…, allora è solo per questo che mi avete permesso di corteggiarvi?"

"Non lo so… Forse, se volete interrompere io lo comprendo…"

"Interrompere? Ma per un bacio?"

"Veramente… più di uno."

"D'accordo per una serie di baci. Va bene siete stata baciata da un bandito ardito e impavido, ma anche se il bacio vi ha turbata non mi sembra un buon motivo per chiudere un corteggiamento. Aurora veramente non mi importa di questa Ombra della notte" disse con enfasi Matías.

Aurora lo guardò sembrava sincero...

Liliana fu chiamata dalla madrina dicendo che doveva vederla per organizzare la festa di fidanzamento sua e di Rosanna. Liliana era furibonda. Non voleva accasarsi con quel cicisbeo e mandò Nanà a chiamare il padrino e dirgli di raggiungerla alla tenuta della madrina.

Quando giunse alla tenuta Liliana trovò Ramirez nel salone comodamente seduto sul divano che sorseggiava del rum, la sua madrina e Don Rodrigo erano con lui e stavano parlando della serata che avrebbero organizzato da lì a poco, degli invitati e di cosa avrebbero servito per cena.

Intanto Don Armando ricevette la visita di Nanà che lo avvisò di andare subito dai Santos Torres Altamira che volevano accasare le sorelle maggiori e lui in qualità di padrino doveva intervenire e fermare donna Nestora.

Juan che era nello studio legale con Julio e Don Armando decise che sarebbero andati anche loro.

"Don Armando andiamo pure, abbiamo informazioni tali da fermare queste persone" disse Julio.

Arrivarono proprio mentre Liliana stava ripetendo con voce quasi alterata che non ne voleva sapere di sposarsi con Ramirez. Sergio Ramirez invece forte dell'appoggio della madrina la prese per un braccio dicendole con un sorriso beffardo "Cara mia Liliana, non credo che possa essere nella posizione di rifiutare, non pensi di esimersi dal fidanzarsi con me. La nostra festa di fidanzamento si terrà domani sera che le piaccia o meno e non voglio più vedere scenate del genere. Sarà un piacere domare una donna come lei"

Don Armando entrò dicendo "Fermi tutti cosa state facendo?"

196

"Ramirez tolga le mani di dosso da Liliana" urlò Juan.

"Cosa ci fanno loro qui in casa mia" disse donna Nestora indicando i due fratelli.

"Fuori da casa mia, questo è un problema che riguarda la nostra famiglia" urlò Don Rodrigo.

"Le ricordo che tutto questo è di mia proprietà e che voi qui non avete nulla e nessun diritto" urlò Juan.

"Loro sono con me e ora Rodrigo ti pregherei di restare fuori dal problema delle sorelle Gonzales. Io sono il padrino e io ne ho la responsabilità," disse l'Avvocato Vidal.

"Voglio che se ne vadano! Fuori di qui!" disse Donna Nestora.

"Questa casa è mia vi state scordando che qui siete temporaneamente ospiti, ma che dovrete andarvene," gridò Juan, mentre suo fratello a fatica lo tratteneva per un braccio.

"No caro Don Armando" rispose Nestora, "in qualità di madrina mi sono già occupata della cosa e ho trovato in Sergio Ramirez e Carlos Martines i due rispettivi futuri sposi di Liliana e Rosanna."

A quelle parole Julio fece un passo avanti, don Armando lo fermò parandosi davanti a lui.

"Voi non farete nulla del genere" ribatté Don Armando "Non avete preso informazioni su costoro?"

"Juan e suoi fratelli sì e questi due signori sono praticamente pieni di debiti. La loro società di navigazione ereditata è fallita per debiti già mesi orsono. Quella di Martines addirittura inesistente. Hanno debiti per gioco e spendono oltre le loro possibilità. Questi signori sono alla ricerca di una donna che li possa mantenere e non saranno certo le mie figliocce a farlo" concluse Don Armando.

"Voi non potete dire questo di noi. Voi non sapete chi siamo" risposero Martines e Ramirez "ci renderete conto e giustizia di quanto detto."

"Certo le informazioni che i fratelli De la Cruz hanno appena ricevuto parlano chiaro siete senza un soldo. Senza nulla" ribatté Don Armando.

Rosario si fece avanti e parlando verso gli amici che ospitava disse:

"È vero? Di tutto il vostro patrimonio non avete più nulla?"

"Certo che no, è tutto falso sono solo menzogne" disse Martines.

"Non è vero Rosario, stanno mentendo, non è vero nulla" disse Ramirez.

"Ammettetelo, siate sincero una volta Ramirez" disse con voce dura Juan

Don Armando disse "Rosario, io non mento e le informazioni che ho in mano parlano chiaro, questi signori non posseggono nulla."

Vidal consegnò a Rosario il cablogramma che informava della situazione finanziaria di Ramirez e Martines affinché potesse leggerlo.

"Mi avete mentito" disse Rosario ripiegando il cablogramma.

"Fuori! Fuori da questa casa, potevo capire se avevate problemi finanziari, ma nascondere le cose in questo modo e farmi credere che eravate miei amici e che avevate ancora un patrimonio…"

"Me la pagherete Juan…me la pagherete molto cara" disse Ramirez.

"Sì e molto presto, vi pentirete di quello che avete fatto" continuò Martines.

"Ora Don Armando mi direte perché avete comunicato solo ora queste informazioni" chiese Rosario.

"In verità me le hanno portate oggi Juan e Julio e saputo cosa voleva fare tua madre sono dovuto intervenire."

Rosario guardò attentamente i due fratelli De la Cruz.

"Già! Julio e Juan e posso sapere perché siete andati cercare informazioni sui miei amici?"

"E me lo domandi pure? Perché lo avresti dovuto fare tu, invece di cercare di far sposare Liliana e Rosanna con loro. Parli tanto Rosario ma sei uguale a loro, mi hai profondamente deluso. Volevate far sposare per forza Liliana e Rosanna che dici sono per te come sorelle con degli approfittatori disonesti, a dei bugiardi. Con due *signori* che insistono a sposarsi con delle signore che li hanno umiliati e disprezzati in tutto questo tempo" rispose Juan.

"Tu Juan parli? Tu che sei stato qui sotto falsa identità, che mi hai mentito per molto tempo, tu che non parli mai di te, e non racconti nulla, tu che sei interessato a Liliana ma non lo dici!" Urlò Rosario

"Non è vero, io non sono interessato a Liliana." Rispose furioso Juan

"Menti!" urlò Rosario

"Io non mento Rosario, lo sai bene." Gridò Juan

"Stai mentendo, lo sappiamo tutti che sei interessato a Liliana. Non puoi negarlo! Tutti abbiamo visto che non le stacchi mai gli occhi di dosso e che ogni occasione è buona per stare insieme. Vi ho sempre visto insieme qui alla tenuta. E quella volta davanti all'ambulatorio eri persino contrariato quando hai visto Ramirez che parlava a Liliana, e stasera appena entrato gli hai urlato di togliere le mani da Liliana."

"Rosario dimmi che non è vero? Il bastardo sta dietro a Liliana?" domandò donna Nestora.

"Sì madre, quando era qui a lavorare erano spesso insieme e anche ora con la scusa della nave da riparare passano molto tempo insieme."

"Non è vero stai sbagliando Rosario, non è come stai dicendo" intervenne Liliana.

"Non puoi negarlo Liliana vi si vede sempre insieme in ogni luogo, anche al mio matrimonio tutti vi hanno visto insieme" ribadì Pilar mentre scendeva le scale.

Juan e Liliana si voltarono verso Pilar e la guardarono. Pilar teneva gli occhi socchiusi e le labbra strette in un sorriso spietato.

"Bene Don Armando, ora voglio proprio vedere come sistemerà le figliocce, hanno perso un'occasione. Un'occasione che non si ripeterà, non sarà facile accasarle" disse donna Nestora.

"Madre questo è un altro problema certo non potevamo accasarle con due persone che le avrebbero sposate solo per il denaro. Hanno ingannato anche me" ribatté Rosario.

"Come fai a dire questo. Le ragazze non sono certo ricche ma hanno di che vivere bene" disse donna Nestora.

"Madre basta!" urlò Rosario.

"Ora queste due sventurate non si metteranno certo con quei due bastardi! Non lo permetterò" disse Donna Nestora.

Capitolo 52

"È una giornata che minaccia un temporale spero non vorrai uscire con il cavallo proprio ora?"
Disse Liliana spostandosi dalla finestra.
"Andrò fino alla proprietà della nostra madrina devo schiarirmi le idee" rispose Rosanna.
"Sai ho ripensato a quanto avvenuto con Julio e ora comprendo perché ultimamente si è mostrato molto gentile e premuroso con me."
"Provi qualcosa per lui figliola?" domandò Nanà.
"Sono confusa. Non riesco a capire quali siano i miei sentimenti per lui. Ogni volta che penso a Julio mi sento precipitare in uno stato di smarrimento. So per certo che lo stimo, ma lui riesce a turbarmi nell'anima."
"Se tu dicessi che lo ami, sarei felice di dirti che hai riposto l'amore in un uomo giusto, lo conosco da quando era un bambino e so che può sembrare rude, ma in fondo ha un cuore d'oro. Molte donne vorrebbero ricevere da lui una proposta di matrimonio, perché tu invece esiti tanto?" chiese Nanà.
"Non lo so Nanà, non posso pensare che possa avere un interesse per me."
"Davvero?" domandò Nanà incredula.
"Io invece sì, ho parlato con il padrino, e mi ha detto che Julio era felice dell'idea di sposarti. È andato pure con Don Armando dalla madrina e con Juan, perché era preoccupato che ti obbligassero a sposare Martines. Del resto non puoi dire che non ti piaccia l'idea di sfidarlo e di provocarlo?" disse Nanà.
"Sì talvolta non mi è dispiaciuto stuzzicarlo" ridacchiò Rosanna.

"Bene allora pensaci e poi non farlo aspettare troppo a lungo, non credo che Julio sia un uomo molto paziente, ricordo che non lo era neanche da bambino. Ora vai, ma fai come ha detto tua sorella non stare via a lungo mi raccomando."

Rosanna fece portare la cavalla e incominciò a cavalcare. Il tempo passava e cavalcò oltre l'azienda della madrina, non si accorse che il tempo andò peggiorando fino a bagnarla. Decise di andare nella proprietà dei fratelli De la Cruz al *"Pizzo del diavolo"* era la più vicina.

Scese da cavallo, ed entrò direttamente nell'atrio della casa.

Celia le andò incontro e disse "Buon giorno c'è solo il Signor Julio annuncio la vostra visita."

"Non preoccupatevi lo farò da sola indicatemi solo dove si trova."

E dopo aver bussato lievemente alla porta che la cameriera aveva indicato, lo vide. Le sue intenzione rissose si sciolsero. E si soffermò ad ammirarlo...

Indossava una camicia bianca aperta che lasciava intravedere la sua muscolatura solida del collo e parte del torace. Con le sue ampie spalle e il volto abbronzato e con quei soffici capelli corvini che gli arrivavano alle spalle, lo sguardo sagace e la bocca piegata in un sorriso risoluto, sarebbe stato il pirata più affascinante e seducente, se solo non avesse complottato con il suo padrino. Quando lui alzò lo sguardo e la vide tutta bagnata esclamò:

"Rosanna voi qui cosa ci fate?"

"Mi dovete scusare, ero fuori per una cavalcata e mi ha sorpreso il temporale, la vostra proprietà era la più vicina e non ho avuto altra scelta che venire da voi."

"Capisco, ... in verità pensavo ...speravo che la vostra improvvisa visita avesse un'altra ragione."

"Ammetto che volevo andare dalla mia madrina, poi ho cambiato idea, volevo venire qui, ma poi ho riconsiderato il tempo e ho continuato, ma la tempesta mi ha costretto a passare di qui."

"E come mai volevate venire qui alla mia porta prima che vi mancasse il coraggio di fermarvi?"

"Badate non ho perso il mio coraggio!" ribatté Rosanna "C'erano due valide ragioni: la prima rendervi la cavalla in secondo luogo volevo farvi sapere che non ho gradito come avete tramato alle mie spalle con il mio padrino."

"Don Armando vi ha detto tutto? Che sono stato io a regalarvi la cavalla?"

"Certamente, ma avreste dovuto dirmelo voi!"

"Avete ragione ma non avreste mai acconsentito ad accettare il regalo."

"A quale prezzo? Non voglio sentirmi in debito con voi Julio."

"E io non voglio che vi sentiate! Cosa posso fare perché teniate la cavalla?"

"Credo di valere molto di più di un cavallo."

"Chiunque sa che voi valete di più, che non c'è prezzo, siete un dono prezioso."

Non potevano fallire cosi i suoi piani, 'mi rifiuto di credere che i tutto stia fallendo' Julio incrociò le braccia sul petto e arcuando un sopracciglio osservò Rosanna, teneva i capelli fradici, pensava di avere davanti un cucciolo randagio.

"Vedete Rosanna, quando ho chiesto la vostra mano al Vostro padrino non stavo cercando di comprarvi, ma temevo che la vostra madrina vi convincesse a sposare quella specie di cicisbeo. Se non volete credermi potete condannarmi per come mi sono comportato, ho mancato di tatto e ho agito troppo frettolosamente nei vostri confronti, ma il timore che qualcun altro potesse essere amato da Voi mi ha fatto sbagliare. Ho cercato molte volte di allontanarvi dalla mia mente è vero, e ammetto che ho cercato di convincermi che si trattava solo di una infatuazione passeggera, ma ogni volta che vi vedevo, comprendevo che non era così e sono stato costretto a guardare in faccia alla realtà ed ammettere che desidero sposare solo una donna soltanto.

Voi."

Rosanna lo guardò commossa

"Ma cosa vedo! Rosanna Gonzales che si commuove? Cosa vedono i miei occhi lacrime? E questa è la stessa giovane donna che in passato mi ha tenuto testa coraggiosamente e che mi ha mandato all'inferno più di una volta?"

"Sì"

Lui l'abbracciò per un momento e le diede un bacio in fronte.

"E l'idea di divenire mia moglie vi preoccupa tanto? Ora venite dovete asciugarvi non potete rimanere così o vi ammalerete, manderò ad avvisare le vostre sorelle. Intanto venite è ora di mangiare, hanno preparato una cena deliziosa."

"Siete stato molto premuroso e vi ringrazio, ma devo tornare a casa, potrebbero esserci dei pettegolezzi."

"Se foste la Signora Alvarez De La Cruz non avreste di questi problemi."

"Non siate così arrogante e borioso Julio. Non ho ancora preso una decisione."

"La prenderete presto e accetterete ciò che il destino vi ha tenuto in serbo."

"Siete un presuntuoso e arrogante, vi ho già detto che non ho deciso dovrete aspettare la mia risposta."

"Non troppo a lungo mi auguro, sappiate che non ho nessuna intenzione di rinunciare a voi."

"Volete dire che sareste disposto a sposarmi anche contro la mia volontà?"

Un sopracciglio scuro si inarcò con perplessità.

"Contro la vostra volontà? Rosanna, non c'era nulla di restio nel modo in cui poco fa avete reagito al mio abbraccio. Sappiate che non cambierò idea mia cara".

"Voi conoscete molte donne, avete molta esperienza perché proprio me? La sorella di Pilar, per esempio, è una bellissima donna sa farsi apprezzare, sa come conquistare un uomo."

"Voi mi avete conquistato."

"Questa è una esagerazione, Julio non potete pensare di sposarmi se io non voglio. Il matrimonio va considerato è un passo molto importante, vi assicuro che ci penserò".

"Fatelo *ma ricordatevi solo* che siete l'unica donna a cui ho chiesto di sposarmi. Voi siete la donna con cui ho intenzione di vivere il resto della mia vita e non avrò pace fino a che non accetterete. Io… ammetto di aver sbagliato a parlarne solo a Don Armando e vi domando perdono. Merito la vostra ira, ma non il vostro disprezzo."

"Io non vi disprezzo Julio."

"Lo so." Rispose accarezzandola

Capitolo 53

Liliana ricevette la visita di Asuncion e di Elena, la sorella di Pilar. Non le aspettava, voleva andare alla nave di suo padre. Le fece accomodare nel salottino più piccolo.

"Liliana, vorremmo parlarti, di quanto è accaduto dalla tua madrina" disse subito senza preamboli Asuncion.

"Di cosa stai parlando?"

"Lo sai bene, tu e tua sorella siete promesse a Ramirez e Martines, la tua madrina è stata chiara, ma noi vorremmo aiutarti, vedi io sono innamorata di Ramirez ed Elena di Martines, e poi tu sei sempre appresso a quel Juan, e a quanto pare a Veracruz dicono che Julio De La Cruz sia interessato a tua sorella Rosanna."

"Beh auguri, né a me né a mia sorella interessa alcun uomo. E credevo che dopo quanto successo l'altro giorno dalla mia madrina la questione fosse chiusa."

"Liliana, non so cosa sia successo, donna Nestora non ha voluto scendere nei particolari ma non ti permetterò di avere Ramirez" disse Asuncion con voce stridula. "Ti fermerò a qualsiasi costo!"

"La stessa cosa vale per tua sorella Rosanna" disse Elena.

"Sentimi bene Asuncion, ho detto che *non mi interessa Ramirez*, per quanto mi riguarda te lo puoi tenere. Lo stesso vale per mia sorella, anche lei non è assolutamente interessata a Martines. E ora ho da fare se vuoi scusarmi."

"No sentimi bene tu, Ramirez è molto arrabbiato con te, ma non ti ha tolto dalla mente, continua a pensare che deve sposarti, ma io non ti permetterò di averlo, e questa è la mia ultima parola."

"Allora non volete capire, né a me né a mia sorella interessano quei due. Non ci sono mai interessati e lo abbiano detto anche alla nostra madrina. Detto questo non voglio tornare più sull'argomento e se Ramirez non ha digerito la questione è un suo problema."

"Liliana stai esagerando, ti chiedo di scrivere una lettera a Ramirez e gli spieghi che non lo vuoi sposare altrimenti lui si sentirà ancora impegnato con te."

"Tu vuoi? Sentimi bene, non mi interessa come si sente o cosa pensa quel cerca dote, ma da me non avrà nulla neanche una lettera. Puoi dirglielo tu direttamente che non mi interessa, non mi ha mai interessato."

"D'accordo, ma ricordati che non te lo lascio, Ramirez è mio, è solo mio e non te lo lascerò, farò di tutto per allontanarti da lui" urlò Asuncion.

E senza dire altro uscirono dalla porta d'ingresso.

Liliana presa dai pensieri della nave non ripensò a quanto minacciato da Asuncion, in effetti aveva lasciato perdere ogni frivolo argomento di conversazione ed era andata via dopo le sue vane minacce.

Prese il sentiero che portava alla spiaggia, poco dopo si girò le sembrava ci fosse qualcuno.

Non c'era nessuno. Riprese a camminare ma una strana sensazione la fece girare ancora, era sicura che ci fosse qualcuno, tornò indietro di qualche passo, ma non vide nessuno. Liliana non ti sarai fatta intimorire dalle parole di Asuncion si disse e riprese con passo spedito il sentiero verso la nave.

Arrivò in procinto della nave e salì sul ponte, parte dei lavori erano stati fatti, e la barca stava tornando quella di una volta, ancora due giorni e sarebbe tornata la *"Inaffondabile"*, la nave di suo padre.

Non c'era nessuno a lavorarci, si vede che avevano già terminato per oggi, del resto si era attardata a finire della corrispondenza e non si era accorta che il tempo passava.

Girò su se stessa con le braccia aperte inspirando il profumo del mare. Non c'era nessuno. Nessuno poteva vederla e si sentiva felice.

Dopo quanto successo dalla madrina non aveva più visto i fratelli De la Cruz, cercava così di far cessare le voci che dicevano che Juan e lei passavano troppo tempo insieme. Lei non aveva alcun interesse verso Juan. Lo riteneva troppo duro, troppo selvaggio pur essendo un bell'uomo. Certo i De la Cruz le avevano fatto un grande favore prendendo informazioni sui pretendenti della sua madrina, altrimenti ora sarebbe stata fidanzata con Ramirez. Solo l'idea le fece venire la pelle d'oca. Si passò le mani sulle braccia, per far sparire quella sensazione.

Decise di andare nella cabina di suo padre. Il profumo del legno aleggiava nell'aria, si mise nella cuccetta e leggendo un libro si addormentò.

Juan tornò sul ponte della nave, dopo aver lavorato tutto il giorno un bel tuffo e un bagno nel mare lo avevano ritemprato.

Indossava un paio di pantaloni troppo aderenti e corti ma per i lavori ed il bagno erano l'ideale.

Decise di andare a cambiarsi nella cabina del capitano, era vero che non c'era più nessuno sulla nave, ma così avrebbe potuto fare con più calma e controllare delle mappe prima di tornare a casa.

Scese ed entrò nella cabina quando ricevette un colpo sulla nuca che lo fece barcollare e quasi cadere in avanti, poi sentì la porta chiudersi dietro di lui.

"Aprite questa porta" urlò massaggiandosi la nuca.

Liliana si svegliò di colpo per trovarsi Juan mezzo nudo davanti a lei. Oddio, ogni volta era sempre più attraente...

"E voi cosa state facendo qui" domandò Liliana.

"*Voi cosa fate qui!* Questa è la cabina del comandante," rispose Juan girandosi.

"E voi siete il Comandante?" rispose Liliana irritata.

"Molto bene. Invece di fare la spiritosa dobbiamo cercare il modo di uscire di qui."

"Beh basta aprirla la porta no?" ribatté Liliana.

"Secondo voi cosa sto facendo? Mi hanno colpito per farmi cadere e hanno chiuso a chiave."

"Dio mio non è possibile" disse lei.

"Se questo è uno scherzo lo trovo di cattivo gusto" Juan quasi gridò.

"Cosa credete che io sia felice di stare qui chiusa con Voi?" disse Liliana.

"Non avete il pugnale? Datemelo per favore..." chiese Juan.

"No, non ce l'ho, non sapevo di andare incontro ad un combattimento" rispose piccata Liliana.

"Ora dovremo aspettare che vengano ad aprirci. Liliana avete detto a qualcuno che venivate qui?"

"No, l'ho deciso all'ultimo momento."

"Speriamo che le vostre sorelle non vedendovi vengano qui."

"E i vostri fratelli? Sapevano che venivate qui?"

"No stamani quando sono uscito non ho lasciato detto nulla, speriamo che non vedendomi arrivare..."

"Beh penseranno che sarete in compagnia di qualche vostra amica... No Capitano? Così non verranno."

"Siete sempre così acida Liliana? O è un favore che riservate solo a me."

"Scusatemi non volevo. È solo che questa situazione mi rende nervosa, e poi ripensandoci, mi sentivo seguita quando sono venuta sulla nave, ma non ho visto nessuno."

"Tranquilla vediamo cosa possiamo fare."

Capitolo 54

Il tempo passava lento, Juan ed Liliana stavano cercando di aprire la porta sfilando i cardini ma non potevano a mani nude.

"Oramai sarà buio" disse Liliana alzandosi e andando verso l'oblò.

"Quanto mai non ho detto nulla ai miei fratelli speriamo, che gli venga in mente che ero diretto qui per le riparazioni."

"Neanche le mie sorelle lo sanno, lo dissi solo a Asuncion ed Elena quando erano passate a trovarmi."

"Oh mio Dio! Non saranno state loro?"

"Come avrebbero fatto? Su Liliana, siamo seri."

"Sì certo avete ragione, ma io sono arrivata e non c'era nessuno. Sono stata un poco sul ponte e non ho visto nessuno nelle vicinanze, quindi mi sono messa nella cuccetta di papà a leggere e mi sono addormentata e voi dove eravate?"

"Stavo nuotando qui intorno dopo aver lavorato alle riparazioni. E poi sono salito e venuto qui per cambiarmi, quando sono stato colpito alla nuca appena ho varcato la soglia della porta della cabina".

Poco dopo sentirono dei rumori pensando ai loro famigliari, gridarono "Siamo qui. Siamo qui nella cabina del comandante" sentirono dei passi scendere le scale. E la chiave girare lentamente nella toppa.

La porta si aprì e videro Ramirez con Don Rodrigo

"Bene bene chi abbiamo qui! Il Capitano Juan De La Cruz con Liliana Gonzales. Don Rodrigo ecco perché non volevano che ci sposassimo con le vostre figliocce" disse Ramirez.

"Badate a quello che dite" disse Juan.

"Noi? E voi chiudervi qui con la Signorina Liliana? Siete pure mezzo nudo. Se la volevate bastava dirlo, i fatti sono chiari ed evidenti."

Ora la situazione si stava facendo difficile: Liliana era compromessa per averla trovata con lui mentre era pure svestito. Juan guardò negli occhi Liliana, stringendo le mascelle e serrando i pugni.

In quel momento scese Rosario e Don Armando "Cosa sta succedendo qui?" gridò quest'ultimo.

"Juan ragazzo mio, e tu Liliana cosa è successo?" chiese Don Armando.

Juan raccontò quanto avvenuto, poi voltandosi piano disse: "Liliana sto ancora aspettando da Voi una risposta."

"Volete diventare mia moglie?"

Liliana lo guardò negli occhi, ma non rispondeva.

Rosario disse "Visto quanto successo Juan ora sposerete Liliana e lo farete appena possibile."

"Rosario non ti permetto di intrometterti in questa storia, non è come pensate voi" disse Liliana.

"Ah no e come sarebbe? Chiusi in una cabina di una nave e lui mezzo nudo?" gridò Rosario.

"Rosario non è successo nulla stavamo proprio aspettando che arrivasse qualcuno ad aprirci" ribadì Liliana.

"Ho deciso Don Armando, si dovranno sposare" disse Rosario, "Liliana, essendo la figlioccia di mia madre è come se fosse mia sorella è una questione di onore."

"Proprio tu vieni a parlare di onore" urlò Juan.

"Perché cosa hai da dire su di me" rispose Rosario.

"Tutto, è ora che io e te ci chiariamo, che salti fuori la verità una volta per tutte" disse Juan.

"No... No... no. Juan non serve dire nulla" disse Liliana girandosi verso di lui e prendendolo per un braccio.

"Sì Juan accetto, accetto di diventare vostra moglie" disse Liliana.

Juan la guardò negli occhi. "Accettate?"

"Aspetta Rosario, Juan e Liliana non si amano, non si possono sposare," disse il padrino.

"Don Armando, nessuno può impedire che si sposino, dopo quanto avvenuto neppure Lei. Quando è così vi sposerete entro il fine settimana" decise Rosario.

"Aspetta Rosario, non hai alcun diritto, non ti ho dato alcun diritto per decidere per me" rispose Liliana.

"Sei come una sorella per me e ho degli obblighi e così ho deciso" ribatté Rosario.

Uscirono tutti dalla nave, Juan accompagnò a casa Liliana con Don Armando.

Juan e Liliana si fermarono nell'atrio della casa. Juan si sedette su una sedia lo stesso fece Liliana.

"Juan, quanto è successo..." incominciò Liliana.

"Quanto è successo è causa vostra. Voi avete preparato questa trappola e io ci sono cascato come un idiota. Per un attimo mi sono fidato..., ho voluto fidarmi...Che stupido...che stupido" rispose Juan.

"Juan io non ho fatto nulla, non ne sapevo nulla. E poi siete stato voi a domandarmi di sposarvi."

"Non potevo fare altro non vi pare? Non avevo altra scelta. E a voi non è sembrato vero? Avrete pensato, eccolo, ora me lo prendo!"

"Non è vero Juan, non ho mai pensato nulla, nè ho fatto pensieri su di voi. Non mi fido di voi."

"Ora dite così, ma prima sulla nave non lo pensavate. E così vi siete messa d'accordo con i vostri parenti per farvi trovare in una situazione imbarazzante. E io come uno stupido ci sono cascato. Per salvare il vostro onore ho dovuto chiedere la vostra mano."

"Non starò un minuto di più a farmi insultare da Voi. E sì, siete uno stupido, se vi fermaste a pensare capireste che io sono nella vostra stessa situazione, di dovermi sposare con una persona che non amo."

"Se è per questo neppure io vi amo" rispose Juan.

"Benissimo vedo che la pensiamo allo stesso modo. Nessuno di noi due ama l'altro."

"Nessuno dei due!" rispose Juan.

"Quand'è così vi lascio."

Liliana salì a cambiarsi e Juan vide Nanà avvicinarsi. Andarono in salotto e le raccontò quanto successo.

Nanà disse "Non vi potete sposare, non vi amate, che vita infelice avreste".

"Lo so Nanà, ma io credo che lo abbia fatto apposta, è stata una macchinazione contro di me."

"Ma cosa stai dicendo? Juan, la mia piccola non farebbe mai una cosa del genere."

"Io sono convinto di sì, mi ha detto che si sentiva seguita, certo si era messa d'accordo con qualcuno che mi colpisse in testa, e poi la porta chiusa da fuori con la chiave e più tardi con il buio arriva Ramirez e tutti i Santos Torres Altamira."

"Figliolo mio non dire così. Non sai quello che dici. Non sposatevi."

"Non si può tornare indietro. Ho chiesto la sua mano e lei ha detto di sì. Se non voleva, poteva rifiutare" facendo una smorfia aggiunse "Invece ha accettato. Ci sposeremo fra tre giorni e partiremo subito, avevo già programmato un viaggio e sarà anche il viaggio di nozze proprio con la nave di suo padre, ma lei non lo sa ancora".

"Juan non farlo, non fare così, ti prego il matrimonio senza amore è già difficile, ma farlo per le ragioni che stai dicendo è da folli."

"Oh sì Nanà sono folle, folle di rabbia. Mi sento prigioniero, preso in giro, sono caduto in una trappola come il più stupido degli uomini. Pensavo di potermi fidare di lei" disse con voce rotta, l'abbracciò e uscì per tornare a casa ed avvisare i fratelli.

Capitolo 55

Appena entrato in casa trovò Julio che lo avvisò che tutti i documenti per il viaggio con la partenza da lì a due-tre giorni era pronto e confermato. Juan lo guardò senza dire una parola entrò nello studio e si sedette alla scrivania. Julio visto il viso del fratello lo raggiunse e pure gli altri due fratelli che nel frattempo erano arrivati.

"Juan che ti succede" domandò Julio.

"È tutto pronto come volevi, c'è qualcosa che non va? Devi dirci qualcosa?" incalzò Andres.

"Si parla por Dios!" esplose Matías.

"Juan non farci stare in pensiero" disse Andres.

Juan guardò i fratelli pose le mani sulla scrivania e tutto d'un fiato disse. "Fra tre giorni mi sposo."

"Cosa? Con chi?" chiese Matías sedendosi su una poltrona davanti alla scrivania.

"La conosciamo? Non farai fesserie con Pilar?" domandò Andres.

"Alt zitti" lasciamolo parlare disse Julio.

"Su Juan per favore dicci tutto" sollecitò Julio.

"Mi sposo con la signorina... Liliana Gonzales."

"Coosa? Stai scherzando?" disse Julio.

Juan annuì serio.

"Non puoi farlo, non vi amate" ribadì Matías.

"Per favore Juan non fare sciocchezze, non puoi sposarti con la signorina Gonzales" disse Andres.

"Per favore, per favore! Un accidenti! È deciso oramai. È stato tutto deciso. Fra tre giorni mi sposerò con la Signorina Gonzales e poi partirò per il viaggio previsto, e la porterò con me," disse Juan.

"Tu devi essere ammattito! Come puoi pensare di fare una cosa del genere" disse Julio preoccupato.

"Già devi spiegarci come è possibile che tu possa sposare Liliana, ma pensare di portarla in viaggio di nozze su una nave da cabotaggio vuol dire che sei fuori di senno" disse Matías.

"Se vi calmate vi spiego cosa è successo e perché mi devo sposare fra tre giorni" disse Juan.

Liliana, scese le scale chiamò le sorelle nel salone e avvisò di quanto sarebbe accaduto da lì a tre giorni.

"Non capisco Liliana, come sia potuto succedere" disse Rosanna.

"Certo per me c'è lo zampino di Asuncion per tenersi Ramirez, il quale oltre a essersi vendicato con te perché lo hai rifiutato, ha avuto modo di fargliela pagare a Juan per aver mandato a monte il tuo matrimonio con lui" disse Soledad.

"Sì può essere, da quello che mi ha detto Asuncion oggi quando è passata con Elena, lei era interessata a Ramirez, ed Elena a quello sventato di Martines, ma a me non interessava e glielo avevo detto in modo chiaro. Ma perché mettere di mezzo Juan? Solo per quello che ha fatto a casa della madrina?" disse Liliana.

"Liliana, figlia mia, ho saputo da Juan quanto è successo" disse Nanà e continuò "Io credo che state facendo uno sbaglio a sposarvi, l'ho detto pure a lui, ma non ha sentito ragioni. Se non c'è amore, non c'è neppure quel lieve sentimento anche iniziale, come potete pensare di stare insieme. Dio mio, Dio mio non sposatevi." La voce incrinata...

"Non è possibile Nanà ora lo saprà tutta Veracruz sicuramente Ramirez non perderà occasione di rifarsi dopo quanto avvenuto" rispose Liliana.

"Non credo che Rosario permetterà che si dica qualcosa" rispose Nanà. "Certo la tua madrina da domani chi la sente, incomincerà con i suoi sproloqui. Ma a parte questo *So* per certo che non è successo nulla fra te e Juan. Lui me lo ha detto e io gli credo. Lo conosco da sempre, ha un brutto carattere, è duro e a volte può mancare di buone maniere, ma è sincero."

"Sì Nanà non è successo nulla ma gli altri non ci hanno creduto, e io ora lo dovrò sposare. Ma sarà un matrimonio solo sulla carta. Se prova ad avvicinarsi a me assaggerà la punta del mio pugnale. E appena possibile annulleremo il matrimonio" rispose Liliana.

Nanà la guardò, e scuotendo la testa uscì dal salotto piangendo.

Capitolo 56

Il giorno seguente Rosanna era andata in visita dalla madrina, per vedere cosa voleva organizzare per il matrimonio di Liliana e al suo ritorno Soledad l'avvisò che aveva ricevuto una visita,
"Una visita? E chi era?"
"Julio De la Cruz, mi ha detto di dirti che tornerà a trovarti."
"E quando tornerà?"
"Ha detto domani nel pomeriggio, perché al mattino deve sbrigare degli affari con i suoi fratelli."
"Ma domani avevo promesso alla madrina che sarei andata da Lei perché devo aiutare Fernanda e lei per le ultime cose per l'imminente matrimonio di nostra sorella."
"Beh se vai da lei presto farai in tempo ad essere qui prima che il tuo Julio arrivi."
"Lo spero tanto" rispose Rosanna pensierosa.
"Allora è stato questo!"
"Di che parli Aurora?"
"Del cambiamento che vediamo in te!"
"Un cambiamento? È avvenuto un cambiamento in me?"
"Sì certo in modo favorevole, ora sorridi, ti vediamo felice vuol dire che Julio ti ha colpito e che quindi non pensi più a Rosario."
"Sì è vero mi sento così felice, ma anche molto intimorita quasi spaventata, sai desidera tanto sposarmi, solo ora me ne rendo conto e vorrei gridarlo al mondo intero" disse ridendo.
"Quindi non ami più Rosario?" domandò Soledad.
"Non credo di averlo mai amato, era solo un'infatuazione, era essere innamorati dell'amore, con Julio è tutto diverso."
"E glielo hai detto? Hai accettato di sposarlo?"

"Non ancora ma lo farò presto, ho impiegato un po' di tempo per capire che lo amavo."

In quel momento arrivò da loro Don Armando "Cosa ho appena sentito? Ami Julio?"

"Sì padrino, lo amo. Ora ho capito cosa vuole dire amare."

"Quindi con Rosario basta."

"Sì padrino, sì… era solo un'idea, ero solo innamorata dell'amore ma con Julio è un'altra cosa ne sono sicura."

"Oh mio Dio, il mio desiderio si sta avverando. Non sai come mi fai felice. In cuor mio lo speravo tanto."

"Ma padrino cosa dice? Lo sperava?"

"Sì figliola, non sai quanto. Conosco Julio da quando era bambino e proprio perché ha sofferto molto, speravo incontrasse l'amore. So che a volte è duro, ma solo quando serve. Quando dai la risposta a Julio?"

"Molto presto padrino, sento la sua mancanza e non vedo l'ora di incontrarlo. Oggi è passato ma non c'ero, ma ha detto che ripasserà domani. Devo essere dalla mia madrina nel pomeriggio, ma farò in modo di essere qui per quando arriva."

Purtroppo il giorno dopo era destino che Rosanna non riuscisse a vedere Julio.

Quando Julio si presentò e aspettò più di un'ora prima di andarsene, parve così deluso che le sorelle Gonzales non sapevano più cosa dire.

Julio se ne andò, prese il cavallo e si diresse verso lo studio di Don Armando. Era di pessimo umore. Ultimamente le cose non andavano bene. Non riusciva a trovare Rosanna, oppure non voleva farsi trovare e questo lo faceva stare male. E poi suo cugino Celso quel farabutto, non riusciva a capire dove si fosse nascosto e infine il matrimonio di Juan. Entrò nello studio di Don Armando con una collera da far paura.

"Ebbene figliolo hai l'aria di avere un diavolo per capello."

"A quanto pare!"

Vidal gli porse da bere.

"Tieni ho la sensazione che tu ne abbia bisogno."

Julio prese il bicchiere e lo vuotò in una sorsata. Il volto inespressivo.

"Che cosa ti porta oggi da me? I documenti vengono pronti domani lo sai. Anche se mi fa piacere vederti, credo tu sia qui per problemi di cuore."

"Don Armando è la seconda volta che vado da Rosanna e non si è fatta trovare." Disse con voce dura

"No, no ragazzo non è così. Ti assicuro che sarebbe felice di vederti."

"Se fosse come dite si sarebbe fatta trovare a casa sapeva che sarei andato da lei."

"Julio penso che ci sia una spiegazione semplice, so che era dalla madrina se la volevi vedere bastava che andassi là."

"Sapete bene che i rapporti con la Madrina delle Gonzales sono deteriorati, dopo che Juan ed io abbiamo scoperto di Ramirez e Martines, senza contare quello che i nostri parenti hanno ordito alle nostre spalle e che proprio donna Nestora fece uccidere i genitori di Juan, come mio zio i miei, per appropriarsi di tutte le terre che ci spettavano. A breve penso lo potremo provare. Ci hanno sempre ritenuti dei bastardi e voi lo sapete.

Se non fosse stato per voi che ci avete aiutato e per De La Cruz che ci ha adottato saremmo morti in modi differenti, ma saremmo morti. I *bastardi* non ci sarebbero più".

"Sì sì so tutto, e so che anche Juan come te e Matías vuole vendicarsi, ma questa è un'altra storia. Una storia che dobbiamo veder con Juan figliolo e farlo desistere, ora poi ora che si sposa pure senza amore…Mio Dio ragazzi ma cosa vi succede? Siete fratelli aiutatevi per favore."

"Don Armando anche se non siamo fratelli di sangue io e i miei fratelli siamo una famiglia unita e il torto che si fa ad un fratello si fa anche all'altro. Quindi donna Nestora pagherà per quello che ha fatto, e pure don Rodrigo, come pagherà mio zio e mio cugino."

"Siete tornati per questo. Nanà me lo ha detto. Per la vendetta. Ma la vendetta colpirà anche le sorelle Gonzales ci avete pensato? E come potrai sposarla Rosanna?"

"Sposarla? Mi prende in giro? Rosanna …Ma se non ne vuole sapere nulla di me. Inoltre io ho anche il problema di mio cugino."

"Tuo cugino? Ma non era via per mare? So bene che tuo cugino era coinvolto in quello che ti è successo da bambino. Ti ha venduto su una nave in partenza come se fossi uno schiavo. È colpevole di un atto barbarico."

"Sì proprio così e se non era per voi e per De la Cruz che mi riscattò e mi prese con sè a quest'ora non so dove sarei, dovete sapere Don Armando che ha pure cercato di uccidermi qualche giorno fa.

Con la mia morte non guadagnerebbe nulla, i documenti che avete preparato fanno sì che i miei beni passino in mano ai miei fratelli, ma evidentemente l'odio che prova per me cresce a dismisura di giorno in giorno ed così grande che vorrebbe sapermi morto. Ho già avvisato il capitano della milizia."

"Allora stai attento Julio. Non fidarti, sei riuscito a sopravvivere una volta e ora non vorrei proprio che finissi ucciso per mano di tuo cugino."

"Don Armando vado a casa. Qualsiasi cosa mi troverete alla casa del Pizzo del diavolo, vado da Juan, ora più che mai ha bisogno del nostro aiuto"

Capitolo 57

Poco dopo Don Armando ricevette la visita di Rosanna che tornata a casa e saputo che Julio era passato e andato via in collera, temeva che si sarebbe arrabbiato moltissimo con lei.

"Finalmente figliola. Cosa è successo? Julio è venuto due volte cercarti e non ti sei fatta trovare. Oggi era veramente furibondo. Non lo avevo mai visto così fuori di sè."

"Posso spiegarvi padrino, ma era in collera con me?"

"Beh certo non mi sembrava molto contento, non lo avrai evitato di proposito?"

"No, no, ho tardato perché la madrina voleva che mi fermassi da lei per terminare alcuni preparativi del matrimonio di Liliana"

"Avresti potuto lasciare un messaggio a Julio. Tu sai i problemi che ci sono con la madrina, con quanto successo, i fratelli De La Cruz non verranno alla tenuta, fino a che i Santos Torres Altamira non se ne andranno e questo avverrà alla fine del mese.

"Padrino non ci ho pensato però anche Julio si aspetta troppo da me."

"Rosanna. Rosanna, il suo comportamento è giustificato dal fatto che è innamorato di te."

"Davvero?"

"Ma certo che lo è."

"Io. Io…"

"È pure geloso. E oso sperare che non rifiuterai la sua proposta di matrimonio."

"Geloso?"

"Sì Rosanna è geloso. Figliola ti avevo promesso che non ti avrei costretta e intendo mantenere la promessa ma non capisco perché l'idea di sposare Julio ti renda cosi infelice. Asciugati le lacrime su... su..."

"No padrino."

"Dunque il tuo rifiuto è definitivo? Pensavo avessi superato l'infatuazione per Rosario."

"No no padrino non è così. Non provo nulla per Rosario ve l'ho detto".

"Allora si tratta di Celso Alvarez il cugino di Julio?"

"Che cosa centra ora Celso Alvarez con me? E poi non mi ha mai spiegato perché Alvarez è suo cugino quando lui si chiama De la Cruz. Padrino voi lo sapete vero?"

"Non cambiare discorso Rosanna. Sono venuto a conoscenza del fatto che lo hai visto e ci hai parlato con Alvarez."

"Capisco dal vostro tono, padrino, che non vi piace."

"Non mi piace? Hai idea di cosa ha fatto a Julio?"

"Ha venduto suo cugino ancora ragazzino ad un capitano di una nave come se fosse uno schiavo, e la nave stava partendo per le Indie credo, appena ne sono venuto a conoscenza, ne parlai con De la Cruz che appena saputolo lo ha riscattato. Lo ha adottato e portato con sè in Europa. Ma le ferite, e non parlo solo di quelle fisiche, quelle che suo zio e suo cugino gli hanno inflitto prima di venderlo gli sono rimaste dentro. Era un ragazzino magro e spaurito pieno di contusioni, lo mandavano a lavorare nei campi e non sempre aveva da mangiare. Veniva picchiato duramente anche da un loro amministratore. Ma nonostante tutto quello che ha passato, ha un cuore d'oro. Te lo avevo già detto, può sembrare duro fuori, può sembrare selvaggio per chi non lo conosce bene, ma dentro è rimasto puro e solo l'amore può addolcirlo.

"No non può essere... Non possono avergli fatto questo... Io non lo sapevo padrino, non lo sapevo, devo assolutamente vederlo, devo parlargli, spero mi perdoni, se non lo farà non potrei tollerarlo".

"Mi stai confermando che sei innamorata di lui? Che ami Julio?"

"Sì padrino,"

"E hai intenzione di diventare sua moglie?"

"Certamente sì padrino"

"Figliola mia, possiedi un fascino più unico che raro, se lo eserciterai sul mio figlioccio non credo che avrà mai qualche possibilità di scampo. Vai, è alla casa quella sul Pizzo del diavolo. Anzi ti accompagno vieni."

In poco tempo giunsero alla residenza.

"Io non verrò dentro. Penso che dobbiate parlare da soli, ne approfitto per parlare con Juan se lo trovo"

"Provvederà Julio a portarti a casa, se io dovessi andare via prima."

"Grazie padrino".

Bussò alla porta e Celia venne ad aprire

"Dite per favore a Julio De la Cruz che vorrei parlargli."

Celia sorridendo disse, "Venite, lui sa che siete arrivata, e io non mi desterei domani se vi congedassi senza avervi annunciato. Però voglio avvisarvi che il suo umore non è dei migliori anche se so che sarà felice di vedervi."

"Grazie Celia fatemi strada." Rispose titubante

Capitolo 58

Rosanna si bloccò sulla porta della biblioteca appena vide gli occhi di Julio fissare i suoi. Stava appoggiato ad uno stipite di una porta che dava in un'altra stanza. Aveva una camicia bianca ampia e dei pantaloni neri. Le spalle appoggiavano pigramente contro lo stipite e le braccia conserte, l'aspetto ostile di uno spirito. Era davvero un uomo stupendo, ma in quel momento sembrava furente.

"Lasciateci soli Celia, la signorina Rosanna ed io dobbiamo parlare, abbiamo qualcosa di cui discutere in privato."

"Ebbene a cosa debbo l'onore di questa visita, siete sola mi sembra di capire. Don Armando non vi ha accompagnato?"

"Sì, sì mi ha accompagnato."

"L'avevo immaginato. E dove è ora?"

"È nello studio, forse con vostro fratello Juan"

"Julio per favore volevo spiegarvi perché non ho potuto essere presente quando siete passato a casa mia."

"Non avete potuto o non avete voluto?"

"Non ho potuto naturalmente Julio, perché cercate di rendermi le cose difficili?"

"Vi sto rendendo tutto più difficile?"

"Sì e non riesco a capirne il motivo. Ho tardato perché la madrina aveva organizzato un incontro con sua figlia Fernanda, per il matrimonio di nostra sorella con vostro fratello Juan, dovevo aiutarla e voleva che terminassi alcuni dei preparativi."

"Capisco e... avete qualcos'altro da dirmi?" la voce non tradiva alcuna emozione

"Sì Julio, sono venuta a dirvi che accetto di sposarvi, che desidero diventare vostra moglie, con tutta me stessa e la mia anima" disse piangendo.

"Perché piangete? Ditemi perché Rosanna volete diventare mia moglie?"

"Perché, perché io vi amo."

"Allora venite qui fra le mie braccia così che anche io possa dirvi quanto vi amo. Oh buon Dio quanto mi siete mancata."

"Mi dispiace, anche voi mi siete mancato. Non avrei potuto combattere i vostri sentimenti neanche se lo avessi voluto."

"Non fatelo e smettetela di piangere. Mi state spezzando il cuore." La prese fra le braccia e cominciò a baciarla.

"Voglio che ci sposiamo presto, dopo che Juan tornerà dal viaggio che ha in procinto di fare dopodomani, anche se devo prima sistemare il problema di mio cugino."

"Che cosa vi obbliga a cercare vostro cugino? È così importante che lo troviate?"

"Se sapeste di quali colpe si è macchiato, capireste le mie ragioni."

"So tutto."

"Come? Chi ve ne ha parlato?"

"Il mio padrino."

"Quando? Quando ve ne ha parlato? Immagino questa sera prima di venire qui?"

"Sì, mi ha raccontato alcuni fatti e so perchè vi chiamate De la Cruz."

Improvvisamente Julio si mosse scosso da sussulti di collera, lo sguardo gelido e minaccioso, si staccò da Rosanna e fece un passo indietro

"Julio non guardatemi in quel modo, solo ora capisco perché odiate tanto vostro cugino."

Julio la guardava negli occhi, l'idea che lei fosse andata da lui per pietà, per compassione lo faceva andare in collera, lo terrificava.

"Quando Rosanna? Ditemi quando avete capito di amarmi? È successo dopo che il vostro padrino vi ha rivelato che mi hanno venduto come schiavo, che mi usavano nei campi e mi picchiavano? Ditemelo perché giuro su Dio che non potrei mai sopportare la vostra compassione."

"No vi assicuro che è successo prima Julio, ve lo giuro quello che ho saputo dal mio padrino mi ha solo dato la forza necessaria per soffocare il mio stupido amor proprio per venire da voi. Io giuro che vi amo da prima."

Julio la guardò negli occhi si avvicinò e accarezzandole il viso disse:

"Vi credo, voglio credervi, non posso fare a meno di Voi, siete la mia luce Rosanna, con Voi ho imparato ad amare, ma sappiate che sono geloso."

"Geloso?"

"Sì geloso, non permetterò mai a nessuno di avvicinarsi a Voi sappiatelo, non intendo dividervi con nessuno."

"Julio io vi amo. Vi amo come non ho amato mai nessuno. Non voglio che nessuno si avvicini a me tranne Voi."

"Neanche Rosario?"

"No Julio, solo e sempre voi. Rosario era solo il ricordo di un'infanzia non era vero amore come quello che sento per voi ora."

Julio sorrise, prese una scatolina e la porse ad Rosanna

"Cos'è?"

"Apritela."

Le dimensioni dell'anello e la sua bellezza lasciarono a bocca aperta Rosanna. Julio prese l'anello e lo infilò al dito. Era composto da un cerchietto di diamanti.

"E ora sarete solo mia e presto daremo una festa, voglio che tutti sappiano che sarete la moglie di Julio Alvarez De la Cruz."

Capitolo 59

"Julio, prima dovremo pensare a mia sorella e a vostro fratello, lo sapete che si sposano domani. Sapete bene quanto è successo."

"Sì Rosanna. Juan ci ha detto tutto e noi crediamo a lui. Conosco Juan da anni e quello che dirò ora lo dico perché lo conosco e non solo perché sono suo fratello."

"Juan non avrebbe mai mancato di rispetto verso vostra sorella o verso qualsiasi altra donna. È vero che ha avuto alcune donne ma non si è mai comportato male con loro. È stato preso in giro da Pilar che ha preferito Rosario a lui, e detto fra me e voi io ne sono pure contento. Quella donna non faceva per lui, perché non lo amava. Ma neppure vostra sorella ama Juan per cui non posso dire di essere contento della decisione che hanno preso. Non ci si sposa senza amore, e voi amore mio lo sapete bene".

"Julio, pensate che dopo il matrimonio, Juan lascerà libera mia sorella? Se non si amano non ha senso stare insieme."

"Non so cosa deciderà Juan, so che partirà come previsto con la nave e so che porterà con sè vostra sorella ma so che non le farà del male. Juan a volte ha un carattere difficile e deciso, del resto anche lui ha avuto un infanzia dura e tormentata, e alla morte di nostro padre adottivo, si è trovato con molte responsabilità, da dirigere le compagnie ad essere il tutore di Andres. Non ha avuto una vita facile, ma non ha mai fatto del male a nessuno di proposito."

"Julio per favore parlate ancora a vostro fratello e dissuadetelo dallo sposarsi."

"Prometto Rosanna che farò il possibile. Ora vi riaccompagno a casa."

Quando giunsero a casa di Rosanna, trovarono Matías e Andres nel salotto a parlare con Aurora e Soledad, Nanà ed il padrino Don Armando.

"Buona sera, Julio venite, stavamo appunto parlando di vostro fratello Juan e di nostra sorella e del matrimonio di domani" disse Aurora.

"Buona sera a voi" rispose Julio. "Innanzitutto una buona notizia, Rosanna ha accettato di sposarmi."

Don Armando si alzò e andò incontro "Come sono felice… Siete una coppia splendida, e l'amore che provate si vede persino dai vostro occhi, ma venite sediamoci."

"Sì sedetevi. Vi faccio portare qualcosa per brindare" disse Nanà.

"No" disse Julio "ora non festeggiamo, lo faremo al ritorno del viaggio di Juan. Ora quello che importa è capire cosa fare per dissuaderlo dallo sposarsi."

"D'accordo Julio è giusto così. Provo a parlare io con Juan, magari riesco a convincerlo" disse Don Armando, "sapete dove posso trovarlo?"

"Credo che a quest'ora sia tornato al Pizzo del diavolo."

"D'accordo vado da lui e vi farò sapere."

Capitolo 60

Don Armando giunse al pizzo del Diavolo, ed entrò direttamente nello studio.

"Juan figlio mio sapevo di trovarti qui, ti devo parlare!"

"Certo tutti mi devono parlare, ho ascoltato più persone negli ultimi due giorni che in tutti gli anni della mia vita" disse Juan mentre camminava nervosamente nella stanza.

"Juan, si sta cercando di farti capire quanto sia sbagliato questo matrimonio che vuoi fare."

"È qui che sbagliate Don Armando. Io non lo voglio fare, lo devo fare e la cosa è ben diversa!" rispose Juan.

"Juan, tu sai che ti voglio bene come ad un figlio. Ma proprio per questo mi permetto di dirti che sbagli."

"Cosa volete che faccia? Che mi tiri indietro dopo che si è deciso? Dopo che Rosario davanti a testimoni ci ha trovato in una situazione definita da lui deprecabile, imbarazzante? Così la offenderei e poi devo pensare anche alla sua reputazione oramai compromessa."

"Juan possiamo vedere la cosa e cercare di risolverla, certo se solo vorresti potresti fermarla senza farti problemi e senza causare danni a Liliana, che fra l'altro è mia figlioccia. So che non ti sei fatto problemi con Pilar, quindi non credo te li faresti ora."

"Don Armando con Pilar era diverso, mi ha preso in giro, mi diceva che sarebbe divenuta mia moglie, ma mi ha preferito mio cugino. Alla fine pensava solo ai soldi e non alla persona, il suo non era amore, e neppure io l'amavo ora l'ho compreso era solo passione, una passione che ti acceca, che ti prende e ti fa stare male, ma non era amore."

"Non pensi che sei stato fortunato ad accorgerti prima di quanto non ti amasse? E proprio perché manca l'amore fra te e Liliana che vi dico di non sposarvi."

"Certo che sono contento, sono grato alla vita che mi sono accorto prima di averla sposata che tipo di donna era. Bugiarda, ipocrita, falsa come tutte le donne".

"E quindi?" domandò Vidal.

"Con Liliana non posso tirarmi indietro Don Armando, anche per rispetto verso suo padre il capitano Gonzales, che reputavo un po' come mio padre, e per suo fratello Adrian mio amico. Se Liliana vuole che la sposi lo farò".

"Liliana, non sa quello che vuole. Ha accettato perché presa nel vortice degli eventi. Tu sei più grande e maturo di lei, spetta a te decidere di non fare questo sbaglio"

"Non posso tornare indietro, se Liliana vuole che la sposi così sarà"

"A questo punto, sarà meglio andare a riposarsi visto che domani sarà per te il grande giorno."

Vidal si alzò per andarsene quando Juan alzatosi anche lui gli si avvicinò gli mise una mano sulla spalla

"Grazie, grazie di tutto quello che avete sempre fatto per me. Se non ci foste stato voi, oggi non sarei qui, vi devo molto, vi devo tutto" disse Juan con voce incrinata.

Don Armando abbassò la testa e disse "Juan ti voglio bene e quello che ho fatto l'ho fatto con il cuore perché sei come un figlio. So che hai dovuto lottare molto nella vita per arrivare al posto che occupi, e di questo ne devi andare fiero, ma sei troppo testardo e questo ti porta a sbagliare."

"Devo ringraziare la mia testardaggine altrimenti non avrei avuto la forza di andare avanti con tutto quello che ho passato. Sapete, ho pagato un duro conto per colpa degli altri, per questo diffido sempre di tutti, ma ho provato a fidarmi di Liliana ed ora mi rendo conto che anche lei mi ha tradito" rispose Juan.

Don Armando tornò a casa Gonzales, appena entrato trovò ancora tutti nel salone a parlare.

"Ragazzi mi duole dirvi che Juan non ha ceduto. È stato irremovibile, ha deciso che si sposerà. Quindi visto la giornata di domani credo sia meglio per tutti andare a riposare."

I ragazzi salutarono Nanà e il padrino oltre alle ragazze e si avviarono.

"Nanà" domandò Don Armando "dov'è Liliana?"

"Credo sia ancora sulla spiaggia, perché vuole andare da lei?"

"Sì vorrei provare a parlare con lei".

Don Armando si diresse verso la spiaggia, era completamente buio se non fosse stato per il luccichio dei raggi della luna che giocavano con le piccole onde del mare; camminò cercando di vedere dove metteva i piedi e poco dopo scorse Liliana seduta sulla spiaggia con le gambe raccolte davanti al petto ad ascoltare la risacca guardando il mare.

"Liliana figliola" disse "come stai?"

"Padrino! Padrino, non so come sto! Mi sembra che tutto mi sia caduto addosso, la morte di mio padre e di mio fratello e ora anche questo matrimonio, perché? Perché padrino tutto questo? Perché Juan che è una persona che detesto"

"Detestare addirittura! Cara figliola, io conosco Juan e so che si è comportato bene con te, immagino che sia un imbroglio da parte di Ramirez, il quale non ha preso bene certo la tua risposta negativa alla sua proposta di matrimonio e se pensiamo che Juan ha dato del suo per fermare il tutto, si può benissimo pensare che dietro a tutto questo ci sia lui Ramirez e forse anche Martines. Ho parlato anche con Juan ma è stato irremovibile, dice che se lo vorrai lui ti sposerà. Io non voglio insistere, ma ti dico pensaci, poiché la notte porta consiglio, di dico di andare a riposare e domani mattina serenamente capire cosa vuoi fare."

"Ho la testa confusa, non so più cosa pensare, cosa fare padrino. Perché tutto questo a me e poi Juan ama Pilar perché deve sposarsi con me? Solo perché Rosario pensa che sia successo qualcosa fra di noi."

"Liliana cara, non penso che Juan ami Pilar, gli ho parlato poco fa e ha affermato che non l'ama più, che c'è rimasto male quello sì, perché era riuscita a fargli perdere la testa, ma ora non la ama. Con Pilar c'era solo la passione, ma la passione è un temporale che scatena i frastuoni della vita, non vi era assolutamente amore. Juan è stato tradito più volte nella sua vita e ora fa fatica a fidarsi. Ma non per questo è giusto che si sposi con te se non c'è amore fra di voi, ma solo per cavalleria, tanto più che non si è mai sentito un cavaliere. Ora vieni torniamo a casa e andiamo a riposare."

"Farò come dite padrino, ma non so come potrò dormire, pensando a quello che domani dovrò affrontare."

"Possiamo ancora vedere di sistemare, ma arrivare al matrimonio senza amore da parte di tutti e due è solo follia."

"Comunque vada, non sarò sua. Se ci sarà un matrimonio sarà solo sulla carta, o si troverà qualcosa piantato nel cuore."

"Liliana, non ti sembra di esagerare? Non pensi che anche Juan si trova in una situazione che non è sua, che non ha voluto? E che gli sta sfuggendo di mano. Ad uno come lui che è abituato a tenere tutto sotto controllo pesa vedere che non può fare nulla. In quanto al resto ti ho detto che senza amore non ci si deve sposare. Detto questo figliola andiamo a riposare che è molto tardi."

Capitolo 61

Il giorno dopo, Juan con i suoi fratelli e alcuni componenti dell'equipaggio erano già in chiesa ad aspettare la sposa e i suoi familiari. Molta gente del paese era venuta a vedere il matrimonio, evento importante visto che si sposava una delle sorelle Gonzales e Juan Navarro Altamira De la Cruz, uomo facoltoso, più che mai misterioso e con un passato che aveva coinvolto persone di Veracruz.

La chiesa scelta era quella di "Santa Fe de la Veracruz" era stata allestita con molta cura, una moltitudine di fiori bianchi e rosa ornavano il sagrato e pure l'interno della chiesa. Rosario non aveva badato a spese.

Juan era vicino all'altare e aspettava la sposa, con grande nervosismo. Era vestito con un tight scuro, una camicia bianca, dal collo alto e una "cravatta ascot" fermata da una spilla. I capelli legati a treccia e fermati da un nastro di velluto nero. Era rigido, continuava a muoversi in circolo e aspettava. I suoi fratelli vicino a lui, tentarono ancora in ogni modo a convincerlo a desistere dallo sposarsi.

Liliana dopo una notte insonne si preparò con grande nervosismo. Si domandava come sarebbe andata a finire. La madrina le aveva fatto pervenire l'abito da sposa e il bouquet di fiori bianchi. Liliana osservò a lungo l'abito non sapeva cosa fare, poi si decise. Era ad un punto che non poteva tornare indietro. Pertanto si vestì accuratamente. L'abito bianco le stava d'incanto, così alta e slanciata la faceva apparire un angelo; sì un angelo che stava andando alla sua esecuzione si disse. Certo se lui l'avesse amata, forse anche lei avrebbe potuto…, ma no cosa vado a immaginare, forse Juan pensava ancora a Pilar, era naturale che tenesse ancora a lei dopo averla amata così tanto, se non ci fosse stata lei ad occupargli il cuore, forse Juan avrebbe potuto amarla... ma lei poteva amarlo? Lei del resto già lo stimava, era amico di suo fratello quindi non doveva essere cattivo, ma non si amavano e stavano per sposarsi e questa era una realtà. Lei stava per mettere la sua vita in mano ad uno sconosciuto. Un bussare alla porta la riportò alla realtà del momento. "Sì avanti" disse.

"Come sei bella figlia mia" disse Nanà "Sei splendida, sei sicura di quello che vuoi fare?"

"Sì" rispose Liliana.

"Andiamo Nanà," continuò "oramai è ora."

Scese le scale, ad aspettarla nel salone c'erano le sue sorelle e Rosario con Pilar, che ancora discutevano sull'opportunità o meno che la sorella sposasse Juan.

Appena entrò, un silenzio si fece nel salone. Tutti si voltarono verso di lei e le sorelle le andarono incontro per abbracciarla. Anche Rosario, la salutò facendole i complimenti, per la sua bellezza.

"Liliana, mia madre e mio padre con mia sorella ci aspetteranno direttamente alla chiesa" disse Rosario.

"Già, immagino che la madrina non sarà contenta che mi sposo con Juan."

"Non tornare su questo argomento Liliana" disse Rosario "Sai bene perché si è arrivati a questo. Mia madre già vi aveva avvisato che non stava bene che tu da sola vivessi con le tue sorelle in questa casa dopo la morte di tuo padre. Già non era proprio appropriato prima, perché lui era spesso assente, ma essendo il capofamiglia poteva decidere come meglio credeva. Ma dopo la sua morte, tu sei stata vista troppo spesso con Juan. E dopo quanto avvenuto qualche giorno fa, non c'è da dire molto, se non che ti dovrai sposare con Juan e mia madre dovrà accettarlo".

"Tu sei saltato alle conclusioni senza voler sentire le nostre ragioni. Ti sei fatto convincere da Ramirez non è vero?" disse gridando Liliana "solo perché è un tuo amico e sai bene che voleva vendicarsi di Juan e di me che non l'ho accettato."

"Liliana, è inutile tornare sull'argomento, non voglio sentire un'altra parola su questa questione. Don Armando ha dato a me l'incarico di accompagnarti all'altare. Ho qui il mazzo di fiori" disse porgendoglielo.

Liliana lo prese con mani tremanti, né aspirò il profumo, si fece coraggio e disse "Andiamo".

Capitolo 62

Matías portò con sè Eduardo, già da qualche tempo pensava che gli sarebbe piaciuto adottarlo.

"È arrivata!" disse Eduardo ai fratelli De la Cruz. "È bellissima, è sul sagrato e c'è molta gente venuta a vederla". La cosa non fece piacere a Juan.

"Sei ancora in tempo" disse Andres.

"No basta vi ho già detto che andrò in fondo a questa farsa, ma poi me la pagherà" rispose quasi gridando Juan.

"Juan smettila, siamo in chiesa e sai bene che non la pensiamo cosi. Si tratta sì di un inganno ma non è stata Liliana. Anche lei si trova qui ed è vittima dello stesso scherzo che il destino vi ha fatto" gli rispose Julio.

"Hai detto bene lei è qui, quindi voleva sposarsi con me, ma ora saprà cosa vuole dire ad essere sposata a Juan Navarro Altamira De la Cruz", rispose sottovoce ma con fare grintoso.

"Juan, dai, oramai sta per iniziare."

"Appunto silenzio. Oddio sta per iniziare…" disse Juan.

In quel momento l'organo incominciò a suonare l'inno nuziale.

Juan si irrigidì e si drizzò in piedi, e vide molta gente entrare in chiesa. Alcuni volti erano sconosciuti altri meno. Altri non li avrebbe voluti vedere, ma Donna Nestora una di queste era la madrina di Liliana, altra cosa che gli dava fastidio. La guardò entrare al braccio di Don Rodrigo, non le staccò gli occhi di dosso, e il suo sguardo non prometteva nulla di buono. Poi entrò Pilar con Asuncion ed Elena. Vide che Pilar lo guardava con odio e prendevano posto davanti a Donna Nestora e Don Rodrigo. Poi entrarono Horacio e Fernanda, anche loro lo guardarono freddamente e con distacco e presero posto nella panchina dietro i genitori di Fernanda. Entrarono le sorelle di Liliana che presero posto vicino ai fratelli De la Cruz, nella parte opposta della Chiesa. E dietro a loro Don Vidal con Nanà e Ysidoro. Poi entrarono altre persone, la chiesa era oramai piena.

Poco dopo al braccio di Rosario fece il suo ingresso Liliana.

Juan restò a fissarla, non un muscolo si muoveva. 'Era bellissima. Era stupenda. Era soave. Era…, era colei che lo sposava ma non lo amava, era colei che lo aveva tradito e messo in quella trappola. '

Attese che Rosario si avvicinasse fino a lui per porgergli il braccio di Liliana. Sembrava che non arrivasse mai. Prima finiva quel tormento e meglio era.

Liliana si fece condurre all'altare, guardava le persone, ma il timore per il suo futuro e l'emozione non le permettevano di mettere a fuoco i loro volti, ad un certo punto si sentì prendere sottobraccio da Juan e portare davanti all'altare, davanti al prete che avrebbe officiato la funzione.

"Nel nome del Padre, del Figlio e dello Spirito Santo"

"Fratelli siamo qui oggi davanti a Dio per unire questi due…"

"Juan e Liliana prendetevi per mano e volgete la vostra preghiera a Dio…"

Juan e Liliana si guardarono per un attimo negli occhi, Juan le prese la mano e la tenne stretta.

Il prete pronunziò la frase "Vuoi tu Juan Navarro Altamira De la Cruz prendere come legittima sposa la qui presente Liliana Gonzales, nella salute e in malattia nella ricchezza e in povertà, per amarla rispettarla finché la morte non vi separi?"

Juan guardò Liliana, guardò Nanà e poi il prete e rispose "Sì accetto"

"Vuoi tu Liliana Gonzales prendere come legittimo sposo il qui presente Juan Navarro Altamira De la Cruz, nella salute e in malattia nella ricchezza e in povertà, per amarlo rispettarlo finché la morte non vi separi?"

Liliana si sentiva mancare, aveva le vertigini, guardò Juan e sottovoce disse "Sto male mi sento mancare."

Juan strinse più forte la mano di Liliana e la guardò duramente per qualche secondo poi tornò a guardare davanti a sé. Pochi secondi dopo Liliana si afflosciò su se stessa. Subito Nanà con Rosanna corsero verso di Lei per aiutarla facendole aria e aiutandola a rialzarsi.

"Sei svenuta…. Ora come ti senti?"

"Sto bene…davvero…. Possiamo continuare"

Il prete guardò con curiosità Liliana e poco dopo ripeté la domanda alla quale rispose "Sì Accetto"

Juan prese l'anello che il prete gli stava porgendo e lo infilò al dito di Liliana. Nel farlo la guardò serio.

Poco dopo il prete porse a Liliana l'anello per Juan. Lei lo prese e con mani tremanti cercò la mano di Juan, una mano forte che non tradiva emozione, e con delicatezza gli infilò quel cerchietto d'oro. Juan si sentì morire al tocco delle dita di Liliana, sentì il cuore aprirsi, la guardò e le sorrise.

"…e vi dichiaro marito e moglie. Quello che Dio ha unito non lo divida l'uomo."

"Juan puoi baciare la sposa."

Juan si riscosse, gli veniva da ridere, poteva baciare la sposa. 'Chissà cosa ne pensava lei? '

Si girò verso di Lei le diede un bacio veloce sulla guancia e la prese sottobraccio.

Uscirono sul sagrato della Chiesa, sottobraccio, poi si staccarono e intanto fuoriuscivano anche le altre persone. Rosario si avvicinò e disse: "Ho fatto preparare un rinfresco alla tenuta, del resto a fine mese ti sarà lasciata libera Juan."

"Ti ringrazio, ma non credo che tua madre e tuo padre siano contenti di avermi lì" rispose Juan.

"Quello che mia madre e mio padre credono ora non mi interessa. Oggi si è sposata la figlioccia di mia madre, per me una sorella pertanto si è pensato di organizzare il rinfresco che spero gradirai."

"D'accordo ti ringrazio" rispose Juan.

"Abbiamo anche preparato una carrozza per voi spero apprezzerai."

"Ti ringrazio, ma sono venuto con i miei fratelli a cavallo e a cavallo verrò alla tenuta. Qui ci potrà salire la sposa con Nanà e don Armando" così dicendo si girò verso il padrino e lo avvisò, poco dopo portarono i cavalli e i fratelli De la Cruz si avviarono.

Capitolo 63

Arrivarono alla tenuta. Donna Nestora e Don Rodrigo, era già arrivati e si apprestavano a ricevere gli invitati, poi si avvicinarono a Liliana.

"Sarai contenta", disse donna Nestora, "di avermi portato in casa quel *bastardo*. Certo tu sei sempre la solita, mi hai sempre contestato e non hai mai seguito i miei consigli ed ora grazie a te siamo a questo" lo disse girandosi e muovendo un braccio in cerchio, come a mostrare cosa li circondava.

"Madrina, vi ho detto mille volte che non era successo nulla e che era un trappola ordita da qualcun altro che voleva vendicarsi" rispose Liliana.

"Rosario e Rodrigo invece la pensano diversamente, visto che erano sulla nave e vi hanno visti."

"Madrina non hanno visto nulla, perché nulla c'era da vedere, hanno solo ascoltato le parole di Ramirez."

"Oramai non ha più importanza Liliana. Ora sei sposata con quel bastardo. Qualsiasi cosa ti accada con quel mostro non venire poi a lamentarti. Questa situazione te la sei voluta tu" disse Don Rodrigo.

"Rodrigo ha ragione mia cara, se il tuo matrimonio non andrà bene o se il bastardo alzerà le mani su di te noi non ti aiuteremo. Da oggi hai sposato un Navarro, quindi non sei più parte della famiglia neppure come figlioccia, e se tua sorella Rosanna si fidanza veramente con quel Julio ripudierò pure lei."

Juan con in mano un bicchiere di vino ascoltò la conversazione da dietro una tenda. Non lo potevano vedere.

"Madrina, non ho voluto io questo matrimonio, ma Vostro figlio Rosario, che non ha voluto ascoltare ragioni."

"Per forza ti sei fatta trovare in una situazione sconveniente con quel bastardo, e lo sapevi che non lo tolleravo qui nella mia casa" rispose con astio donna Nestora.

'Possibile che sia sincera? ' si domandava Juan ... 'no, no non può essere'.

Intanto anche i suoi fratelli arrivarono e trovarono ospiti i rispettivi zii. Non avevano immaginato che i Santos Torre Altamira avrebbero invitato Alvarez e Munoz al rinfresco. Certo dovevano avere un forte senso dell'amicizia. Julio e Matías con al braccio rispettivamente Rosanna e Aurora, si irrigidirono vedendo i loro parenti e le ragazze capirono che si trovavano in una situazione difficile.

Don Murillo si avvicinò e con voce bassa disse:

"I miei complimenti nipote, vedo che hai messo gli occhi addosso ad una bella fanciulla. Certo ora con la tua fortuna non ti sarà difficile avere delle belle donne, chissà cosa avrebbe pensato tuo padre a vedere che sdegni le ragazze di buona famiglia. Già del resto sei un *bastardo*! Se mi volete scusare" disse e fece per andarsene quando la voce dura di Matías lo fermò "Fate il gradasso qui, perché sapete che non vi posso ammazzare. Ma a tempo e luogo debito salderemo il nostro conto".

Eduardo che sentì tutto si avvicinò a Matías e chiese "Cosa voleva quel signore? Perché vi ha detto quelle parole cattive?"

"Non ci pensare ora andiamo dalla sposa" rispose Matías, stringendo la mano di Aurora che aveva sul suo braccio.

Anche Alvarez volle togliersi la soddisfazione di dire due paroline come diceva lui al suo adorato nipote.

Vide che stava brindando con Rosanna vicino. Si diceva che si stavano fidanzando, quindi si avvicinò a loro.

"Bene bene bene, cosa vedo, il mio prediletto nipote con la sorella della sposa. Vi devo fare gli auguri? Si dice che vi fidanzerete presto".

"Credevo che aveste deciso di partire e di andarvene lontano da qui" rispose asciutto Julio.

"Nipote mio, è passato tanto tempo da quando sono successi fatti un po' incresciosi fra di noi, non vorrai ancora portare rancore a tuo zio?"

"Ma sentilo, ha una faccia tosta pensare di dire queste cose dopo quello che ho dovuto passare"

"Non direi che te la sei poi cavata male" rispose Alvarez con un sorriso freddo e muovendo il braccio destro dall'alto verso il basso e continuò "dopotutto sei ancora in ottima forma e godi di una ottima salute, sarà felice la fanciulla che ti sta accanto di aver un uomo tutto di un pezzo."

"Non credo proprio che questo sia il luogo adatto per le discussioni personali, certo è che la questione non finirà qui" disse Julio.

Rosanna guardò Alvarez, pensando a quello che Julio aveva dovuto subire da quell'uomo che era pure il fratello di suo padre, comprendeva lo stato d'animo di Julio, e avrebbe sparato volentieri lei a quell'uomo, ma al cenno di Julio di andare si sentì sollevata.

Andarono verso Liliana per brindare con lei, ma la videro attorniata da persone e capirono che c'era qualcosa che non andava.

"Liliana cos'hai? Stai ancora male? Non ti senti bene?" domandò Soledad preoccupata.

"Sì sì sto bene mi gira un po' la testa, è solo la tensione. Mi è successo anche in chiesa."

Sopraggiunse Nanà "credo sia meglio che ti siedi figlia mia, è stata una giornata faticosa e Juan dov'è?"

"Non saprei, è un po' che non lo vedo" rispose Liliana.

In quel momento Juan arrivò, disse che si era fatto tardi e che si doveva andare, il giorno dopo avrebbero dovuto salpare e l'equipaggio era già sulla nave pronto a prendere il largo.

Si accomiatarono tutti, e i fratelli De La Cruz accompagnarono a casa le sorelle, Juan portò Liliana sul suo cavallo. Don Armando con Nanà e Ysidoro seguirono con la carrozza.

Giunti a casa Gonzales, Juan disse a Liliana: "Visto che è tardi e dovete preparare ancora i bagagli vi lascio dormire nella vostra camera, sappiate che domani festeggeremo la notte di nozze." E si diresse verso la camera che era stata del fratello delle ragazze. "Ricordatevi domattina si parte alle cinque."

Nanà guardò sparire sulla scala Juan, si volse preoccupata verso Don Armando e disse con voce incrinata "Tutto questo non promette nulla di buono."

"Nanà," rispose Julio, "State tranquilla, Juan sta cercando di riequilibrare qualcosa che gli è scappato di mano, ma non farà mai del male a Liliana."

"Non glielo permetterei mai" rispose lei e s'incamminò anche lei verso la sua camera.

I tre fratelli cercarono di tranquillizzare Nanà e le sorelle Gonzales e anche Don Armando, disse: "State tranquille, sapete bene che conosco Juan da quando era bambino. So che è testardo a volte, può essere anche più cocciuto di un mulo se vuole, ma non è cattivo. Non lo è mai stato. Sta vivendo un momento molto difficile, Pilar lo ha lasciato, lo ha preso in giro e ora questa storia con vostra sorella. Anche Juan ha un cuore, magari un po' duro ora perché ferito, ma è un cuore che sa amare e io credo che non farà mai del male a Vostra sorella. Detto questo signori mi ritiro perché domani vorrei salutarli prima che partano. Anzi Vi ringrazio Nanà che ci avete fatto trovare delle camere qui pronte per tutti noi." Così tutti si ritirarono.

Capitolo 64

Juan preparò la sacca con gli indumenti che gli sarebbero serviti, si infilò la giacca, appoggiò un braccio su un anta della finestra che si affacciava sul mare e guardò fuori, era ancora troppo buio, non riusciva a vedere la nave ancorata nella rada. Ma sapeva che lì c'era una goletta ad aspettarlo. Ogni volta che partiva era così, non doveva farsi svegliare.

Uscì dalla stanza e passò davanti alla camera di Liliana, si fermò un attimo per sentire se dall'interno provenissero rumori. Non udendo nulla sorrise e scuotendo la testa passò oltre. Durante la notte aveva pensato che forse era meglio lasciarla a casa, avrebbero avuto modo nel ritorno di parlare della situazione e vedere se era il caso di annullare il matrimonio. Lei sicuramente voleva l'annullamento, lui ora forse...perché forse l'amava, voleva far parte della sua famiglia, con Liliana si sentiva come... completo. Come avrebbe potuto farglielo capire se fra di loro si innalzava un muro.

Certamente a quell'ora Liliana dormiva e quando si sarebbe svegliata "l'*Inaffondabile*" sarebbe stata già lontana.

Il suo sorriso si allargò mentre scendeva le scale, e trovò davanti alla porta di ingresso i suoi fratelli e le sue cognate. Trovò Nanà e Vidal. Abbracciò tutti e disse:

"Lasciate pure dormire Liliana, al mio ritorno provvederemo con calma sistemare questo problema."

Juan arrivò alla spiaggia e raggiunse la scialuppa dove trovò Ysidoro ed un altro marinaio ad aspettarlo.

"Buon giorno Ysidoro."

"Buon giorno capitano" rispose.

"Possiamo andare Ysidoro. Ci sono solo io, Liliana non verrà."

"Ne è sicuro? Vedremo" rispose Ysidoro.

Juan lo guardò con curiosità sorridendo e scuotendo la testa. Arrivarono sotto la nave e afferrata una biscaglina di corda e sollevata la sacca Juan salì.

"L'equipaggio è già a bordo?" domandò Juan.

"Quasi tutti capitano, sta arrivando la scialuppa con gli ultimi, le provviste sono state già caricate."

"Molto bene" rispose Juan.

Juan prese la sacca la mise a tracolla scese verso la cabina del capitano, posò la lucerna sulla scrivania e mise la sacca dentro un armadio, poi prese una cartina dalla scrivania e la srotolò. Mentre si chinava per studiarla sentì un rumore dietro di sè e si voltò. C'era qualcuno nella cuccetta, in un batter d'occhio tirò fuori il pugnale e lo puntò alla gola dell'intruso.

"Smettetela Juan, sono io."

Riconoscendo la voce di Liliana, Juan allontanò il pugnale.

"Liliana che cosa diavolo......?"

Fece un passo indietro e la guardò sconvolto.

Liliana aveva i capelli rossi che le scendevano sulle spalle ed erano tutti arruffati, gli occhi gonfi per la mancanza di sonno, e la camicia aperta le lasciava una spalla scoperta.

Juan la osservava senza parlare sentendosi rimescolare, una sensazione che non sentiva da tempo oramai.

"Ho trascorso la notte qui sulla nave di mio padre."

"Lo vedo" rispose lui serio cercando di non guardarla, ma poi sorrise, non sapeva se voleva più baciarla o strangolarla.

"Avevate paura di non svegliarvi in tempo?" domandò voltandole le spalle

"No, del resto lo sapete bene che la nave è mia e delle mie sorelle, quindi mi avreste dovuto attendere."

"Liliana mi sembrava di essere stato chiaro, Vi avevo già detto che non conta quello, molti marinai sono superstiziosi e potrebbero non essere contenti di avere una donna come capo".

"Forse Capitano dimenticate che alcuni di loro mi conoscono da quando ero bambina e lavoravano alle dipendenze di mio padre."

"Molto bene, allora ricordatevi Liliana" disse Juan "che ogni marinaio a bordo di questa nave deve lavorare e voi non avrete un trattamento diverso." Rispose con voce dura

"La cosa non mi preoccupa affatto e poi mi terrà impegnata." Lo rimbeccò Liliana

"Questo lo vedremo, quindi se avete finito di riposarvi potete incominciare ad alzare le vele, dobbiamo salpare e non abbiamo tempo da perdere".

Liliana era ferita da quel brusco congedo. Lo avrebbe preso volentieri a schiaffi. In quel momento voleva rammentargli che la padrona della goletta era lei, ma poi si rese conto che sarebbe stato inutile. Juan era il capitano della nave e la sua parola era legge che le piacesse o meno.

La nave prese il largo e piano piano la giornata volse al termine.

Capitolo 65

"Ysidoro prendete il timone" ordinò Juan.

"Sì capitano." rispose raggiungendolo

Juan lasciò il timone e si avvicinò al parapetto cercando di rilassarsi, il primo giorno di viaggio si era svolto tranquillamente senza contrattempi. Il tempo era stato bello, e il mare calmo, avevano avuto il vento favorevole e li aveva spinti ben oltre ogni previsione. Certo era una bella nave e le riparazioni fatte l'avevano migliorata oltre ogni previsione.

Con la coda dell'occhio Juan vide qualcosa, un'ombra muoversi sul ponte. Si voltò lentamente per vedere chi fosse e gli si fermò il respiro. Liliana stava lì, poco distante da lui con il viso rivolto verso il cielo, guardava le stelle e stava respirando l'aria fresca della notte, aveva tolto la bandana che aveva messo quel mattino per nascondere quei capelli ribelli.

"Vi credevo a dormire a quest'ora. Avete avuto una giornata pesante."

Juan si sentiva un po' in colpa, l'aveva fatta lavorare più degli altri marinai.

"Certamente sono stanca ma anche soddisfatta." Rispose sostenuta

Lui le si avvicinò e abbassò la voce "Perdonatemi, io… mi spiace Liliana."

"Per cosa?"

"Per oggi, per avervi fatto lavorare più dei miei uomini, lo so avrei dovuto essere più imparziale, e… anche per quello che vi ho detto ieri…Io…"

"Non mi è dispiaciuto lavorare…" rispose Liliana.

"Sì, può darsi ma comunque ho fatto male. Stavo cercando di …sì insomma… Quello che voglio dire è che non dovete temere nulla da me. Io credo che forse tutti e due ci siamo trovati in questa situazione non per causa nostra. Qualcuno che ha ordito questo piano ha pensato di farcela pagare a tutti e due, ma anche voi siete una vittima di questa complotto. E vi siete trovata nella situazione di dovervi sposare senza neppure volerlo."

"Capitano…"

"No è che non voglio che pensiate che sia un capitano crudele. Io forse ho sbagliato a prendermela con voi, non avevo le idee chiare e nonostante i miei fratelli e Don Armando mi abbiano detto più volte che eravate una vittima anche voi, io non ho voluto crederlo. Ma voglio che sappiate che non vi farò del male. Non dovete avere paura di me…Io so cosa vuol dire nella vita pagare per colpa di altri, lo sto facendo pure ora, e io non lo farò con voi."

Lei si voltò verso di lui e si ritrovarono con le bocche vicine. Juan per un attimo aveva la tentazione di baciarla, ma ricordò cosa aveva detto pochi minuti prima.

Liliana abbassò lo sguardo e cercò di sorridere "Vi credo Juan, voi non siete un uomo crudele, forse anche io al vostro posto avrei pensato lo stesso. Siete semplicemente un uomo, non più crudele di qualsiasi altro uomo. Nessun uomo accetta che una donna faccia quello che fate voi e apprezzi ciò che apprezzate voi.".

Poi si voltò e si allontanò. Prima che potesse arrivare alla scala che portava sottocoperta, Juan la raggiunse e l'afferrò per un braccio bloccandola.

"Dove pensate di andare?" disse Juan.

"Sottocoperta nella mia cuccetta."

"Insieme agli altri marinai?"

"Certamente, insieme agli altri marinai, dopotutto non sono un marinaio pure io? Per tutto il giorno avete cercato di ricordarmelo."

Quasi senza accorgersi Juan le strinse un braccio e l'attirò al suo petto: "Voi cercate di scordarvelo ma siete una donna, una bellissima e stupenda donna, inoltre molto desiderabile e poi insomma dimenticate che siete *mia moglie*. Voi state rischiando."

"Certamente questo vale per tutti ma non per Voi? È questo che intendete Capitano?"

Juan l'attirò a sè "Vi sto dicendo che una volta scesa sottocoperta potreste essere in balia di chiunque e non potreste cavarvela e inoltre siete mia moglie! Por Dios!"

"Ah no?" Con uno strattone ed una mossa fulminea Liliana si girò e gli puntò un coltello alla gola "Il primo che mi tocca pagherà con la vita, dopo di che non credo che nessuno vorrà rischiare la stessa sorte. Non vi pare Capitano?" bisbigliò stizzita.

"Sì" con gli occhi socchiusi Juan la lasciò andare e fece un passo indietro.

"Liliana potete usare la cabina di vostro padre, io… dormirò qui fuori." Rispose seccato

Fortemente irritato Juan la osservò scendere verso la cabina di suo padre, poi si voltò e andò verso Ysidoro a riprendere il timone, era furibondo. Quella donna era riuscita a coglierlo di sorpresa, era stata così abile che non si era accorto che stava tirando fuori il pugnale. Se solo lo avesse desiderato lei avrebbe potuto tagliargli la gola.

"Ho notato che avete scambiato qualche parola con la ragazza" disse Ysidoro sorridendo

"Qualche parola?" Juan andò vicino al vecchio si sedette su una gomena attorcigliata e aspettò che il cuore tornasse a battere normalmente.

"È praticamente impossibile parlare con Liliana Gonzales. Sarebbe più facile prendersi a pugni."

"È sempre stata un attaccabrighe" Ysidoro sorrise "la morte della madre e il padre sempre via l'hanno fatta crescere un po' vivace, un po' esuberante, certo. E spesso sì, era lei a prendere le decisioni per la famiglia, ma ho la sensazione che quando si innamorerà sarà per sempre. L'uomo che riuscirà a conquistare il suo cuore avrà trovato un grande tesoro credetemi, potrà avere amore e onestà per tutta la vita... E voi capitano so che siete l'uomo giusto per lei".

"Già..." mentre riprendeva il timone Juan si sfiorò la gola con la mano. La lama non lo aveva ferito per un pelo e Liliana aveva uno sguardo deciso. "Già" ripeté "sempre che lei non mi uccida prima".

Capitolo 66

Il secondo giorno di viaggio non fu affatto come il primo, il sole caldo del mattino presto scomparve dietro nuvole nere e minacciose. Si alzò un forte vento e le onde incominciarono a spazzare via il ponte, rendendo difficile ai marinai muoversi da una parte all'altra della nave, la pioggia cadeva sempre più forte ed era accompagnata da lampi e tuoni, quando uscirono dalla tempesta erano quasi fuori rotta. Ci sarebbero volute ore per tornare sulla rotta giusta.

Juan vide che Liliana era bagnata fradicia a causa della pioggia, la chiamò e le disse di andare in cucina o in infermeria ad aiutare, così avrebbe potuto cambiarsi.

"Vi sembro un infermiere oppure un galoppino di cucina? Mandate qualcun altro." Era infuriata.

Juan restrinse le labbra cercando di trattenere la collera: "Perché dovete essere sempre così maledettamente testarda? Va bene allora sarete accontentata, cominciate pure a spiegare le vele dobbiamo riguadagnare il tempo perso a causa della tempesta."

Dal ponte Juan la guardò salire sulle corde, e provò biasimo verso se stesso, ma ancora una volta era riuscita a farlo arrabbiare.

Dopo qualche ora si udì "una nave davanti a noi capitano sembra incagliata."

"Issate la bandiera."

"Sì capitano."

"Capitano è molto pericoloso avvicinarsi alla nave, bisogna fare attenzione, ci sono le secche, e affiorano molti scogli" disse Ysidoro "Se fosse possibile Liliana potrebbe aiutarci conosce bene queste zone."

"D'accordo chiamate pure Liliana."

Ysidoro si fece raggiungere da Liliana e insieme cercarono di superare quel pezzo di mare pericoloso. Dopo circa un'ora raggiunsero la nave e il capitano cercò di accostarsi.

"Ehi voi della nave *La sirena*" urlò Juan.

"Questa *è l'inaffondabile* vi abbiamo visto in difficoltà e siamo venuti per aiutarvi."

"Salve a Voi" disse il capitano della nave *La sirena* "sono il Capitano Hernandes salite pure a bordo."

Juan lasciò il timone a Ysidoro. "Liliana voi restate qui con Ysidoro. Porto con me un paio di uomini e vado a vedere cosa possiamo fare."

"Posso venire anche io?" domandò Liliana, "potrei aiutarvi."

"Non ne dubito" rispose Juan, "ma sono io che comando e decido che Voi restate qui."

Mentre si allontanava Juan la sentì che mugugnava qualcosa con Ysidoro.

"Smettetela Liliana" disse Ysidoro, "Il capitano sta facendo quello che è meglio per tutti".

Lei si voltò a guardarlo confusa "Da quando vi siete messo dalla sua parte?"

"No figliola, qui non ci sono parti. Si tratta solo di seguire gli ordini del capitano nell'interesse di tutti, ma non dovreste forzargli la mano perché otterreste il risultato opposto non l'avete capito?"

Liliana era furente ma non disse nulla e ripensò con attenzione alle ultime parole di Ysidoro.

Juan intanto sulla nave incagliata parlava con il capitano e guardandosi intorno vide che la nave era deserta.

"Dove sono tutti i vostri marinai capitano?"

"Visto quanto è successo alla nave ho solo gli uomini sufficienti ad impedire che qualcuno recuperasse la nostra nave" Juan si girò intorno valutando i danni della nave, "Credo che nessuno abbia interesse a recuperare questa nave capitano, oramai sta per sfasciarsi."

"Già" rispose il capitano Hernandes, guardando la nave che oramai stava inclinata da un lato.

"Possiamo se volete prendere il carico sulla nostra nave e portarlo a destinazione se ci darete tutte le informazioni necessarie" disse Juan.

"Grazie Capitano De la Cruz apprezzo molto" e così incominciarono a trasferire le casse dalla stiva della *sirena a* quella *dell'inaffondabile.*

"Grazie di tutto capitano De la Cruz" disse alla fine del trasferimento il capitano Hernandes "le auguro buona fortuna".

"E io la auguro a Voi Capitano ne avete bisogno" rispose Juan.

"Capitano de la Cruz, solo una cosa, questa non è una notte adatta a navigare."

"Già lo penso anche io, pensavo di aspettare domattina per salpare" confermò Juan.

"Capitano, devo avvisarvi si stare in guardia" disse Hernandes, "vi conviene invece approfittare dell'oscurità per allontanarvi il più possibile da noi".

Juan avvertì il tono incalzante dell'uomo e si fece teso.

"State cercando di dirmi qualcosa? ... di avvertirmi di qualcosa capitano?"

Hernandes annuì "Si capitano. I miei uomini hanno avvistato una nave pirata, non ha issato la bandiera neppure quando è stata a portata di voce, è questa la causa dell'incidente, ci hanno mandato apposta contro le secche e gli scogli".

"Scusate capitano ma dubito fortemente che una nave pirata sia interessata a caffè e a tè, dai documenti che mi avete dato si evince ..." Juan si bloccò.

"È vero dovrebbe essere così, ma se quelle casse contenessero qualcosa di grande valore? Allora farebbero di tutto per rubarle."

"Un momento! Che cosa stiamo trasportando capitano? Ho il diritto di sapere a quali rischi vado incontro con il mio equipaggio."

"Oro capitano De la Cruz, e appena arrivate al porto dovete contattare Don Alvaro Ortiz lo prenderà in carico lui per conto del governo."

"Grazie Capitano" disse Juan, si girò si diresse sulla sua nave.

Capitolo 67

Appena salito disse a Ysidoro.

"Fate issare le vele."

"Partiamo subito Capitano? Prima dell'alba?"

"Sì Ysidoro, immediatamente."

Ysidoro lo guardò serio socchiudendo gli occhi, aveva compreso che qualcosa di molto grave si erano detti i due capitani, altrimenti Juan non avrebbe rischiato la propria vita e quella dell'equipaggio in un'impresa così pericolosa.

Mentre riattraversarono il tratto di mare disseminato di relitti e scogli affioranti nessun uomo dell'equipaggio parlò, erano tutti a fissare l'acqua nera che li circondava sperando di superare quel tratto senza incidenti.

Viaggiarono tranquillamente per tutto il giorno seguente, non c'era molto vento ma il mare era calmo.

Verso sera Juan disse "Ysidoro andate a riposarvi, prendo io il timone."

"D'accordo capitano."

Era una serata calda con un vento che portava profumi delle isole vicine. Entro tre giorni sarebbero giunti al porto e scaricato le casse e avrebbero ripreso il loro viaggio.

Stava, meditando su quanto tempo avrebbe perso per fare le operazioni di scarico, quando la vide,

Liliana era sul ponte, era appoggiata al parapetto e respirava l'aria profumata a pieni polmoni.

Liliana pensando che Ysidoro fosse ancora al timone si diresse da lui. Ma si fermò non appena vide Juan.

"Venite, venite pure, non mordo ancora" disse Juan, con un sorriso tirato "Non sono riuscito ad ascoltare quello che avete mugugnato a Ysidoro oggi, ma certo dalla voce saranno stati insulti e imprecazione alla mia persona."

"Già" rispose, "ero furente con voi."

"E ora? Lo siete ancora?"

"No... capitano."

"Beh potreste chiamarmi Juan del resto un pezzo di carta ci unisce, non è vero?"

"Sì avete detto giusto, solo un pezzo di carta. Ma per essere unite due persone ci vuole ben altro" rispose Liliana.

Lui non fiatò, non rispose, la guardava assorto.

"State... pensando a Pilar?" domandò Liliana.

"A Pilar? No perché, cosa ve lo fa pensare? Oramai è una storia passata."

"Lo credete davvero Juan? Non pensate che poiché lei vi ha tradito lo avrebbero fatto anche altre donne, e in questo caso io con quanto successo nei giorni scorsi?"

"No! Non penso che voi... sì insomma ...Voi riuscite a confondermi, a volte siete dolce soave come una fanciulla e altre volte rischio *di essere ucciso da Voi*... Ma so che non siete come Pilar, credo come vi ho detto ieri sera che siete stata anche voi una vittima e credo di sapere chi sia stato l'ideatore di questa trappola."

"Voi sapete chi ha ordito tutto?"

"Ho detto *credo di sapere*, appena torneremo dal viaggio lo scopriremo."

"Io... Juan, volevo domandarvi scusa per come mi sono comportata, non volevo mancarvi di rispetto ma non sono abituata a prendere ordini, e comunque non penso che voi siate crudele. Io penso che forse Nanà ha ragione."

"Perché ha ragione Nanà?"

"Perché dice che voi siete buono, siete un duro solo quando serve, ma che nonostante tutto quello che avete passato nella vostra infanzia non siete cattivo, che avete paura di amare per non tornare a soffrire."

"E Voi le credete Liliana?"

"Ecco, io sì penso di sì, vedo come vi comportate con i vostri uomini, con Ysidoro. Io credo che siete un uomo sensibile."

"Mi credete un debole?"

"Juan essere sensibili non significa essere deboli, ma significa avere un cuore che batte più forte degli altri."

"E solo questo vi fa capire che non sono una belva?"

"No, ho visto che non mi avete fatto pressioni e mi avete rispettato, nonostante il nostro matrimonio. Ysidoro dice che la semplicità intuisce per prima la sincerità del cuore."

Juan la guardò negli occhi.

"Mi parlerete della vostra infanzia? Di quello che la mia madrina vi avrebbe fatto?"

"Perché volete saperlo? Per compatirmi? Perché possa farvi pena?"

"No Juan, forse per capirvi meglio. In fondo siete mio marito."

Juan rise "Vostro marito? Ho rischiato più volte la vita con voi che con i nemici in tutti questi anni."

"Sì forse ho sbagliato, ma in fondo voi mi ci avete portato a difendermi. Ma non vi farei mai del male *Juan*".

Juan la guardò negli occhi, avrebbe voluto abbracciarla.

"Vi credo Liliana, vediamo perciò di uscire da questa situazione facendoci meno male possibile."

"Quindi non volete raccontarmi cosa vi è successo? Cosa vi ha portato a essere così? Oh forse è passato molto tempo e non ricordate?"

"Ricordare? Io ricordo bene tutto come se fosse successo ieri. Ma a ripensarci, a parlarne mi fa star male preferisco di no. Se volete parlare possiamo parlare d'altro. Domani arriveremo all'isola di Sint Eustatius e appena scaricate le casse dovremo ripartire, ma se volete nel tempo dello scarico potremo andare a fare un giro per il centro del paese."

Capitolo 68

A Veracruz, Soledad ricevette la visita della signora Garcia, madre di José e zia di Pilar e di Elena. José qualche tempo prima aveva cercato di corteggiarla.

"Mia cara credo che dovresti ripensare alla proposta di mio figlio, è vero che non si è comportato bene prima, ma è pentito. Vorrei che tu ci ripensassi".

"Mi spiace ma non voglio più parlare di quel episodio, pertanto La prego di non insistere."

Poco dopo la signora Garcia se ne andò contrariata.

Soledad andò alla finestra e mentre guardava fuori entrò Andres. Era talmente assorta che non se ne accorse.

"Non ho potuto fare a meno di ascoltare, ero nella sala accanto" disse Andres.

Soledad si voltò di scatto.

"Non vi ho sentito arrivare"

"Sì in effetti eravate assorta nella discussione con la signora Garcia. Posso chiedervi se tenete molto a questo José Garcia?"

"Inizialmente sì" rispose a fatica.

"E pensavate di sposarvi."

"Sì"

"Non era molto probabile mia cara."

"Non c'è bisogno di girare il coltello nella piaga, all'inizio avevo rifiutato le sue attenzioni convinta che una ragazza priva di fascino e di una dote come me non potesse mai attirare un uomo ricco come lui, poi José disse di amarmi e di volermi corteggiare."

"Priva di fascino? Non sapete quello che state dicendo, ma ha proprio usato queste parole?"

"Sì la madre non avrebbe approvato, ma lui mi voleva sposare lo stesso ed era sicuro che con il tempo la madre avrebbe cambiato opinione."

"Ti ha proprio chiesto di sposarlo?"

"Sì"

"E poi cosa è accaduto?"

"Mi ha detto che essendo promessi dovevamo vederci più spesso."

"Ha mai tentato?"

"Mi ha baciata, ma non mi è mai piaciuto, José diceva che ero troppo timida e mi ha promesso di insegnarmi a comportarmi meglio una volta sposati."

"E dopo?"

"Mi ha detto che sua madre proseguiva ad essere contraria alla loro unione però se io fossi rimasta incinta di un possibile erede avrebbe sicuramente cambiato idea."

"*Che cosa?*" urlò Andres stringendola a se.

"Io l'ho respinto ma José ha tentato con la forza, e quando ha cercato di usarmi forza l'ho colpito con un bastone da passeggio che avevo trovato vicino."

"Accidenti! Ascoltami bene Soledad voglio che mi sposi."

"No. Non ti sposerò" rispose.

Andres imprecò fra i denti come diavolo poteva proteggerla se non lo sposava.

"Soledad è l'unica cosa che posso fare per proteggerti lo comprendi?"

"Perché mi vuoi proteggere?"

"Mi sembra ovvio" borbottò.

"Per me non lo è. Non capisco perché pensi che abbia bisogno di protezione, e perché dovresti essere tu a darmela" dichiaro Soledad.

Andres fece un respiro profondo cercando di trattenere la collera

"Soledad è chiaro che José vuole rovinarti la reputazione e per molta gente la sua parola è sufficiente. Non è l'unico arricchito che sta qui a Veracruz, e potrebbe far girare le voci. E sua madre vorrebbe che sposassi Elena, non sapendo che di quella strega non mi importa assolutamente nulla."

"Capisco e perché pensi di dovermi proteggere?"

"Beh ora che tua sorella ha sposato mio fratello fai parte della famiglia. La cavalleria, o l'onore chiamalo come ti pare mi impone di farti questa offerta, Sai che …tengo a te. Dovremmo trovarci bene insieme."

Soledad rimase basita. Onore, cavalleria, gentilezza, ecco le sue ragioni, Andres le era affezionato, ma non abbastanza da ricambiare il suo amore. Oddio lo amava! Non era possibile. Ma proprio perché lui non l'amava che non poteva permettergli di fare quel sacrificio. "Hai parlato d'onore Andres ed è proprio per onore che non posso accettare la tua offerta".

"Ti chiedo perdono Soledad ma questa è una assurdità."

"Non è vero"

"Tesoro…io…"

"No non lo farò non posso, e per favore non chiedermelo ancora Andres non lo tollero."

Andres si avvicinò la prese fra le braccia.

"Ti prego lasciami, lasciami andare via."

Si staccò dall'abbraccio si girò e corse via verso la spiaggia.

Lui dopo un attimo di incertezza la seguì.

"Soledad, calmati, stai tranquilla se José Garcia apre quella sua bocca per dire qualcosa su ciò che ha fatto gliela chiudo io per sempre."

"Oh no Andres non voglio, non devi."

Lui la guardò in modo feroce.

"Non devi aver pietà di una persona così Soledad" sbraitò
Lei lo guardò incredula, 'come poteva pensare che si preoccupasse per José Garcia? Lei era preoccupata per lui. '
"Ti prego non voglio che lo sfidi a duello…"
"Tranquilla, non lo farò, è l'ultima risorsa se dovesse parlare, ma non lo farà, gli farò sapere a cosa andrà incontro se solo ci prova."
Su torniamo a casa che Nanà si starà chiedendo dove sei finita.

Capitolo 69

Il giorno dopo di mattino presto la nave di Juan raggiunse il Porto, Juan scese subito dalla nave e andò a cercare Don Alvarez Ortiz per consegnargli il carico. Non riuscì a trovarlo, ma aveva lasciato in messaggio che lo avvisava che doveva raggiungerlo su un'isola ad un giorno di viaggio.

Tornò alla nave contrariato, voleva svuotarsi delle casse e ripartire per il suo viaggio. Andò nella cabina del comandante ed entrò.

"Accidenti a Voi potreste bussare" disse Liliana che stava terminando di prepararsi per uscire.

"Beh questa è la mia cabina, fino a prova contraria e sono io il comandante della nave"

"Questo non vi autorizza ad entrare senza bussare."

"Va bene, vi prego di scusarmi la prossima volta lo farò, ora posso sedermi? Vorrei controllare delle carte. Posso? Posso?" Si sedette e le voltò le spalle scuotendo la testa.

Stava aprendo le carte, quando all'improvviso spinse indietro la sedia di colpo e si alzò "e poi scusarmi per cosa? Dimenticate che siete mia moglie?"

"Solo per un pezzo di carta, e non certo per la mia volontà" rispose Liliana.

"D'accordo…, d'accordo." Disse alzando le mani e scuotendo la testa "Volete scendere con me dalla nave e fare un giro per il paese prima di ripartire?" domandò Juan.

Lei lo guardò con sospetto "A cosa devo questo comportamento? Avete per caso intenzione di abbandonarmi da qualche parte magari a mia insaputa?"

"Non sarebbe una cattiva idea" rispose Juan sorridendo.

"Già così vi liberereste di me" rispose con voce dura Liliana.

Liliana gli passò davanti per uscire, ma inciampò e finì quasi per terra se Juan non fosse stato svelto a prenderla.

"Magari potessi farlo" rispose serio Juan ma poi guardandola scoppiò a ridere, e caddero tutti e due per terra. "Sembriamo due bambini" disse Juan.

"Parlate per voi" rispose lei.

Juan si alzò, le porse la mano per farla rialzare, ma lei prontamente con uno strattone lo tirò nuovamente a terra.

"Vi divertite?" domandò Juan.

"Sì vedervi ai miei piedi mi diverte" rispose sorridendo Liliana, Juan tornò ad alzarsi e porse nuovamente la mano a Liliana che stavolta la prese e lui l'aiutò ad alzarsi.

Scesero dalla nave, girarono per la città e per il mercato guardando i negozianti che tentavano di vendere i loro prodotti. Dal porto rimirarono il vulcano Mazinga.

Camminavano a fianco, e mentre passeggiavano molti uomini osservavano Liliana ammirandola in modo palese, e Juan ne era contrariato. Liliana se ne accorse e mise il braccio sotto quello di Juan.

Lui si rilassò e continuarono a passeggiare fino all'ora della partenza della nave.

Al loro ritorno sulla goletta Liliana andò nuovamente in cabina per cambiarsi, questa volta aprì le ante dell'armadio come barriera, Juan le voltava le spalle e controllava le carte nautiche.

Poco dopo la nave riprese la volta del mare. Juan era in ritardo rispetto ai tempi che aveva previsto per quel viaggio, ma forse si ripeteva, poteva aiutarlo per fare in modo che lui e Liliana si conoscessero meglio.

Capitolo 70

Quella sera Juan decise di dare il cambio a Ysidoro, andò al timone, ma vi trovò Ysidoro e Liliana che stavano scherzando e ridendo.

"Ysidoro sono venuto per darvi il cambio. Non sapevo che eravate qui in buona compagnia con Liliana, spero di non disturbarvi"

"Nessun disturbo capitano, stavamo ricordando degli episodi di quando era piccola e delle imprese spericolate che facevano battere il cuore a Nanà. Comunque grazie Capitano, vi lascio il timone e vado a riposare oggi sono particolarmente stanco" così facendo salutò Liliana e si ritirò.

Juan prese il suo posto al timone, poi guardandola domandò

"Vorreste tenerlo voi?"

"Davvero vi fidereste di me?"

"Perché no? In fondo sono qui anche io e posso sempre correggervi."

"Siete sempre lo stesso, non vi fidate. Sono abituata sin da piccola, mio padre mi insegnò a tenere un timone e a seguire una rotta, non avreste nulla da temere."

"Già lo penso anche io" rispose Juan pensieroso osservandola.

Si spostò e le lasciò il timone.

Lei era in piedi e seguiva la rotta, guardava avanti e in cielo le stelle.

Juan si sedette dietro di lei. La osservava, era in piedi davanti a sè, con quei pantaloni che le fasciavano le lunghe gambe...Dio mio cosa andava a pensare...

"Juan quando arriveremo al prossimo porto?" domandò lei

"Non avete detto dove siamo diretti."

"Non ho l'obbligo di dire ogni decisione che prendo, e comunque non a tutti. L'equipaggio deve solo obbedire gli ordini del capitano."

"Sì certo solo volevo sapere quando…"

"Perché lo volete sapere? Cosa avete intenzione di fare?" la interruppe lui.

"Beh cosa vi prende Juan, vi ho solo fatto una domanda, io non so come si possa parlare con voi. Passate da momenti di allegria a momenti cupi in brevissimo tempo, uno non sa mai come comportarsi con Voi."

Juan la guardò poi abbassò lo sguardo, "Voi… voi lo pensate veramente? Sapete che…. No nulla"

"Perché non finite la frase Juan? Cosa volevate dire?"

Lei si voltò verso di lui, e poggiò una mano sul braccio di Juan, subito lui sentì un calore irradiarsi.

"Sì scusatemi forse avete ragione, è il mio carattere, ma non ce l'ho con voi" disse Juan.

"Sì lo so, fa parte di voi, della vostra natura, del vostro essere, forse non ve ne accorgete neanche. Forse è a causa di quello che avete passato. Delle vostre paure."

"Paure?" rispose ironico.

"Sì Juan paure, la paura di amare per esempio. Voi temete di soffrire ancora."

"Voi Liliana non capite, ho sempre perso tutto ciò che amavo nella mia vita."

Liliana lo guardò negli occhi

"Voi Juan …avete pensato cosa sarà di noi quando torneremo a Veracruz?"

"Come sarebbe a dire cosa sarà di noi?"

"Sì voglio dire, cosa faremo? Con il nostro pezzo di carta. Per l'annullamento?" domandò Liliana.

Juan la guardò negli occhi le prese il viso con una mano.

"Voi Liliana pensate che ci sia qualche possibilità per noi? Potrò un domani piacervi? O non riuscite a pensare a me come Vostro marito?"

"Io...Io Juan non lo so... penso che forse qualcosa fra noi possa nascere."

"Dite davvero? O forse è l'effetto di questa notte, della luna delle stelle che vi fa parlare così? Queste notti fanno pensare a molte cose belle per le persone che si amano ... Dovete mantenere la rotta Liliana."

"Sì scusate" Liliana si rigirò verso il timone, lui le prese la vita con un braccio e la tiro a sé.

Continuarono per qualche minuto nell'assoluto silenzio tutti e due pronti a sentire, a percepire il movimento dell'altro.

"Certo che la notte con la luna e le nuvole giocano a fare immagini sempre diverse e stupende non trovate Juan?" domandò Liliana.

"Siete una donna che ha molta fantasia se riesce a vedere varie immagini con le nuvole di notte" lei si girò verso di lui sorridendo.

"Domani la tua fantasia affinché possa convivere con la tua anima" disse Juan guardandola negli occhi.

Liliana si sentiva come rapita dallo sguardo di lui.

"Dovete guardare la rotta Liliana."

"Sì Capitano scusate" e si girò nuovamente verso il timone.

Il braccio di Juan che le teneva in vita, emanava una forza che riusciva a deconcentrarla da quello che doveva fare.

"Voi capitano credete nell'amore?

"Sì potrei rispondervi che ci credo, i miei genitori si amavano moltissimo. Dicevano che spesso l'amore è bellicoso, non ha nozione della pazienza, ma quando ti riconosce è straripante nel concedersi. E io credo sia così."

"Ma cosa dite Juan?"

"Dico quello che sento con Voi qui con me, Voi riuscite a fare di me un uomo diverso che prova sensazioni diverse."

"Dite davvero?" domandò Liliana.

"Sì, ma credo che ora dovreste andare a riposare Liliana, volete che vi accompagni?"

"No grazie, Capitano a domani."

Liliana lasciò il timone e si ritirò nella sua cabina.

Quando vi giunse si appoggiò alla porta e ripensò alle parole che Juan aveva detto quella notte.

Forse c'era una speranza per loro, una tenue speranza, chissà se anche Juan voleva veramente che il loro rapporto durasse.

Capitolo 71

Il mattino seguente Liliana stava salendo in coperta quando si sentì urlare:

"È una nave pirata e sta viaggiando velocemente, non possiamo sfuggirle" disse Ysidoro, "entro un'ora ci raggiunge."

"Preparatevi a difendervi" urlò Juan.

Dopo circa un'ora la nave pirata li raggiunse e si affiancò era "lo Squalo".

In un attimo si trovarono in mezzo ad una battaglia, Liliana non aveva mai visto gente così, lurida, lercia e maleodorante, alcuni erano a piedi nudi. I loro abiti erano laceri e ricoperti di sporcizia, i capelli lunghi e aggrovigliati e le barbe luride. Un pirata le si avvicinò dimenando la spada ma Liliana senza problemi lo mandò all'altro mondo con un solo colpo. Un altro pirata riuscì a evitare la sua lama, ma subito si girò e lo trafisse. Quando alzò lo sguardo lei vide Juan alle prese con due pirati mentre un terzo gli arrivava alle spalle.

"Dietro di voi Juan."

Lui si voltò ed evitò che la spada dell'uomo lo trafisse. Andarono avanti per un bel po' nella battaglia, tutto l'equipaggio dell'*Inaffondabile*" stava difendendosi degnamente. Dopo circa un'ora avevano quasi sterminato i pirati Liliana cercò di dirigersi verso il parapetto, si sporse per respirare quando venne ferita da una spada in un braccio. Si voltò in tempo per vedere Juan trafiggere il suo assalitore.

"Non lo avevo visto."

"Per fortuna l'ho visto io!"

Liliana fece per riporre la spada ma scivolò e finì in mare.

Juan disperato lasciò cadere la spada e si buttò in acqua, però Liliana non si vedeva da nessuna parte.

"Liliana…. Liliana" urlava Juan, mentre nuotava.

"Juan sono qui…" rispose.

Juan la raggiunge "Oh Liliana ho avuto tanta paura".

"Davvero?"

"Ysidoro lanciateci una cima" urlò Juan.

Poco dopo una cima fu lanciata e Juan la legò intorno alla vita, abbracciò Liliana e si lasciò trascinare verso la nave.

Dalla nave venne calata una biscaglina, Juan si arrampicò con Liliana fin sopra la nave.

Ysidoro venne in suo aiuto.

"È tutto a posto Capitano."

"I pirati sono morti tutti c'è il loro capitano ferito ma non ce la farà, se volete parlargli, mentre noi abbiamo solo qualche ferito ma non grave."

"Benissimo Ysidoro, e sì certo che voglio vederlo."

"Juan fece qualche passo e vide a terra sul ponte il capitano della nave *"lo squalo"* lo stesso che aveva ucciso il capitano Gonzales e il figlio. "Ecco Liliana, questo è colui che uccise i vostri familiari" disse Juan "ora finirà dritto all'inferno." La guardava ma non rispondeva, era preoccupato.

"Sì capitano andrò all'inferno ma sappiate che quello che ho fatto mi è stato ordinato. Io sono stato pagato da Sergio Ramirez è lui che organizza gli attacchi di pirateria è tutto scritto in questa lettera." Prese dal taschino interno del gilet sudicio una lettera ripiegata. Juan l'aprì e la lesse, poco dopo la ripiegò e la mise nella sua tasca. "Bene capitano sarà nostro prigioniero e la porteremo alle prigioni della prossima isola su cui attraccheremo."

"Non sarà così Capitano, le ferite che ho non lo permetteranno."

"Porto Liliana in cabina, Ysidoro."

Fu così che dopo due ore il pirata morì. Il suo corpo fu gettato in mare.

Liliana giaceva immobile, Juan aveva tolto gli stivali, pulì la ferita e si sedette vicino e pregò per che lei si riprendesse, altrimenti non se lo sarebbe mai perdonato.

Liliana si stupì del silenzio, a parte il rollio della nave che la cullava non si sentiva nulla.

Gemette debolmente.

"Liliana grazie a Dio siete sveglia."

Liliana lo fissava.

"Riuscite a vedermi?

"Sì perché?" che strana domanda pensò Liliana.

"Guardate la mia mano, quante solo le dita sollevate?"

"Cinque," 'ancora più strana questa domanda ma mi prende per una tonta? ' pensò.

Lui sospirò di sollievo

"Stavo dormendo?"

"Avete dormito tutto il giorno."

"È notte?" domandò.

"Sì abbiamo ammainato le vele, ripartiremo domattina e dovremo arrivare in porto domani sera".

Poco dopo Liliana si riaddormentò. Mentre lei dormiva Juan la guardò con i suoi capelli rossi e gli occhi luminosi come le stelle, la pelle bianca. Com'era bella, era bellissima ed era sua moglie per la legge.

Com'era possibile che una donna così ostinata e caparbia avesse tanta influenza nella sua vita? Liliana non mostrava alcun rispetto per i suoi ordini, al contrario violava apertamente le regole per sfidarlo. Ma lui l'amava. L'amava disperatamente. Forse si era innamorato di lei molto tempo prima, prima ancora di incontrarla. Fin dalla prima volta in cui aveva sentito parlare l'amico Adrian Gonzales di sua sorella e della sua abilità nell'usare la spada, o forse fin da quando aveva visto il ritratto racchiuso nel coperchio dell'orologio da tasca che il capitano Gonzales portava sempre con se e l'aveva sentito parlare con amore e ammirazione delle figlie. Quando poi aveva visto Liliana in carne ed ossa la situazione era peggiorata, ma non l'aveva capito perché era preso da Pilar.

"Juan?" Liliana si svegliò.

"Juan cosa state facendo?"

"Vi sto guardando."

"Ma cosa fate in camera mia?"

"Dimenticate che questa è la camera del capitano? Vedo che vi siete ripresa, comunque guardavo la vostra bellezza."

"La mia...bellezza?"

"Non fingete di non sapere che siete bella."

Liliana spalancò gli occhi

"Sì siete la donna più bella che abbia mai conosciuto e ora che state bene posso ritirarmi dopo avervi vegliata."

"Voi... Voi eravate preoccupato per me?"

"Sì quando siete caduta in mare ho pensato che non me lo sarei mai perdonato se non vi avessi trovata."

"Non dovete sentirvi responsabile, sono capace di badare a me stessa" rispose sorridendo Liliana.

"Già" Juan le prese la mano ma subito la lasciò andare.

Poi si alzò ed uscì dalla stanza.

Capitolo 72

La mattina seguente il sole brillava nel cielo, Liliana raggiunse il capitano in coperta.

"Capitano entro oggi arriveremo al porto?"

"No ci arriveremo domani c'è stato un cambio di programma" appena arriviamo andrò a parlare con il responsabile che deve prendere in carico queste casse e poi appena tutto è sistemato scaricheremo la merce, dopodiché ripartiremo subito per il nostro viaggio, oramai siamo in forte ritardo."

"Posso venire anche io dal responsabile con cui dovete parlare?"

"No potrebbe essere pericoloso. Non posso autorizzare che corriate rischi."

"Autorizzare? Voi non potete autorizzare? E da quando siete diventato il mio padrone Juan?"

"Siate ragionevole per una volta, non posso permettere Liliana."

"Permettere? Vi ricordo che voi non siete il mio custode."

"Ma sono vostro marito! O ve lo siete scordato?"

"Oh... e come potrei scordarmelo? Ci siete voi a ricordarmelo giornalmente" rispose Liliana.

La giornata passò abbastanza velocemente, sia Juan che Liliana si evitarono persino a cena.

Troppo inquieta per prendere sonno Liliana andò sul ponte, Ysidoro stava al timone sentì un rumore dietro di se e senza neppure voltare la testa disse:

"E' una bella notte...Non riuscite a dormire Liliana?"

"Come avete fatto a capire che ero io?"

"Oramai riconosco il vostro passo, che c'è che non va? Dovreste riposare."

"Non ci riesco Ysidoro. Questa situazione con Juan non riesco a sopportarla. Ditemi che cosa ne pensate di Juan?

Ysidoro sorrise "Cosa penso di Juan? Beh non è certo remissivo e inoltre non ha molta pazienza e non può sopportare gli stupidi, non parla a meno che non abbia qualcosa da dire, ma è un uomo d'onore, la sua parola ha valore. Juan troverà sempre la rotta giusta anche nelle acque più pericolose figliola…"
"Voi lo credete davvero? Non so Ysidoro, ma spesso sembra in collera."
"Ricordate Liliana la collera spesso svela la vera maschera del tacere. E Juan a volte è un libro aperto."
Era passata la mezzanotte quando Juan andò a dare il cambio a Ysidoro al timone
"Tutto a posto Ysidoro?"
"Sì tutto a posto Capitano, nessuno in vista, ma potreste aver comunque qualche problema" così dicendo il vecchio lanciò un occhiata verso Liliana che stava immobile a fissare la luna piena. Juan imprecò "Por Dios".
"Buonanotte Capitano" il vecchio scese in sottocoperta sorridendo.
Era una notte troppo tranquilla l'acqua era immobile e non spirava la minima brezza. Juan non aveva bisogno di tenere il timone ma doveva tenere le mani occupate. Le sue dita si strinsero intorno al timone appena vide Liliana alzarsi in piedi e dirigersi verso di lui.
Juan deglutì nel vederla farsi più vicina c'era qualcosa in lei che lo faceva stare in allerta.
"Juan?"
"Dovreste dormire Liliana."
"Non riuscivo a dormire per colpa vostra."

Il rollio della nave in quel momento fece perdere l'equilibrio a Liliana che finì addosso a Juan, i visi vicini, le bocche...quanto avrebbe voluto baciarla...ma disse.

"Non preoccupatevi al termine di questo viaggio vi libererete di me" disse Juan.

"Forse, non voglio liberarmi di voi" sussurrò Liliana.

"Voi non sapete cosa state dicendo. La vostra è solo un'infatuazione, non è vero amore. Il vero amore non è una cosa su cui si riflette, non si può programmare né pianificare, il vero amore non ha senso non è opportuno anzi è inopportuno... Io...Credo sia meglio che ora andiate a dormire Liliana".

Liliana si alzò e fece per andarsene ma poi si girò era nascosta e lui non la vedeva.

Osservò il profilo severo e si accorse che aveva un'espressione corrugata, terribilmente infelice. Juan pensando di essere solo aveva abbassato la guardia, quel muro che ogni giorno erigeva intorno a se per difendersi e sul suo volto i leggevano i suoi sentimenti, forse anche lui stava soffrendo? Se stava soffrendo poteva significare solo che aveva mentito ma perché?

Forse lo aveva fatto perché ci teneva a lei? Lo aveva fatto per lei? Liliana non sapeva cosa pensare, fece un respiro profondo e con il cuore in gola si diresse verso di lui. Era cosciente di mettere il proprio orgoglio in gioco.

"Juan" così dicendo gli posò dolcemente una mano sulla spalla.

Lui sobbalzò e si voltò a guardarla.

"Liliana... pensavo foste andata a dormire, poco fa vi avevo mandato a riposare" disse socchiudendo gli occhi.

"Sì come si ordina ad una bambina ma io non sono una bambina Juan, sono una donna".

"Davvero? Dovrei essere cieco per non averlo notato" disse Juan facendo una smorfia

"Noto con piacere che ve ne siete accorto..." rispose Liliana e voltandogli le spalle se ne tornò verso la cabina.

Juan aspettò che si allontanasse. Comprese che lei aveva capito il suo tormento. Quella donna era capace di leggere i suoi pensieri più segreti? Ma come diavolo faceva. Lo aveva guardato ed era stato come se avesse messo a nudo la sua anima, come se avesse letto le sue paure, le sue ansie, tutte le sue insicurezze. L'avrebbe obbligata ad andarsene, non poteva rimanere con lui, doveva escogitare una scusa per liberarsi di lei! Ma poi guardando verso il cielo sorrise amaro, sapeva che non lo avrebbe mai fatto. Oramai non poteva.

Capitolo 73

A Veracruz intanto, Aurora e Soledad andarono nella proprietà di Matías accompagnate da Andres. Volevano parlargli per via di Juan, erano preoccupate, non avevano ricevuto notizie di Liliana.

Quando giunsero alla tenuta dei Munoz, Matías dopo averle rassicurate, propose loro di andare a fare un giro a cavallo e le fece preparare un palomino a ciascuna.

"Come sapete che lo preferisco?"

"Me lo ha confidato lo stalliere che l'avete ammirata più volte, forza lasciate che vi aiuti a montare in sella."

"Per vostra sorella farò preparare Milagros e Andres ha qui il suo Blackdevil."

"Dove il vostro stallone?" chiese visto che Matías stava montando un roano castrato.

"Si è azzoppato" rispose prontamente.

"Che strano. Non ho ancora visto il vostro cavallo. Ogni volta che vengo nelle scuderie è fuori oppure ha un problema. È per caso malato?"

"No... Al contrario Mezzanotte è un cavallo nervoso. Andiamo su per quel sentiero che faremo un giro per la tutta la tenuta".

Le due sorelle non si fecero pregare quando il sentiero si allargò si affiancarono tutti e quattro e ammirarono il paesaggio.

Per un po' viaggiarono in silenzio poi Aurora disse:

"Facciamo una gara?"

"Fin dove?" rispose Soledad.

"Fino alla fine della proprietà"

Appena Matías e Andres annuirono Aurora spronò la giumenta e partì al galoppo seguita dagli altri. Aurora era sempre avanti rispetto agli altri, quando raggiunse la sommità della collina incitò il cavallo ad andare ancora più veloce. Stavano correndo quando improvvisamente il terreno si avvicinò al suo volto. La giumenta inciampò e cadde. Aurora fu sbalzata dalla sella e volò come una manichino, finì per terra e rimase immobile cercando di riprendere fiato. Accanto a lei la giumenta stava cercando di rialzarsi.

"Aurora por Dios", vedendola immobile Matías smontò di corsa e la raggiuse e s'inginocchiò davanti a lei.

"Sono viva" rispose in un sussurro.

Sentendola parlare, lui emise un profondo respiro di sollievo e se la strinse al petto baciandola in fronte.

"Aurora" Soledad smontò di corsa e le si inginocchiò a fianco e stringendole la mano disse:

"Mi sono spaventata quando ti ho visto cadere. Come mai il cavallo è inciampato?"

"Non lo so... Non lo so."

Matías disse: "Non muoverti finché non ci assicuriamo che stai bene e che cosa sia successo per far cadere il cavallo".

La tastò piano piano, "Riuscite ora a sedervi Aurora?" domandò Andres.

"Sì"

Con l'aiuto di Matías si sedette e aspettò che passassero il senso di nausea e le vertigini, e lanciando un occhiata alle loro spalle domandò:

"Cosa può essere quel filo di ferro rotto? Una trappola forse"

"Non lo so ma intendo scoprirlo, doveva essere teso ed il cavallo ha inciampato" disse Matías guardando Andres.

Matías salì a cavallo prese davanti a sé Aurora e la tenne stretta al proprio petto, gli tremavano ancora le mani per lo spavento. Quando aveva visto Aurora immobile per terra si era sentito morire, aveva capito quanto fosse importante per lui. Andres prese le redini della giumenta e la portò con sè.

Matías ripensò al filo di ferro e sapeva che era stato messo da poco. Solo la notte prima ci era passato e non c'era, quindi era stato messo all'alba, non era un incidente, ma un atto premeditato. Aurora aveva suggerito che fosse una trappola, lo era certamente, ma la preda di quel cacciatore era sicuramente un altro essere umano. Arrivarono a casa della tenuta di Matías scesero e andarono verso il salotto, quando la cameriera gli andò incontro dicendo:

"Avete visite è arrivato da un ora vostro cugino."

"Lo incontro nello studio" I lineamenti di Matías si indurirono e la voce con cui rispose era diventata fredda.

Andres si propose di riaccompagnare a casa Gonzales le ragazze.

Capitolo 74

Il giorno dopo Matías preoccupato andò presto a casa Gonzales, voleva sapere come stava Aurora, ma quando arrivò Nanà lo avvisò che era andata in spiaggia, lui le andò incontro.

"Vi piace il mare vero?"

Lei trasalì

"Buongiorno, sì certamente"

"Buongiorno a voi, lo si vede subito avete un viso molto espressivo…come vi sentite oggi?"

"Bene grazie."

"Vi ho forse spaventato?"

"Per quello che ne sapevo potevate essere un ladro."

"Siate onesta speravate nell' ombra della notte?"

"Pensavo non vi interessasse nulla di lui" rispose Aurora.

"Infatti."

"Mentite, so che è a causa sua che non mi avete ancora baciato. Avete deciso che poiché ho detto che mi sono piaciuti i suoi baci potrebbero non piacermi i vostri?"

Matías sorrise "Mi state chiedendo di baciarvi? Su torniamo a casa"

S'incamminarono in silenzio

"Perché avete paura di farlo?" domandò Aurora poco prima di entrare in casa.

"Siete una strega sapete, una strega che mi conosce bene e sa che non so oppormi a certe tentazioni."

Entrarono in casa, lui la prese per le spalle mentre lei gli rispondeva sorridendo

"È quello che confidavo…"

"Aurora figliola fai accomodare Matías" disse Nanà.

Aurora era delusa, si accomodarono in sala da pranzo.

"Possiamo andare a tavola tutti insieme" disse Nanà

"Nanà non abbiamo bisogno di essere curati. Non penso che Matías si sia mai abbassato ad avere comportamenti poco consoni".

Mentre si alzò per andare ad avvisare in cucina che potevano servire guardò Matías, aveva un'espressione avvilita e collerica.

'Ben gli sta era un bene che avesse sentito' pensò furiosa.

"Cosa ne dite di andare al villaggio BuenaVista?" chiese Aurora.

"Volentieri."

Partirono dopo aver fatto colazione e arrivarono al villaggio dopo circa due ore. Raggiunsero una taverna e presero qualcosa di fresco. Matías osservava Aurora e pensava a quanto la desiderasse.

"Che cosa ne pensate?"

"Di cosa."

"Stavo parlando con voi Matías."

"Scusate stavo riflettendo."

"Su cosa?"

"Meglio non parlarne. Cosa dicevate?"

"Proponevo una passeggiata per il centro del villaggio."

"Buona idea."

Stavano camminando e guardavano le botteghe, Matías le comprò uno scialle di seta, poi arrivarono ad una piccola bottega, stavano ammirando gli articoli in mostra quando lo sguardo di Matías fu catturato da qualcosa...

Oddio era sbiancato. Aurora lo guardava mentre lui disse "Aspettatemi qui un attimo"

Lo vide entrare nella bottega e parlare con il proprietario, poco dopo tolse dalla vetrina un anello d'oro di forma quadrata con un diamante ad un angolo. Matías pagò uscì e presa Aurora tornò verso i cavalli senza proferire parola.

Mentre camminavano, Aurora lo guardò era sempre pallido ed era...era furente. 'Era furibondo per un anello? Come poteva essere ...' Pensava.

Arrivarono ai cavalli, Matías senza dire nulla si girò per aiutare Aurora, quando lei furente senza aspettare il suo aiuto fece per salire sul palomino, echeggiò uno sparo, il cavallo si alzò sulle due zampe posteriori e Aurora cadde a terra battendo la testa.

Capitolo 75

Matías prese il cavallo e andò verso Pizzo del Diavolo. Era la tenuta più vicina. La portò in una stanza e mandò suo fratello Julio ad avvisare le sorelle. Lei era immobile nel letto e Matías era terrorizzato a vederla così inerte, quando la cameriera finì di sistemarla si spostò e lui si avvicinò al letto, la baciò in fronte dicendo "Non potete lasciarmi. Aurora non potete lasciarmi non potrei sopportarlo proprio ora. Perdonatemi, ma ho bisogno di voi" La guardava sembrava che dormisse.

La cameriera e Andres guardarono Matías preoccupati, non lo avevano mai visto così sofferente e tormentato.

Matías nonostante l'invito di Andres si rifiutò di andare a rinfrescarsi, non voleva lasciarla sola neppure per un istante, temeva troppo di perderla.

Poco dopo tornò la cameriera ad avvisare che erano arrivati i familiari di Aurora.

"Signore, posso farli salire?"

Matías annuì seccamente.

"Aurora" chiamarono le sorelle andandole vicino.

"Figliola, figliola dì qualcosa" disse Nanà "svegliati, svegliati, siamo qui, siamo tutti qui con te."

"Diteci Matías ma cosa è successo?"

"Il cavallo si è spaventato ed è caduta a terra. Non ha ferite ha solo preso una botta in testa."

"Da quanto tempo siete arrivati? E non ha mai ripreso conoscenza?" domandò Nanà preoccupata

"Non lo so da quanto, sono corso con il cavallo e l'ho portata subito qui che era più vicino della vostra residenza."

"Allora è meglio che anche voi vi riposte, vi rinfreschiate un poco." Disse seria Nanà

"No! Non posso lasciarla, non posso" disse guardandola

Più tardi mentre Matías continuava a mettere delle compresse sulla fronte di Aurora pe abbassarle la febbre, gli altri accompagnati dalla cameriera scesero a bere un caffè e mangiare qualcosa.

"Siamo preoccupati" disse Celia, "ci siamo affezionate ad Aurora e anche Don Matías."

"Spero riusciate a persuadere il padrone" disse la cameriera "ad andare a cambiarsi, non ha lasciato la signorina da quanto è arrivato so che si sente in colpa per quanto accaduto, non lo abbiamo mai visto in quello stato, così sconvolto."

"Sciocchezze" disse Nanà "poteva capitare ovunque".

Capitolo 76

Il giorno seguente la nave continuava la sua navigazione verso la destinazione prevista per lo scarico delle casse. Entro un'ora sarebbero arrivati al porto di Curaçao. Era una giornata stupenda con un sole caldo ed un'arietta che rendeva la giornata più piacevole del solito. Tutti i marinai erano intenti nei loro lavori. Passarono vicino ad un'isola non molto grande ma lussureggiante e il suo profumo raggiungeva la nave. Liliana si stava preparando quando Juan venne a chiamarla.

"Vi va di venire sul ponte, oggi non c'è molto da fare e la giornata è perfetta per stare sopra."

Liliana lo guardò con sospetto, "Vedo che oggi siete di compagnia?"

"Avete voglia di discutere Liliana?"

"No semplicemente facevo delle constatazioni. Avete sempre un umore diverso."

"Va bene fate come volete, fra un'ora comunque arriveremo a destinazione per lo scarico delle casse" rispose seccato Juan.

"Maleducato!"

Juan tornò sul ponte, e poco dopo lei lo seguì, ma non lo raggiunse.

Tutto l'equipaggio lavorava nel più assoluto silenzio. Percepivano la tensione che c'era fra il loro Capitano e Liliana.

Due marinai sul ponte mentre lavoravano dissero a Ysidoro "Siamo tutti preoccupati, per il rapporto fra il nostro capitano, e la signorina Liliana. Sappiamo che fra quei due sicuramente c'è qualcosa, ma non riescono a comunicarlo, e spesso il capitano ci risponde in modo sempre più furente, non va mai bene nessun lavoro svolto. Brutto segno..."

Ysidoro sorrise… "Lasciateli fare. Piano piano ci arrivano."
"Speriamo presto, non è piacevole lavorare con questa aria!" rispose uno dei marinai.
Juan guardava avanti a sè, la prua della nave solcava le acque mandando spruzzi. Era molto stanco per la tensione accumulata, ma non riusciva a smettere di rimuginare. Aveva pensato che parlare con lei, invitarla l'avrebbe aiutato a controllarsi, ma era stato peggio. Liliana riusciva a fargli dire cose che mai nessun altro era capace di strappargli. Si era ripromesso di non piegarsi mai al bisogno che aveva di lei, ma ora sapeva che per tutta la vita sarebbe stato tormentato dalla meravigliosa sensazione che aveva provato quando l'aveva stretta fra le braccia. Avrebbe potuto baciarla e fare l'amore con lei quella notte, ma dopo quanto lo avrebbe odiato? Liliana non lo amava, e lui era troppo orgoglioso per approfittare di un momento di smarrimento. Lei aveva un cuore tenero e a volte la pietà la faceva agire d'impulso. Ma lui non voleva assolutamente la sua pietà.
L'amor proprio e l'orgoglio erano gli unici sentimenti che ancora lo trattenevano dal lasciarsi andare completamente. Aveva sofferto troppo nella sua infanzia e aveva giurato che non avrebbe mai consentito a nessun essere umano di farlo soffrire in quel modo. Ma ora non era più sicuro di niente. Liliana gli era entrata nel sangue piano piano, ma lei non doveva accorgersene, non avrebbe sopportato di leggere la compassione nei suoi occhi. L'angoscia si impadronì di lui, ma in un atto di ribellione riuscì a radunare tutte le sue forze per riprendere la sua solita maschera cinica da duro. Ysidoro si avvicinò
"Problemi capitano?"
"No Ysidoro,"
"Che succede Capitano?" domandò fissandolo negli occhi
"A me?"

"Capitano oramai la conosco, potrà fuorviare gli altri e forse anche se stesso, ma sono vecchio ed ho esperienza...voi vi state innamorando di Liliana"

Juan lo guardò preoccupato

"D'accordo voglio dirle... cioè... Mi deve promettere che non dirà nulla a Liliana"

"Ha la mia parola Capitano"

"In verità sono molto confuso, non capisco cosa sto provando... ora per esempio non so cosa voglia dire essere di malumore, vivere arrabbiato o con il tormento ora sono felice, sento che devo sfruttare tutto quello che la vita mi da, è come se fossi entrato in un altro mondo di spiritualità che non conoscevo prima ma sento che è meraviglioso che mi piace..."

"Juan ti parlo come ad un figlio, quel sentimento che ti tiene confuso è amore, è il sentimento che muove il mondo"

"Si ha ragione, perchè quello che sentivo per Pilar era passione, era un sentimento che mi teneva alterato, preoccupato, sempre inquieto"

"Perchè la passione e l'amore sono totalmente differenti Juan, perchè nell'amore c'è la passione mentre nella passione non c'è amore"

"Io che ho sempre lottato fin da bambino contro tutte le ingiustizie, io che non ho mai avuto paura di nulla, ora mi sento vulnerabile, perché sento che il mio cuore lo sta prendendo Liliana, so che è una donna coraggiosa, buona, onesta, leale e anche bellissima, ma ho paura... che mi possa tradire. Potrebbe pugnalarmi alle spalle anche lei"

"Ma per favore Juan! Ascoltami, non è una impostora Liliana, la conosco bene... Ora devi prendere il timone della tua vita e andare avanti se vuoi essere felice, pensaci ... a più tardi Juan"

Arrivarono all'isola di Curaçao dove avrebbero scaricato le casse, Juan scese e andò a cercare presso la casa della milizia la persona a cui avrebbe dovuto lasciare la merce. Ad attenderlo trovò invece dei soldati arrivati apposta a prelevare la merce in quanto la persona con cui si doveva incontrare Juan era stata assassinata. Il tenente della milizia prese in carico la merce e i documenti e ringraziò Juan, gli consegnò un cablogramma arrivato proprio per lui quella mattina. Era dei suoi fratelli, Liliana nel frattempo era sulla nave e guardava il movimento di scarico delle casse.

Juan lesse il messaggio che suo fratello gli aveva inviato. Si preoccupò. La sorella di Liliana si era fatta male cadendo da cavallo, e inoltre lo informava che Ramirez stava facendo domande a Veracruz su dove fosse la nave *"l'inaffondabile"*

E così Ramirez si era preso il disturbo di controllare dove fosse la nave, insospettito dalla cosa Juan pensò di mandare a Veracruz Ysidoro così poteva raggiungere anche le sorelle Gonzales e mandare un messaggio a suo fratello.

Tornò alla nave e parlò a Liliana e Ysidoro...

"Mi è giunto un cablo da Julio mi ha avvisato che tua sorella è caduta da cavallo e ora è alla nostra tenuta del Pizzo del Diavolo, se vuoi raggiungerla puoi tornare con Ysidoro".

"Capitano se io torno voi come farete?" domandò Ysidoro.

"Ysidoro c'è Antonio che è sempre stato il mio secondo mi aiuterà lui, ma vorrei che portaste urgentemente un messaggio a mio fratello per cui dovete tornare indietro subito, io devo proseguire il viaggio, come ben sapete."

"Sì Capitano, ma sarebbe meglio che Liliana restasse con Voi, a casa non potrebbe comunque fare di più di quello che le sorelle con Nanà stanno facendo e sarebbe più sicuro."

"Io posso parlare o devo solo ubbidire?" domandò Liliana.

"No certo che no, però ha ragione Ysidoro sarebbe meglio che proseguiste il viaggio con noi e poi potrei avere bisogno di Voi, potreste sostituirmi al timone."

"Cercate di lusingarmi Capitano?" rispose ironica.

Juan strinse le mascelle e si trattenne dal rispondere "Vado a preparare il messaggio per mio fratello se mi volete scusare..." rispose brusco.

Juan scese in cabina e Ysidoro rimasto solo al timone guardò negli occhi Liliana.

"Figliola, perché lo fai sempre imbestialire? Cosa ti prende? Ora che io torno indietro ti prego fammi il favore di non farlo adirare? Prova andargli incontro, Juan è un buono, non ascoltare quello che si dice, non mi sembra che ti abbia mai trattato male, mentre tu spesso sei stata piuttosto scontrosa e pungente con lui, spesso gli rispondi in malo modo."

"Ysidoro, io non comprendo... lo avete sempre difeso perché?"

"Sbagli a parlare così. Non l'ho difeso, ho solo guardato le cose da un punto di vista neutrale, e lui mi piace. È una persona a cui affiderei la mia vita. Per questo ti prego fallo per me, non farlo arrabbiare promesso?"

"Ysidoro come faccio..."

"No Liliana per favore promettimelo!"

Liliana lo fissò negli occhi senza parlare per qualche minuto poi capitolò

"Promesso Ysidoro".

"Ora vado da Juan a prendere il messaggio e poi tornerò a Veracruz. Appena possibile vi farò sapere notizia di Aurora".

L'abbracciò e si voltò per andare dal Capitano.

Capitolo 77

"Non si è ancora ripresa?" domandò Ysidoro.

"No ma è così immobile così calma, è tutta colpa mia" rispose con voce piatta Matías.

"Oh sì certo. Noi uomini ci colpevolizziamo sempre quando succede qualcosa alla nostra donna mentre è in nostra compagnia" disse Ysidoro.

Matías lo guardò, poi tornò a sedersi accanto ad Aurora.

"Matías doveste andare a riposare non c'è nulla che possiate fare qui".

"Ma devo fare qualcosa".

Ysidoro lo guardò socchiudendo gli occhi.

"Avete provato a parlarle, potreste dirle quello che avete nel cuore."

"Pensate che possa sentirmi?"

"Non lo so figliolo, ma che vi costa provare."

"Grazie Ysidoro."

Matías prese una mano di Aurora fra le sue e la baciò.

"Da tanto tempo volevo rivelarvelo amore mio, ma non so se ne ho il diritto. Ma ora so che devo aprirvi il mio cuore e la mia anima davanti a voi. Voglio che sappiate che vi ho amato, che vi amo molto."

"Aurora, siete la donna più bella e dolce che abbia mai conosciuto e incontrarvi e stare con voi è stato il dono più bello che la vita potesse farmi, stare al vostro fianco è stata la concretizzazione dei miei sogni, e ora che vi ho trovata rischio di perdervi di nuovo." Guardava Aurora aveva il viso sereno non era distorto dalla sofferenza, dormiva di un sonno profondo, che neanche il dolore poteva turbare.

"Aurora dalla prima volta che vi ho visto volevo conoscervi, per questo vi ho costretto a stare nella mia tenuta quando siete venuti a tagliare le piante per riparare la nave, ma non ho mai voluto che vi accadesse qualcosa di male. Mi avete rubato il cuore e l'anima..."

La guardava e le teneva la mano fra le sue, ad un tratto sentì un anelito lieve, molto lieve, questo gli diede la speranza, si avvicinò e continuo a dirle parole dolci.

Aurora cercava di capire da dove provenissero quelle voci. Doveva essere morta, aveva sentito molte voci, forse erano gli angeli. Poi percepì un fortissimo dolore al capo non poteva essere morta, ma non riusciva ad aprire gli occhi, ci provava ma non riusciva, aumentava solo il dolore alla testa. Sentì un bacio, sì sì era stata baciata, ne era sicura, erano le labbra... Dell'ombra della notte.

Era ritornato da lei, da lei era venuto a prenderla, furono la sua voce e il bacio a farla tornare dal limbo in cui era precipitata.

Matías sentì le labbra di lei muoversi e dire "Siete ritornato, siete venuto qui da me."

Sorpreso si tirò indietro e vide lei aprire lentamente gli occhi.

"Sapevo che sareste venuto" mormorò sommessamente Aurora

"Veramente Aurora?"

"Sì e ora siete qui", disse Aurora toccandogli il viso e cercando di aprire di più gli occhi.

"Ho temuto di perdervi Aurora".

"No non perdetemi mai più, mai più".

"No, non potrei sopportarlo, ho vissuto un incubo", lui la strinse e la baciò di nuovo.

Quando lui si ritrasse Aurora lo guardo attentamente, batté gli occhi, "ma Voi non siete l'ombra della notte" disse.

"No sono Matías".

"Matías? No, non è possibile conosco bene quel sussurro e quelle labbra".

Matías aggrottò la fronte mentre la guardava negli occhi

"Ora ho capito" disse Aurora, "Ora comprendo perché non mi avete mai baciato, sapevate che vi avrei riconosciuto."

"Già ma ora non ha importanza amore, l'unica cosa importante e che voi state bene e siate di nuovo con me, non vi lascerò più andare".

"Sì salva grazie a voi Matías," e richiuse gli occhi.

"Aurora come vi sentite?"

"Meglio ricordo di essermi sentita al sicuro con voi, ricordo la vostra voce, così ora conosco il vostro segreto".

"Per lo meno uno, mio amore."

"Vi amo Matías."

"Ne siete certa? Non amate L'Ombra della notte?"

"E' veramente importante per voi saperlo?"

"Sì lo devo sapere"

"All'inizio il signore della notte mi ha intrigato è vero, ma poi ho conosciuto voi e anche voi mi avete intrigato allo stesso modo, o forse di più. Ysidoro dice che l'amore coglie di sorpresa senza dare avvertimenti, e ha ragione. Matías, io sono innamorata di voi."

"Aurora non speravo più di sentirvelo dire."

"Non so come ho fatto a vivere fino ad oggi senza di voi."

Capitolo 78

Matías si trovava in biblioteca, mise una mano in tasca e trovò l'anello che aveva acquistato qualche giorno prima. Lo guardava e un dolore acuto e sordo gli saliva dal cuore. Inghiottì la rabbia che lo stava soffocando. Andres lo vide

"Cosa ti prende ora?" gli domandò.

"Nulla"

"Come nulla? Aurora sta bene si è rimessa completamente."

"Sì, ora sa che ero *l'ombra della notte*".

"Sa anche perché lo hai fatto? Che volevi punirli perché si accorgessero dei poveri?"

"Sì"

"Ora è arrivato il momento di sistemare la vendetta con chi ha ucciso mio padre. Ora so chi lo ha assassinato" disse Matías.

"Sai chi è stato? Sei sicuro?"

"Sì ho trovato l'anello che era sparito dalla mano di mio padre il giorno in cui è stato ammazzato, l'ho trovato in un negozio quattro giorni fa e ora si è alla resa dei conti".

Più tardi le sorelle Gonzales con Aurora decisero di rientrare a casa usando la carrozza dei De la Cruz, Andres le avrebbe accompagnate.

Stavano per salire sulla carrozza quando giunse Asuncion accompagnata da Felix il cugino di Matías.

"Aurora come state?" chiese Asuncion? "Quando abbiano saputo che siete stata ferita siamo venuti subito, ma vedo che vi siete ripresa in fretta…"

"Come mai vi accompagna il cugino di Matías?" domandò Aurora.

"Non ve l'ho detto? Non ha importanza, ma lui essendo cugino di Matías viene qui spesso."

"Vedete" disse il cugino, "quando siamo venuti a conoscenza che siete stata ferita in compagnia di mio cugino ci siamo precipitati subito temevano il peggio. Specialmente visto il suo passato."

"Il suo passato?"

"Si immagino che saprete che nella vita di mio cugino c'è qualcosa di oscuro. Delle persone a lui vicine sono morte in circostanze misteriose."

"Non mi piacciono le maldicenze" rispose seccamente Aurora.

"Neppure a me" rispose il cugino, "ma sembra essere più di un pettegolezzo, volevo solo mettervi sull'avviso."

Uscì Matías.

"Felix" disse molto freddamente.

"Matías siamo venuti perché abbiamo saputo dell'incidente, le stavo giusto dicendo come è stata fortunata ad essere sopravvissuta, quando altri prima di lei non hanno avuto la stessa fortuna."

Asuncion disse "Ma siamo qui anche perché vogliamo invitarvi ad una serata che vorremmo dare fra qualche giorno."

"Non so se potrò esserci visto che devo assentarmi oggi stesso" disse Matías.

"Partite?" domandò Aurora e quando lo avete deciso.

"Stamattina".

"E quando tornerete?"

"Per ora non ho una data, devo prima finire di sbrigare degli affari. Fidatevi di me Aurora"

"Grazie di tutto Matías."

Capitolo 79

La nave con Juan e Liliana continuò il suo navigare, un'altra giornata era passata e Liliana non si era fatta vedere. Juan meditava che lo stesse evitando di proposito. Sorrise, quella donna era veramente straordinaria eppure riusciva a farlo infuriare. Forse se non si fossero sposati per forza, avrebbero avuto tempo di conoscersi e forse di fare in modo che le cose andassero diversamente, e anche lei lo amasse.

Juan era al timone come sempre di notte, quando vide un'ombra salire dalla scala. Era Liliana.

La vide e il cuore fece una capriola, e un sorriso si aprì sulle labbra di Juan. Liliana lo vide, e si avvicinò.

"Buonasera capitano"

"Buonasera Liliana,"

"Juan ho avuto modo di riflettere su come mi sono comportata, in effetti, ammetto che vi ho dato del filo da torcere."

"Apprezzo quello che dite, sapendo che siete una persona orgogliosa" rispose Juan sorridendo.

"Anche voi avete orgoglio da vendere Capitano."

"Già, venite, a prendere il timone."

Liliana andò vicino a lui e gli voltò le spalle prendendo il comando.

Lui come sempre stava seduto dietro, sapeva quanto era stato difficile per Liliana fare quelle ammissioni e l'ammirò per questo.

"È una magnifica notte non credete Liliana? La luna è grandissima e le stelle sembrano più luminose del solito."

"Juan come siete diventato romantico?"

"In una notte come questa, viene spontaneo. Quando le parole dondolano sulle armonie di chi ci ama creano un ponte che ne plasma l'intimità."

Lei si voltò e lo osservò "Non vi sapevo così sentimentale…"

"Pensavate fossi solo un selvaggio? Una belva?"

"No certo però…"

"L'esperienza fluttua come un navigato marinaio nelle piegature del tempo per ormeggiare in un'isola chiamata riflessione."

"Juan, …

Lui le passò un braccio intorno alla vita e la strinse a sé.

"Ditemi Liliana cosa sentite?"

Liliana si staccò da lui girandosi per guardarlo in viso

"Io?"

"La rotta Liliana. Sì sì voi cosa provate?"

"Penso…, penso di essere felice"

"Veramente lo pensate?"

Juan le passò nuovamente un braccio attorno alla vita

"Sì…penso che sono felice, felice di stare qui con Voi."

"Quindi pensate che ci possa essere un futuro per noi?"

"Lo spero Juan."

"Domani arriveremo a Aruba, scaricheremo tutto faremo un nuovo carico e torneremo a Veracruz siete contenta?"

"Se lo siete voi, lo sono anche io" rispose guardandolo negli occhi.

Juan si avvicinò per baciarla, ma qualcosa lo fermò, le sfiorò le labbra.

"Forse è ora che andiate a riposare Liliana."

Un po' delusa Liliana lasciò il timone e si ritirò. Juan la osservò mentre ritornava in cabina. Doveva stare più attento, Liliana non aveva ammesso di amarlo, e lui non voleva soffrire ancora.

Dopo Pilar aveva giurato a se stesso che nessuna donna lo avrebbe fatto soffrire di nuovo.

Capitolo 80

Le giornate passavano lente senza notizie di Matías, qualche sera dopo Aurora era sulla spiaggia, vide in lontananza un cavaliere "È tornato!" corse verso casa prese la cavalla e la sellò di corsa.

"Forza Stella andiamo!"

"Matías! Matías aspettami!"

Il cavaliere si fermò e la vide arrivare. Aurora rideva. Era felice, era tornato... era tornato da lei.

Quando lo raggiunse disse "Sapevo che saresti tornato, ti ho atteso tanto."

"Sì Aurora, voi mi avete reso tutto più semplice", allungò una mano le afferrò il polso.

"Ma cosa? Voi? Qui? Che cosa ci fate qui..."

"Sono venuto a cavalcare con voi Aurora."

Lei cercò di liberarsi ma lui stringeva il polso

"Non voglio cavalcare con voi lasciatemi andare."

"Temo che non potrò accontentarvi, verrete con me, noi e voi andremo fino a quella imbarcazione."

"Quella scialuppa?"

"Sì devo andarmene da Veracruz e ho pensato chi meglio di voi potrà essere il mio lasciapassare."

"Non capisco... Ma perché portare me?"

"So che mio cugino mi cerca e quando saprà che sarete in mano mia voglio vedere la sua faccia."

"Non comprendo..."

"Vi punterò questo" disse e tirò fuori un coltello, "e quando vi vedrà to farà tutto quello che vorrò io. Sarà docile come un cane"

"Mi volete usare come esca? No non ve lo permetterò!"

Matías stava andando verso casa Gonzales. Le luci di casa erano spente, ma lui doveva parlare con Aurora non poteva aspettare. Doveva darle delle spiegazioni.

Nanà andò ad aprire. "Matías figlio mio che bello rivederti, non sapevo che saresti tornato oggi, vieni, vieni dentro."

"Nanà voglio parlare con Aurora è urgente."

"No Matías è già a dormire, lo farai domani con calma."

"No, no Nanà, ora le devo parlare, so che le devo una spiegazione prima che sia tardi, ti prego Nanà, cerca di capirmi."

Le prese una mano e la strinse guardandola negli occhi

"Chiamala Nanà, non voglio che pensi che ci siano dubbi o incertezze fra di noi, sono dovuto partire all'improvviso e non ho potuto spiegarle bene io...Nanà ho paura di perderla... Per favore madre, per favore!"

"Matías non puoi aspettare domani...sì, sì, sì va bene. Sei sempre stato impetuoso, figliolo va bene la vado a chiamare."

"Chiamare chi?" disse Soledad che scendeva le scale in quel momento.

"Vostra sorella, vi prego chiamatela le devo parlare assolutamente per favore."

"Va bene vado a chiamarla" fece per salire le scale quando entrò Ysidoro.

"Che succede Ysidoro?" domando Nanà.

"Stavo tornando dalla Posada dicono che il "l'Ombra della notte" li abbia derubati e quando una vittima ha reagito lo ha ferito".

Matías domandò "Por Dios. Non.... Non è morto vero?"

"No no, se la caverà, ma il brigante sembrava avere fretta di andarsene e ora che ho trovato Stella qui fuori sono preoccupato..."

"Credete che abbia rapito Aurora?" domandò Nanà preoccupata
"Non lo so ma farò tutto quello che posso per salvarla" rispose
Matías.
"Per favore mandate vostra sorella a chiamare i miei fratelli e di
raggiungerci sulla spiaggia."

Capitolo 81

Aurora era su una delle navi dei fratelli De La Cruz, era stata legata.

"Che cosa vi fa pensare che vostro cugino verrà in mio aiuto?"

"Non fate finta di non sapere cosa prova per voi? È troppo cavaliere per stare in disparte e guardare morire la donna che ama."

"La donna che ama? In questo momento Matías è fuori da Veracruz vuole starmi il più lontano possibile."

"Se credete una cosa del genere siete una donna stupida. Mio cugino è andato a Città del Messico solo perché ha scoperto che mancano dei soldi dai suoi conti, ma ora è tornato con la milizia."

"Matías è tornato? E voi come fate a saperlo?" disse con le lacrime agli occhi.

"I soldati sono andati a cercarmi a casa di Asuncion, io ero nascosto e ho sentito tutto così ho avuto modo di fuggire

"Perché odiate tanto Matías?" Aurora cercava di farlo parlare mentre cercava di allentare i nodi della corda che le teneva legato i polsi.

"Perchè? Perchè si è preso quello che era mio di diritto".

"Che cosa intendete dire?"

Lui le lanciò un'occhiata torva.

"Matías Munoz mi ha rubato tutto, tutta l'eredita che mi spettava vi sembra poco."

Matías andò alla spiaggia. Era preoccupato non riusciva a trovare né Aurora né suo cugino. Si fermò e cominciò a pensare doveva calmarsi ed usare la testa. Quello che suo cugino voleva era che lo seguisse quindi doveva trovare una traccia, si spostò verso l'interno della arenile quando vide un cavallo fermo, si voltò e vide attraccata una delle loro navi.

Non aspettò l'arrivo dei fratelli. Si sfilò gli stivali e la giacca, la spada e pistola e si buttò in acqua, tenne solo il pugnale, la nave stava andando lentamente e lui pur essendo un abile nuotatore avrebbe impiegato un po' ad arrivarci.

Soledad disse "Guardate Ysidoro i cavalli ma por Dios dove sono?"

"Guardate la nave" disse Andres

"Sì è la nostra" rispose Julio "sta andando, là fra le onde dobbiamo inseguirla fra poco troverà le secche e se non è capace chiunque la porti avrà problemi."

Ysidoro disse "Ci penso io venite".

Matías stava nuotando, sentiva di essere vicino alla nave per il cigolio del legno, era stanco e gli occhi bruciavano per l'acqua salata, si vedeva la nave era avanti a sè e poco dopo la raggiunse.

Matías salì vide che Aurora era sola, come scavalcò la murata sentì un coltello alla schiena.

"State cercando me cugino?"

"Si voltò e vide suo cugino che aveva una pistola e gliela stava puntando alla testa."

"Bene ora datemi il pugnale che avete in vita."

"E adesso alzatevi, vi aspettavo prima, ci avete messo un po' ad arrivare."

"Non mi hai certo facilitato le cose, lasciala andare." ordinò

"Non usare quel tono con me e poi perché dovrei liberarla?"

"Perché questa faccenda riguarda solo noi due lei non c'entra nulla."

"Mi prendi per stupido. Lei c'entra eccome, vedi caro cugino i vostri sentimenti vi si leggono in faccia, questa donna è speciale per te cugino...questo rende perfetta la mia vendetta..." disse ridendo sguaiatamente.

"Certo tu sei tornato a Veracruz dopo anni per vendicarti e invece sono ancora io che mi vendico su di te, perché vedi cugino se volevo solo ucciderti lo avrei fatto uccidendoti prima che tu salissi la scaletta, ma ora ti farò capire che sono io ora che comando", prese la mira e sparò.

Matías cadde per terra con un braccio ferito e sanguinante.

"Che gusto vederti in ginocchio davanti a me cugino, e giusto il posto adatto a voi, come un cane rognoso che mendica qualche avanzo di cibo."

"Che cosa vuoi da me?" chiese Matías.

"Tutto! Voglio tutto quello che mi spetta, tutto quello che sarebbe stato mio fin dall'inizio e che tu mi hai rubato."

"Stando ai miei avvocati hai già rubato tanto di quel denaro che potreste vivere tranquillamente."

"E perché non avrei dovuto? Se non fosse stato per te cugino avrei ereditato tutto io, tutti i vostri possedimenti e la vostra tenuta sarebbero ancora miei."

"Un momento. State per caso asserendo che lo odiate solo per il fatto che sia nato?" domandò Aurora.

Felix si voltò a guardarla.

"Esatto! Sì è proprio così lo odio per il fatto che sia venuto al mondo! Peggio ancora questo bastardo è stato adottato da una coppia senza figli, e ha ricevuto così tutto quello che sarebbe dovuto essere mio."

"Non comprendo..., ma cosa state dicendo?" disse Aurora confusa guardando prima Matías e poi il cugino.

"Ah! ... Cugino...cugino" disse ridendo, "allora non le avete detto la verità cugino?"

"Lo avrei fatto al momento giusto."

"Oh sì certo, e come le avreste detto che siete un figlio bastardo e di essere stato adottato da mio zio? Ereditando un patrimonio che sarebbe dovuto essere mio, visto che sono il parente più prossimo."

Capitolo 82

Aurora restò ammutolita, Matías era stato abbandonato, ora capiva, il suo affetto e l'aiuto verso i bambini abbandonati, il suo desiderio di essere libero. Aurora fissò Matías il viso era indurito dal dolore e dalla rabbia e sentì una stretta al cuore. Lo sguardo scuro di odio di Matías era rivolto verso suo cugino.

"Ora puoi uccidermi, ma non otterrai mai le mie ricchezze perché tutto quello che ho andrà ai miei fratelli. A questo non avevi pensato cugino? Dopo che avete tentato di uccidermi buttandomi legato in mare, sono stato tratto in salvo e portato a Veracruz, dove grazie a Don Armando sono potuto partire con i De la Cruz che mi ha fatto da famiglia...Ora i miei fratelli erediteranno tutto, tu non avrai nulla, perché ho provveduto a lasciare un testamento da Don Armando."

"Brutto bastardo! Mi consolerò nel vederti soffrire mentre ti uccido."

"Non pensi che aver ucciso mio padre sia stata una vendetta sufficiente?"

Il cugino impallidì "E tu come lo sai? Come hai fatto a scoprirlo?"

"L'anello, mio padre lo indossava la notte in cui fu ucciso, quando trovai il suo cadavere l'anello non c'era più, sapevo che doveva averlo l'assassino. Ma probabilmente non pensavate che capitassi in quel negozietto?"

"No certo, ma non ha importanza, oramai la cosa è fatta ed io avevo bisogno di denaro."

"Hai sempre avuto bisogno di denaro, per questo mio padre non piaceva avervi in casa."

"Taci! Mi hai stancato, ti ho ascoltato anche troppo, mettiti giù in modo che possa tenerti d'occhio."

"No! Falla finita! Uccidimi e finiamola qui,"

"Ti piacerebbe non è vero che ponessi fine alle tue sofferenze in breve tempo?"

"Ma non sarà cosi, vedi ho cercato di ucciderti sia nella tua tenuta, mettendo quella trappola sia a BuenaVista, ma anche lì sei riuscito a salvarti."

"La tua avidità cugino è la tua rovina."

"Non è vero! Solo che tu hai avuto ciò che era mio, mio capisci?"

"Risparmiala..." gridò Matías.

"Oh! Cosa sento... Mi sembra una nota di panico nella tua voce cugino sei davvero pronto a supplicarmi Matías?"

"Sì sì supplicherò e striscerò se serve per salvarle la vita."

Il cugino fece una risata stridula

"Che soddisfazione uno degli uomini più ricchi di Veracruz che mi supplica, sareste davvero disposto a rinunciare a tutto?"

"Sì, sì basta che lasciate Aurora libera."

"Ammetterete che avete ucciso voi vostro padre?"

"Va bene firmerò quello che volete."

"Ti piacerebbe, ma se lo facessi arriverebbe a casa e avviserebbe gli altri o la milizia e poi testimonierebbe contro di me." Rise con cattiveria, "Hai lo stesso sguardo che aveva tuo padre quando gli dissi che se mi avesse nominato suo erede non lo avrei ucciso."

Capitolo 83

"Ma quello stupido rispose che tu eri suo figlio a tutti gli effetti, capisci, io lo tenevo sotto tiro con una pistola e lui parlava bene di te, *continuava a lodarti*! E io gli sparai, poi sentii dei passi e fuggii perché compresi che mi avrebbero scoperto."

"E ora tocca a te cugino, farai la sua stessa fine, anche se mi fate pena, così debole che riuscite a malapena a reggervi in piedi; cosa pensate di fare eh…?"

"E invece a noi cosa farete?"

"A voi? Voi chi?" Felix si girò.

Si trovò davanti a Julio e Andres e dietro Rosanna e Soledad con Ysidoro.

"Voi non c'entrate nulla anzi se ve lo ammazzo avete tutto da guadagnare… No? Ha lasciato tutto a voi, siete gli eredi di questo bastardo!"

"Non uccidetelo. Lo voglio vivo!" disse Matías prima di cascare a terra.

"Come vuoi fratello anche se il mio più grande desiderio è ucciderlo qui all'istante. Questa canaglia non merita certo pietà dopo quello che ti ha fatto", disse Julio, intanto tutti si corsero intorno a Matías e ad Aurora tenendo sotto tiro della pistola il cugino.

"Matías, amore mio devi resistere non puoi morire Matías."

"Tranquilla si rimetterà, la pallottola non ha toccato gli organi vitali" disse Ysidoro mentre lo stava fasciando. Aurora gli era accanto non lo aveva voluto lasciare un attimo.

"Ysidoro grazie "disse Aurora "ma come avete fatto ad arrivare qui?"

"Ho preso una scialuppa al porto e siamo venuti subito qui, ma la milizia che è già avvisata ci attende a Veracruz con il cugino di Matías".

Tornarono al porto il cugino fu preso dalle autorità, Matías disse che doveva seguirle per poter spiegare gli avvenimenti e che poi l'avrebbe raggiunta.

"Vengo anche io, posso esserti di aiuto" disse Aurora.

"No...Preferisco che tu vada a casa, appena terminato tornerò. E' una promessa".

"D'accordo, anche se non sono contenta di questa tua decisione" disse

Capitolo 84

Il giorno dopo i due fratelli di Matías andarono a casa Gonzales. Aurora vide che mancava Matías.

"Dove Matías? Come sta?"

"Nostro fratello non ritorna per il momento".

"Non comprendo. Cosa vuol dire non torna. Perché?"

"Ha detto che doveva fare una dichiarazione alla milizia una sorta di confessione. Ora che sapete voi lo capite Aurora…".

"Una confessione?" domandò spaventata Aurora.

"Ysidoro è al corrente di questa faccenda!" disse Julio.

"Ysidoro! Voglio sapere di cosa avete discusso sulla nave con Matías!"

"Calmati Aurora. Mi ha detto che ti ama, che ti ama molto, ma che a causa di questo sentimento che nutre per voi vuole essere un uomo integro anche se questo potrà costargli la prigione."

"La prigione? Siete sicuro?" domandò in un sussurro Aurora.

"È il luogo dove mandano i malviventi, mi ha confidato che L'Ombra della notte era lui."

"E voi Ysidoro gli avete creduto?"

"Figliola, mi sembra una persona onesta e se lo ha detto vuol dire che è vero."

"Ysidoro io non vi comprendo. Lo ritenete un uomo onesto e nel frattempo un furfante?" disse Aurora alzandosi

"Dove state andando Aurora?" domandò Andres.

"A Veracruz per impedire che Matías commetta un terribile errore."

Julio vide Aurora uscire di casa di corsa e la seguì

"Ma dove andate da sola Aurora? disse raggiungendola.

"Da vostro fratello. Ha bisogno più che mai di me ora."

"Non andrete da sola. Vi accompagno." Presero i cavalli e cominciarono ad andare verso la stazione della milizia. Appena arrivati Aurora entrò senza aspettare.

"Sono Aurora Gonzales, e devo fare una denuncia" disse.

"Davvero?" disse il tenente.

Aurora si guardò intorno nella stanza e vide seduto vicino ad una scrivania Matías. Aveva ancora i vestiti sporchi di sangue del giorno prima, gli occhi erano stanchi e arrossati ed il viso rigido.

"Che serata" disse la guardia, "Il signor Munoz ha già testimoniato contro suo cugino, e mi stava dicendo proprio ora che anche lui aveva una ammissione da fare."

"Allora ditemi pure cosa c'è che non va Signorina Gonzales?"

"Ieri sera sono stata rapita dall' Ombra della notte".

"Il pericoloso bandito?" domandò il tenente.

"Sì, è davvero infido e mi ha ferita vedete?" e mostrò il braccio "inoltre mi è anche stato detto che altre persone sono state derubate da quel mostro".

"Già ieri sera non si parlava di altro" disse la guardia.

"Una delle vittime è stato colpito con la pistola".

"Hanno identificato il bandito?"

"Voi signorina sareste in grado? Portatelo qui per il riconoscimento!"

"Sì certo! È lui" disse indicando il cugino Felix "È lui era vestito tutto di nero."

Vennero fatti entrare gli altri testimoni.

"Sì è lui riconoscerei quegli occhi ovunque" disse un testimone.

"Sì, sì era stata quella bestia feroce" intervenne un altro.

"Un uomo da tenere in prigione" disse un terzo testimone.

"Siete tutti certi che sia lui?" domandò il tenente.

Le tre vittime annuirono e ringraziarono.

"Vi ringrazio" disse il capitano annotando i loro nomi nel verbale. Poi rivolgendosi a Felix Munoz "Dubito che resterete in carcere per molto, le accuse per tentato omicidio vi costeranno la vita."

In quel momento Matías perse i sensi. Il capitano lo fece sorreggere e mettere in una lettino nella camera adiacente.

Dopo qualche ora Matías si risvegliò e Aurora era con lui, "Dove sono…Che ora è?" domandò

"Quasi mezzogiorno"

"Mezzogiorno?" domandò Matías.

"Sì"

"Devo raccontare la verità, devo parlare con il Tenente".

"Per confessare? Non starai parlando sul serio?"

"Ascolta Aurora cerca di capire…"

"Io comprendo che tu credi alle parole di Felix, e sei convinto di non essere degno di quello che hai perché non ti spettano di nascita, perciò intendi disfartene in questa confessione."

"Aurora, mio cugino ha detto la verità, non sono *solo* un bastardo. Sono stato adottato."

"Sei stato adottato da una famiglia che ti ha amato."

"I miei genitori adottivi non potevano avere figli perciò mi portarono via dall'orfanotrofio e mi hanno riempito di affetto e di tutte le cose che un bambino può volere, io non lo sapevo ero troppo piccolo. Quando mio padre me lo raccontò mi spiegai molte cose, la mia natura ribelle, io non sono un gentiluomo."

"Cosa stai dicendo? Hai restituito ciò che hai preso e lo hai fatto in fin di bene."

"Sì ma sono sempre un ladro, comprendimi Aurora lo devo fare per te, per me, per noi."

"Non lo fare, temo che se lo fai non ti vedrò mai più."

"Dimmi che capisci amore, dimmi che mi comprendi ho bisogno di sentirtelo dire. Voglio essere degno di te, devo riscattarmi"

Con le labbra tremanti Aurora disse:

"Comprendo credimi e ti amo per questo ma non posso accettare il pensiero di quello che accadrà"

Capitolo 85

"Devi darti una calmata, so che vorresti sfidare José a duello ma così non faresti certo un favore a Soledad, sai come vanno queste cose..., e reagire è come confermare e sino ad ora non ci sono prove che sia stato lui a metterli in giro i pettegolezzi, anzi in apparenza è impegnatissimo a riconquistare la sua Soledad" disse Julio.

"Allora dovrò trovare un altro cavillo per piantargli una pallottola in corpo" esclamò con ferocia Andres e continuò "Hai qualche idea?"

Suo fratello si soffocò con il brandy.

"Insomma Julio, tu volevi prendere a frustate quel tipo al mercato quando ha tentato di violentare Rosanna, ora tu vuoi che io me ne stia buono con le mani in mano mentre quel bastardo cerca di rovinare Soledad?"

"È possibile che questa volta voglia davvero sposarla" rispose Julio sorridendo.

Andres si sentì morire, non credeva certo che José avrebbe avuto l'impudenza di corteggiare Soledad, che non lo incoraggiava ma nemmeno lo respingeva, l'idea che quella canaglia potesse arrivare al cuore di Soledad lo rivoltava.

"Che senso ha pensare se poi non risolvo il problema, meglio ubriacarsi". Disse andando verso il tavolo dei liquori

"Con un terzo di bottiglia? Dubito tu ci riesca".

Quella sera erano alla festa dei Santos Torres ad un certo punto José andò da Soledad e le ridomandò di sposarlo e al suo rifiuto la prese per un gomito e la portò sulla terrazza intimandole di non fare scene e cercò di baciarla.

"Smettetela vi ho detto!" disse rabbiosa Soledad.

"Lasciatela. Che cosa diavolo pensate di fare?" La voce di Andres era dura.

Lui la lasciò andare di colpo e Soledad vacillò, dietro trovò le sorelle e Andres con Don Armando.

"Sto sancendo il mio fidanzamento De la Cruz con la signorina Gonzales disse con un ampio sorriso maligno, la signorina ha appena accettato di diventare mia moglie, così potreste essere i primi a farci i complimenti".

Soledad fece per negare ma la voce gelida di Andres glielo impedì.

"Vedo! Congratulazioni Signore auguro a entrambi ogni felicita" girò sui tacchi e lasciò il salone.

Mentre lo vide allontanarsi e scomparire tra gli invitati Soledad dovette appoggiarsi alla spalliera di una sedia per non cadere, Aurora accorse subito al suo fianco obbligando José a farsi da parte.

"Senza dubbio signore deciderete la questione con il nostro padrino in un ambiente più appropriato." Disse con voce dura Rosanna

"Sicuro" disse Vidal "Vi aspetto nei prossimi giorni nel mio studio."

Soledad voleva andarsene, ma le sorelle glielo proibirono.

"Un'uscita teatrale è già sufficiente per questa sera, non ce ne serve un'altra o la gente comincerà a spettegolare, piuttosto pensa a quello che farai quando rivedrai Andres."

"È troppo alto per me! Non potrò mai a prenderlo a schiaffi!" protestò Soledad.

"Allora salite su una sedia "suggerì Julio girandosi ad abbracciarla e trattenendo a stento una risata.

Alla sera a casa Julio parlò con le sorelle Gonzales "e ora cosa possiamo fare per ovviare a quanto avvenuto?"

"È stato un bel disastro?" domandò Nanà

"Potremmo sopprimere vostro fratello?" disse Aurora inferocita.
"È solo un idiota, non vede come è disperata nostra sorella? Lei
lo ama e lui le sta facendo fare la vita un inferno" disse Rosanna.
"Rosanna mio fratello le ha chiesto di sposarlo…" disse Julio
serio.
"Sì ma per senso di dovere, per cavalleria" ribadì Aurora.
"Che bestialità dice un uomo quando è confuso eh?" rispose
sorridendo Julio "E l'amore all'inizio fa questo effetto a molti".
Rosanna spalancò gli occhi
"Ma allora vuoi dire che Andres sa di essere innamorato?"
domandò Rosanna.
Julio scoppiò a ridere "Oh sì almeno fin lì ci è arrivato amore
mio".
Il mattino seguente Andres spinto dal fratello tornò a casa
Gonzales per parlare con Soledad.
"Soledad voglio dirti che per quanto non sia d'accordo sulla tua
scelta, non posso ostacolare il tuo matrimonio".
"Ma io non voglio sposare José" rispose lei.
"Soledad se vuoi sposarlo…"
"Non voglio, non voglio sposarlo lo capisci!"
Andres la guardò basito
"No? Ma allora…. Allora perché non glielo hai detto ieri sera?"
"Certo che l'ho fatto!"
"Non comprendo. Hai rifiutato di sposarlo? E allora perché?"
"José non è tipo da accettare rifiuti, gli ho detto di no e mi ha
afferrato per un braccio e mi ha portato con la forza fuori
dicendomi di non fare scenate e poi appena ha tento di baciarmi
siete arrivati voi e il resto lo sai"
"Ma tu non hai detto nulla!"
"Ero così stordita da non capire quello che stava succedendo.
Non mi aspettavo certo che proclamasse il nostro fidanzamento
ai quattro venti e soprattutto che tu gli facessi le tue

congratulazioni" disse asciugandosi rabbiosa una lacrima Andres comprese di aver aiutato José per poi lasciarla al suo destino. Julio gli aveva riferito che era dovuta restare al ballo con un sorriso stampato sulla faccia quando probabilmente desiderava solo rifugiarsi nella sua camera a piangere.

"Andres se lo respingo la mia reputazione è rovinata?"

"No!" asserì deciso Andres "e se prova ancora a fare qualcosa io..."

"No ti prego non sfidarlo a duello. Non voglio" Soledad balzò in piedi la voce tremante e gli occhi terrorizzati.

Capitolo 86

Andres la guardò attonito. 'Dopo tutto quello che le aveva fatto, possibile che si preoccupasse per quella canaglia? ' pensò.

Soledad si avvicinò preoccupata e lo afferrò per un braccio "Devi giurarmelo! Ti prego non sopporterei che ti ferisse".

'Era preoccupata per lui? ' Andres coprì la sua mano con la propria. Forse sarebbe riuscito a farle capire che l'amava, in fondo tutta Veracruz non aveva avuto problemi a capirlo ma perché proprio lei non doveva riuscirci?

Fece un respiro profondo e si buttò.

"Soledad, ricordi che una volta ti ho chiesto di sposarmi? Vorresti riconsiderare la mia proposta?"

"Non sono ricca e non ho alcuna posizione sociale ho solo il mio..."

Si fermò di colpo stava per dire il mio amore, ma si trattenne in tempo.

"D'accordo accetto per una questione di onore."

"Accetti dunque di sposarmi solo per una questione d'onore?" chiese cercando di mantenere ferma la voce.

"Quale altra ragione potrei avere? Anche tu mi hai chiesto di sposarti per una ragione di onore."

"Te l'ho chiesto perché volevo proteggerti, perché io..."

"Sì perché ti sentivi responsabile."

"Al diavolo la responsabilità!" esplose Andres tendendo una mano verso di lei, "Io tengo a te ...molto. Io...io ti amo Soledad."

Quel tono cauto e flebile la colpì pareva che Andres si fosse strappato a forza quella dichiarazione.

"E ora se vuoi scusarmi dovrò rispondere a José Garcia" disse Soledad.

"Lo hai già rifiutato no?"

"S...sì ma..."

"Allora non c'è bisogno di scrivergli, l'annuncio del nostro fidanzamento sui giornali sarà la risposta sufficiente."

Soledad incapace di parlare assentì. Andres immobile e rigido si limitò ad aprire la porta, si girò verso di lei.

"L'annuncio del nostro fidanzamento comparirà sul giornale il giorno dopo la serata a casa di Don Armando. Noi daremo la notizia a quella cena."

Non riuscendo ad aggiungere altro, aveva la gola secca e il corpo irrigidito, fece per andarsene

"Andres io..." Soledad lasciò la stanza di corsa.

Pochi minuti dopo la porta si aprì ed entrò Rosanna

"Congratulazioni Andres."

"Lasciate perdere, Soledad vi ha spiegato perché ha accettato la mia proposta?"

Rosanna mosse la testa in senso affermativo "Direi di sì"

"Lei non mi ama" dichiarò Andres in tono amaro

"E lo ha detto in modo palese?"

Andres si passò una mani sui capelli in modo rabbioso mentre camminava per la stanza

"Non ce n'era bisogno! Cosa dovrei pensare quando mi ha accettato solo per una questione di onore?"

"Tutto quello che mia sorella mi ha detto e che tu le hai rinnovato l'offerta e lei ha accettato poi è scoppiata a piangere. Le hai per caso detto che l'ami? E lei non ti ha creduto?"

"Por fe de Dios, Rosanna ma certo che l'amo! È lei che non..."

"Prova a ragionare Andres! Perché Soledad sarebbe così sconvolta all'idea che tu non l'ami se non fosse innamorata pazza di te."

Andres tornò a casa dei fratelli più confuso e turbato che mai, una sola cosa era chiara Soledad lo amava davvero, ora doveva trovare il modo di convincerla che il suo sentimento era vero e ricambiato.

Capitolo 87

Era oramai sera quando la nave *"l'inaffondabile"* stava attraccando al Porto di Veracruz. Una drappello di soldati armati venne a cercare Juan.

"Capitano Navarro Altamira vi prego di volerci seguire per delle spiegazioni. Ci risulta che questa nave da lei comandata ha rubato delle casse di proprietà del governo."

"Tenente vi state sbagliando vi hanno male informato" disse Juan.

"Vi preghiamo di seguirci, altrimenti saremo costretti ad arrestarvi".

"Juan, Juan cosa succede?" domandò Liliana sopraggiunta in quell'istante sul ponte.

"Nulla devo seguire il Tenente per delle spiegazioni. Non è nulla, sistemerò tutto. Avvisa solo, se puoi, Don Armando di venire alla caserma"

Liliana preoccupata scese dalla nave e corse dal padrino.

"Liliana che bello vederti! Siete appena arrivati?"

"Sì padrino siamo arrivati al porto da poco. Padrino vi supplico aiutatemi hanno arrestato Juan."

"Arrestato Juan? E perché?"

"Non lo so, non me lo ha voluto dire, ma è venuto un tenente della milizia."

"Oh padrino! Vi prego! Aiutatemi."

"Sì sì andiamo subito."

Raggiunsero la caserma ed entrarono.

"Buon giorno tenente sono l'avvocato Vidal sono qui per il Capitano Juan de la Cruz."

"Buon giorno a voi, in verità qui abbiamo il capitano della nave ma ci risulta dalle denuncia fatta che si chiami Juan Navarro Altamira."

"L'hanno male informata, il Capitano si chiama Juan Navarro Altamira De La Cruz. E poi mi ha detto una denuncia? Da parte di chi e per cosa?"

"È venuto da noi il Signor Ramirez dicendo che questa nave aveva rubato delle casse da un'altra nave la *"sirena"*, le casse erano di proprietà del governo e dovevano essere lasciate presso il delegato che è stato trovato assassinato. Il signor de la Cruz deve rispondere di furto e assassinio".

"Non c'entra niente, ero anche io con mio marito e posso assicurarvi che non c'entra nulla e che le casse sono state consegnate come da ordini alla milizia presso l'isola di Curaçao" disse Liliana.

"Portate qui il prigioniero e andate a chiamare Ramirez" disse il tenente.

Poco dopo entrò Juan, aveva le catene e come vide Liliana il viso s'incupì. "Don Armando la porti via di qua." urlò

"Figliolo mi ha chiamato apposta per venire qui, le accuse sono pesanti, Ramirez ha testimoniato contro di te, e Liliana ha detto al tenente che tu non c'entri in questa storia."

"Juan, Juan ti tireremo fuori di qui" disse Liliana.

Juan fece un debole sorriso verso Liliana poi rivolgendosi a Vidal.

"Ramirez? Ramirez testimone contro di me?"

"Fate entrare Ramirez" disse il Tenente.

"Buon giorno signor Ramirez," disse il tenente "allora siete qui per confermare le accuse sul capitano Juan Navarro Altamira?"

"Sì, certamente. Ho saputo da fonte sicura che la nave *"l'inaffondabile"* era partita per attaccare la nave che portava le casse di proprietà del governo."

"E voi come potevate avere queste informazioni?" domandò il tenente.

"Ho una compagnia di navigazione e fra di noi queste informazioni si vengono sempre a sapere".

"Così Ramirez date per scontato che le voci che circolano siano corrette e che *"l'inaffondabile"* sia partita davvero per attaccare la nave *"La sirena"*?" domandò Vidal.

Ramirez socchiuse gli occhi "Siamo passati più volte davanti alla baia nella quale di solito è ancorata e non c'era traccia di lei e chiedendo informazioni ci hanno detto che aveva preso il mare."

"E voi stavate curando quella nave? Perché?" domandò Vidal.

"Semplicemente per dare un servizio al Governatore."

"Ah sì? Siete al servizio del Governatore?" domandò Liliana.

Juan osservò Liliana. Non doveva sorprendersi, era una donna straordinaria, di grande valore.

"Certamente e voi dovreste essermi grata che vi tolgo dalle grinfie di questa persona. Un ladro un assassino, un bastardo, vi ha compromessa con l'inganno e la vostra madrina vi aveva avvisata. Siete ancora in tempo a liberarvi di lui basta che firmate la richiesta di annullamento del vostro matrimonio che la vostra madrina ha pronto".

"Voi mentite!" disse Liliana "Tenente posso dimostrare che sono tutte menzogne quelle dichiarazioni fatte da Ramirez, mio marito non è colpevole di nulla."

Juan la guardava, lo stava difendendo, sentiva il suo cuore aprirsi lo aveva chiamato "marito".

"E come potete dimostrarlo?" chiese il tenente.

"Perché la nave *"l'inaffondabile"* è al servizio del Governatore e ho qui il documento che attesta quello che sto dicendo" lo prese e lo porse al Tenente.

"Ecco tenente come può vedere il governatore ha scritto questo lasciapassare nel quale dà incarico alla nostra nave di vegliare sulle acque territoriali, come faceva mio padre".

"Non può essere, è tutto falso, se fosse vero Asuncion me lo avrebbe detto" rispose urlando Ramirez.

"Tenente," disse Juan, posso provare che il signor Ramirez aveva assoldato il comandante della nave "lo Squalo" per attaccare la nave del capitano Gonzales. Attacco che costò la vita sia al Capitano che a suo figlio Adrian."

Liliana lo guardò sbigottita, non aveva detto nulla fino ad allora, si era sbagliata su di lui? Le aveva taciuto quei particolari, ma perché? Doveva convincersi che era il Juan di sempre così chiuso così duro. Juan estrasse la lettera piegata e la porse al tenente.

Il tenente dopo aver letto i due documenti disse "Alla base di quanto letto e dimostrato, dichiaro in arresto il signor Ramirez" si girò verso di lui e fece segno alla guardia di prenderlo in consegna.

"Togliete i ferri al Signor Juan Navarro Altamira de la Cruz."

"Mi spiace Capitano, so che siete una persona di parola ed estremamente corretto, ma avevo una denuncia contro di voi e ho dovuto agire in tal senso".

"Nessun problema, ora però vorrei poter andare a casa."

"Certamente siete libero."

Juan abbracciò Liliana "Grazie per quello che hai fatto sei una donna straordinaria" le sussurrò.

Don Armando lo abbracciò e disse "andiamo, dovete riposarvi, specie tu Juan, immagino non avrai dormito in prigione. Tra pochi giorni darò una festa per tutti voi e vi voglio presenti."

Capitolo 88

Matías era in catene quando fu portato dal magistrato. Aurora lo guardò e sentì una pena per lui, aveva le guance coperte da una barba di diversi giorni e i capelli troppo lunghi gli cadevano sul colletto della camicia sporca.

In tutta Veracruz si parlava della confessione *dell'ombra della notte*.

"Matías Munoz" la voce dura e severa del magistrato echeggiò nell'aula affievolendo il brusio di voci nell'aula.

"Sì signor Giudice" rispose con voce stanca.

"Voi avete ammesso di essere l'Ombra della notte è così?"

"Sì signore".

"Comprendete bene che la pena per questo tipo di crimine è la reclusione a vita?"

"Sì signore"

"Cosa volete dire per discolparvi?"

"Nulla signore"

Il magistrato guardò la folla in aula, "Se ci sono presenti testimoni dei crimini di quest'uomo, che si facciano avanti."

Tutti ammisero che mentre venivano derubati erano stati trattati con cortesia e che tutti gli oggetti erano poi stati riconsegnati.

"Quindi tutti state dicendo che nessuno di voi è stato offeso da questo uomo?"

"Sì signore si è comportato sempre da gentiluomo."

"Gentiluomo? E che mi dite dell'uomo che è stato ferito con un colpo di pistola?"

L'uomo si alzò e si fece avanti "Signor Giudice non è stato quest'uomo a spararmi, ma un altro"

Il magistrato guardò nella folla "c'è qualcun altro che desidera testimoniare?"

"Parlate pure reverenda madre".

"Giudice, conosciamo da molti anni Matías Munoz. Se non fosse per la sua generosità noi non saremmo in grado di provvedere ai bambini. Ci ha sempre donato vestiti, giochi e generose somme di denaro, anche quando viveva in Europa non mancava mai di farci pervenire del denaro. E' vero che ci ha lasciato i gioielli da restituire ma lo ha fatto in modo che i proprietari vedendo i bambini si sentissero incentivati a lasciare qualcosa".

"E tu? Vuoi dire qualcosa?" disse rivolgendosi a Eduardo

Il bambino divenne rosso, abbassò la testa e si rifiutò di guardare Matías

"D'accordo va bene c'è qualcun altro che vuole parlare?" domandò il magistrato.

Le sorelle di Aurora intervenirono.

Soledad "È un uomo buono e generoso, ha sempre fatto per gli altri e mai per sé, non potete condannarlo è sempre stato prodigo e si è sempre messo dalla parte degli infelici."

Rosanna intervenne sostenendolo "un uomo che ha sempre pensato al suo prossimo, un uomo che ha sempre aiutato chi stava peggio di lui, un uomo buono. Non potete commettere una nuova crudeltà verso di lui dopo quello che ha passato. Volete punirlo perchè non ha voltato la faccia verso chi aveva bisogno? ".

Poi fu la volta dei fratelli che intervenirono parlò per primo Julio "Ha passato un'infanzia triste, abbandonato in un orfanotrofio, prima di essere adottato da una famiglia che gli aveva dato amore, e poi tutto gli viene tolto perché gli uccidono il padre, si accorgono che è vivo e lo tentano di affogare, viene salvato e affidato a De la Cruz."

Poi toccò ad Andres, "Non dimentichiamo che dopo tutto questo i suoi parenti gli avevano saccheggiato i suoi beni, perché pensavano che fosse morto affogato e che la morte di un padre che adorava gli aveva lasciato un vuoto incolmabile, nonostante l'amore dei miei genitori i De La Cruz. Eppure dopo quello che ha vissuto è rimasto buono e generoso ha riversato l'amore su degli altri orfanelli."

"Tornate a sedervi mentre pronuncio la sentenza" ordinò il giudice.

Capitolo 89

Prima che il magistrato potesse iniziare a parlare Eduardo corse accanto a Matías, e lo prese per mano.

"Non condannate Matías giudice è come un padre per me, per tutti noi, ci fa sentire unici, ci fa sentire importanti, ci ama".

"Allontanati dal prigioniero. Vai a sederti".

"No aspetti non può farlo" continuò Eduardo "Io non ho mai conosciuto mio padre, ma ho sempre immaginato che fosse come Don Matías, e ho pregato tutte le sere che mi prendesse con lui e mi facesse diventare suo figlio."

Un brusio si levò dal pubblico. Matías lo guardò era commosso.

"Come mai desideravi diventare suo figlio?" domandò il giudice.

"Perché ... Perché lui è buono, nobile e generoso con tutti"

"Ma è anche un ladro ragazzo".

"Forse signore, ma vi ricordate il buon ladrone. Il giorno in cui morì gli vennero perdonati i suoi peccati dal figlio di Dio che morì accanto a lui, vi prego signore abbiate per lui la stessa clemenza che fu mostrata al buon ladrone".

"Chi ti ha raccontato questa storia, la reverenda madre?" domandò il magistrato.

"No signore è una storia che mi ha raccontato Don Matías quando ha scoperto che avevo rubato. Per prima cosa mi ha fatto rendere la mela al suo proprietario e poi perché ero a disagio e mi vergognavo mi ha raccontato quella storia".

"Hai più rubato ragazzo?"

"No signore desideravo che fosse fiero e orgoglioso di me, così che un giorno pensasse che ero degno di lui".

"Allontanate subito questo ragazzo" disse il magistrato.

"Molto bene! Allora Signor Munoz per prima cosa io non giustifico il furto in nessun modo, ma dato che ogni cosa è stata restituita, ciò che avete fatto non può essere definito furto e non so proprio come chiamarlo. E devo anche ammettere che da quando faccio il giudice non ho mai visto manifestazioni di amore e solidarietà come oggi, spero continuerete ad esserne degno."

"Toglietegli le catene! Il signor Munoz è libero di andarsene".

Aurora trattenne un urlo, Matías passò dal magistrato a ritirare il foglio di assoluzione, e mentre lo prendeva il magistrato gli disse

"Auspico che in futuro troviate un modo più consono per i vostri impulsi che vi hanno spinto a comportarvi come un malvivente."

"Sì signore, grazie signore".

"Ricordatevi di rispettare sempre la legge".

"Sì signore lo farò".

Mentre gli toglievano le catene Don Vidal si avvicinò e anche Aurora che lo abbracciò. Dalla folla saliva un vociare di contentezza ed un lungo applauso. Matías si s'irrigidì e allontanò Aurora

"Non toccarmi Aurora, sono tutto sporco."

"No ha importanza Matías, ora sei finalmente libero."

"Libero..." ripeté Matías chissà se sarò mai libero disse guardando tutte le persone intorno "non vi merito ma vi ringrazio tutti quanti per la vostra gentilezza".

Prese fra le braccia Aurora e la strinse a sè con tanta forza quasi avesse paura che scappasse. Era libero, non ci credeva ma era libero. Tutti vennero a stringersi a lui

"Un uomo che spero chiamare marito" disse Aurora sorridendogli.

Matías la guardò sorridendo "Si tratta per caso di una proposta?"

"Muhmm... Sì proprio così. So di sembrarti impertinente ma d'altra parte non mi preoccupo molto delle convenzioni, accetti la mia proposta?"

"Credo che prima dovrei chiedere il permesso al tuo padrino."

"Era ora" disse sorridendo don Vidal, "avete il mio permesso."

Mentre gli altri ridevano ed esultavano Matías perse fra le braccia Aurora e la fece girare in tondo e la baciò.

"Quando ci sposiamo?"

"Fosse per me chiederei al giudice di farlo ora."

"Oh no" disse don Vidal, "faremo due matrimoni allora, insieme e poi dobbiamo presentare una petizione per l'adozione di Eduardo Matías".

"Già," si girò cercò il ragazzo "Eduardo vorresti veramente diventare mio figlio?"

"Parlate sul serio Matías?" Gli occhi del ragazzino si illuminarono per la gioia, era commovente vedere la sua esultanza.

"Certo Eduardo, nel giorno in cui mi sposerò avrò anche un figlio."

"Due matrimoni, e uno splendido ricevimento ci sarà da preparare" disse Don Armando.

"Due matrimoni?" domandò Matías.

"Sì perché Julio e Rosanna si sono fidanzati anche loro" rispose Don Vidal.

Matías prese in disparte Aurora, "Amore mio ti darò qualsiasi cosa tu desideri, faremo il ricevimento più grandioso che si sia mai visto a Veracruz."

Capitolo 90

Due sere dopo Rosanna dovendo andare a portare delle carte a Julio decise di portare anche la sorella Soledad alla tenuta dei De la Cruz,

Appena entrate Celia le fece accomodare presso la biblioteca, "Scusate Celia ma Don Julio è in casa?"

"Sì signorina, è nel salone e si sta esercitando a tirare di scherma con suo fratello." Rispose scuotendo la testa

"Un duello nel salone?" domandò Soledad.

"Meglio nel salone signorina che in biblioteca, prima si esercitavano di là, su andate a sedere e non preoccupatevi usano fioretti inoffensivi con le punte smussate."

Soledad la seguì riluttante, la porta del salone era aperta e dall'interno giungeva il sibilo della lame ed un rumore di passi concitati. Si sporse e rimase senza parole i due uomini si combattevano con foga, e le lame sembravano più pericolose e pesanti che mai, se non avesse saputo che erano fratelli i duellanti, avrebbe pensato che erano pronti ad uccidersi a vicenda.

Era la prima volta che si trovava ad osservare la prestanza atletica di Andres, con il suo fisico alto e imponente si muoveva con grazia e la velocità di una pantera pronta a colpire.

Stavano esercitandosi da un pezzo a giudicare dalla camicia intrisa di sudore che aderiva al petto muscoloso di Andres. Soledad lo fissò a bocca aperta incapace di muoversi, fino a quando sua sorella obbedendo ad un cenno di Julio la condusse fuori.

"Ma non erano fioretti" disse agitata "Erano spade."

"Le avranno scelte tanto per esercitarsi, oramai nessuno sceglie la spada per un duello preferiscono tutti le pistole. Se Andres volesse sfidare José lui e suo fratello si eserciterebbero al tiro a segno e non certo qui in casa" rispose Rosanna.

"E se volesse davvero sfidare José?"

"Andres non sarebbe così idiota. Inoltre in quel caso la scelta delle armi spetterebbe a José. Smettila di preoccuparti. Duellano solo per tenersi in esercizio un po' come noi no?"

"Sì forse hai ragione..."

Andres abbassò la spada e si passò una mano sui capelli

"Ne hai abbastanza?" disse Julio.

"Per oggi sì, ma domani dobbiamo tornare ad esercitarci," prese dalla tasca un fazzoletto per asciugarsi il sudore grondante dal viso, tentando di ignorare il dolore alla spalla.

"Hai visto, Soledad e Rosanna si sono affacciate per un attimo e poi se ne sono andate."

"Sì sono in biblioteca, doveva portarmi dei documenti Rosanna. Tu intanto sali a cambiarti e io metto via le spade."

"Credi che abbia capito che erano spade?"

"Penso di sì visto che anche loro tirano di scherma, ma non capisco perché insisti ad esercitarti con le spade, sai bene che in caso di duello José sceglierà le pistole."

"Non sarò io a sfidarlo."

Suo fratello trasalì e lo guardò pensieroso prendendolo per un braccio

"Muhmm capisco, beh meglio così non vorrei che fosti costretto a passare una lunga luna di miele ferito."

"Non è questo il punto Julio. Non ho intenzione di ucciderlo ma gliela farò pagare lo stesso."

"Vediamo se ho compreso bene: vuoi provocare José Garcia in modo che sia lui a sfidarti, così potrai scegliere l'arma, l'ora e il luogo del duello. Ti dispiacerebbe avvertirmi in modo che possa tenermi libero per farti da secondo?"

"Semplice lo sfiderò la prossima volta che costringerà Soledad ad accettare la sua corte."

"Hai pensato che potrebbe succedere alla serata che darà Don Armando?"

"Conto proprio su questo," rispose Andres con un sorriso feroce.

Julio emise un gemito, non bisognava essere indovini per prevedere che il ricevimento dato da Don Armando sarebbe passato alla storia come uno degli eventi più memorabili a Veracruz. Sperava solo che il leggendario autocontrollo di Andres gli impedisse di uccidere quel mascalzone nel bel mezzo del ballo.

Capitolo 91

La sera del ballo le sorelle Gonzales arrivarono presto a casa del padrino. Andres era già lì, andò incontro a Soledad.

"L'annuncio comparirà domani sui giornali." Disse con voce dura

Sentì una fitta al cuore, Andres lo disse con un tono cupo e aveva un aspetto rigido, all'inizio sembrava felice ma ora che si era rivolto a lei si era irrigidito. Soledad si chiese per l'ennesima volta cosa avesse fatto di sbagliato per provocare in lui una simile tensione, oppure non riusciva a reggere una simile menzogna? Le sorelle la reclamarono per andar a bere qualcosa di fresco.

Quell'ultima settimana per Andres era stata una sofferenza, il suo leggendario autocontrollo minacciava spesso di cedere, quando la riaccompagnava a casa non osava toccarla né tantomeno baciarla.

"Posso parlarvi mia cara? Stasera siete veramente deliziosa: avete già incontrato mio figlio? José è qui in giro in cerca di voi." Soledad si irrigidì a sentire quella voce, e si girò.

"Buona sera signora Garcia."

"Mia cara so che avete avuto qualche diverbio con il mio figliolo, però non dovreste provocarlo incoraggiando le attenzioni di altri uomini, so che vi ha rinnovato l'offerta, voglio che sappiate che godete del mio favore, non dovete farvi scrupoli a..."

"Respingerlo" disse Soledad.

"Come? Cosa? Non direte sul serio? Voi rifiutate mio figlio? Ma cosa vi siete messa in testa. Perché non andiamo a parlare in un ambiente più idoneo che so la biblioteca?" disse prendendola sottobraccio

Entrarono in biblioteca e subito girandosi Soledad disse:

"Ho respinto l'offerta del signor Garcia, voi e vostro figlio potete andare al diavolo" esplose furente Soledad. La porta si aprì ed entrò José García.

"Che vi dicevo madre? E' una donna testarda. Ora mi occupo io. Grazie per l'aiuto di averla portata qui."

"Ricordati che hai pochi minuti" disse signora Garcia e uscì chiudendo la porta.

Pochi minuti? Cosa intendono? La domanda le assillava la mente insieme alla consapevolezza che era finita in trappola. Che tonta che era stata, doveva immaginarselo. Soledad guardò nella stanza se trovava qualcosa, un bastone ...

"Non sono sciocco mia cara, ricordo la volta scorsa, così ho fatto sparire tutto ciò che potevate brandire, tra poco ci troveranno e voi dovrete per forza accettare la mia proposta di matrimonio."

"Siete impazzito? La mia famiglia non accetterà mai una cosa del genere."

L'altro scrollò le spalle.

"Se ci sarà qualcuno stupido da sfidarmi gli mostrerò la mia abilità con la pistola."

"Non vi servirà molto se saremo ai due capi della stanza."

Il suo sorriso divenne malvagio "Se servirà vi troveranno abbracciata a me."

Soledad fece un balzo indietro, José era più alto di lei e pure robusto.

"Io griderò dirò la verità a tutti."

"Cosa volete gridare? Quando dirò che mi sono fatto trascinare dalla passione, mentre vi imploravo di sposarmi."

"Poverino... E siete rimasto deluso quando vi ho detto che ho già accettato la proposta di matrimonio di Andres De la Cruz."

Lui si irrigidì colto di sorpresa.

"Mentite! Che cosa se ne farebbe quel De la Cruz di una come Voi? Non ha certo bisogno dei soldi della vostra dote."

Si fece avanti ma Soledad aveva già deciso cosa fare, finse di avventarsi verso la porta e quando José la tentò di bloccarla riuscì a sfuggirgli per un pelo, corse al tavolino e afferrò una delle due spade per poi voltarsi ad affrontarlo.

"Scacco matto signore," lo sfidò, "la vostra sceneggiata non sarà più molto credibile, quale futura moglie affronterebbe con la spada l'uomo che l'ha appena chiesta in moglie?"

L'altro non rispose, la guardava mentre i lineamenti del volto si erano induriti, i minuti passavano e la tensione cresceva ...

La spada le sembrava pesantissima. Avrebbe voluto brandirla con due mani ma non voleva dimostrare la sua debolezza.

Garcia si tolse lentamente la giacca mentre un brusio di voci giungeva dal corridoio nonostante ciò che aveva detto, lei sapeva che farsi trovare in quella situazione significava la fine del suo sogno di felicità, lo scandalo avrebbe coinvolto Andreas, impedendo il loro matrimonio.

Capitolo 92

La porta si aprì "forse è qui in biblio... Oh mi dispiace interrompervi ma Sua Madre..."

"*È appena svenuta nel salone*" completò Soledad con voce ironica.

"Vengo subito" dichiarò Garcia "La mia fidanzata mi scuserà se per stasera non le darò più lezioni di scherma."

"La *Vostra* fidanzata García?" intervenne una voce profonda. Andres si fece largo tra la piccola folla che si era assiepata nella biblioteca.

Soledad sbiancò in volto, notò vagamente che c'erano Julio e Juan accanto a lui, ma riusciva solo a vedere i suoi occhi accesi d'ira furiosa. Avrebbe sfidato a duello Garcia.

Andres riuscì a fatica a controllarsi. Non c'era possibilità di equivoco quella canaglia aveva fatto in modo che tutti capissero che cosa avevano interrotto. Poi vide che Soledad teneva a bada Garcia con la spada.

"Ci sono due ragioni per cui è impossibile che siate fidanzato con la Signorina Gonzales," proseguì Andres con gelida calma.

"Lei ha già accettato la *mia* proposta di matrimonio e l'annuncio del nostro fidanzamento comparirà sui giornali di domani".

Un mormorio eccitato si levò dalla folla di curiosi.

"Questa è solo una ragione gli fece notare Maurillo Munoz quale sarebbe l'altra?"

Andres cercò di soffocare la nota di trionfo che gli traspariva dalla voce.

"La seconda è che il signor Garcia si è dimostrato un tale mascalzone che nessuna donna onesta lo vorrà mai come marito."

Come sperava la reazione dell'accusato non si fece attendere,

"Bastardo arrogante ve la farò pagare! Nominate i vostri secondi".

"Certamente" rispose Andres soddisfatto "Julio de la Cruz e Matías Munoz, scegliete in fretta i vostri Garcia, non ho intenzioni di perdere tempo per questa storia."

"Che cosa volete dire?" urlò l'altro. "I miei secondi incontreranno i vostri, è evidente che non avete familiarità con le regole del duello tra gentiluomini."

Le labbra di Andres si incurvarono in un sorriso di superiorità, "mi sembra che siate voi a non averla Signore, a voi spetta la sfida, a me la scelta dell'ora, del luogo e dell'arma."

Fece una pausa drammatica poi indicò la biblioteca piegando il braccio in modo di invitarlo.

"Scelgo di affrontarci qui subito, senza dubbio Don Armando sarà felice di prestarci le sue spade, avanti nominate i vostri secondi vigliacco."

"Signor De La Cruz state esagerando" disse Maurilio Munoz.

"Ah sì e allora lasciate che vi chieda come definireste un uomo che ha fatto di tutto per rovinare la reputazione ad una giovane donna, e che ora la vuole costringere a sposarsi solo per la sua dote nonostante lei lo abbia rifiutato?"

Il signor Munoz sbiancò in volto.

"Ma veramente io…noi… non pensavamo".

"Ci sono molti modi per definire un uomo così, ma poiché ci sono presenti delle signore mi limiterò a chiamarlo vigliacco".

"Vi darò una lezione De la Cruz," esplose Garcia "Cosa vale una parola di una come lei in confronto a quella di un gentiluomo".

"La questione non si pone nemmeno visto che voi non siete un gentiluomo, avanti nominate i vostri secondi o ci avete ripensato? Non mi stupirebbe dato il vostro ben noto coraggio" concluse Andres con sferzante ironia.

Per un attimo sembrò che Garcia volesse privarlo di ogni soddisfazione morendo di un colpo al cuore, divenne paonazzo e tutto il suo corpo prese a tremare dalla rabbia.

"Vi farò io da secondo" si offrì Munoz tanto per dare regolarità alla sfida.

"Lo stesso vale anche per me" disse Rosario.

Julio si avvicinò a Soledad, ora era freddo e deciso.

"Non preoccuparti non succederà nulla" le disse sottovoce per poi "Posso avere la sua spada per favore?"

Soledad guardava Andres, lo sguardo non prometteva nulla di buono, avrebbe affrontato José in un duello e tutto per colpa sua.

"Avanti Soledad datemi quella spada" insistette Julio "nessuno ora può più farvi del male."

Soledad non rispose, lo guardò in silenzio e si avviò lentamente verso i duellanti.

Garcia la squadrò con aria feroce un ghigno maligno dicendole "siete finita oramai".

Soledad si girò di colpo sollevando la spada e lo aggredì.

Garcia si spostò e ruggì per il dolore tenendosi il braccio ferito.

Subito si precipitarono i suoi secondi per vedere la ferita e ammirarono stupiti Soledad.

"Pensavo che voleste darla a mio fratello" disse Julio.

"Scusatemi ma se aveste capito che cosa volevo fare me l'avreste impedito" disse Soledad.

Julio l'abbracciò "Ben fatto mia cara, anche se non ero per nulla preoccupato per Andres".

La voce decisa di Andres fermò il vociare delle persone ancora presenti nella biblioteca.

"Se volete essere così gentili da uscire, forse potrei discutere la situazione con la *mia* fidanzata."

Rimasti soli Soledad dovette affrontare la sua ira.

"*Perché diavolo lo hai fatto?*" urlò Andres girandosi verso di lei.

Soledad si sentiva esausta e spaventata, fece un passo avanti e ondeggiò, poi si ritrovò fra le braccia di Andres.

"Ora sei al sicuro" le sussurrò Andres "fai un bel respiro rilassati, quel mascalzone non ti darà più noia."

Il cuore le balzò in gola dalla gioia ma il tremito non cessò di scuoterla, non sapeva se ridere o piangere, Andres era salvo.

"Dopo quanto successo sarà meglio rompere il ..."

"Non se ne parla neanche!" la interruppe Andres "Non ho intenzione di lasciarti andare".

"Ma devi, so che non posso più sposarti, non c'è bisogno di spiegazioni anche se domani uscirà sui giornali."

"Uscirà" ripete lui in modo perentorio "Ma dimmi sinceramente... a te andrebbe bene se ci separiamo?"

Lei assentì senza guardarlo negli occhi.

"Beh invece a me no, e poi tieni ancora qualcosa di mio."

"Rivuoi la collana?" mormorò con voce spenta, non era preziosa ma per lei valeva molto.

"Non devi rendermi nulla, nemmeno il mio cuore, devi solo donarmi il tuo Soledad."

Senza lasciarle il tempo di pensare o di parlare la baciò.

"Temevo, temevo che ti uccidesse" disse con voce rotta "se fossi morto..." gli carezzò il volto e poi lo tirò verso di sé."

Andres la baciò con dolcezza le cinse il volto con le mani e le asciugò le lacrime.

"Devi sposarmi tesoro. Mi sono innamorato di te dal primo giorno che ti vidi in chiesa, e poi nel mio giardino ma ero troppo stupido e ostinato per ammetterlo."

"Tu mi ami? Tu mi ami davvero? Non ti senti obbligato a proteggermi?"

Lui scosse la testa

"Ho bisogno di proteggerti e ho bisogno di te come l'aria che respiro, anche i miei fratelli proteggono le loro donne, le tue sorelle e comunque sappi che non ti permetterò di rompere il fidanzamento."

Andres prese una scatolina dalla giacca tirò fuori un anello stupendo, prese la mano di Soledad e lo infilò al dito.

Apparteneva alla mia bisnonna era un regalo di suo marito per un anniversario di nozze, morendo lasciò una singolare annotazione dicendo che dovevo averlo solo quando i miei familiari fossero stati pronti a darmelo. Non comprendevo perché, fino a quando Julio non me lo ha consegnato stasera, prima di venire al ricevimento. Io sono tuo Soledad tu vuoi essere mia?"

Con la gola stretta di lacrime e gioia Soledad non riusciva a parlare si limitò ad annuire sfiorandogli le guance con una carezza leggera prima che lui la prendesse di nuovo fra le braccia.

"Mia, solo mia" sussurrò in tono possessivo.

"Per sempre" rispose lei.

Capitolo 93

In casa Gonzales ci si stava preparando per festeggiare gli ultimi avvenimenti. Liliana era nello studio e Soledad entrò con l'intento di parlarle.

"Liliana vorrei dirti che stai sbagliando con Juan."

"Io? Ma cosa stai dicendo?"

"Magnifico, siete due persone che fuggono e pretendono di mettere su casa insieme solo perché obbligati a sposarvi", disse Soledad con aria disgustata.

"Le cose stanno così" disse Liliana "tieni pure per te le tue opinioni d'ora in avanti, sono io che devo vedermela con Juan. Sono sua moglie."

"Meno male che te ne sei accorta" rispose Soledad.

"Tu non lo conosci."

"Lo conosco meglio di te, parliamo spesso la sera e ho capito che avete molte cose in comune."

" Sì abbiamo una ficcanaso sotto il nostro tetto".

In effetti ripensandoci Liliana capì che evitava di affrontare i problemi con Juan per timore che la sua relazione con lui potesse finire, del resto lui era sempre chiuso, diffidente, non riusciva a superare la paura dell'abbandono. "Soledad vado alla spiaggia ci vediamo più tardi."

Don Vidal era contento, i suoi ragazzi avevano finalmente trovato l'amore. Se lo meritavano, in effetti, avevano trovato nelle sue figliocce quel sentimento che li avrebbe portati a vivere più sereni e in pace. Sarebbero riusciti finalmente a dimenticare sentimenti come il rancore, l'odio l'amarezza. Solo Juan con Liliana aveva ancora dei problemi. Il loro rapporto era ancora in alto mare, forse perché Juan non riusciva a fidarsi, era sempre sospettoso. La vita lo aveva reso così, e ora non era facile per lui lasciarsi andare. Liliana con il suo carattere forte e testardo forse non lo aiutava. Ma sapeva che Ysidoro aveva ragione, ci sarebbero arrivati con un po' di tempo.

Stava pensando ai suoi ragazzi proprio mentre stava andando da loro, a casa Gonzales.

Appena arrivato trovò Aurora e Soledad ad attenderlo con Andres e Matías. I ragazzi avevano un una luce diversa negli occhi e si vedeva. Vidal li abbracciò e disse:

"Si vede che siete innamorati, e non sapete come sono felice per Voi. Presto dovremo organizzare i matrimonio per tutti e tre, a proposito dove si trovano Julio e Rosanna?"

"Credo in cucina, Julio ha voluto andare ad aiutare Nanà a prendere tutto quello che ci occorre per festeggiare."

"Padrino che bello averla qui è già arrivato" disse Rosanna, sta arrivando anche Nanà.

"Eccomi con i rinfreschi" disse Nanà mentre entrava nel salotto.

"Don Armando meno male che è arrivato."

"Dobbiamo preparare una festa per questi giovani che sia memorabile. Tutti a Veracruz aspettano questo evento. A proposito dove sono Liliana e Juan?"

"Ecco appunto il problema sono proprio loro. Liliana è andata verso la spiaggia e Juan credo a vedere la nave, sta armandola perché vuole ripartire presto" rispose Soledad.

"D'accordo vado a parlare con loro" disse Vidal.

Prese il sentiero che portava alla spiaggia, camminò e si guardò in giro, ma non vedeva nessuno neanche Liliana. Pensò di spostarsi dietro una duna e la. vide stava rannicchiata e guardava il mare dondolandosi e trattenendo le gambe verso il grembo.

Di Juan non si vedeva neanche l'ombra

"Liliana?"

"Buongiorno padrino."

"Liliana cosa fai qui e dov'è Juan?"

"Sono qui a vedere il mare, solo guardandolo riesco a calmarmi. Juan non so dove sia, non è che parliamo molto, specie dopo che ho saputo che aveva una lettera del capitano che uccise mio padre e mio fratello. Non mi ha detto nulla per tutto questo tempo. L'ho scoperto solo perché ha dovuto usare quel documento. Sapeva quanto fosse importante per me."

"Liliana, lui non ti ha detto nulla perché tu eri svenuta. Il fatto è avvenuto quando eravate sulla nave insieme e tu eri caduta, e avevi perso conoscenza."

"Non so padrino cosa pensare, lui si tiene tutto dentro, non parla mai, non so cosa pensa, una volta è allegro e si scherza e poi diventa ombroso, così all'improvviso."

"Liliana, Juan ha un carattere così, ma tu lo puoi aiutare a cambiare, se lo ami come forse mi sembra di capire, puoi aiutarlo ad aprirsi, ad avere fiducia. È così, solo per tutto quello che ha passato negli anni della sua infanzia, ma già l'amore dei De la Cruz lo ha aiutato. Dopo che hanno ucciso i suoi genitori ha vissuto come un animale braccato fino a quando pensarono che fosse morto affogato durante la caduta in mare, riuscì invece a salvarsi e giunse al villaggio dove Nanà lo prese e lo accudì, ma crescendo lo avrebbero riconosciuto per questo feci in modo che De la Cruz lo adottasse. Ma dovrai farti raccontare da lui gli altri particolari. Ti ho detto questo solo per aiutarti a capirlo. Sappi però che Juan pensa che la tua madrina con la sua famiglia abbia fatto uccidere i suoi genitori."

"Oh mio Dio allora è questo. Ora capisco molte cose, molti atteggiamenti di Juan. Padrino da quando siamo tornati, i rapporti fra di noi sono molto staccati, Juan è tornato l'uomo che avevo conosciuto prima del matrimonio. Non mi ha mai detto che mi ama e io non so cosa pensare. Si mi ha ringraziato per aver testimoniato a suo favore ma poi la paura di tornare a soffrire gli impedisce di vivere…"

"Tu sei stata grande quando lo hai difeso. E lui mi disse che ti doveva molto. Ma non riesce a superare il suo grande problema: la paura di perdere chi si ama. Dov'è Juan ora?"

"Credo sulla nave di mio padre, la sta armando per poter ripartire, ma come al solito non me ne ha voluto parlare."

"Va bene vado da lui."

Vidal si alzò e andò verso nave. Non vedeva nessuno, sarà nella cabina del comandante, pensò.

"Ehi Juan sono Don Armando."

"Juan? Juan?"

"Sì sono qui," rispose con voce debole

"Ma figliolo non stai bene, cos'hai la febbre?"

"No no ... Sto bene, è che mi sento un po' stanco."

"Tu hai la febbre ragazzo mio, andiamo su verso casa."

"No. No io resto qui. Sto bene vi dico"

Poco dopo Juan cadde a terra.

"Liliana" gridò don Vidal *"Liliana"*.

Liliana si sentì chiamare in lontananza, si alzò e vide il padrino che faceva dei gesti, corse verso la nave.

"Ditemi padrino che succede?"

"Liliana corri a casa e dì ai fratelli di Juan di venire subito qui."

"Che succede padrino, cosa succede a Juan?"

"È come svenuto, ha la febbre bisogna portarlo via di qui subito"

"Corro a chiamare aiuto."

Poco dopo giunsero i fratelli di Juan che presero il fratello e lo portarono a casa Gonzales.

Nanà aveva già preparato una stanza per lui.

Lo misero a letto e diedero incarico ad Andres di andare a chiamare un medico.

Capitolo 94

Juan era scosso da brividi, una febbre lo stava tenendo a letto. Il medico prescrisse dei medicinali per abbassarla, ma non si riusciva. Juan delirava, Liliana era al suo fianco, e capiva che nel suo delirio non cercava lei. Liliana si rendeva conto che oramai il loro matrimonio non sarebbe durato. Lui aveva ammesso di esserle affezionato, ma non di amarla.

Ysidoro, passò a vedere come stava.

"Nulla di nuovo, continua a delirare, non mi riconosce. Pensa sia Pilar"

"Siete sicura? Lo avete sentito chiamare il nome Pilar?"

"Non certo che no, ma continua a delirare ripete che non può restare qui, che lo tradirò"

"Abbi fiducia e tienigli la mano. Continua a fare come ha detto il medico con delle compresse fredde. Tornerò più tardi, e se hai bisogno mi troverai dabbasso."

"Ha la febbre molto alta penso che l'infezione stia galoppando."

"Liliana ..." la sua voce roca e debole come se il parlare gli procurasse altro dolore.

"Dammi la tua…la tua… mano."

Incredula Liliana presa la mano bollente fra le sue. Juan sollevò la testa dal cuscino.

"Oh no stai fermo non ti devi muovere", replico disperata e terrorizzata all'idea che potesse peggiorare.

"Voglio…voglio che tu resti con me" disse Juan.

All'inizio Liliana pensò che stesse delirando, poi cercò di tranquillizzarlo.

Si assentò qualche minuto e andò a prendere dell'altra acqua fresca,

"Liliana…"

"Come, come sapevi che ero io?" chiese lei confusa.

Un sorriso passò sul viso sfinito "Il tuo… profumo"

Il medico gli diede delle compresse.

"Resta con me, non andartene... non lasciarmi…"

Che stava dicendo? Forse non si era accorto che era lei Liliana? Si girò e vide che i suoi occhi erano spalancati e le pupille dilatate.

"Prenda la sua mano" disse il dottore "Ci sono momenti in cui tutti abbiamo bisogno di sentire qualcuno vicino. Sta molto male" Come un automa Liliana prese la mano di Juan fra le sue, pregando dentro di sè che non succedesse nulla di più grave. Se Juan si fosse ripeso ed era ciò che lei voleva con tutte le sue forze, avrebbe acconsentito all'annullamento.

Juan peggiorò e il medico suggerì di parlagli

"Ma è incosciente"

"Noi non possiamo sapere se capisce o meno, ma lei è sua moglie, lo aiuti a ritrovare la voglia di vivere."

A quelle parole Liliana sussultò. Liliana prese le sue mani e incominciò a parlargli, sembrava che si calmasse. Venne Nanà a darle il cambio, il tempo di mangiare qualcosa e Liliana tornò da Juan. Muoveva la testa sul cuscino senza tregua e neppure le parole di Nanà riuscivano a calmarlo. Liliana non resistette alla tentazione e lo accarezzò sulla fronte. Non appena lo toccò, lui si calmò e aprì gli occhi.

"Sei venuta…sei qui" bisbigliò.

'Sapeva che era lei? '

Lui richiuse gli occhi.

"Presto starai meglio Juan, qui sarò, qui con te e ti curerò" mormoro Liliana dolcemente. Gli toccò un braccio e lo sentì rigido e teso.

"Resta con me… non andartene…io ti amo…ti amo…ti amo…"
parlava con voce sempre più flebile
Liliana riuscì a stento a trattenere le lacrime. Chinandosi su di
lui gli disse "Anche io ti amo Juan".

Capitalo 95

Liliana rimaneva accanto a lui e pregò Dio come non aveva mai pregato in vita sua "Dio mio ti prego non farlo morire, fa che guarisca, ti prego signore aiutalo non abbandonarlo fa che trovi l'amore che merita,".

Il medico tornò verso sera a controllare.

"Vedo che è migliorato, ma dovrà restare a letto ancora, è troppo debole. Mi raccomando anche se non sarà facile conoscendo Juan, ma lei sa quanto Juan la ami."

Liliana lo guardò con stupore

"In effetti non mi ama".

"Le assicuro che si sbaglia, l'ho sentito con le mie orecchie dire che l'ama".

"Non posso credere che lui mi ami forse avete frainteso".

"Le assicuro che non c'è alcun errore, come lei saprà Juan è un uomo molto orgoglioso, e lei sicuramente sa meglio di me perché crede impossibile che qualcuno lo possa amare, sarà compito suo convincerlo del contrario, se come sospetto anche lei lo ama."

"Sì lo amo, ma non riesco a credere."

"Non ci riesce o non vuole…? Forse lei teme di amare un uomo come Juan?"

"Io avere paura? No!" rispose "non ho affatto paura."

Juan dormì profondamente tutta la notte e il giorno dopo, Liliana non si allontanò un attimo dal suo capezzale, felice solo per il fatto di essergli vicino. 'Lui l'amava? Non riusciva a crederci.'

A un tratto Juan aprì gli occhi e si mosse e senza pensarci Liliana si chinò gli prese la mano e lo baciò.

"Starai presto meglio" gli sussurrò dolcemente. Era facile sentirsi sicura una volta che lui era a letto, ma una volta guarito sarebbe tutto ritornato come prima.

Il medico lo visitò, "Sì sta migliorando, continuate così io ripasserò più tardi".

Juan riposò tutta la notte e il giorno seguente era in stato semi incosciente, ma ogni volta che si svegliava subito la cercava.

"Vedo che sta migliorando velocemente, l'amore spesso è la migliore medicina Liliana" disse il medico che era tornato a visitare Juan.

Il terzo giorno Juan dormì meno, era molto irritabile e sembrava che solo Liliana fosse in grado di calmarlo.

Liliana aveva appena terminato di pranzare quando Nanà venne ad avvisarla che la sua madrina era venuta a trovarla e voleva vedere Juan.

"Buon giorno Madrina, mi ha detto Nanà che desiderate vedere Juan?"

I fratelli di Juan avvisati da Nanà lasciarono lo studio e raggiunsero Liliana nel salone e le si misero a fianco.

"Io lo desidero! Voglio vederlo Liliana!"

"Mi dispiace madrina ma non posso permetterle di disturbarlo."

"Tu? Non puoi permettermi?" sibilò con voce alterata dall'ira.

"Madrina, so tutto dei suoi rapporti con Juan e non credo che sia l'ansia per la sua salute che l'ha spinta a venire qui."

"Ma chi ti credi di essere per parlarmi così?"

"Sono la moglie di Juan, non vi ricordate? Mi avete legato voi e la vostra famiglia a quest'uomo e come vi ho già detto so di Voi e di Juan e della sua famiglia."

"Tu pensi di sapere tutto? Pensi di essere abbastanza intelligente per capire tutto? Liliana lascialo, firma l'annullamento del tuo matrimonio eccolo me lo ha dato il tuo padre spirituale, io sono disposta a tutto dimmi una cifra… Basta fare in modo che questo matrimonio finisca."

"Madrina io lo amo, e l'amore è qualcosa che non si può comperare. Juan si sta rimettendo, guarirà."

"Guarirà? Ma mi avevano detto… E poi lo ami ora? Ma come puoi amare una persona che ti ha sposato per vendicarsi? Senza amore? Hai sposato un bastardo, rispondimi! Tu pensi di amarlo ora ma in futuro?"

Capitolo 96

"Madrina ma cosa sta dicendo? Mi avete fatto sposare Juan contro la mia volontà e ora volete che io lo lasci? Ora che lo amo? Juan mi ha insegnato a vedere la vita con altri occhi, mi ha sempre rispettato. È riuscito a conquistare il mio cuore."

"Non vi permetteremo di fare del male a nostro fratello" intervenne Julio.

"Quel bastardo non è vostro fratello è inutile che sostenete il contrario."

"Liliana non puoi amarlo, come hai detto tu lo hai dovuto sposare e ora io posso liberarti da lui, firma questo documento e tornerai libera. Firmalo... ti prego."

I fratelli guardarono Liliana, preoccupati dall'insistenza della madrina per la firma sull'annullamento del matrimonio.

"Madrina ma perché tanto odio? Perché vuole distruggerlo? Non può essere solo per i soldi, anche se dovete lasciare la tenuta le vostre finanze non ne risentiranno."

"Soldi?" Donna Nestora gettò indietro la testa, "No non è per i soldi, non avete capito? È perché mia sorella si sposò con Juan Navarro. La nostra famiglia voleva che si sposasse con Maurilio. Lei *doveva* sposarsi con Munoz, e lasciare Juan a me perché io lo amavo... *Io* capisci... Invece lui scelse mia sorella. Non potevo sopportare di vederlo girare nella tenuta, non potevo vedere *mia sorella e Juan felici*. E poi ebbero pure *un figlio*. Come hanno potuto farmi questo. Io amavo Juan, lo amavo davvero. Non doveva essere lei a dargli un figlio. Per questo sono morti. Non potevano vivere, no non potevano ricordarmi l'umiliazione che ho dovuto subire. Ho dovuto farli uccidere capisci? Lo comprendi ora?"

"Madrina? Ma cosa sta dicendo?" domandò Liliana "Lei è sposata con Don Rodrigo."

"Cosa sto dicendo? Ma non capisci? Sì ho dovuto sposarmi con don Rodrigo, senza amore poi conobbi tuo padre, ma lui preferì tua madre a me. Anche tua madre non voleva lasciarlo era innamorata nonostante tuo padre fosse spesso in viaggio, e fu facile farla venire alla spiaggia quella notte, litigammo non era la prima volta, mi bastò darle una spinta e cadde battendo la testa. La lasciai lì sulla spiaggia. Ma vostro padre non si risposò più…".

I fratelli di Juan con Don Armando e Nanà si guardarono, Donna Nestora era sconvolta. Sembrava svuotata

"Madre de Dios" disse Nanà e si fece il segno della croce.

"Avete fatto questo?" domandò Julio.

"Dio mio, ma come avete potuto?" domandò Matías.

"Voi? Voi madrina, siete stata voi a uccidere mia madre?" Liliana era sconvolta e le sue sorelle sopraggiunte da poco rimasero basite.

'Quella donna che era stata la loro madrina, che le aveva a volte pure accudite, aveva ucciso la loro madre, perché era gelosa? Perché voleva il loro padre? ' pensò Rosanna.

"E avete fatto uccidere vostra sorella e vostro cognato. Non può essere. Come avete fatto ad essere capace di tanta atrocità e di mantenere il segreto per tutto questo tempo" disse Andres.

"Credo sia meglio che vi sediate" disse Julio rivolto a donna Nestora, che sembrava priva di forze.

Don Vidal si voltò e disse a Matías di andare a chiamare il tenente della milizia.

"Donna Nestora, ma perché prendersela con Juan? Dopo che aveva fatto uccidere i suoi genitori?" domandò Don Armando.

"Non capite Don Armando? Non potevano restare eredi e poi Juan assomiglia ai suoi genitori e mi avrebbe ricordato mia sorella e Juan, che è stato il mio primo amore."

Poco dopo il tenente della milizia sollecitato da Matías venne a prendere donna Nestora, il giorno seguente sarebbero andati al comando per le deposizioni.

Capitolo 97

Il giorno dopo Juan stava meglio e Liliana raccontò quanto successo il giorno prima con la sua Madrina.

Juan guardava fisso davanti a sè e sembrava assorto.

"Scusa forse non avrei dovuto dirtelo."

"No hai fatto bene, sapevo che era stata lei la mandante con la sua famiglia, anche se non avevo le prove, ma non ho mai capito chi è stato l'esecutore, era notte quando è avvenuto il fatto e troppo impaurito per vedere il volto di colui che uccise i miei genitori. E poi come ha saputo che stavo male?"

"Io non sono stata, non ho detto nulla a nessuno."

"No, sei l'ultima persona che potrebbe farlo. Posso averti giudicato male in passato ma ciò non significa che ora non sia più che sicuro della tua lealtà, della tua...dedizione. Anzi volevo chiederti scusa per il modo in cui ti ho trattato. E per ... sì ... sì insomma appena sarò in grado di lasciare il letto Don Armando preparerà i documenti per l'annullamento del nostro matrimonio."

"No" disse lei a denti stretti.

"No? Che cosa vuol dire?"

"Voglio dire che non desidero che il nostro matrimonio sia annullato."

Per un momento Juan rimase come impietrito poi distolse lo sguardo da lei.

"Eravamo tutti e due d'accordo per l'annullamento perché ora hai cambiato idea? Cosa vuoi da me?"

La durezza delle sue parole dopo che poco prima aveva ammesso di fidarsi di lei, la rese furiosa, lo guardò dritto negli occhi e vi lesse un rifiuto. Incapace di sopportare altro, si alzò e lasciò la stanza.

Scese in salotto e raggiunse le sorelle che vedendola preoccupata e triste le andarono incontro. "Cosa è successo stavolta con Juan" domandarono.

"Vuole l'annullamento" rispose.

"Non deve essersi ripreso del tutto, la febbre gli ha leso il cervello" ribadì Matías "appena sta meglio gli parleremo noi."

"No Matías, se è questo che vuole e se questo lo fa star bene e lo rende felice va bene così" disse Liliana.

"Ora se mi scusate vorrei andare a riposare un po' non mi sento molto bene."

"Sì certo" rispose Aurora.

"Se hai bisogno di qualsiasi cosa chiamami" disse Nanà.

"Certo" rispose con un sorriso e andò in camera sua.

Capitolo 98

Il giorno dopo Liliana si sentiva stanca e non riuscì ad alzarsi dal letto. Decise di restare a letto a riposare, al suo risveglio trovò Juan seduto sulla poltrona in camera sua.

"Mi ha detto Nanà che non stai bene" disse freddamente.

"Sono stanca, Io ...noi tutti siamo stati molto in pena per te."

Si voltò a guardarla, il volto tirato per la collera.

"Che cosa stai cercando di dirmi Liliana? Che è stata la preoccupazione per la mia salute che ti ha reso così debole?"

"E se fosse?" rispose con dolcezza.

"Non so cosa vuoi fare. Ti ho già detto che... Liliana...Tutti e due sappiamo che non c'è futuro nel nostro matrimonio. Non abbiamo nulla..."

Liliana non voleva ascoltare si girò verso la finestra cercando di trattenere le lacrime.

"Ma tu stai piangendo?"

Lui si alzò dalla poltrona e la raggiunse. Le prese per le spalle e la fece girare.

"Oh Liliana tu hai un cuore troppo buono, non ti permetterò di legarti a me."

"Juan tienimi stretta... Io ti amo Juan e voglio che stiamo insieme."

"Che cosa stai dicendo? Tu non sai quello che dici. Tu sei confusa, tu pensi di amarmi ma non è così. Tu sei innamorata dell'amore, è meglio che ognuno di noi vada per la sua strada."

"La mia quindi non è con te?" domandò lei.

"Possiamo ancora avere l'annullamento del matrimonio. Credimi Liliana è giusto così".

"È giusto per chi?" domandò Liliana.

"Per tutti e due Liliana" rispose Juan.

"No, io so che tu mi ami, come io amo te" ribadì Liliana.

"Tu non puoi amarmi dopo il modo in cui ti ho trattato e le cose che ti ho detto. E se anche fosse così non posso permetterti di gettare via la tua vita con…"

"L'uomo che amo" lo interruppe lei.

Era riuscita a farlo tacere e guardandolo seppe che il medico aveva ragione. Juan non riusciva a nascondere l'amore e il dolore che si agitavano nei suoi occhi.

Liliana avrebbe voluto abbracciarlo, ma capì che quel momento doveva essere forte mentre assisteva alla lotta che Juan stava conducendo con se stesso.

"Ti amo tanto ma non lo permetterò" rispose Juan la sua voce era roca come se ogni parola avesse provocato in lui un terribile dolore.

Liliana trattenne il respiro poi disse "Vuoi dire che il tuo orgoglio non te lo permette?" domandò gelida "o non ti fidi di me? Forse pensi che un giorno potrei lasciarti come ha fatto Pilar."

Lui impallidì ma prima che potesse rispondere Liliana continuò.

"Se mi dici onestamente che non mi ami consentirò all'annullamento, così avrai salvaguardato il tuo orgoglio."

"Smettila" ruggì lui.

Il dolore nella sua voce la bloccò. Avrebbe voluto ritrarre tutto quello che aveva detto ma non poteva, doveva portarlo a scegliere, o tutto o niente, se non lo avesse fatto lui si sarebbe sempre chiesto perché fosse rimasta. C'era stato troppo dolore nella sua vita era necessario mostrargli che non c'erano limiti o confini all'amore.

Juan si lasciò cadere su una poltrona prendendosi la testa fra le mani. Il suo respiro era irregolare, come se stesse lottando per stare calmo.

Liliana restò in silenzio.

Capitolo 99

Quando Juan sollevò la testa per guardarla, lei vide che aveva gli occhi pieni di lacrime.

"Non posso farlo... Io non posso lasciarti andare."

Liliana volò attraverso la stanza si sedette su un bracciolo della poltrona e lo prese fra le braccia.

"Prego solo che non venga il giorno in cui tu mi odierai per questo."

"Mai" gli rispose lei felice.

"Ti amo così tanto" disse Juan, "ho fatto di tutto per non amarti, ma ti volevo, ti volevo talmente tanto che il desiderio era diventato un dolore fisico. Forse quando ci siamo sposati inconsciamente sapevo che non ti avrei più lasciato andare via...Liliana sei proprio sicura che è questo ciò che vuoi?"

"Non sono mai stata tanto sicura."

"E cosa avresti fatto se io avessi insistito per l'annullamento? Avresti accettato?"

Lei scosse la testa "e come avrei potuto? Sapevo che mi amavi, che tu mi volevi e..."

Juan la interruppe con una risata

"Non avrei mai creduto che questa ragazzina potesse pensare di sedurmi."

"Mi stai prendendo in giro?"

"No davvero. Ti amo Liliana, avrei dovuto capirlo subito sin dall'inizio che eri pericolosa, ma ormai è troppo tardi."

"Direi di sì oramai non c'è più nulla da fare" ribatté lei sicura.

"Ora sei mia e non ti lascerò più."

Liliana si strinse a lui, "Da stasera staremo sempre insieme, voglio che tu dorma con me. Sempre."

Lui la guardò sollevando un sopracciglio. "Davvero? Sei sicura? Perché ammetto di aver fatto di tutto per non amarti, ma so che ti amo da tempo, e mi sono rifugiato in Pilar, ma non era amore, tu hai distrutto in me il desiderio per qualsiasi altra donna. Mi hai fatto capire quanto fosse vuoto il rapporto con lei."

"Forse ero gelosa di Pilar."

"Ma non ce n'era motivo, non l'ho mai amata. Avevamo solo una passione che ci legava. Ma la passione ti consuma, non ci riempie come l'amore che ho per te. E poi io ero geloso di Ramirez invece e non me rendevo conto..." Juan la baciò "Quante volte avrei voluto fare l'amore con te sulla nave le notti scorse."

Lei sentì crescere l'eccitazione in lui e tremò di piacere.

"Non hai idea di quanto mi sia costato tenerti a distanza" disse Juan.

Lui la prese e la baciò. Il viso che era stato a volte duro e scostante si ammorbidì miracolosamente. I suoi occhi divennero chiari e limpidi.

"Davvero Juan?"

Le sue mani accarezzarono il corpo morbido di lei e le sue labbra l'azzittirono.

Quando le labbra di lui si posarono sulle sue fu come se migliaia di sensazioni esplodessero. Liliana si sentì debole e forte nello stesso tempo, ricambiò con tutta la sia passione il bacio di lui che diventava sempre più ardente, lui la strinse più saldamente a sè, quasi schiacciandola con il suo ampio torace, poi affondò il capo nei capelli setosi di lei...

"È da tanto che aspetto questo momento" bisbigliò con voce arrocchita dal desiderio. La sollevò delicatamente e la posò sul letto coprendole di baci il collo e le braccia nude.

Le abbassò le bretelline del vestito e lei lo lasciò fare, nulla importava in quel momento eccetto il suo desiderio soffocato per tanto tempo che ora esplodeva in tutta la sua violenza.

Lentamente ma sensualmente Juan incominciò ad accarezzarle il collo e le spalle.

Liliana gemeva finché Juan l'accontentò ed entrò in lei, il piacere intenso di sentirlo su di sè e dentro di sè le fece raggiunge in fretta la voluttà e Juan si rese conto di averle fatto raggiungere una vetta che Liliana non conosceva. Lei si aggrappò alle spalle di lui e insieme si mossero uno stretto all'altro fino a che si disperse quel senso di completezza che li aveva uniti e che avrebbero voluto farlo durare per sempre.

Lui aveva combattuto una lunga battaglia per respingere l'amore che sentiva per lei, ma mai era stato così felice di avere perso un combattimento.

Capitolo 100

Il giorno seguente i fratelli de la Cruz tornarono a casa Gonzales. Dovevano andare a prendere le rispettive fidanzate e andare presso la milizia. C'erano ancora molte cose da sistemare con Donna Nestora.

Quando arrivarono videro Ysidoro che scendeva le scale e domandarono di Juan.

"Sì ragazzi si è ripreso, ora sta bene. Ora che ha capito cos'è l'amore" disse ridacchiando.

"Cosa intendete Ysidoro?" domandò Julio.

"L'amore, l'amore vero fa sì che si tenga all'altra persona più che a se stessi. Volere il bene dell'altro anche se ci causa dolore. Ho visto Juan combattere una terribile battaglia contro se stesso perché voleva vostra sorella, ma voleva ancor di più ciò che era meglio per lei."

"E come hanno risolto la cosa?" domandò Andres.

Lui ridacchio "Credo che Liliana l'abbia sfinito. Quel povero ragazzo non avrebbe potuto fare nulla dal momento che Liliana aveva deciso per lui."

Liliana e Juan scesero le scale dietro a Ysidoro, si tenevano per mano.

"Eccoci qui pronti anche noi. Possiamo andare."

"Juan prometti che ti controllerai? So quanto tutto questo ti farà soffrire, ma dovrai controllarti."

"Ora che ho te posso permettermi di essere generoso. Prometto Liliana."

Uscirono tutti e chiesero anche a Nanà di unirsi a loro e ovviamente l'avvocato Vidal.

Giunsero presso la milizia ed entrarono. Nella stanza del tenente c'erano Don Rodrigo e Rosario.

Appena videro Juan, Rosario lo guardò con preoccupazione, mentre Don Rodrigo con il viso trasfigurato dall'odio gli ingiunse di andarsene.

"Signore!" disse il tenente "qui gli ordini li do io e lei deve ancora rispondere a delle domande."

"Quel bastardo non lo voglio qui" rispose Don Rodrigo.

"I signori De la Cruz e Gonzales sono qui perché da me invitati a presentarsi visto le ammissioni che Donna Nestora ha fatto" rispose il tenente.

"Mia moglie ha detto delle assurdità, è in preda a dei vaneggiamenti e voi le date credito." Sbottò Rodrigo alzando il braccio come per allontanare quel pensiero

"No sua moglie ha fatto delle affermazioni chiare e precise, praticamente voi e il Signor Alvarez Eleazar, vi siete aiutati e coperti, in quanto Lei don Rodrigo avrebbe ucciso i genitori di Julio Alvarez e poi il signor Alvarez con suo figlio Celso hanno venduto il ragazzo ad un capitano di una nave in partenza per le Indie."

Capitolo 101

Julio rimase colpito e per un attimo vacillò. Juan gli si avvicinò e anche Rosanna lo prese per mano e gliela strinse.

"Signor Julio Alvarez De la Cruz vuole sedersi? Mi deve scusare, ma pensavo sapesse chi era stato ad uccidere i suoi genitori" disse il tenente,

"No resto in piedi, ma la ringrazio, vada pure avanti. Mi ha solo colpito quello che ha detto, ma dovevo aspettarmelo."

Rosanna gli si strinse vicino e gli mise un braccio intorno alla vita e lo guardò negli occhi, poi appoggiò il capo sul suo braccio.

"Dicevo appunto che invece il signor Alvarez con il signor Munoz, hanno ucciso materialmente i genitori di Juan Navarro Altamira, dietro vostro ordine signor Rodrigo. Vi siete organizzati e coperti per fare in modo che nessuno potesse pensare a tutti Voi."

Le sorelle Gonzales erano in silenzio e pure Julio e Juan. Nella loro mente stavano ancora vivendo quei momenti drammatici, sentivano gli spari, la corsa per nascondersi. Poi si girarono verso Rodrigo Santos Torres

"Voi. Voi avete fatto tutto questo?" chiesero.

"Ma perché?"

In quel momento entrò una guardia con Alvarez. Lui si girò verso Don Rodrigo.

"Stupida, quella stupida donna. Cosa sta dicendo? Eh? Vuole rovinarci?"

Poi vide il nipote Julio e lo maledisse. Don Armando scuotendo la testa uscì per tornare nel suo studio.

In quel momento entrarono delle altre guardie con Celso Alvarez e Maurilio Munoz

"Bene ora che ci siamo tutti posso incominciare con i capi di imputazione" disse il tenente.

"Ora andando per ordine, il signor Alvarez e Munoz furono materialmente coloro che uccisero i suoi genitori Juan, dietro ordine di Don Rodrigo e di donna Nestora."

"Tenente non ascolterete quella pazza, non sa cosa dice non può arrestare noi, noi siamo gentiluomini" disse Munoz.

"Munoz voi avete ucciso la madre di Juan perché vi aveva preferito ad un altro e da costui ebbe un figlio e questo non lo potevate sopportare" continuò il tenente.

"Io lo uccido" sbottò Juan.

"Juan per favore! Amore" Liliana gli si mise davanti e gli prese le mani.

"Alvarez invece perché in questo accordo diventava il mandante dell'assassinio dei suoi genitori, Julio, grazie a Don Rodrigo che quella notte li uccise con due colpi di pistola e poi cercò di uccidere lei, ma scappò, a quel punto Celso Alvarez che la trovò lo portò alla tenuta e ben sappiamo cosa ha dovuto sopportare fino a quando si mise d'accordo con il comandante di una nave, suo amico, pagato per farla sparire non appena la nave fosse stata al largo."

"Sono tutte fantasie, non è vero nulla, non avete prove di quanto state dicendo" disse con alterigia Alvarez.

"Bene signor Alvarez, abbiamo qui la confessione firmata della Signora Nestora che dice chiaramente come siete stato coinvolto nell'omicidio dei genitori di Juan Navarro De La Cruz, insieme al signor Munoz, quindi è inutile negare abbiamo anche le ammissioni che Felix Munoz ha rilasciato dopo essere stato incarcerato per l'assassinio di suo zio e ha confermato che lo avevate aiutato" disse il tenente.

Il tenente chiamò la guardia e fece arrestare Don Rodrigo e Don Eleazar con Celso e Don Munoz e li fece portare in cella.

Julio con Matías si sedettero, non credevano a quanto sentito.

"Non ci posso credere, che tutti i nostri parenti sono stati complici...tutti ve ne rendete conto?" disse Julio.

"Io pensavo che solo Felix mio cugino si fosse macchiato di un crimine come l'omicidio, quello di mio padre. Non avrei mai pensato che mio zio fosse stato capace di tanto e di tenerselo dentro, neanche le bestie feroci fanno come loro" disse Matías.

Rosario andò verso di loro

"Io non so cosa dire, mi spiace tutto quanto sia potuto succedere, spero vogliate però essere clementi e perdonare sia i miei genitori che Alvarez e Munoz che ha fatto tutto per amore. Anche mia sorella Fernanda è sconvolta di quanto avvenuto."

"Ha fatto per amore? L'amore non ti porta a uccidere chi ami" disse Juan.

"Mi spiace davvero tanto Juan, però perdona" disse Rosario.

"Perdonare? Tu parli a me di perdonare?" disse Juan "dopo tutto quello che ho passato, dopo il dolore che ho vissuto tu chiedi a me di perdonare. Né ora né mai potrò perdonare i tuoi genitori e Alvarez e nemmeno Munoz" disse Juan.

Liliana lo prese per un braccio, e gli si mise davanti. "Rosario, non puoi chiedere questo. Capiamo che sono i tuoi genitori, ma si sono macchiati di orribili crimini, pure la morte di mia madre oggi si sa che è avvenuta a causa di tua madre, e per tutti questi anni non ha mai detto nulla, mai si è pentita. E diceva di volerci bene, di tenere a noi come a delle figlie."

Julio si avvicinò e disse: "Non potrò mai perdonare chi uccise i miei genitori e neppure chi ha ordito questo. Se oggi siamo vivi e siamo ciò che siamo lo dobbiamo unicamente ad Andres de la Cruz e a sua moglie Jacinta che ci hanno salvato e amato, oltre a Don Armando che ci ha strappato da una morte sicura, ma in tutto questo tempo io e i miei fratelli abbiamo vissuto con la vendetta nel cuore. Tu non sei stato picchiato, o subìto violenze, o venduto come uno schiavo. Tutto questo non si può perdonare. I miei parenti e i tuoi genitori Rosario sono stati risparmiati dalla nostra vendetta, e sarà la giustizia a decidere la loro sorte, ma non chiedeteci di perdonare."

"Vi capisco e vi prego ancora di scusarmi" disse Rosario.

Capitolo 102

Erano ancora presso la caserma per firmare i documenti che il tenente aveva nel frattempo preparato.

"Juan, Liliana... nei giorni scorsi ho fatto in modo di parlare con il padre che vi ha sposati, padre Antonio, e gli ho detto la verità, che siete stati obbligati a sposarvi, che vi abbiamo costretto, in modo che vi dia l'annullamento. Penso che entro un mese la curia ecclesiastica vi annulli il matrimonio. Posso solo dire che mi dispiace per tutto."

"Cosa hai fatto?" ruggì Juan.

"Ho capito di aver sbagliato, mia madre è stata convincente, ho sbagliato a farvi sposare, non doveva essere successo nulla, ho creduto a Ramirez che invece aveva creato l'equivoco d'accordo con mio padre per vendicarsi di Liliana perché lo aveva respinto e di te Juan perché con le tue informazioni gli avevi precluso il matrimonio con Liliana, spero mi perdonerete."

"Rosario, ma perché non ne hai parlato con noi?" domandò Liliana.

"Eravate in viaggio, vi chiedo scusa, avete il diritto di ritornare liberi, di riprendervi la Vostra vita" rispose.

"E...non potevi attendere il nostro ritorno?" disse Liliana.

"No cerca di capirmi Liliana, mi sono sentito un verme...volevo liberarti dalla prigione in cui ti avevo rinchiuso per la mia stupidità" rispose Rosario.

"Non dovevi immischiarti in questa storia. E per quanto riguarda l'annullamento del mio matrimonio, era un problema solo mio e di Liliana non dovevi intrometterti" urlò Juan.

"Juan calmati un attimo, ora vediamo di chiarire" disse Julio.

"Sapete solo dirmi di calmarmi? Prima mi obbligano a sposarmi, poi mi annullano il matrimonio e senza chiedere a me, la mia opinione" rispose seccato Juan.

"Io pensavo di aiutarvi andando a dire a padre Antonio la verità, che vi eravate sposati non per vostra volontà. Sareste stati liberi e avrei fatto in modo che a Veracruz si sapesse la verità ovviamente" rispose Rosario.

"Ovviamente!" rispose Juan.

"Ovviamente senza sentire noi? Rosario ti avevo già detto che non avevi diritto di decidere per me prima del matrimonio, ma farlo ora che sono sposata, lo trovo ingiusto, e da arroganti" esplose Liliana.

"Ma cosa state cercando di dirmi, che non volete separarvi?" domandò Rosario.

"Infatti non vogliamo separarci, noi ci amiamo e vogliamo che il nostro matrimonio rimanga tale. Non vogliamo l'annullamento" rispose Liliana.

I fratelli di Juan scuotendo la testa aprirono la porta e uscendo dissero "Andiamo da Don Armando e subito."

Liliana e Juan si voltarono uscirono e andarono verso la casa dell'avvocato Vidal.

Capitolo 103

Don Armando li stava aspettando nel suo studio. Appena entrarono lui andò loro incontro e li abbracciò.

"Non sapete come sono felice di vedervi tutti qui e insieme. Ho visto che stamani siete stati tutti piuttosto tesi dal tenente, e che ha incarcerato oltre i Santos Torres anche tuo zio Julio.

Che triste storia, erano legati da un patto di silenzio ed ecco perché erano molto amici, i Munoz, gli Alvarez e i Santos Torres. Un patto li univa, un patto che poteva farli andare in prigione. Ora che tutti sono stati arrestati, potete incominciare a vivere nuovamente, senza più pensare alla vendetta."

"Non ho capito cosa centrava Felix Munoz con loro però padrino" chiese Soledad.

"In realtà loro avevano offerto al cugino di Matías l'appoggio e dove nascondersi dopo che aveva sparato allo zio. Felix sapeva di poter contare su di loro perché amici di suo padre. In effetti loro aiutarono testimoniando a favore dei Munoz tanto che tuo zio fu rilasciato quasi subito, non si trovarono prove contro di loro. È stato fatale per tuo cugino la sua avidità, con la vendita dell'anello. Ma se non fosse successo questo fatto sarebbe comunque uscito ora. Donna Nestora ha parlato e confessato tutto. Deve essere stata dura trattenere dentro tutti questi anni questi grandi rimorsi."

"Già! Sono riusciti a nascondere la verità per tutti questi anni" disse Julio.

"Ora figliuoli, però dobbiamo solo pensare alle cose belle e a voi che da questo momento incomincerete a vivere una nuova vita. Non voglio più sentire parlare di vendetta" ribadì Vidal.

"Dobbiamo piuttosto prepararci ad organizzare l'evento più straordinario dell'anno qui a Veracruz," disse Nanà.

"Stasera presso casa mia è stata organizzata la Vostra festa di fidanzamento, e con l'occasione daremo la data del vostro matrimonio" disse Don Armando.

Quella serata fu una festa dove tutte le persone di Veracruz avrebbero voluto partecipare. Verso la fine dopo aver brindato e deciso che il matrimonio si sarebbe svolto entro una settimana, Fernanda santo Torres si presentò. Domandò dei quattro fratelli e delle quattro sorelle.

Venne fatta accomodare in biblioteca.

I De la Cruz con le sorelle Gonzales entrarono, guardarono Fernanda, che alzatasi in piedi, domandò loro scusa per quanto fatto dai suoi, e che avessero avuto pietà andando a trovarli in prigione, poiché avevano chiesto di poter parlare con loro.

"Non so cosa rispondervi Fernanda, certo in questo momento non possiamo darvi una risposta. Ci penseremo e vi faremo sapere" rispose Rosanna.

"Comprendo benissimo, e comprenderò se la risposta fosse negativa."

Si alzò e uscì.

Finita la serata i ragazzi si fermarono ancora un poco da Don Armando.

Si sedettero con lui Nanà e Ysidoro nel salone, mentre i camerieri riordinavano.

"Allora ditemi cosa voleva Fernanda?" domandò Don Armando.

"Ha chiesto se potevamo andare a trovare i nostri parenti in carcere, vogliono parlarci."

"Cosa pensate di fare?" domandò Ysidoro.

I ragazzi si guardarono in faccia "Veramente non lo so" disse Juan, "a voler guardare non credo dobbiamo loro qualcosa."

"Juan, ragazzi, io credo che dobbiate andarci" intervenne Nanà, "ora che tutto si è sistemato potete essere generosi e perdonare, è vero che la vita vi è stata contraria e spesso dura, è pur vero che avete sofferto e molto, ma ora siete felici, avete l'amore, ognuno di voi oggi può perdonare e dimenticare."

"Non è facile Nanà perdonare e dimenticare. Non dopo le sofferenze che abbiamo dovuto sopportare. Comprendo che non sia facile da capire per chi non ha provato" disse Juan.

"Juan ha ragione Nanà" disse Julio "sarei ipocrita se ammettessi di poterlo fare".

"Lo so che è duro, comprendo che non sia facile, ma io credo che le ferite che vi sono state inferte sia nel cuore che nell'anima, oggi vadano rinsaldandosi grazie all'amore che avete e quindi potete essere generosi perché siete felici".

"D'accordo Nanà domani andremo a trovarli, ma non possiamo garantirti nulla. Si vedrà una volta che saremo davanti a loro" disse Matías.

"Matías, questo è già un passo che state facendo verso di loro. Vuol dire essere generosi e io sono orgogliosa di Voi" disse Nanà.

"Pure io sono orgoglioso dei miei ragazzi e delle mie figliocce. Chi l'avrebbe mai detto che si sarebbero sposati fra di loro" aggiunse Vidal abbracciandoli.

"Padrino abbiamo anche un altro problema. Non abbiamo detto nulla ieri perché c'era la festa di fidanzamento dei nostri fratelli, ma dovete sapere che Rosario ha parlato con padre Antonio che ci ha sposato e gli ha raccontato che non siamo stati liberi di sposarci, che ci hanno obbligati e ora dice che ci daranno l'annullamento entro un mese" disse Liliana.

"Rosario! Ha fatto questo? Ma perché non mi ha detto nulla, perché non me ne ha parlato? Ora vediamo cosa succede Liliana per ora siete sposati, io domani parlerò con Don Antonio e vedremo".

Capitolo 104

L'indomani di buon ora si trovarono e andarono tutti insieme alle carceri. Parlarono con il tenente il quale diede loro il permesso di andare a trovare i prigionieri.

Furono scortati nelle prigioni da una guardia. Arrivarono alla cella di Don Rodrigo, Alvarez e Munoz.

E quando videro i ragazzi, i tre uomini avvicinatosi alla porta, chinando il capo chiesero di perdonarli per quello che avevano fatto che erano pentiti, ma i ragazzi risposero che non era a loro che dovevano chiedere perdono, ma ai loro genitori. Da parte loro non c'era più nessun desiderio di vendetta, l'odio ed il rancore avevano lasciato posto all'indifferenza. Per quel che poteva valere, da parte loro il perdono ci sarebbe stato con il tempo, per ora potevano solo dire di aver accettato quanto accaduto. Poi andarono da donna Nestora, era seduta e parlava da sola vaneggiava. Doveva avere la mente sconvolta. Vide i ragazzi e incominciò a piangere. "Non volevo, non volevo" ripeteva, "potete perdonarmi figlie mie?" Guardava le ragazze e ripeteva cercando di toccarle "non volevo che accadesse, non volevo, vi ho tenuto come mie figlie...e tu Juan assomigli a tuo padre così tanto..." diceva mentre piangeva.

"Vi perdono madrina a nome mio e delle mie sorelle ma come per i fratelli De la Cruz non è a noi che dovete chiedere perdono, ma alle persone a cui avete fatto del male, solo loro vi potranno perdonare, e solo allora avrete la pace che ora vi manca"

"Come ha detto Liliana, saranno i miei genitori a decidere se perdonarvi o meno. Da parte mia non vi odierò più, perché alla fine la vita è stata generosa con me, ho dovuto soffrire molto è vero ma ora mi sta ripagando, ricolmandomi di felicità" aggiunse Juan.

Presero piano piano la strada per uscire e una volta in strada decisero di andare a fare una passeggiata per la città.

Molte erano le persone che per Veracruz fermavano i ragazzi per salutarli e porgere i loro complimenti per le imminenti nozze con la speranza di avere l'invito.

Verso la fine della mattinata decisero di passare dallo studio di Don Vidal.

Mentre si dirigevano verso lo studio dell'avvocato, Juan era un po' teso e Liliana lo percepì.

Anche i suoi fratelli si accorsero che Juan rimaneva più silenzioso del solito. Non era da lui, solitamente quando era felice scherzava e parlava con i suoi fratelli.

"Juan cosa succede?" domandò Julio.

"Nulla perché?"

"Non dire così, ti conosciamo siamo tuoi fratelli sappiamo che hai un problema."

"Spero di avere buone notizie da Don Armando stamani doveva parlare con padre Antonio per vedere di fermare l'annullamento del mio matrimonio."

"Vuoi dire che veramente Rosario può ottenere l'annullamento perché pentito di avervi obbligati a sposare?" domandò Soledad.

"Così sembra, ha detto che entro un mese la Chiesa darà il suo parere."

Arrivarono da Don Armando e si accomodarono tutti nel salotto.

"Eccoci qui allora che mi dite, siete andati stamani alle prigioni e avete visto ehm..."

"Sì padrino, siamo stati da tutti, non è stato ovviamente facile affrontarli stando calmi e sereni, ma ci siamo riusciti" rispose Julio.

"Padrino, ci dica per favore ha parlato con Padre Antonio?" domandò Liliana.

"Sì e purtroppo le notizie non sono buone, l'istanza di annullamento e già stata mandata avanti perché Rosario l'aveva richiesta già da qualche tempo, e avendo confessato di avervi obbligato a sposare, Padre Antonio ha mandato avanti l'annullamento, ed è stato accettato...dovrebbero mandarmi a giorni il documento ... Juan! Juan non disperare"

Juan si prese la testa fra le mani e cercò di massaggiarsi le tempie "Cosa possiamo fare ora?"

"Per ora nulla dobbiamo solo aspettare, io ho mandato una lettera alla Curia spiegando i fatti vedremo cosa risponderanno."

"Nella mia vita non ci può essere la felicità, Don Armando, me ne devo rendere conto e accettarlo, non potrò mai avere una famiglia, dei figli." Disse alzandosi e camminando nervosamente per la stanza.

"Juan, non dire così, stai tranquillo, vedrai che la vergine veglierà su di voi. E ora dobbiamo pensare al matrimonio dei ragazzi che avverrà domani" disse Nanà.

Capitolo 105

L'antica chiesa di Veracruz, si stava riempiendo velocemente di ospiti. Tutti volevano assistere al matrimonio dei tre fratelli De la Cruz, giovani, vecchi, ricchi, poveri, servette e marinai sedevano fianco a fianco riempiendo ogni angolo della chiesa.

I tre fratelli si stavano preparando quando Matías disse "Aspettate don Vidal vi dobbiamo parlare."

"Ho dimenticato qualcosa?"

"Io volevo" disse Matías "che sapeste quanto ho apprezzato tutto quello che avete fatto per me in tutti questi anni. So che da ragazzo ero una peste e forse avreste dovuto suonarmele di santa ragione. Sono stato spesso scortese dopo la morte di mio padre, non so come abbiate potuto sopportare e cercare di aiutarmi mandandomi con i De la Cruz. Ma avete fatto la cosa più saggia, mi hanno cresciuto e sono diventato un altro".

"Matías, era naturale soffrivi per la morte di tuo padre."

"È vero ma questo non giustificava il mio comportamento, con cui trattai voi e gli altri, ma mi vergognavo avendo saputo da mio padre che non ero suo figlio realmente."

"Io l'ho sempre saputo" disse don Armando.

"Voi sapevate che non ero figlio di mio padre e di mia madre?"

Vidal annuì, "Ero molto addolorato che tuoi genitori non potessero avere figli, e il giorno in cui ti portarono a casa fu una festa, eravate finalmente una vera famiglia. Le tue origini non sono mai state un problema, hai dato ai tuoi genitori una famiglia che tanto desideravano e la voglia di vivere e sei diventato un uomo di cui sarebbero stati fieri."

"Grazie Don Armando" Matías era commosso, e lo abbracciò, "per questo dopo la morte di tuo padre, ti ho tenuto con me, ma non potevo allevarti da solo per questo ti ho affidato ai De la

Cruz e devo dire che come per Julio e per Juan, anche con te hanno fatto un ottimo lavoro, siete tre uomini di cui andare fieri, E io vi voglio bene".

"Anche io" disse Juan "vi voglio bene e vi chiedo scusa per tutte le volte che vi ho risposto male, tutto quello che ho, quello che sono lo devo solo a voi e ai De la Cruz, ho sempre avuto un pessimo carattere, e sono sempre stato testardo."

"Già" disse Julio "un grande testardo, come me del resto e pure io voglio sappiate Don Armando che vi voglio bene e che non vi ringrazierò mai abbastanza per tutto quello che avete fatto, mi avete dato la vita permettendomi di andare con i De La Cruz."

"Bene ora tocca a me" disse Andres, "io vi ringrazio invece che mi avete dato tre fratelli da amare e di cui andare fieri. Non c'è mai stato attrito, astio o gelosia fra di noi. E sono stato contento quando Juan mi ha fatto da tutore."

Don Armando era commosso.

Liliana abbracciò le sorelle su, su svelte vi stanno aspettando saremo sempre unite come lo siamo sempre state ora più che mai visto che ci sposiamo con i fratelli De la Cruz.

Ysidoro andò a salutare le ragazze, "Liliana voi e le vostre sorelle siete state come delle figlie per me e ora sto per perdervi."

"Ysidoro, non commuoverti, non ci perderai, perché rimarremo sempre qui ed uniti."

Matías raggiunse Aurora "Sei splendida lascia che ti guardi non ho parole per dirti cosa sento in questo momento."

"Vediamo se riesco a indovinare? Ti senti come se ti stessi buttando da una scogliera?"

Matías rise e annuì, "Sì solo che invece di cadere volerò in alto."

Arrivò Eduardo con delle rose che aveva colto per Aurora, glieli porse e disse "Devo ancora chiamarvi Aurora? Posso chiamarti mamma?"

"Puoi chiamarmi come preferisci" rispose Aurora chinandosi e dando un bacio al ragazzino.

"Allora vi chiamerò mamma e papà" disse mentre usciva con il cane e girandosi disse "vi aspetto in chiesa."

Matías e Aurora erano troppo commossi per parlare.

"Ora vado anche io ad aspettarti fai presto".

Le ragazze erano pronte a cominciare una nuova vita insieme all'uomo che amavano, a mettere su famiglia e cominciare una nuova avventura; Ysidoro le guardò commosso.

Capitolo 106

La cerimonia nuziale per le tre sorelle Gonzales fu preceduta dal suono dell'Avemaria. Le ragazze entrarono in chiesa già al braccio dei rispettivi fidanzati. Erano radiose e felici e i loro uomini erano fieri.

Si misero tutte e tre le coppie vicino all'altare, padre Antonio scese i due scalini dell'altare e incominciò la funzione

"Nel nome del Padre, del Figlio e dello Spirito Santo."

"Fratelli siamo qui oggi davanti a Dio per unire queste tre coppie di giovani..."

"Julio e Rosanna, Matías e Aurora, Andres e Soledad prendetevi per mano e volgete la vostra preghiera a Dio..."

I ragazzi si guardarono per un attimo negli occhi, Julio prese la mano di Rosanna e le diede un bacio, Matías prese la mano di Aurora e la tenne stretta Andres prese la mano di Soledad e la portò alle labbra e poi la strinse fra le sue.

Il prete pronunziò la frase "Vuoi tu Julio Alvarez De la Cruz prendere come legittima sposa la qui presente Rosanna Gonzales, nella salute e in malattia nella ricchezza e in povertà, per amarla e rispettarla finché la morte non vi separi?"

Julio guardò negli occhi Rosanna e sorridendo, guardò il prete e rispose "sì accetto"

"Vuoi tu Rosanna Gonzales prendere come legittimo sposo il qui presente Julio Alvarez De la Cruz, nella salute e in malattia nella ricchezza e in povertà, per amarlo e rispettarlo finché la morte non vi separi?"

"Sì Accetto"

Poi si rivolse verso l'altra coppia "Vuoi tu Matías Munoz prendere come legittima sposa la qui presente Aurora Gonzales, nella salute e in malattia nella ricchezza e in povertà, per amarla e rispettarla finché la morte non vi separi?"

Matías era raggiante "sì accetto"

"Vuoi tu Aurora Gonzales prendere come legittimo sposo il qui presente Matías Munoz nella salute e in malattia nella ricchezza e in povertà, per amarlo e rispettarlo finché la morte non vi separi?"

"Sì Accetto"

Si rivolse infine all'ultima coppia "Vuoi tu Andres De la Cruz prendere come legittima sposa la qui presente Soledad Gonzales, nella salute e in malattia nella ricchezza e in povertà, per amarla e rispettarla finché la morte non vi separi?"

"Sì accetto"

"Vuoi tu Soledad Gonzales prendere come legittimo sposo il qui presente Andres De la Cruz, nella salute e in malattia nella ricchezza e in povertà, per amarlo e rispettarlo finché la morte non vi separi?"

"Sì Accetto"

Julio, Andres e Matías presero l'anello che il prete gli stava porgendo e lo infilarono al dito delle loro spose.

Poco dopo il prete porse alle tre sorelle gli anelli per gli sposi. E con trepidazione le tre sorelle misero il cerchietto d'oro ai loro sposi.

"…e vi dichiaro marito e moglie. Quello che Dio ha unito non lo divida l'uomo."

"Julio ora puoi baciare la sposa."

"Matías ora puoi baciare la sposa."

"Andres ora puoi baciare la sposa."

Dalla gente che era presente in chiesa partì un applauso, un lungo applauso e le tre coppie incominciarono ad uscire dalla chiesa fermandosi sul sagrato per salutare la maggior parte dei partecipanti. Poi con alcuni amici più stretti, i loro marinai, Don

Armando, e Nanà Liliana e Juan incominciarono ad andare alla casa delle spose dove si sarebbe tenuto il banchetto e la festa.

Da lì a breve le coppie sarebbero giunte ognuna su una carrozza aperta.

Fu una festa che durò tutto il giorno, e dopo pranzo poterono ballare.

Capitolo 107

Alla fine della giornata decisero che non sarebbero andati nella proprietà di famiglia, dato che non era stato ancora assunto il personale.

Erano state preparate le stanze in casa Gonzales.

"Don Armando vista l'ora vi conviene fermarvi, la vostra camera in questa casa lo sapete è sempre pronta" propose Nanà.

"Accetto volentieri" rispose.

Juan si fermò davanti alla scala, si girò e prese per un braccio Liliana dicendole "Credo sia meglio che fino a quando la nostra situazione non sarà chiarita dormiamo in stanze separate."

"Juan non puoi parlare seriamente" rispose Liliana.

"Sono maledettamente serio Liliana, ora non sei mia moglie" salì le scale e si chiuse nella camera che aveva sempre avuto ogni volta che si era fermato a casa Gonzales.

Liliana lo guardò salire le scale poi voltandosi verso gli altri "Ci risiamo, è un testone, non capisce che per me siamo sposati?"

"Liliana sai bene cosa ha passato e l'altro giorno ha asserito davanti a me che non avrebbe mai dovuto sposarsi che lui non può avere una famiglia e dei figli" rispose Don Armando.

"Ora lascialo tranquillo, e domani vado a sentire Padre Antonio."

"Certo Juan è un testone, se volete provo ad andarci a parlare" disse Julio.

"Sì per me dovresti farlo" disse Andres.

"Io non credo sia una cosa giusta, lo sapete che quando fa così poi si chiude in se stesso e incomincia a tormentarsi" ribatté Matías.

"Vado io" disse Nanà "Voi andate a riposare che è stata una giornata piena per Voi ragazzi"

Nanà salì le scale arrivò alla porta della stanza di Juan bussò.

"Avanti" disse Juan.

"Juan sono io, Nanà, figlio mio posso entrare?"

"Sì madre venite avanti."

Juan era appoggiato alla finestra e guardava fuori senza vedere nulla.

"Juan, figlio mio non fare così, vedrai che le cose si sistemeranno."

"Si sistemeranno? Eccome? Quando oramai il mio matrimonio è stato annullato?"

"Juan, pensa anche a Liliana, anche lei non accetta questa situazione. Lei ti ama veramente e tu lo sai, ma così facendo l'allontani."

"Madre non vede che io non devo avere una famiglia, è scritto nel mio destino, ho voluto provare a sfidarlo e cosa ho ottenuto nulla, niente! Questo annullamento ne è la conferma"

"Juan ma cosa stai dicendo? Vai da Liliana rimetti le cose a posto."

"No, ora so che le cose dovevano andare così accetterò l'annullamento e me ne andrò."

"Juan non dirlo, non permetteremo che tu te ne vada, nessuno di noi. Ma voglio che tu ora mi risponda sinceramente Juan, ora ti faccio una sola domanda e voglio una risposta sincera."

"Juan ami Liliana, l'ami veramente?

Juan guardò Nanà "Non posso vivere senza di lei."

"Allora abbi fede e vedrai che le cose andranno a posto da sole, ora smettila di pensare e vai a dormire."

Lo abbracciò e lo baciò in fronte, aprì la porta si volse e gli mandò un bacio.

Capitolo 108

Passarono due giorni, Juan usciva presto e tornava sempre tardi, restava sempre fuori a lavorare seguendo le sue imprese di navigazione. Quella sera Liliana decise che lo avrebbe affrontato.

Da due giorni Juan non tornava per la cena, come arrivava si ritirava in camera e non ne usciva che al mattino presto.

'D'accordo testone' pensò Liliana, 'stasera ti stanerò dalla tua tana.'

Come le sere precedenti Juan tornò, mandò un saluto veloce e salì di corsa le scale per andare nella sua camera.

Nanà fece cenno a Liliana che poteva salire.

Liliana salì piano le scale che portavano verso la camera di Juan, si mise ad ascoltare, ma non sentì alcun rumore, aprì piano la porta, mise un po' la testa dentro per vedere dove fosse, non c'era!

Poi sentì il rumore di uno scroscio di acqua e capì si stava lavando. Bene ora ci pensava lei.

Si spogliò e si mise nel letto ed aspettò che lui uscisse dal bagno.

Poco dopo Juan uscì. Con un lieve tonfo fece cadere l'asciugamano sul pavimento e si infilò fra le lenzuola. Liliana non si mosse. Juan accese la luce di colpo si voltò e la vide.

"Cosa credi di fare...?"

Liliana non rispose

"D'accordo!" ruggì Juan.

Liliana rimase immobile anche dopo che spense la luce, non sapeva se andarsene o buttargli le braccia al collo.

"Vorrei dormire sono stanco e domani mi devo alzare presto. Buonanotte Liliana."

"Buonanotte" rispose lei.

Rimase rigida e immobile, turbata dal gesto che aveva compiuto. Ma perché non ci aveva pensato prima?

"Stai comoda?" chiese Juan minaccioso.

"Sì, mentì lei"

"Be io no" si lamentò lui, si voltò la prese fra le sue braccia, piegò una gamba sopra quella di lei e si addormentò di colpo con la testa vicino a quella di Liliana, che con sua grande sorpresa fece lo stesso.

Non lo sentì alzarsi la mattina dopo e dormì più del solito.

Quando scese per la colazione trovò le sorelle e i fratelli di Juan, erano curiosi di sapere.

Raccontò quello che era successo la sera precedente e che Juan non l'aveva mandata via, anche se in un primo momento non era contento.

"Vedrai Liliana, che cede, sappiamo tutti che ti ama, e non riesce a stare senza di te, sta facendo ammattire tutti sul lavoro, segno che sta combattendo dentro di sè"

Poco dopo giunse Don Armando, "Liliana carissima stamani è arrivato il documento del vostro annullamento e Juan lo ha già visto."

"Eh? Padrino mi dica non mi faccia stare sulle spine."

"Sì siamo tutti qui a pendere dalle sue labbra ci dica cosa le ha detto nostro fratello?"

"Bene, stamani quando Juan ha letto il foglio dell'annullamento del suo matrimonio…, mi ha chiesto la tua mano Liliana. Capisci? Non poteva chiedere la tua mano a nessun'altro, e quindi si è rivolto a me."

"Vergine del Carmine sapevo che non lo abbandonavi il mio figliolo. Quindi daremo una festa?"

"No Nanà, io non avrei dovuto dire nulla, ma poiché Liliana era preoccupata mi sono permesso di accennarglielo. Stasera Juan vorrà organizzare qualcosa ma Voi non saprete nulla intesi?"

"D'accordo" rispose Liliana ridendo felice.

Quel pomeriggio Juan rincasò prima del solito, si cambiò velocemente e con Maria la cameriera organizzò la cena per la serata. Voleva che fosse una cena straordinaria.

Quella sera si ritrovarono tutti i quattro i fratelli con le sorelle Gonzales, c'era Ysidoro, Nanà e Don Armando. Appena la cena terminò Juan si alzò "Don Armando, in qualità di padrino di Liliana, volevo chiederle la sua mano."

Don Armando a sua volta si alzò "Juan, in qualità di padrino di Liliana Gonzales, non posso che dirti che sono onorato di concederti la sua mano."

Juan si girò verso Liliana, le porse un anello di fidanzamento "Liliana vuoi nuovamente diventare mia moglie?"

Liliana si girò verso di lui e lo abbracciò "Sì sì certo che lo voglio."

Juan le mise l'anello al dito e poi l'abbracciò forte "Ti amo Liliana, ti amo così tanto."

Mentre lui la teneva stretta e la faceva girare lei rispose "Juan anche io ti amo così tanto, non ti lascerò mai libero, ricordati non sarai più libero, sei legato a me."

Juan la baciò, poi si staccò e girandosi verso gli altri disse "Siete tutti invitati al nostro matrimonio che avverrà domenica."

"Ma come? Juan hai già parlato con Padre Antonio?" domandò Nanà.

"Parlato con Padre Antonio?" disse Don Armando "Sono giorni che lo assilla," rispose ridendo.

Tutti si congratularono, "Bene ora avremo un altro matrimonio da preparare" disse Nanà.

Capitolo 109

Juan e Liliana salirono in camera, andarono sul terrazzo e guardarono verso il mare.

Juan stava dietro a Liliana e l'abbracciò forte appoggiando il suo viso sulla spalla di lei.

"Mi piace sentire il tuo profumo. Sentire il rumore del mare..., sentirne il profumo. Sentire il suono della pioggia. Sentire l'odore di chi ami, sentirne la voce e sentirlo col cuore" disse Juan.

"Juan ti amo così tanto, e pensare che all'inizio non andavamo molto d'accordo" disse Liliana ridendo e baciandolo.

"Già, cosa me ne hai fatte passare, donna! Ma sapevo che eri la donna per me, e piano piano mi sei entrata nel sangue e ora senza di te non posso vivere", la strinse più forte a sé "dicendoti questo Liliana, ti ho dato un'arma con cui farmi male."

"Non potrò mai farti del male Juan perché ti amo moltissimo e se anche qualche volta ti farò disperare, non dimenticarti mai che il mio amore non cambierà mai."

"Allora lascia che ti spieghi di cosa ha bisogno il tuo uomo." La prese in braccio ed andò verso il letto.

Domenica mattina la Chiesa era nuovamente in festa, ancora una volta gli abitanti di Veracruz si ritrovarono per vedere il matrimonio di Juan Navarro De La Cruz con Liliana Gonzales.

Juan era già in chiesa davanti all'altare e aspettava impaziente, Padre Antonio lo rassicurò e andò sul sagrato ad aspettare la sposa.

Poco dopo Liliana arrivò accompagnata da Don Armando. Era raggiante. Scese dalla carrozza e Padre Antonio le si avvicinò, "Tutto bene figliola?"

"Sì Padre"

"Juan mi ha dato questo messaggio per te."

"Per me Padre"

"Sì Liliana" e le porse il foglio arrotolato e chiuso da un nastro

Liliana lo aprì con mani tremanti 'Oddio cosa succederà ora? ' Pensò e incominciò a leggerlo.

Nel mondo ci sono persone speciali, speciali perché infondono sicurezza, speciali perché danno importanza ai valori della vita, speciali perché restano umili, speciali perché danno coraggio, speciali perché ti fanno sentire vivo, speciali proprio come te. Ti amerò sempre Juan.

Padre Antonio guardò Liliana, "Tutto bene?"

"Sì Padre, tutto benissimo, lo amo molto" rispose in un sussurro.

"Allora direi di iniziare, abbiamo uno sposo impaziente" rispose sorridendo.

Come Padre Antonio rientrò in Chiesa prese a suonare la marcia nuziale. Dietro di lui Don Armando sorridente portava al braccio Liliana.

Juan la guardò, era bellissima, ed era sua moglie. Camminava verso l'altare sorridendo era la più bella donna che avesse mai visto ed era sua. Era sua per sempre.

Appena giunse al fianco di Juan, Don Armando la lasciò dicendo "Juan te la affido abbine cura."

Juan abbracciò Don Armando poi la prese per il braccio e l'aiutò ad andare avanti verso l'altare.

Padre Antonio iniziò la funzione religiosa

"Nel nome del Padre, del Figlio e dello Spirito Santo."

"Fratelli siamo qui oggi davanti a Dio per unire questi due giovani Juan e Liliana, che hanno dimostrato quanto l'amore sia forte e vinca sopra ogni cosa, sopra ogni cattiveria sopra ogni dolore.

Perché quando la virtù si specchia nel ruscello del rispetto rinfresca l'esistenza.

Juan e Liliana hanno dimostrato nonostante le avversità che hanno dovuto superare, che l'amore vince sempre e li ha resi forti."

Juan prese la mano di Liliana e la portò alle labbra per darle un bacio.

"Questi ragazzi sono la dimostrazione che l'amore di Dio è infinito e che la sincerità quando si sporge riflette l'acutezza delle saggezze."

Juan guardava Liliana negli occhi con amore, e lei gli sorrideva con le lacrime agli occhi per l'emozione.

Il prete pronunziò la frase "Vuoi tu Juan Navarro Altamira De la Cruz prendere come legittima sposa la qui presente Liliana Gonzales, nella salute e in malattia nella ricchezza e in povertà, per amarla e rispettarla finché la morte non vi separi?"

"Sì accetto"

"Vuoi tu Liliana Gonzales prendere come legittimo sposo il qui presente Juan Navarro Altamira De la Cruz, nella salute e in malattia nella ricchezza e in povertà, per amarlo rispettarlo finché la morte non vi separi?"

"Sì Accetto"

Poco dopo il prete diede a Juan l'anello e lui lo mise al dito di Liliana sussurrando "per sempre."

Poi fu la volta di Liliana che preso l'anello che Padre Antonio le porgeva prese la mano di Juan.

Infilò con delicatezza il cerchietto d'oro e si portò la mano al viso, "sei mio per sempre" sussurrò

Juan commosso le fece una carezza.

"...e vi dichiaro marito e moglie. Quello che Dio ha unito non lo divida l'uomo."

"Juan ora puoi baciare la sposa."

Juan la baciò e tutti si alzarono in piedi e un forte applauso con urli di gioia si scaturì nella chiesa.

Juan e Liliana erano commossi, si girarono e incominciarono ad andare verso l'uscita, passando fra la gente in chiesa che li salutava e li acclamava. Juan si fermò prese in braccio Liliana e insieme camminarono verso il sagrato verso la loro nuova vita.

Indice dei personaggi

Protagonisti

Juan De La Cruz, a capo delle Compagnie di navigazione De La Cruz figlio adottivo della famiglia De La Cruz, fratello di Julio, Matías, e Andres in realtà il suo cognome è Navarro Altamira...

Julio De La Cruz, fratello di Juan, Matías e Andres, appartenente in realtà alla famiglia Alvarez di Veracruz, si ritrova ad essere adottato dalla famiglia De La Cruz

Matías Munoz, fratello di Juan, Julio e Andres, viene affidato alla Famiglia De La Cruz, ama una delle sorelle gemelle Gonzales

Andres De La Cruz, fratello minore dei 4 De La Cruz, è l'unico figlio di sangue della coppia. Ha una passione per Soledad Gonzales

Pilar Garcia, sorella di Elena, ha una storia con Juan De La Cruz ma poi va in sposa al cugino Rosario Santo Torres

Elena Garcia, sorella di Pilar e cugina di José Garcia, ha una storia con Andres De La Cruz

José Garcia fratello di Asunción e cugino di Pilar e Elena, è interessato ad una delle sorelle Gonzales

Asunción Garcia ama essere sempre al centro dell'attenzione ed è interessata ad Sergio Ramirez

Rosario Santo Torres cugino di Juan De La Cruz figlio di Nestora e Rodrigo

Fernanda Santo Torres cugina di Juan De La Cruz sorella di Rosario

Nestora Altamira – zia di Juan De La Cruz e madrina della ragazze Gonzales

Rodrigo Santo Torres – Marito di Nestora Altamira

Liliana Gonzales sorella maggiore delle 4 Gonzales, dal carattere indipendente e ribelle

Rosanna Gonzales è la secondogenita è la più bella delle 4 sorelle Gonzales

Aurora Gonzales sorella di Liliana e Rosanna è la gemella di Soledad, ama Matías Munoz

Soledad Gonzales la quarta sorella è la più tranquilla e ama Andres

Don Armando Vidal padrino delle 4 sorelle Gonzales, aiuta Juan, Julio e Matías a salvarsi affidandoli alla famiglia De La Cruz

Nanà è la tata delle ragazze Gonzales.

Sergio Ramirez uomo d'affari, arrivista, è interessato a Liliana Gonzales